*

Justice pour Liz

DEBRA WEBB

Une émouvante
suspecte

Traduction française de
ANDREE JARDAT

BLACK ROSE

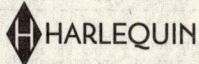

Collection : BLACK ROSE

Titre original :
A PLACE TO HIDE

© 2024, Debra Webb.
© 2025, HarperCollins France pour la traduction française.

HARPERCOLLINS FRANCE
83-85, boulevard Vincent-Auriol, 75646 PARIS CEDEX 13
Service Clients — https://www.harlequin.fr/contenu/contactez-nous
ISBN 978-2-2805-2017-1 — ISSN 1950-2753

Édité par HarperCollins France.
Composition et mise en pages Nord Compo.
Imprimé en août 2025 par ScandBook UAB en Lituanie
en utilisant 100% d'électricité renouvelable.
Dépôt légal : septembre 2025.

1

Lookout Inn, Mockingbird Lane

Lookout Mountain, Tennessee

Dimanche 18 février, 17 heures

Le dernier client était parti. L'auberge était calme.

Grace Myers déambulait dans l'entrée, un sourire heureux aux lèvres. Elle adorait cet endroit. Elle se dirigea vers les portes-fenêtres qui ouvraient sur la terrasse. Elle n'aurait jamais cru retrouver un jour le bonheur de vivre. Non, vraiment. Jamais.

Elle sortit dans l'air vif de cette fin d'après-midi puis inspira profondément.

Elle allait bien maintenant. Vraiment bien.

Depuis combien de temps n'avait-elle pas souri à la vie, comme cela ?

La réponse, elle la connaissait par cœur : deux ans et dix mois. Mille trente-deux jours.

Mille trente-deux jours durant lesquels elle avait vécu dans la terreur. Ce n'est que depuis peu qu'elle avait commencé à se détendre et à se sentir véritablement chez elle, ici. Elle avait renoué avec le sentiment vertigineux que sa vie lui appartenait de nouveau et qu'enfin elle la reprenait en main.

Elle inspira une nouvelle fois, luttant contre le froid saisissant qui l'enveloppait tandis qu'elle contemplait la vue imprenable qui s'offrait à elle. Elle avait volontairement négligé de se couvrir. C'était sa manière à elle de se rappeler qu'elle était en vie. Plus important encore, que son petit garçon était en vie. Aujourd'hui, ils étaient libérés de la menace qui avait failli leur coûter la vie. Non seulement ils avaient survécu, mais ils étaient ressortis plus forts du calvaire qu'ils avaient enduré.

Elle se ferma avec force aux souvenirs traumatisants qui cherchaient à se frayer un passage dans son esprit. Elle lança un dernier coup d'œil au paysage puis retourna à l'intérieur. Liam allait bientôt se réveiller de sa sieste. Il aurait peur s'il ne la voyait pas à son réveil. Une peur bien naturelle pour un enfant qui n'avait pas encore trois ans, contrairement aux attaques de panique qui l'assaillaient dès lors qu'elle perdait de vue son fils quelques instants. Saurait-elle s'en libérer un jour ?

Elle ferma la porte à clé derrière elle puis alla vérifier que toutes les autres portes étaient, elles aussi, bien verrouillées. D'habitude, elle laissait celle de l'entrée ouverte jusqu'à minuit, mais tous ses clients avaient quitté l'hôtel et elle n'en attendait pas de nouveaux avant le lendemain.

Elle se réjouissait à l'avance de la soirée qu'elle allait passer en tête à tête avec son petit garçon. Voilà bien un changement de rythme qu'elle saurait apprécier à sa juste valeur. Le Lookout Inn avait affiché complet pour les fêtes de fin d'année, et elle avait déjà enregistré pas mal de réservations pour le mois en cours. Cette fin de saison se présentait bien, et elle s'en félicitait chaque jour. C'était peut-être le signe que, enfin, la roue tournait.

De belles perspectives s'ouvraient à elle. Elle le pressentait.

Pour être franche, elle avait encore du mal à réaliser qu'elle était propriétaire de cet endroit. Elle s'immobilisa pour balayer d'un regard circulaire le grand hall d'entrée aux murs recouverts de lambris puis le plafond voûté, les nombreuses portes-fenêtres qui laissaient entrer le soleil à flots, le carrelage ancien – identique à celui qui recouvrait la façade extérieure –, l'immense cheminée dans laquelle crépitait un feu de bois. Tous ces éléments qui conféraient à l'ensemble une note à la fois harmonieuse et chaleureuse. Être la maîtresse de ces lieux dépassait largement l'espoir qu'elle avait nourri d'être un jour propriétaire.

Lorsqu'elle s'était portée acquéreuse de cet établissement, il était inoccupé depuis des années. Arrivés à l'âge de la retraite, les propriétaires étaient partis s'installer en Floride. Ils avaient alors en tête de mettre leur hôtel en gérance plutôt que de le vendre. Finalement, ils n'avaient pas pu se faire à l'idée que quelqu'un d'autre qu'eux soit aux commandes. Ils avaient préféré s'en séparer. Au premier coup d'œil, Grace avait su que c'était l'endroit dont elle avait toujours rêvé. Quarante-huit heures plus tard, elle signait la promesse de vente.

Il avait fallu des mois et des mois d'un travail acharné pour redonner à l'hôtel son lustre d'antan et lui insuffler un nouvel élan. Curieusement, le plus difficile avait été de décorer les parties privatives, celles qui constituaient son appartement. Elle avait passé un temps fou à écumer les brocantes de la région afin de trouver les bons meubles, les bons tapis et les bons rideaux qu'elle avait en tête pour faire de sa maison son cocon idéal. Son havre de paix.

Ce souvenir amena de nouveau un sourire heureux sur ses lèvres.

Avant de retourner à la réception, elle rajouta quelques bûches dans le feu. Du bois de cerisier, dont elle aimait l'odeur suave qui se dégageait de l'écorce lorsqu'il brûlait.

Elle s'épousseta les mains tout en rejoignant l'accueil. Une fois derrière le comptoir, elle s'assura que tout était en ordre, donna un tour de clé aux tiroirs du bureau, éteignit l'ordinateur puis se rendit dans la salle à manger. Les tables avaient déjà été dressées pour le déjeuner du lendemain.

Elle s'immobilisa un instant, les mains posées sur le dossier d'une chaise. Elle adorait cette pièce lumineuse dont les nombreuses baies vitrées coulissantes ouvraient sur une vaste terrasse surplombant la vallée en contrebas. Là encore, elle alla s'assurer que toutes les portes étaient bien fermées à clé. Elle se rendit ensuite à la cuisine où elle fit de même.

Il s'agissait là d'une routine quotidienne qu'elle avait instaurée le jour même où son fils et elle s'étaient installés ici et à laquelle elle ne dérogeait jamais. Elle avait bien fait installer un système d'alarme, mais on n'était jamais trop prudent.

Après s'être assurée que tout était en ordre, elle grimpa sans faire de bruit à l'étage où son petit garçon dormait encore. Il avait sa propre chambre, bien sûr, juste à côté de la sienne. Mais elle ne s'était pas encore résolue à se séparer de lui pour la nuit. Une décision qui lui valait parfois quelques froncements de sourcils réprobateurs dont elle ne tenait pas compte. Les gens qui se permettaient de la juger n'avaient pas traversé ce qu'elle avait traversé.

En plus des deux chambres, l'appartement était composé d'un salon, d'une cuisine et d'une grande salle de bains. Le rêve absolu !

Sur les vingt logements que comptait l'hôtel, il y avait dix chambres à l'étage du bâtiment principal et dix petits bungalows répartis en demi-cercle dans une partie du jardin un peu à l'écart.

Elle s'allongea à côté de son fils. Elle n'était pas du genre à faire la sieste, mais elle travaillait dur depuis des mois et la fatigue commençait à se faire sentir. Il faudrait qu'elle fasse une pause. Qu'elle s'offre une escapade avec son fils.

À la fin de l'été, peut-être, elle pourrait se payer un tel luxe. Elle emmènerait Liam dans un parc d'attractions, son préféré ; celui qui le faisait bondir de joie et crier d'excitation à chaque fois qu'ils passaient devant une affiche publicitaire qui en vantait les mérites.

Elle couva son fils d'un regard débordant d'amour. Ses cheveux blonds, légèrement bouclés, lui arrivaient presque aux épaules. Souvent, on le prenait pour une petite fille, mais cela la confortait dans l'idée qu'elle faisait bien de ne pas les lui faire couper. Que la seule personne susceptible de les rechercher puisse prendre Liam pour une fillette éloignerait le danger. À cette idée, une boule d'angoisse se forma dans sa gorge.

Elle ferma les yeux et repensa à la dernière fois où elle avait vu son père vivant. William Reinhart adorait son petit-fils. Le temps qu'ils avaient passé ensemble avait été bien trop court. Ce souvenir raviva en elle un profond désespoir.

Elle se sentait responsable de la disparition soudaine de son père. Elle n'aurait jamais dû aller frapper à sa porte, cette nuit-là, mais elle n'avait pas d'autre endroit où aller se réfugier. Elle aurait dû se débrouiller seule. Après tout, c'était sa faute si elle avait fait les mauvais choix et s'était mise en danger.

Son père n'aurait peut-être pas fait la crise cardiaque qui l'avait emporté si elle ne l'avait pas impliqué dans tous ses problèmes.

Elle n'eut pas le temps de trouver une réponse acceptable à tous ses questionnements. Elle venait de sombrer dans un sommeil profond.

Il la poursuivait en hurlant son nom.

Elle était terrorisée. Elle courait aussi vite que sa grossesse avancée le lui permettait, car elle savait au plus profond d'elle-même que si elle s'arrêtait elle était morte.

Tu rêves. Réveille-toi !

Mais elle ne pouvait pas. Elle était engluée dans des profondeurs dont elle ne pouvait émerger.

Elle devait courir plus vite. Mais il faisait si froid... La neige épaisse qui collait à ses semelles ralentissait sa course. Elle zigzaguait entre les arbres serrés de la forêt, dense et inquiétante à cette heure de la nuit. Elle était perdue. Seule cette maudite neige la guidait, l'empêchant de foncer tête baissée dans un arbre ou de dévaler la falaise.

Continue.

Ne t'arrête pas.

La silhouette des arbres nus qui se découpait dans la clarté lunaire donnait l'illusion de créatures menaçantes. Elle eut soudain une impression de déjà-vu. Se rapprochait-elle de la route ? Une nouvelle montée d'adrénaline la fit accélérer un peu plus. Si elle parvenait à atteindre la route, elle pourrait stopper une voiture et demander de l'aide.

Encore fallait-il qu'elle l'atteigne, cette fichue route !

Une douleur fulgurante lui déchira le ventre, la forçant à s'arrêter.

Le bébé arrivait.

Ne pas rester là. Continuer à courir.

Ses pieds se remirent en mouvement. Elle trébucha, se retint de justesse de ne pas tomber. Elle était à bout de souffle.

Mon Dieu, je Vous en supplie, faites que je sorte de ces bois. Faites que mon bébé naisse en toute sécurité.

Elle refoula les larmes qui lui brouillaient la vue et reprit sa course effrénée. Elle avait tellement froid ! Ses pieds étaient de plomb, ses jambes engourdies.

Ne t'arrête pas.

Encore un peu et elle y serait.

Elle entendit soudain un bruit de moteur qui lui redonna espoir. Elle ne devait pas abandonner. Pas si près du but. Elle pouvait y arriver.

Enfin, elle sortit du bois. La route était là, à deux pas. Dans un dernier effort, elle franchit le fossé qui bordait la chaussée et s'immobilisa, haletante.

S'il Vous plaît, mon Dieu, faites qu'une voiture arrive.

Elle serra ses poings engourdis. Elle était transie de froid jusqu'aux os. Elle n'avait pas pris le temps de se protéger de la température polaire qui régnait au-dehors. Elle n'avait eu qu'une pensée en tête : fuir.

Il avait surgi sans qu'elle s'y attende, et elle n'avait eu d'autre choix que de tenter de lui échapper. Elle avait dû tout abandonner. Tout laisser derrière elle.

Mais peu importait. La seule chose qui comptait était… le bébé.

Elle pria encore et encore pour qu'il ne la trouve pas avant qu'une voiture arrive.

Sa prière fut écoutée. Le bruit lointain d'un moteur lui parvint. Elle courut à sa rencontre, titubant presque à chacun de ses pas. Enfin, elle vit des phares trouer l'obscurité. Elle se redressa autant qu'elle le pouvait et agita fébrilement les bras au-dessus de sa tête.

— À l'aide ! cria-t-elle dans un effort désespéré pour être entendue.

Au moment même, elle sentit qu'elle perdait les eaux.

Oh non, non…

La voiture ralentit avant de s'arrêter à sa hauteur. Le conducteur se pencha sur le côté pour lui ouvrir la portière.

Elle s'engouffra dans l'habitacle.

— Merci, dit-elle d'une voix tremblante alors qu'elle s'effondrait dans le siège. Je suis sur le point d'accoucher… Il faut que vous me conduisiez…

Elle tourna la tête vers l'homme. Son sang se figea dans ses veines.

Son sort était scellé.

Elle allait mourir.

Grace se réveilla en sursaut. Son cœur battait à tout rompre. Elle était en nage.

Elle posa une main sur sa poitrine et se força à se calmer. De sa main libre, elle alluma la lampe de chevet. Quelle heure était-il ? L'horloge digitale indiquait 18 heures. Elle avait dormi plus d'une heure.

— Liam.

Il devait être réveillé à cette heure-là.

Elle tendit la main, mais la place à côté d'elle était vide et… froide.

Une peur panique la saisit. Elle bondit hors du lit, cherchant son fils du regard.

— Liam !

Elle se précipita dans le salon. Il n'y était pas.

— Liam ! cria-t-elle plus fort.

Il fallait se rendre à l'évidence. Liam ne se trouvait pas dans leur espace privé.

Son regard se heurta à la porte. Elle était entrouverte. Elle se rua dans le couloir, l'esprit en ébullition. Liam n'avait pas encore trois ans. Il ne savait pas déverrouiller les portes. Il devait donc se trouver dans l'enceinte de l'hôtel. Cette prise de conscience aurait dû la calmer ; pourtant, elle restait sur les nerfs.

— Liam !

Elle allait de pièce en pièce, son cœur cognant comme un fou dans sa poitrine.

Enfin, elle le vit. Immobile près de la cheminée, il regardait au-dehors par un carreau d'une des portes-fenêtres.

Elle se précipita vers lui et s'agenouilla pour se mettre à sa hauteur.

— Mon chéri... Tu vas bien ?

L'enfant hocha la tête.

— Oui, maman. Je regarde le monsieur dans la neige.

Elle fronça les sourcils et regarda à son tour. Il avait neigé. Pas beaucoup. Juste de quoi recouvrir le sol d'une fine couche de blanc. Son cauchemar refit surface. Un frisson lui parcourut l'échine.

Elle scruta le jardin paysagé, mais les quelques éclairages extérieurs ne lui permettaient pas d'y voir clairement.

— Je ne vois personne, mon chéri.

— Il est parti.

Les enfants avaient beaucoup d'imagination. Liam avait-il fantasmé cette présence ?

Elle chercha encore du regard une preuve de ce qu'avançait son fils. Tout à coup son cœur s'arrêta de battre.

Là, à l'endroit où les pavés menaient à l'entrée principale, elle vit des traces de pas.

Liam ne mentait pas. Quelqu'un était bien venu jusqu'ici.

Elle se releva, les yeux rivés sur les empreintes. On pouvait voir qu'elles démarraient à l'épaisse ligne d'arbustes qui délimitait la propriété, puis elles traversaient le jardin pour finir sur la dernière marche de l'escalier qui menait au porche.

— Je veux ça.

— Quoi donc, mon chéri ?

Liam pointait de son petit index un objet métallique qui gisait sur le parquet en bois du porche.

Elle ne mit pas longtemps à comprendre que c'était un médaillon en forme de cœur suspendu à une chaîne.

Elle n'avait pas besoin de le toucher ni même de le voir de plus près pour savoir qu'il était ancien et qu'il serait taché de sang.

Elle emporta son fils dans ses bras et courut s'enfermer avec lui dans leur appartement.

Il fallait appeler la police. Et vite !

Son enfant bien calé sur ses genoux, elle tapa les trois chiffres du service de secours d'une main fébrile.

— Un intrus est venu rôder dans les jardins du Lookout Inn sur Mockingbird Lane, débita-t-elle d'un trait aussitôt qu'une voix féminine eut pris son appel. Pouvez-vous m'envoyer quelqu'un ?

Elle ne raccrocha que lorsqu'elle eut la promesse formelle qu'une patrouille s'était mise en route.

Elle s'était appliquée à parler calmement, mais Liam avait dû sentir que quelque chose n'allait pas car il semblait au bord des larmes. Elle le serra contre elle tout en lui caressant tendrement les cheveux.

— Tout va bien, mon bébé. Ne t'inquiète pas.

Pourtant, derrière ces paroles qui se voulaient rassurantes, elle vibrait intérieurement d'une terreur qu'elle connaissait bien.

Ça ne pouvait pas être lui. Il croupissait dans une cellule, en attente de son procès.

Et, avec les charges qui pesaient contre lui, il n'était pas près d'en sortir. Elle n'avait donc aucune raison d'avoir peur. Aucune.

Sauf si elle se trompait. Comme elle s'était déjà trompée une fois.

À peine un quart d'heure plus tard, des adjoints du shérif avaient débarqué et s'étaient mis à inspecter le jardin sans tarder. Son fils calé contre sa hanche, Grace en avait profité pour se glisser sous le porche et récupérer le médaillon. Avant, elle avait pris la précaution d'enfiler des gants en latex dont elle se servait pour le ménage. Comme elle l'avait pressenti, le médaillon était bien taché de sang. Mais pourquoi renfermait-il une photo d'elle ? Le cœur battant, elle s'était empressée de le refermer puis était allée le cacher sous l'évier, au fond d'une grosse boîte remplie d'éponges.

Après avoir passé une heure à ratisser les lieux, les policiers insistèrent pour jeter un coup d'œil à l'intérieur. Grace ne s'y opposa pas. Bien au contraire. Deux précautions valaient mieux qu'une.

Une fois encore, ses pensées dérivèrent vers lui.

Une fois encore, elle essaya de se persuader que c'était impossible.

Il devait s'agir d'un de ces fanatiques de faits divers horribles qui vouaient un véritable culte aux tueurs en série. Des gens psychologiquement dérangés que la perspective de jouer à des jeux malsains faits pour semer et cultiver la terreur faisait jouir. Le cauchemar de Grace avait fait la une des journaux et des sites d'informations en ligne pendant des mois. De quoi nourrir l'imagination déjà fertile de ces tordus. Elle se rappela que, pour Halloween, un fabriquant de farces et attrapes était allé jusqu'à créer un masque à l'effigie du tueur.

Elle frissonna de dégoût autant que d'effroi.

La voix de Scott Reynolds, un des adjoints, la tira brusquement de ses pensées sinistres.

— À part les traces de pas, nous n'avons rien trouvé d'autre, dit-il. Vous avez dit que votre fils avait vu quelqu'un ?

Grace couva du regard son enfant qui, installé à la table basse du salon, tentait maladroitement d'assembler les pièces d'un puzzle.

— Je me suis endormie auprès de lui et quand je me suis réveillée, il n'était plus là. Je l'ai trouvé dans l'entrée où il regardait par la porte-fenêtre. Il m'a dit qu'il avait vu « un monsieur ». C'est là que j'ai aperçu les traces de pas dans la neige. Elles s'arrêtaient à la dernière marche du porche. J'ai supposé que cet homme était venu jusqu'à la porte-fenêtre d'où mon fils le regardait.

Cette idée lui donna envie de vomir.

Sans y avoir été invité, Reynolds s'assit sur une chaise pour consulter ses notes.

— Pouvez-vous me dire où se trouve le père de votre fils ?

Les gens du coin savaient que Grace était mère célibataire. Pourtant, ils l'avaient bien accueillie et lui avaient permis de bien s'intégrer dans leur petite communauté. Toutefois, elle veillait à garder une certaine distance pour ne pas avoir à satisfaire leur curiosité.

— Il…

Elle s'éclaircit la gorge.

— Il est décédé juste avant que nous n'emménagions ici, dit-elle.

— Désolé, dit Reynolds.

Il griffonna quelque chose sur son bloc-notes avant de reprendre :

— Si cela ne vous dérange pas, j'aimerais poser quelques questions à Liam au sujet de cet homme qu'il a vu.

— Nous pourrions essayer, répondit-elle, inquiète que Liam mentionne le médaillon. Mais il sera plus enclin à parler si c'est moi qui l'interroge.

Reynolds acquiesça.

— Posez-lui des questions sur le physique de l'intrus.

— D'accord. Liam, mon chéri, viens me voir. L'adjoint Reynolds et moi aimerions te demander quelque chose à propos de l'homme que tu as vu.

Liam délaissa son jeu pour venir rejoindre sa mère. Il regarda Reynolds d'un air méfiant.

— OK, finit-il par dire.

— Est-ce qu'il était grand ? Grand comme l'adjoint Reynolds. Ou plus petit ? Comme maman.

Liam pointa Reynolds du doigt.

— Comme lui.

— Tu as vu ses cheveux ? poursuivit Grace.

Liam secoua la tête.

— Pourquoi ? intervint Reynolds. Il portait un chapeau ? Une casquette comme la mienne ?

Il lui montra sa casquette de policier, qu'il avait posée sur ses genoux au moment de s'asseoir.

Pour toute réponse, le petit garçon partit en courant dans le couloir.

— Vous croyez que je lui ai fait peur ? s'enquit Reynolds, inquiet.

Grace s'apprêta à se lever.

— Je vais voir ce qu'il fait, dit-elle.

Juste à ce moment-là, Liam revenait, avec à la main un bonnet en laine qu'il brandit avec fierté devant l'officier de police.

— Comme ça.

— Beau travail, jeune homme, s'exclama Reynolds. Et ses yeux ? Tu as vu de quelle couleur ils étaient ?

Liam se rapprocha du policier et se tapota doucement les paupières.

— Comme moi.

Le cœur de Grace s'emballa.

— Il avait les yeux bleus ?

Liam opina.

Grace se ratatina dans son fauteuil tandis que les battements de son cœur redoublaient d'intensité.

— Dis-moi, mon bonhomme, poursuivit Reynolds, comment était-il habillé ? Il portait un jean, comme ta maman ?

— Non, il était tout noir, comme Batman.

— Il portait des gants, aussi ?

Nouveau hochement de tête.

Reynolds referma son calepin et se leva.

— Merci, Liam, dit-il en ébouriffant doucement les cheveux du petit. Tu m'as été d'une aide précieuse.

Il ajouta, à l'adresse de Grace :

— Madame Myers, nous vous ferons savoir si nous trouvons quelque chose mais je vous avoue que, pour l'heure, nous disposons de peu d'éléments susceptibles de faire avancer nos investigations. Nous allons procéder à une enquête de voisinage. Nous verrons bien si elle donne quelque chose.

Grace se leva à son tour.

— Je vous remercie d'être venu, adjoint Reynolds.

Lorsque les hommes du shérif furent partis, elle prépara un sandwich à Liam, lui versa un verre de lait et l'installa devant la télévision. Puis elle retourna dans la cuisine où elle sortit le médaillon de sa cachette.

Cela ne faisait aucun doute. C'était bien le même que ce psychopathe laissait auprès de ses victimes en guise de signature, après qu'il les avait exécutées.

Pourquoi y avait-il sa photo à l'intérieur du médaillon ?

La réponse était claire. Parce qu'elle serait sa prochaine victime.

Elle frissonna de terreur.

Encore une fois, elle se demanda comment tout cela était possible. Il ne pouvait pas l'avoir retrouvée. Et pourtant, si. Il n'y avait pas d'autre explication possible. Ou bien il s'était débrouillé pour les localiser, d'une manière ou d'une autre, et il avait payé quelqu'un pour venir déposer le médaillon devant sa porte. Pour qu'elle vive dans la terreur jusqu'à la fin de ses jours.

Avait-il poussé le vice jusqu'à engager un complice qui lui

ressemblait ? Qui avait les mêmes yeux que lui, de ce bleu pâle presque transparent qu'avait hérité Liam ?

Il en était bien capable.

Elle s'exhorta à se ressaisir. La première chose à faire était d'aller s'assurer sur Internet qu'il était bien en détention. Il ne pouvait pas ne pas l'être. Il était accusé de trois féminicides et il avait tenté de la tuer. En plus, la libération conditionnelle avait été rejetée.

Si Adam Locke, le tristement célèbre tueur en série, avait été libéré pour une raison ou pour une autre, elle en aurait été informée.

Bien sûr que non. Comment aurait-on pu la contacter ? Elle avait disparu du jour au lendemain sans donner à quiconque sa nouvelle adresse et sa nouvelle identité.

Comme elle ne s'était pas intéressée au déroulement du procès – le simple fait d'entendre prononcer le nom d'Adam ou de voir son visage la rendait malade –, elle ne pouvait rien affirmer du sort réservé à son ex-mari. Elle n'avait fait que supposer.

Mais maintenant elle n'avait plus le choix. Elle devait regarder la réalité en face.

Elle avait passé les deux dernières années à construire un foyer sûr pour Liam, ici, à Lookout Mountain. Elle avait tout fait pour que personne ne sache où ils étaient.

Mais là encore, avait-elle fait le bon choix ? N'aurait-elle pas dû accepter la proposition qui lui avait été faite de bénéficier de la protection du FBI ? De renaître ailleurs, après avoir témoigné au procès, là où des agents spécialisés auraient veillé à ce qu'on ne la retrouve jamais ?

Non, elle avait fait ce qu'il fallait. Ce que son instinct de mère lui avait soufflé de faire. Qui mieux qu'une maman savait comment protéger son enfant ? Quant à ce médaillon, elle n'en parlerait à personne tant qu'elle n'aurait pas la certitude qu'il n'avait pas été déposé sous son porche par un sinistre plaisantin.

Mais, alors qu'elle tentait de se persuader qu'elle avait raison, une question tournait en boucle dans sa tête : et si elle se trompait ?

2

Bureau du shérif du comté de Hamilton

Lookout Mountain

Lundi 19 février, 9 h 25

De retour au bureau du shérif, Robert Vaughn écouta distraitement les messages qui s'étaient accumulés dans sa boîte vocale. La dernière fois qu'il en avait reçu autant, c'était le jour de son anniversaire. Pourquoi tant de gens avaient cherché à le joindre, un dimanche soir ? Le coin était bien trop calme pour susciter autant d'agitation.

De toute façon, l'aurait-il voulu qu'il n'aurait pas été en mesure de prendre ces appels. Il avait été appelé pour transférer un dangereux criminel vers la prison de Knoxville, et son portable était resté en mode silencieux à bord du véhicule de police tout le temps qu'avait duré l'opération.

Il était rentré chez lui à 4 heures du matin, rincé. Il dormait depuis deux heures à peine quand il avait été appelé en urgence sur les lieux d'un accident de la route. Malgré la fatigue intense, il n'avait pas voulu prendre une journée de repos.

Un café. Il lui fallait du café. Des litres de caféine, même, s'il voulait tenir le coup.

Il se rendit dans l'espace où se trouvait le percolateur et remplit un mug qu'il vida à moitié à petites gorgées.

En dehors de son bureau, grand comme un mouchoir de poche, il y en avait un autre, guère plus grand, que se partageaient trois autres adjoints. Rob était le responsable de ce poste de police trop exigu que tous n'occupaient que le temps que le nouveau poste soit construit.

Cela faisait un an que Rob s'était installé ici, à Lookout Mountain. Étonnamment, il s'y sentait comme chez lui. Il en était d'autant plus surpris qu'il s'était toujours considéré comme un véritable citadin. Au point que lorsqu'on lui avait proposé de prendre la tête de ce petit poste de police, il avait failli refuser. Pourtant, il s'était entendu dire oui.

Sans doute avait-il eu besoin de changement à un moment de sa vie où les choses ne s'étaient pas passées comme prévu. Il faut dire que se faire plaquer par la femme qu'il s'apprêtait à épouser l'avait aidé à prendre sa décision.

Si, sur le moment, son ego en avait pris un coup, à l'heure qu'il était, Rob n'avait plus aucun regret. Il avait même fini par vendre l'appartement qu'il avait à Chattanooga, signe qu'il ne comptait pas retourner là-bas. La page était tournée.

Ici, il louait un studio confortable à quelques kilomètres du bureau du shérif et, dès qu'il avait quelques jours de libre, il filait les passer dans sa résidence secondaire, un chalet caché dans les arbres, en bordure de la rivière Tennessee. Il était passé de sa voiture de sport clinquante à un SUV, mieux adapté aux routes sinueuses du coin.

Même dans ses tenues vestimentaires, il avait changé du tout au tout. Quand il n'était pas en service, il passait son temps en jean et chaussures de randonnée. Devait-il attribuer ces changements à l'approche de la quarantaine ? Ce n'était pas que trente-sept ans soit un âge canonique – loin de là –, mais il n'allait pas en rajeunissant. L'horloge biologique tournait pour tous et, pour être honnête, il s'était imaginé avoir des enfants bien avant d'atteindre un seuil critique. Quel était-il pour les hommes ?

Il secoua la tête. Le moment n'était pas bien choisi pour tenter de répondre à ces questions existentielles. Il avait des appels à traiter.

Les deux premiers concernaient des cambriolages. Depuis, les malfrats avaient été identifiés et arrêtés. Le troisième était un rappel de prise de rendez-vous pour un test de tir auquel il devait se soumettre et qu'il avait déjà reporté plusieurs fois. Non pas parce qu'il craignait de le rater – il était un excellent tireur –, mais parce que, jusque-là, il n'avait pas trouvé un moment dans son emploi du temps ultra-serré.

Il y eut un coup discret puis la tête de Reynolds apparut dans l'entrebâillement de la porte.

— Bonjour, chef.

— Bonjour, Reynolds.

— Vous avez eu vent de ce qu'il s'est passé au Lookout Inn, hier soir ?

Rob passa instantanément en état d'alerte absolue.

— Non. Quoi ?

— Un individu est venu rôder dans l'enceinte de la propriété. Il serait même allé jusqu'à s'approcher d'une des portes-fenêtres qui donnent sous le porche pour jeter un coup d'œil à l'intérieur.

— Et… ? demanda-t-il, le cœur battant d'appréhension à l'idée qu'il pouvait être arrivé quelque chose à Grace et au petit Liam.

— Rien de grave, heureusement. L'intrus avait quitté les lieux quand nous sommes arrivés, mais Mme Myers était chamboulée.

— Et Liam ?

Cet enfant avait conquis son cœur à l'instant où il l'avait rencontré. Tout comme sa mère qui, elle, gardait ses distances avec lui. Il ignorait ce qui la rendait si méfiante, mais il respectait sa nature réservée. Il attendrait. Elle saurait bien lui envoyer les signaux si un jour elle se décidait à dépasser le cadre de la simple amitié. Dans l'esprit de Rob, en revanche, c'était clair : elle était le genre de femme qui valait la peine d'attendre.

— Ça va. Apparemment, il a vu le type. Il a pu nous dire qu'il était grand, qu'il avait des yeux bleus, qu'il portait un bonnet et qu'il était habillé tout en noir.

Autant chercher une aiguille dans une botte de foin.

— Il y a eu tentative d'effraction ?

Reynolds secoua la tête.

— J'ai tout de suite pensé que ça pouvait être le père du petit, venu avec de mauvaises idées en tête. Mais quand j'ai posé la question à Mme Myers elle m'a répondu qu'il était décédé.

Rob se retint de justesse de demander pourquoi il n'avait pas été appelé alors qu'il était responsable de la sécurité de cette communauté. La réponse, il la connaissait. À l'heure où les faits se déroulaient, il transférait un criminel vers une prison hautement sécurisée. Il s'était porté volontaire pour éviter à l'un de ses adjoints moins expérimentés d'avoir à le faire.

— Je devrais peut-être aller jeter un coup d'œil par moi-même, annonça-t-il.

Reynolds haussa les épaules.

— Si vous voulez. Mais j'ai attendu pour partir l'arrivée de Diane Franks, la cuisinière Tout était calme mais je peux y retourner, si vous voulez.

— Merci, mais je m'en occupe.

Il attrapa sa casquette au passage puis sortit. Heureusement, son pare-brise n'était pas givré. Il avait eu beaucoup de mal à racler la couche de glace qui y était incrustée le matin même. Les prévisions météo de la veille avaient annoncé cinq centimètres de neige. Il en était tombé le double avec risque de verglas, en plus. Si les axes principaux avaient été dégagés, il n'en allait pas de même avec les routes secondaires. Sans compter que, à cette époque de l'année, il fallait s'attendre à des tempêtes soudaines que seuls les enfants étaient en mesure d'apprécier.

Les voitures stationnées sur le parking de l'hôtel attestaient de la présence de nombreux clients. Au cours d'une de leurs discussions, Grace lui avait laissé entendre qu'elle était contente de sa saison. Les affaires marchaient bien. Elle avait plus de réservations qu'elle n'en avait espéré. Quand elle avait acheté cet établissement, il était fermé depuis plus de dix ans. Les gens du coin étaient impressionnés par ce qu'elle en avait fait. Un hôtel de charme à la fois confortable, convivial et chaleureux où il faisait bon séjourner.

Grace était appréciée de tous. Tout le monde s'accordait à dire qu'elle méritait d'avoir réussi. Elle ne comptait pas ses heures, travaillant toujours plus dur pour attirer des clients et pour que son hôtel reste innovant.

Rob inspira une grande bouffée d'air froid qu'il exhala en petites volutes. Son cœur battait fort à l'idée de se retrouver face à Grace. Il lui avait proposé à plusieurs reprises de l'emmener dîner au restaurant, mais elle avait refusé à chaque fois. Cela avait été dit gentiment – elle était débordée... Liam ne se sentait pas bien... – mais le résultat était le même : elle refusait de sortir avec lui.

Après son dernier refus, il avait décidé de se contenter de ce qu'elle avait à lui offrir. Une forme d'amitié un peu passive qu'il était le seul à entretenir. Il ne savait rien d'elle, ni de son passé ni de son défunt mari. Elle lui raconterait son histoire quand elle serait prête. Elle le serait, un jour. Il le pressentait. C'est pourquoi il était disposé à attendre le temps qu'il faudrait.

Quand Angela l'avait quitté, il s'était inscrit sur un site de rencontres, mais il en était vite revenu. Il avait alors décidé de laisser faire le hasard.

Bien lui en avait pris. Il avait rencontré Grace, peu de temps après.

Grace qui lui faisait oublier que d'autres femmes papillonnaient autour de lui.

Arrivé devant l'entrée principale, il redressa les épaules et franchit la porte d'un pas décidé. Grace se trouvait derrière le comptoir de réception, occupée à renseigner un client. Il en profita pour la dévisager. De longs cheveux châtain clair presque blonds qu'elle avait coiffés en un chignon qu'il s'imagina lui défaire. Des yeux gris, un sourire qui lui faisait chavirer le cœur à chaque fois. Grace Myers était belle, c'était indéniable. Mais, en plus, elle ne manquait pas de qualités de cœur. Il avait eu l'occasion de faire l'expérience de sa gentillesse, de sa douceur et de sa générosité.

— Voici vos clés, monsieur Pierce. Je vous ai réservé le bungalow 10. Vous pouvez l'apercevoir de la terrasse de la salle à manger. Et si vous avez besoin de quoi que ce soit, n'hésitez pas à me le faire savoir.

— Je n'y manquerai pas, rétorqua le M. Pierce en question.

Rob le regarda se diriger vers la salle que lui avait indiquée Grace. Il vit l'homme se retourner plusieurs fois sur lui.

L'uniforme, sans doute, qui devait l'intriguer. Il est vrai que la présence d'un officier de police dans les lieux pouvait susciter la curiosité.

— Bonjour, Rob.

— Bonjour, Grace.

Il remarqua tout de suite son air inquiet.

— Vous auriez dû m'appeler, hier soir.

Il se garda bien de préciser qu'il n'aurait pas pu se déplacer, mais son mensonge ne visait qu'à lui faire comprendre qu'elle pouvait compter sur lui en toutes circonstances.

Elle détourna les yeux, s'affairant à ranger les papiers qui recouvraient le comptoir.

— À vrai dire, j'ai agi dans l'urgence. J'étais terrifiée. Ma première réaction a été d'appeler le 911.

— Je comprends. Vous aviez toutes les raisons d'avoir peur.

Sauf que, pour la connaître un peu, il savait qu'il lui en fallait beaucoup pour perdre son sang-froid. Elle avait encaissé sans broncher la présence d'un puma qui rôdait dans le jardin et même celle d'un ours, une fois. Elle avait alerté calmement les pompiers puis était retournée vaquer à ses occupations comme si de rien n'était. Mais cela n'avait rien de comparable avec la présence inquiétante d'un individu venu l'espionner jusque dans sa maison. Qui sait s'ils n'avaient pas affaire à un dangereux prédateur ?

— Il faut que j'aille vérifier le menu du jour, dit-elle.

— Cela vous dérange si je viens avec vous ?

Elle hésita un court instant.

— Pas du tout. Mais avant, il faut que j'aille dire à Cara de venir me remplacer ici.

Grace avait engagé Cara Gunter trois mois plus tôt, après l'accident de la route tragique qui avait coûté la vie à Kendall, son assistante. Originaire de Chattanooga, Cara vivait à Memphis quand elle était venue s'installer dans le coin pour veiller sur sa grand-mère, une dame âgée devenue trop vulnérable pour vivre seule. La petite trentaine, comme Grace, Cara était d'une grande efficacité et assurait sur tous les fronts. Liam l'avait tout de suite adoptée, critère de sélection essentiel aux yeux de Grace. Gérer un établissement comme le Lookout Inn avec un enfant en bas âge exigeait qu'elle soit bien secondée.

Elle pouvait également compter sur Karl Wilborn, le jardinier, ainsi que sur sa femme, Paula, la gouvernante. Il y avait aussi Diane Franks, la cuisinière, qui avait dirigé sa propre entreprise de restauration à New York avant d'accepter le poste de cuisinière qui s'offrait à elle au Lookout Inn. Elle était veuve, mais la rumeur lui prêtait une liaison avec le directeur de l'école primaire.

Un court instant plus tard, Grace lui faisait signe de la rejoindre dans le couloir où elle se tenait. En traversant la salle à manger, ils passèrent devant le bar. Il eut l'envie subite de boire un autre café. D'autant que Grace était la championne des mélanges aromatiques. Parfois, il passait juste pour le plaisir de déguster une de ses savoureuses compositions, qu'il accompagnait d'une pâtisserie maison.

— Je vais vous faire goûter mon nouveau mélange, dit-elle. Il est corsé mais, à ce jour, je crois pouvoir affirmer que c'est le plus réussi.

— Je serai ravi de vous servir de goûteur.

Elle remplit une tasse qu'elle lui tendit.

Il porta la tasse à ses lèvres. Le goût à la fois corsé et onctueux du mélange enchanta ses papilles.

— Exquis. Si un jour vous décidiez de devenir barista, faites-le-moi savoir. Je n'hésiterai pas à quitter la police pour vous rejoindre.

Elle répondit à son compliment par un sourire radieux.

Une odeur délicieuse de gâteaux fraîchement sortis du four vint lui chatouiller les narines.

Comme si elle avait lu dans ses pensées, Grace lui présenta un plateau chargé de scones.

— Vous en voulez un ? Je vous recommande ceux-ci. Ils sont à l'orange.

— Merci.

Il posa sa tasse vide sur le comptoir et prit un des scones qu'elle lui avait indiqués.

— Racontez-moi ce qu'il s'est passé hier soir.

— C'était la fin d'une semaine bien remplie, commença-t-elle. Tous les clients étaient repartis. J'étais épuisée. Liam faisait la sieste, alors je suis allée m'allonger à coté de lui. Je n'avais pas l'intention de dormir, mais je n'ai pas pu lutter contre la fatigue. Quand je me suis réveillée, une heure plus tard, Liam n'était plus là. J'ai eu très peur. La maison était plongée dans le noir, je ne savais pas où était mon fils. Il ne répondait pas quand je l'appelais. J'étais paniquée.

— Je comprends.

— Finalement, je l'ai trouvé dans le hall d'entrée. Il regardait sans rien dire par une des portes-fenêtres. Il était comme envoûté. C'était assez effrayant de le voir comme ça.

Il sentit une telle détresse chez elle qu'il faillit lui prendre la main. Mais il y renonça. Grace Myers lui avait fait comprendre à plusieurs occasions qu'elle n'avait besoin de personne.

— Il a dit quelque chose ?

— Il a dit qu'il regardait « un monsieur ».

Elle ferma les yeux un court instant, comme pour se soustraire à ce souvenir insupportable.

— La neige s'était mise à tomber pendant que je dormais, poursuivit-elle. J'ai tout de suite vu les traces de pas qui remontaient jusqu'aux marches du porche. J'étais bouleversée à l'idée que quelque chose aurait pu arriver à Liam pendant que je dormais. Je me sens coupable de m'être endormie comme je l'ai fait.

Rob s'écarta un peu du comptoir pour ne pas céder à l'envie de la prendre contre lui et de lui murmurer des paroles rassurantes à l'oreille.

— Vous avez remarqué quelque chose d'anormal ces derniers temps ? se contenta-t-il de demander d'un ton neutre. Quelqu'un traîner dans le coin ? Passer régulièrement devant l'hôtel, à pied ou en voiture ? C'est une manière fréquente de procéder chez les cambrioleurs. Ils viennent d'abord repérer les lieux.

— Non, je n'ai rien remarqué de ce genre. Honnêtement, j'espère que c'était juste quelqu'un qui s'était perdu et cherchait à demander son chemin.

Il acquiesça sans grande conviction.

— Si quelque chose vous revenait, n'hésitez pas à m'appeler.

— Je n'y manquerai pas.

Elle avait parlé d'un ton teinté d'une nervosité qui ne lui était pas coutumière. Une nervosité à mettre sans doute sur le compte de la peur rétroactive qu'il ait pu arriver quelque chose à son petit garçon.

Il décida de changer de sujet.

— Vous avez eu de nouvelles réservations ?

— Deux clients sont arrivés ce matin, mais je n'ai personne d'autre jusqu'à vendredi.

De toute évidence, elle était heureuse de cette occasion qu'il lui offrait de parler d'autre chose.

— Je suis vraiment contente de la manière dont les choses évoluent, poursuivit-elle. Si le printemps et l'été marchent bien, je commencerai à rentrer dans mes frais.

La chambre de commerce lui avait déjà décerné le prix de l'entreprise de l'année. Ce ne serait sans doute pas le dernier, compte tenu du travail acharné qu'elle fournissait pour faire tourner son hôtel et de son engagement au sein de la communauté.

— Je ne doute pas que cet établissement continue à connaître un beau succès. Vous le gérez comme personne.

— En tout cas, j'essaye.

Les quelques secondes de silence qui suivirent étaient le signal qu'il était temps de prendre congé.

— Je vais y aller. Si vous voulez que je parle à Liam ou si vous avez besoin de quoi que ce soit, n'hésitez pas à me le faire savoir.

Elle acquiesça.

— Merci.

— Si vous n'y voyez pas d'inconvénient, je vais quand même aller jeter un coup d'œil à l'extérieur avant de partir.

— Allez-y, au contraire. Vous trouverez peut-être quelque chose qui aura échappé à vos hommes.

— Si c'est le cas, je repasserai vous en informer.

Elle le remercia encore d'un sourire, mais il la sentait distraite. Comme préoccupée.

Il sortit, pensif. Qu'est-ce qui pouvait expliquer cette distance ? Avait-elle rencontré quelqu'un ? Ne voulait-elle plus de son amitié ?

Il rejeta ces pensées – qu'il jugeait ridicules, pour ne pas dire puériles – pour se concentrer sur la mission qui l'attendait. Il commença par longer la haie qui bordait le jardin puis il alla inspecter la remise où Karl Wilborn entreposait le matériel de jardinage. Mais là encore il ne trouva rien.

En traversant le jardin pour repartir, il vit Liam qui l'observait par la fenêtre. Il lui fit un petit signe de la main auquel l'enfant répondit en souriant. Il regretta de ne pas avoir insisté pour lui parler. Peut-être reviendrait-il plus tard pour aborder le sujet avec lui.

Cara, l'assistante de Grace, apparut soudain derrière Liam. Elle salua Rob d'un signe de la main avant d'éloigner le petit garçon de la fenêtre.

Tout semblait aller pour le mieux.

Pourtant, il n'arrivait pas à se défaire de l'idée que Grace lui cachait quelque chose.

3

Postée à l'une des fenêtres de l'entrée, Grace regarda Rob Vaughn partir au volant de sa voiture. Elle regrettait presque de ne pas avoir joué franc jeu avec lui. Il était peut-être temps qu'elle raconte son histoire à quelqu'un. Surtout après l'intrusion de la veille.

Cela dit, en parlant, elle prenait le risque que ses confidences soient ébruitées et, par voie de conséquence, qu'on la géolocalise. Il n'était pas question qu'elle mette la vie de son fils en danger en se déchargeant de son fardeau sur quelqu'un.

Pas même sur l'homme en qui elle avait fini par avoir confiance et pour lequel elle nourrissait des sentiments.

Pas très malin, Grace.

Elle frissonna un peu. Elle resserra ses bras autour d'elle. Elle n'avait donc tiré aucune leçon du passé ?

Peu importait. Robert Vaughn ne saurait jamais qu'il l'attirait. Elle ne lui délivrerait jamais ses secrets. De toute façon, comment pourrait-elle envisager de se lancer dans une relation amoureuse en sachant qu'un pan de sa vie resterait à jamais inaccessible ?

Elle en serait incapable.

— Nous passons à table. Si tu veux te joindre à nous...

La voix de Cara la tira brusquement de ses pensées.

— Merci, Cara. J'arrive.

La jeune femme acquiesça puis s'éloigna. Grace se demanda ce qu'elle ferait sans cette perle. À la mort de Kendall, elle avait failli renoncer à engager une nouvelle assistante. Grace et Liam étaient tellement attachés à Kendall ! Aujourd'hui encore, penser à elle lui faisait monter les larmes aux yeux. Elle avait tenu deux mois. Ensuite, elle s'était résignée. Elle n'avait pas pu faire autrement, elle était débordée. Elle n'arrivait pas à gérer les chambres d'hôtes et à s'occuper de Liam en même temps. Il lui fallait une remplaçante à Kendall.

Elle s'était décidée au moment des fêtes de fin d'année. Liam commençait à devenir autonome, à revendiquer une certaine indépendance. Il rechignait de plus en plus à suivre sa mère partout, préférant jouer seul dans sa chambre. Elle ne le lui reprochait jamais. Elle trouvait même que c'était une bonne chose. Sauf qu'elle ne pouvait plus l'avoir à l'œil comme elle l'entendait, à tout moment de la journée.

Forte de cette prise de conscience, elle s'était mise en quête d'une nouvelle assistante. Elle avait porté son choix sur Cara. Jusque-là, elle n'avait jamais eu à regretter sa décision. Bien au contraire. Elle s'en félicitait chaque jour. Aujourd'hui, elle pouvait dire que Cara, Diane, Karl et Paula formaient une merveilleuse équipe sur laquelle elle savait pouvoir compter.

Elle rajouta une bûche dans l'âtre. Elle adorait cette cheminée ancienne, la seule d'origine. Celles qui se trouvaient dans les chambres fonctionnaient au gaz.

Alors qu'elle se rendait dans la salle à manger, elle entendit retentir le rire de son petit garçon. Un sourire attendri se dessina sur ses lèvres quand elle entra dans la salle et qu'elle le vit faire le pitre pour amuser un des deux clients, Henry Brower. Henry venait de Seattle. Il avait la soixantaine, des cheveux poivre et sel, et des yeux rieurs dans un visage poupin. Il était assis en bout de table, entre Cara et Liam. La place réservée à Joe Pierce était vide. Sans doute ferait-il une apparition plus tard. En tout cas, Grace l'espérait. Elle n'aimait rien tant que discuter avec ses clients. L'attrait de ce genre d'hébergement résidait en partie dans le fait que tout le monde se retrouvait à l'heure des repas et échangeait de manière conviviale. Elle avait suffisamment modifié son apparence pour apprécier ces rencontres sans craindre d'être reconnue. Au début, cela l'avait inquiétée. Puis, le temps faisant son œuvre, elle avait commencé à se détendre... Jusqu'à la nuit dernière.

Henry sourit à Grace quand il la vit prendre une assiette et aller se servir au buffet. Ce jour-là, Diane avait disposé sur la table trois salades composées différentes, une large variété de sandwichs et tout un assortiment de gâteaux préparés par Grace. Moelleux au chocolat, mille-feuilles, madeleines au citron, biscuits secs aux amandes, la pâtisserie n'avait plus aucun secret pour Grace qui filait dans la cuisine s'adonner à sa passion dès qu'elle avait un peu de temps devant elle. Elle ne connaissait pas de meilleur moyen de se détendre.

Tous les mets étaient présentés dans la vaisselle en porcelaine qu'elle avait dénichée chez un antiquaire. Une vaisselle très fine, ravissante, qui lui valait souvent des compliments de la part de ses clients, hommes comme femmes.

Des éloges qui lui faisaient un bien fou après tout ce qu'elle avait vécu ces dernières années. Dans son ancienne vie, elle était comptable dans un grand cabinet. Elle gagnait bien sa vie et bénéficiait de nombreux avantages. Mais ce travail pratiqué au sein d'un environnement froid et impersonnel n'avait rien à voir avec la gestion de son hôtel de charme.

Elle alla s'asseoir à côté de Liam qui s'était lancé avec animation dans le récit des événements de la veille. Elle refoula l'envie de le faire taire. De toute façon, il était trop tard.

— Dis-moi, mon bonhomme, c'est un fantôme que tu as vu, alors ! dit Henry Brower, jouant l'inquiétude.

Liam haussa les épaules.

— Mais non. Les fantômes, c'est blanc. Lui, il était tout noir, comme Batman. Il m'a fait drôlement peur !

Grace lui caressa doucement le dos.

— Il est parti, maintenant, mon chéri. Il ne reviendra plus.

— Ta maman a raison, déclara Henry Brower. Tu peux être tranquille.

Liam acquiesça d'un hochement de tête puis mordit à pleines dents dans son sandwich. De toute évidence, il était rassuré.

Cara, elle, semblait sceptique. Elle s'était beaucoup inquiétée quand Grace lui avait raconté ce qu'il s'était passé. Cara s'alarmait souvent de les savoir seuls la nuit, quand il n'y avait pas de clients. Il est vrai que les voisins les plus proches se trouvaient à plus d'un kilomètre. Jusque-là, pourtant, Grace ne partageait pas l'inquiétude de Cara.

Elle revit Liam décrire les yeux de l'individu à l'officier de police. « Comme moi », avait-il dit.

Elle se mit à frissonner.

— Monsieur Brower, racontez-nous ce qui vous a amené ici, dans nos montagnes, demanda Cara.

Brower sirota une gorgée de son thé.

— Je suis venu pour assister à une conférence à Chattanooga, répondit-il. Et si vous voulez mon avis, je préfère largement le calme et la tranquillité d'une petite communauté comme celle-ci à l'agitation d'une grande ville.

— Sachez que nous apprécions beaucoup que vous ayez choisi de séjourner chez nous, intervint Grace.

C'est alors que la baie vitrée qui donnait sur la terrasse s'ouvrit sur Joe Pierce qui, sans un mot, se dirigea tout droit vers le buffet. Grace lui donnait une petite cinquantaine. Il avait une longue barbe qui contrastait étrangement avec son crâne rasé. Il était arrivé le matin de Californie. Comme à chaque fois qu'un client lui arrivait de cette région, Grace était assaillie de doutes. Parviendrait-elle un jour à surmonter l'angoisse d'être reconnue alors qu'elle avait fait tout ce qu'il fallait pour changer d'apparence ?

Changer son nom et celui de Liam avait été plus compliqué.

Trouver quelqu'un qui accepte de vous procurer de faux papiers était plus difficile que ce que l'on pouvait voir dans les films policiers. Liam n'était âgé que de quelques mois quand ils avaient dû s'enfuir. Son père mort, Grace ne laissait personne derrière elle. Les rares amis proches qu'elle avait eus un temps, à l'époque de son mariage, ne devaient plus se soucier d'elle depuis longtemps. Adam avait fait en sorte de l'isoler, de la couper de tous les gens qu'elle aimait. Elle ne s'était rendu compte du contrôle qu'il exerçait sur sa vie que lorsqu'il avait été trop tard.

Encore une erreur, comme toutes celles qu'elle avait commises après avoir rencontré Adam Locke.

À l'exception de Liam, qu'elle couva d'un regard de louve. Il était la plus belle chose qui lui soit arrivée.

Cara se leva, son assiette et son verre vides à la main.

— Je vous laisse. Je dois retourner travailler.

— Bien sûr, dit Grace avant d'ajouter à l'adresse de M. Pierce, qui venait de les rejoindre à table : J'espère que votre bungalow vous convient.

— Il est parfait. Comme tout le reste, d'ailleurs.

— Vous êtes trop gentil. Permettez-moi de vous présenter mon fils, Liam.

Joe Pierce hocha la tête avec une indifférence affichée avant de reporter son attention sur son assiette.

Comme Liam commençait à s'agiter sur sa chaise, Grace décida qu'il était temps de quitter la table.

— Passez un bon après-midi, messieurs, dit-elle en leur souriant. N'hésitez pas à me faire savoir si vous avez besoin de quelque chose.

Liam la suivit sagement jusqu'à la cuisine. Diane était partie, mais elle serait de retour à temps pour préparer le dîner. À en juger par l'odeur délicieuse qui emplissait la pièce, elle avait dû mettre en route la cuisson de son plat du soir.

Tandis que Liam s'était lancé dans la construction d'une tour avec ses Lego, Grace entreprit d'inventorier le contenu des placards et du frigo. Elle rajouta quelques articles à la liste établie par Diane pour les repas de la semaine à venir puis passa la commande en ligne. Diane la récupérerait en rentrant, ce soir.

Une fois le lave-vaisselle chargé, elle rejoignit son appartement en compagnie de Liam. En général, elle profitait du fait qu'il faisait la sieste pour traiter le courrier en retard. Au moment où elle s'installait sur le canapé, son ordinateur portable à la main, elle entendit le bruit de l'aspirateur, signe que Paula était arrivée. Celle-ci avait eu besoin de sa matinée pour se rendre à un rendez-vous. Si Paula était là, son mari aussi sans doute. Il devait être occupé à tailler une haie ou à ratisser les feuilles mortes dans les allées. Ici, chacun savait ce qu'il avait à faire. Grace n'avait pas besoin de donner d'instructions.

Liam avait mis longtemps à s'endormir. Il était très agité. Quand, enfin, il avait sombré dans un profond sommeil, Grace avait délaissé ses mails pour se lancer dans des recherches sur Adam Locke. Depuis la veille, elle ne cessait de repousser ce moment, prétextant qu'elle était trop occupée. En réalité, elle était terrifiée à l'idée de ce qu'elle pourrait trouver.

Arrête.

Adam était en prison. Son procès avait commencé depuis quelques jours et devrait se dérouler sur plusieurs mois. Enfin, d'après les dernières informations qu'elle avait et si, depuis, il n'y avait pas eu de report, ce qui était souvent le cas.

Elle avait fait sa déposition en visio et n'aurait pas à comparaître. C'est du moins ce qu'on lui avait certifié, à l'époque. Mais peu importait, maintenant. Après le décès brutal de son père, elle avait décidé de disparaître. Personne ne savait où elle se trouvait ni comment la contacter.

De toute façon, il y avait suffisamment de preuves irréfutables contre Adam pour que son sort soit scellé à l'avance. Ce n'était pas le témoignage de Grace qui ferait pencher la balance d'un côté ou d'un autre.

Ses doigts restaient immobiles sur le clavier. Chaque fois qu'elle pensait à Adam ou au procès, elle se trouvait prise dans un cercle infernal où se mêlaient étroitement terreur et dégoût d'elle-même. Trois ans s'étaient écoulés, mais les mêmes interrogations venaient la tourmenter régulièrement. Comment avait-elle pu vivre sous le même toit que ce monstre et ne se rendre compte de rien ?

Une vague nauséeuse la submergea. Elle ferma les yeux et se força à prendre une longue inspiration puis à expirer tout aussi lentement. Elle était loin de lui maintenant. Il ne verrait jamais son fils. Ne le toucherait jamais. Elle ne le permettrait pas.

Elle avait beau vouloir s'en convaincre de toutes ses forces, le doute subsistait. Et si cet homme que Liam avait vu, qui avait les yeux du même bleu que les siens, était Adam ?

Elle se ferma farouchement à cette possibilité.

Non. Non. Non.

Ça ne pouvait pas être lui. Il devait y avoir une autre explication.

Forte de cette certitude, elle rouvrit les yeux et se força à taper son nom.

Adam Locke.

Elle retint sa respiration tandis que les résultats de sa recherche s'affichaient à l'écran.

Ce qu'elle lut lui fit froid dans le dos. Elle se mit à trembler de manière convulsive.

Affaire Locke classée pour vice de forme. L'enquête doit être reprise à zéro.

Les mots dansaient devant ses yeux tandis que son cerveau se refusait à en comprendre le sens.

Elle refoula la boule d'angoisse qui s'était formée dans sa gorge et se força à poursuivre sa lecture.

Fait nouveau dans l'affaire Adam Locke, le tueur en série de Sweetheart. Le mandat de perquisition autorisant Lance Gibbons, l'inspecteur chargé de l'enquête, à perquisitionner au domicile des Locke, présente un vice de forme. En effet, il ne lui a été délivré qu'après qu'il fut entré dans les lieux par effraction. La situation d'urgence n'ayant pas été retenue, le juge a déclaré nulles et non avenues les preuves trouvées au cours de cette perquisition illégale.

Elle sentit son sang se glacer dans ses veines tandis qu'elle cherchait du regard la date de parution de l'article.

Vendredi.

Ce qui signifiait qu'Adam pouvait être l'homme que Liam avait vu.

La peur lui comprimait la poitrine. Elle avait l'impression de manquer d'air.

Non, non, non. Elle ne voulait pas de cette réalité.

D'accord, Adam était sorti de prison. Mais cela ne signifiait pas pour autant qu'il était libre d'aller et de venir comme bon lui semblait. Il devait être assigné à résidence et porter un bracelet électronique, vu les charges qui pesaient contre lui. Le juge ne pouvait pas courir le risque de le voir prendre la fuite en attendant un nouveau procès.

Et même. En admettant qu'Adam soit libre, comment aurait-il fait pour la retrouver ?

Elle referma son ordinateur d'une main tremblante mais déterminée à ne pas se laisser dominer par la peur. Adam ne pouvait pas savoir où elle se trouvait. C'était impossible. Et pourtant... il avait réussi. Le nier était ridicule. Pour l'heure, la question était de savoir comment il avait pu la localiser en moins de quarante-huit heures.

Avec l'aide d'un complice, bien sûr. Quelqu'un qu'il aurait chargé de faire des recherches pour lui alors qu'il se trouvait encore en prison.

Elle se leva, les jambes flageolantes. Elle avait pourtant été prudente. Tellement, tellement prudente.

Le cœur battant, elle se rua dans la chambre de son fils. Il dormait comme un petit ange, perdu au milieu de son grand lit. Son cœur se serra à l'idée que son petit garçon ne vivrait jamais en sécurité tant que ce monstre n'aurait pas écopé d'une peine à perpétuité.

Son cœur s'affola dans sa poitrine. Adam ferait tout ce qui était en son pouvoir pour la tuer. Il voudrait se venger car c'était à cause d'elle s'il avait été arrêté. C'était elle qui avait informé Gibbons de l'existence de la cache secrète du sous-sol où il détenait ses victimes avant de les tuer. C'était elle aussi qui avait libéré sa dernière victime, la seule qui aurait pu témoigner de ce qu'elle avait enduré si elle avait survécu. Malheureusement, elle était retombée dans les griffes d'Adam quelque temps après.

Aujourd'hui encore, Grace s'en voulait de ne pas avoir pu faire plus. De ne pas avoir trouvé un moyen de la sauver.

Elle s'allongea à côté de son fils. Elle avait vécu avec un monstre sans le savoir. Un monstre aux allures de prince charmant.

Comment n'avait-elle pas senti le Mal en lui ?

Après avoir libéré cette femme, Grace s'était rendue directement chez son père, qui vivait près du lac Tahoe. Ensemble, ils avaient élaboré un plan pour tenter de la protéger, elle, mais aussi l'enfant qu'elle portait. Puis elle avait appelé la hot-line de la police de San Francisco. On lui avait passé Lance Gibbons à qui elle avait raconté tout ce qu'elle savait. La police n'avait plus qu'à aller le cueillir sur son lieu de travail, à l'emmener au poste pour un interrogatoire serré et à aller perquisitionner ce qui fut leur domicile conjugal.

À la suite de cela, Adam serait incarcéré, jugé puis passerait le reste de sa vie en prison.

Adam Locke, son mari, le père de son fils, était un tueur en série.

Elle inspira à plusieurs reprises profondément pour tenter de calmer les battements frénétiques de son cœur. Pour une fois, elle ferait mieux de réfléchir de manière claire et concise au lieu de réagir sous le coup de l'émotion comme elle l'avait fait jusque-là.

Elle déroula le film une fois de plus. Les choses ne s'étaient pas passées comme prévu. Quelqu'un avait prévenu Adam que les flics étaient chez lui. Il avait alors tout de suite saisi qu'elle avait tout découvert et qu'elle l'avait dénoncé. Il avait filé droit chez son père, où il savait la trouver.

Il avait fait d'une traite les presque trois cents kilomètres de San Francisco au lac Tahoe. Grace et son père ignoraient que, à ce moment-là, il n'avait pas été placé en détention. Personne n'avait pris la peine de les appeler pour les prévenir. À la lumière de ce qu'elle venait d'apprendre, elle comprenait que les flics avaient grillé les étapes. Plutôt que d'aller interpeller Adam sur son lieu de travail, Gibbons et ses sbires avaient préféré se rendre d'abord chez Adam afin qu'aucune preuve ne leur échappe. Quand les flics lui avaient demandé s'il y avait une autre femme retenue prisonnière dans la maison, elle avait répondu « peut-être ». Elle s'était souvenue de Bella Watts dont on avait signalé la disparition et qui n'avait pas été retrouvée.

Par la suite, pour se défendre, pour justifier sa faute lourde, Gibbons avait joué sur les mots. Il avait prétendu que Grace leur avait dit qu'il se pouvait qu'il y ait une autre victime enfermée dans le sous-sol de sa maison. Elle n'avait pas menti. Mais à aucun moment elle n'avait affirmé quoi que ce soit. Comment aurait-elle pu deviner ce que ce fou avait en tête ? Elle ignorait qu'elle était mariée à un tueur en série, bon sang !

Sans compter qu'elle avait parlé sous le coup de l'émotion. Elle était terrifiée ; en pleine confusion.

En attendant, pendant que Gibbons et ses hommes perquisitionnaient son domicile, Adam s'introduisait chez le père de Grace et s'attaquait à lui, laissant une chance à Grace de s'enfuir à travers bois pour tenter d'échapper à une mort certaine.

Malheureusement, entravée dans sa course par le poids de son bébé, Adam n'avait pas mis longtemps à la rattraper. Il l'avait plaquée au sol et l'aurait probablement étranglée si la main de Grace n'avait pas trouvé une grosse pierre avec laquelle elle l'avait violemment frappé à la tête. Elle avait pu se libérer et avait repris sa course folle à travers bois. Par chance, elle avait débouché sur la route au moment où un automobiliste arrivait. Alerté par cette femme hagarde, enceinte jusqu'aux yeux qui lui faisait de grands signes désespérés, il l'avait embarquée et conduite à l'hôpital où Liam était né moins d'une heure plus tard.

Adam, lui, s'était évaporé dans la nature.

Deux jours plus tard, alors qu'il était venu lui rendre visite, son père succombait à une crise cardiaque.

Elle avait appelé son fils William James, comme lui.

Quelques semaines plus tard, Adam était appréhendé alors qu'il tentait de s'en prendre à elle et à son fils. C'est à ce moment-là qu'elle avait décrété que la police ne serait jamais en mesure de les protéger. Elle avait vidé ses comptes et avait disparu, son bébé sous le bras.

Elle se fichait bien que la police la croie morte. Même, elle l'espérait. Surtout après que Gibbons lui avait appris qu'Adam avait des disciples, des fous comme lui qui non seulement défendaient l'indéfendable mais admiraient l'homme qu'il était. Ils auraient tous aimé la voir morte pour avoir été responsable de l'arrestation de son mari. Elle soupçonnait Gibbons d'avoir voulu l'effrayer pour la rendre plus docile. Mais cela avait eu l'effet inverse. Gibbons lui avait donné une raison supplémentaire de disparaître.

Pourtant, malgré l'aversion que lui inspirait Gibbons, elle était à deux doigts de l'appeler. Lui savait sans doute ce qu'il en était vraiment de la situation. Elle finit par renoncer. Elle ne pouvait pas prendre le risque que son appel soit tracé. Sans compter que Gibbons essayerait de la convaincre de revenir à San Francisco.

Une déposition dans les bureaux de la police servirait mieux l'affaire que celle qu'elle avait faite en visio. Or, il n'était pas question qu'elle remette les pieds là-bas.

Le mieux était de ne pas céder à la panique. Personne à Lookout Mountain ne savait qu'elle s'appelait en réalité Gianna Locke, ex-épouse du tristement célèbre tueur en série, Adam Locke. Pour tout le monde, elle était Grace Myers, maman célibataire du petit William James Myers.

Un coup discret frappé à la porte la fit pourtant sursauter violemment. La tête de Cara apparut par l'entrebâillement.

— Je viens voir si cela te dérange que je parte plus tôt.

— Pas du tout. Je gérerai la réception d'ici, jusqu'à ce que Liam se réveille de sa sieste.

— Merci. C'est gentil. Ma grand-mère a rendez-vous chez son cardiologue, mais elle vient juste de me prévenir.

— Ne t'inquiète pas. Occupe-toi bien d'elle. Nous nous débrouillerons sans toi.

Cara avait beaucoup de chance d'avoir de la famille. À part son fils, Grace n'avait plus personne. Sa mère était morte quand Grace avait cinq ans. Puis son père était parti, lui aussi, de manière tellement brutale. Comme il lui manquait ! Pour finir, elle n'avait ni oncles ni tantes et elle était fille unique. Avant de savoir que son mari était un tueur, elle rêvait de donner des frères et sœurs à Liam. Aujourd'hui, elle ne se voyait pas faire suffisamment confiance à un homme pour se lancer de nouveau sur la voie de la maternité.

L'image de Robert Vaughn s'imposa à elle. Elle lui plaisait, c'était évident. Lui aussi lui plaisait. Mais lui plairait-elle autant quand il apprendrait la vérité ?

Son passé la marquait au fer rouge. Aucun homme un tant soit peu sensé ne voudrait dans sa vie d'une femme chargée d'un fardeau aussi lourd.

Elle entendit la porte d'entrée s'ouvrir et se refermer. Son cœur s'emballa. Pourquoi n'était-elle pas allée la verrouiller, une fois Cara partie ?

Parce que tu as des clients et qu'il n'est pas l'heure de verrouiller la porte pour la nuit.

Elle reconnut le pas de Cara dans le couloir.

— Tu as oublié quelque chose ?

— Le courrier.

Elle déposa la pile sur le bureau.

— À demain.

Elle lui fit un petit signe de la main et s'éclipsa de nouveau.

Grace s'en voulut de réagir à tout de manière aussi épidermique. Elle devait cesser d'être sur le qui-vive en permanence. Elle devait se ressaisir. Elle avait un fils mais également des clients qui devaient pouvoir compter sur elle. Pour l'heure, il lui fallait s'occuper les mains et l'esprit. Penser à autre chose. Elle allait retourner à la réception éplucher le courrier que venait de lui apporter Cara. Mais d'abord passer par la cuisine pour fermer la porte à clé. Diane avait la sienne. Elle pourrait rentrer.

L'hôtel était calme à cette heure de la journée. Seul le tic-tac régulier de la grande horloge venait rompre le silence. Elle aimait ce bruit familier qui la berçait un peu.

Installée derrière le comptoir, elle se plongea pour commencer dans la lecture de ses mails. Mais elle y renonça très vite. Elle avait un mal fou à se concentrer. Ses pensées s'étaient mises à dériver vers la Californie, là où Adam avait été libéré. Elle poussa un profond soupir, s'exhortant à penser à autre chose. Elle s'attela alors aux lettres que lui avait apportées Cara. La première était une facture d'électricité. Elle la mit de côté, passa aux cartes postales d'anciens clients qui la remerciaient pour les prestations offertes et son accueil chaleureux. Un sourire heureux se dessina sur ses lèvres. Car, si elle appréciait les commentaires laissés en ligne par des clients satisfaits, un petit mot de remerciement écrit à la main lui réchauffait toujours le cœur.

Elle feuilleta rapidement l'exemplaire du *Lookout Mountain Monitor* puis le mit de côté, se réservant le plaisir de le lire plus tard, en savourant une tasse de thé comme elle avait l'habitude de le faire. Elle jeta dans la corbeille à papier une pile de prospectus puis attrapa une enveloppe blanche sur laquelle ne figurait aucune inscription. Elle fronça les sourcils, intriguée.

Elle la décacheta et en sortit une photo imprimée sur du papier d'ordinateur.

Elle se mit à trembler de tout son corps en découvrant le portrait de Liam. Liam qui regardait par un carreau de la porte-fenêtre.

— Oh mon Dieu, murmura-t-elle.

C'était lui. Il était venu jusqu'ici.

Il l'avait signé de sa main, au bas de la photo, par ces trois mots qu'il utilisait toujours dans les messages qu'il lui adressait.

Baisers, mon ange

4

Bluebird Trail, 13 h 30

— Madame Sells, vous êtes bien certaine du jour ?

La vieille dame prit le temps de la réflexion. Elle avait appelé le bureau du shérif pour dire que quelqu'un avait dormi dans son garage. En effet, un lit de fortune fait de deux couettes grossièrement assemblées avait été installé dans un coin de la pièce.

— Voyons... Je suis revenue de la messe dimanche, autour de midi. J'ai garé ma voiture dans le garage. Il me semble que je m'en serais rendu compte à ce moment-là. Or, je n'ai rien remarqué.

Rob hocha la tête.

— Et depuis, vous n'avez pas utilisé votre voiture ?

— Non. Pas jusqu'à aujourd'hui. Mattie England et moi déjeunons ensemble tous les lundis. Et c'est en revenant que j'ai remarqué ce bazar.

Elle secoua la tête.

— Ce n'est pas que cela me dérange que quelqu'un veuille dormir au chaud, mais j'aurais aimé que cette personne me prévienne, tout de même.

— Madame Sells, ne laissez jamais un étranger entrer chez vous. Si celui qui a élu domicile dans votre garage avait sonné à votre porte, la meilleure chose à faire aurait été de l'envoyer au foyer de Bennett Street. Il y a toujours de la place, là-bas.

— De toute façon, le problème ne s'est pas posé puisqu'il n'a pas sonné à ma porte.

— Donc, vous n'avez aucune idée de qui ça peut être ?

Mme Sells fronça les sourcils.

— Non. Mais j'ai vu un homme assez jeune marcher dans cette rue, dimanche, juste avant la tombée de la nuit. Il n'était pas du quartier, c'est sûr. De toute façon, je ne vois pas pourquoi quelqu'un de Lookout Mountain serait venu dormir dans mon garage.

Il sortit son calepin. Dans d'autres circonstances, cette histoire aurait pu paraître anecdotique. Seulement, compte tenu de l'intrusion qui avait eu lieu chez Grace, c'était une affaire à prendre au sérieux.

— Vous vous rappelez comment il était habillé ?

— Il était tout en noir, même son bonnet.

Comme l'homme qu'avait vu Liam. Bluebird Trail était une rue voisine de Mockingbird Lane. Il était fort possible qu'il s'agisse de la même personne.

— Vous avez pu voir son visage ? Vous pouvez dire s'il était de type caucasien ?

— Oui, oui, il l'était. Je ne peux pas vous donner de détails, comme la taille de son nez ou la couleur de ses yeux, mais il avait la peau claire, je m'en souviens très bien.

Il balaya le garage d'un regard circulaire.

— Vous avez remarqué s'il manquait quelque chose ? Des outils, par exemple ?

— Je vous avoue que je n'en sais rien. Ce garage, c'était le domaine de Harvey.

Son défunt mari, décédé l'année précédente.

— Vous permettez que je jette un coup d'œil ?

— Faites, je vous en prie. Je vous laisse. Je rentre, je commence à avoir froid.

46

— Allez-y. Ne vous inquiétez pas. Je refermerai bien le garage. Je passerai vous voir avant de partir.

Une fois seul, il se lança dans une inspection minutieuse des lieux. Il commença par les étagères murales, recouvertes d'outils de toutes sortes. Comme Mme Sells venait rarement dans son garage, il espérait trouver des empreintes sur la couche de poussière qui les recouvrait. Malheureusement, rien ne lui sauta aux yeux. Il passa ensuite au crible les moindres recoins de la pièce mais, là encore, il fit chou blanc. Rien ne semblait avoir été déplacé.

De toute évidence, l'intrus n'était venu là que pour dormir.

Il referma le garage et se dirigea vers la porte arrière de la maison. Il frappa et attendit que la vieille dame vienne lui répondre, ce qui prit quelques minutes.

— Alors ? Vous avez trouvé quelque chose ? demanda-t-elle aussitôt qu'elle lui eut ouvert.

— Non, répondit-il. Rien du tout. Je n'aime pas l'idée qu'un rôdeur traîne chez vous. Je veux que vous vous assuriez de toujours garder vos portes verrouillées. J'effectuerai une ronde avec un de mes hommes vers 18 heures puis une autre à minuit. Nous patrouillerons comme cela pendant quelques jours. Nous verrons bien si cet individu est parti pour de bon. Sinon, notre présence régulière devrait suffire à le dissuader de revenir.

— C'est gentil. J'avoue que cela me rassurerait.

— Et surtout n'hésitez pas à appeler si, entre-temps, vous voyez quelqu'un traîner par ici ou si vous notez un comportement suspect.

— Vous pouvez compter sur moi.

— Très bien. Au revoir, madame Sells.

Il venait de quitter l'allée quand son portable sonna.

C'était Grace. Son cœur se mit à battre un peu plus fort.

— Bonjour, Grace. Tout va bien ?

Elle ne prit pas la peine de le saluer.

— J'ai reçu un mot que je voudrais vous montrer. Vous pouvez faire un saut à la maison ?

Il devina derrière le ton qui se voulait calme une pointe d'anxiété.

— J'arrive tout de suite.

Mockingbird Lane, 14 h 10

Tandis que Liam s'amusait à attraper les boules multicolores qui s'étaient échappées de sa piscine en plastique, Rob examinait attentivement la photo que Grace avait trouvée dans son courrier.

Comme l'enveloppe ne comportait ni timbre ni adresse, il était évident qu'elle avait été déposée directement dans la boîte aux lettres. Sans doute par l'homme que Liam avait vu dans le jardin.

— Vous n'avez aucune idée de qui a pu faire cela ? demanda-t-il.

Le temps qu'elle mit à lui répondre était déjà une réponse en soi.

— Je... Je ne comprends pas pourquoi quelqu'un ferait ça, commença-t-elle d'une voix hésitante. Ça n'a aucun sens.

Il lança un coup d'œil à Liam pour s'assurer qu'il ne pouvait pas l'entendre.

— Réfléchissez bien, Grace. Cet homme peut être dangereux. Si vous avez quelque chose à me dire, c'est le moment. Le « Baisers, mon ange », en bas de cette photo, semble très intime, non ?

Elle refoula d'un battement de cils les larmes qui lui étaient montées aux yeux.

— Excusez-moi un instant, dit-elle avant de s'éclipser dans le couloir d'où elle appela Mme Wilborn.

Grace lui demanda d'aller s'occuper de Liam. Ce qu'elle avait à dire à Rob Vaughn ne devait être entendu que de lui.

— Bonjour, adjoint Vaughn, dit Mme Wilborn en entrant dans le salon, toute souriante.

— Bonjour, madame Wilborn. Votre mari va bien ?

Elle esquissa une moue grimaçante.

— Il se plaint toujours un peu de douleurs ici ou là mais dans l'ensemble, il se porte bien.

— S'il continue à travailler, c'est que ce n'est pas trop grave, dit Rob.

— Comme vous dites.

Sur ce, elle alla rejoindre Liam, toujours occupé à courir après ses balles.

— Je peux jouer avec toi, mon chéri ? proposa-t-elle en lui souriant.

Grace, qui attendait sur le seuil, fit signe à Rob de la suivre.

— Allons dans la cuisine, dit-elle. Nous serons mieux pour parler.

Il s'installa sur un tabouret puis la regarda ouvrir les portes des placards les unes après les autres. Comme il n'avait aucune idée de ce qu'elle cherchait, il attendit patiemment.

— Ah... voilà.

Elle posa sur le comptoir une bouteille de bourbon et deux verres qu'elle remplit presque à ras bord. Elle lui en tendit un avant de vider d'un trait la moitié du sien.

Il haussa les sourcils de surprise. Il n'avait jamais vu Grace boire d'alcool. Pas même un verre de vin. Jamais. Ce qui laissait supposer que ce qu'elle avait à lui révéler était grave. Il ignora son verre – il ne buvait jamais pendant ses heures de service – et attendit de nouveau.

— Ça va mieux ? demanda-t-il quand elle eut vidé le reste son verre.

Elle hocha la tête.

— Vous voulez bien me raconter, maintenant ?

Grace hésita à se servir un autre verre. Ce n'était pas l'envie qui lui manquait, et elle aurait aimé noyer dans l'alcool, même pour un court instant, ce pan affreux de son existence. Mais mieux

49

valait qu'elle garde les idées claires vu l'énormité de ce qu'elle s'apprêtait à révéler à Rob.

De toute façon, elle ne devait penser qu'à une chose : la sécurité de Liam. Une sécurité qui était remise en question maintenant qu'Adam les avait retrouvés et que le cauchemar allait recommencer.

Pendant plus de deux ans elle avait réussi son pari. Elle avait tenu son passé secret. Personne n'avait entendu parler de l'histoire qui la reliait à Adam Locke. En remettant un tueur en série en liberté, le système judiciaire les avait laissés tomber, son petit garçon et elle. Il avait aussi laissé tomber toutes les victimes de ce monstre. L'heure était venue. Elle n'avait plus le choix. Elle devait parler.

Elle redressa les épaules, regarda Rob droit dans les yeux puis se lança :

— Je ne suis pas celle que vous croyez.

Voilà. C'était dit. Elle prit une profonde inspiration et marqua une pause.

— Vous pouvez préciser ?

Il posa sur elle un regard plein d'incompréhension. Il avait les plus beaux yeux qu'elle ait jamais vus. Des iris couleur chocolat émaillés de paillettes dorées.

Mais était-ce bien le moment de s'extasier sur la couleur unique des yeux de l'adjoint Vaughn ? C'était une question de subconscient, décida-t-elle. Inconsciemment, elle se refusait à verbaliser l'indicible.

— Ça doit être sérieux, dit-il pour l'encourager à poursuivre. Je me trompe ?

— Non. C'est très sérieux, même. Mon vrai nom est Gianna Reinhart Locke. Vous avez dû entendre parler de mon...

Elle s'interrompit un court instant durant lequel elle inspira profondément.

— Mon ex-mari est Adam Locke, lâcha-t-elle d'une traite.

Il encaissa la nouvelle sans broncher, mais elle vit à son air qu'il savait de qui elle parlait. Le monde entier savait.

Elle ferma les yeux pour mieux s'exhorter à refouler les images affreuses qui se pressaient dans sa tête.

— D'accord, se contenta-t-il de dire.

Elle battit des cils et se mit à scruter son visage. Elle avait fini par faire confiance à cet homme. Faire confiance... C'était quelque chose qu'elle avait cru ne jamais plus pouvoir faire. Elle appréciait énormément Rob. Elle le trouvait beau, très séduisant, même. Elle était attirée par lui et elle savait cette attirance réciproque. Mais la façon dont il la regardait à ce moment précis, avec un mélange de suspicion et de quelque chose qui ressemblait à de la répugnance, lui brisa le cœur en même temps qu'il réduisait à néant l'espoir qu'elle avait nourri qu'un jour, peut-être... elle connaîtrait de nouveau l'amour.

Elle eut l'horrible sensation que le monde s'écroulait d'un coup autour d'elle.

— Je venais tout juste de le quitter après...

Elle força son esprit à laisser le passé resurgir. Elle l'avait tenu à distance si longtemps que son cerveau résistait à cette intrusion.

— Ce jour-là..., reprit-elle.

Le souvenir de ce jour et des heures traumatisantes qui avaient suivi la paralysait. Pourtant, pour le bien de Liam, il fallait qu'elle aille au bout de sa confession.

— Ce jour-là, j'ai découvert ce que mon mari cachait dans le sous-sol de notre maison. Il s'était levé très tôt pour partir travailler. Il était censé être en vacances, mais il a été appelé au bureau pour une urgence.

Adam était commercial dans une grosse agence de publicité. Son travail le conduisait à voyager régulièrement. Mais deux fois par an, tous les six mois exactement, il prenait une semaine de congé qu'il passait chez eux, à échafauder de nouveaux projets. Il adorait travailler le bois. C'était sa marotte. Évidemment,

Grace ignorait à l'époque l'importance de cet emploi du temps millimétré.

En bonne épouse qu'elle était, elle croyait tout ce qu'il lui disait. Pourquoi se serait-elle méfiée ? En fait, ils n'étaient jamais partis en vacances tous les deux. Cela ne la dérangeait pas plus que ça. Ils n'étaient mariés que depuis quelques mois quand elle était tombée enceinte et, cette fois-là, comme elle était près d'accoucher, ils avaient jugé préférable de ne pas s'éloigner de chez eux.

— Il était très en colère, reprit-elle en serrant ses bras autour d'elle.

Elle avait froid. Si froid.

— Il était furieux de devoir se rendre au bureau alors qu'il était en congé.

Ce souvenir était si vivace qu'elle en tremblait encore aujourd'hui.

— J'étais à quinze jours d'accoucher. En partant, il m'a expressément recommandé de ne pas descendre au sous-sol. Il craignait que, dans mon état, je fasse une mauvaise chute dans l'escalier. Il ne voulait pas non plus que je voie le travail d'ébénisterie qu'il avait en train. C'était une surprise qu'il me réservait.

Elle n'avait pas désobéi de manière intentionnelle. Vraiment.

— Je n'allais jamais en bas, poursuivit-elle. Je m'étais faite à l'idée que c'était son domaine réservé. Mais ce matin-là, je l'ai trouvé particulièrement insistant et, surtout, très nerveux.

Elle s'accorda une courte pause avant de reprendre :

— Il était parti depuis peu quand j'ai entendu un bruit étouffé. J'ai d'abord cru que j'avais laissé la télévision de notre chambre allumée. Je suis allée vérifier, mais elle était éteinte. J'ai entendu de nouveau le bruit. Un bruit sourd. Comme un coup provenant du sous-sol.

Elle marqua une nouvelle pause, mais cette fois si longue que Rob dut l'inciter à poursuivre.

— Qu'avez-vous fait ?

— J'ai fait le tour de toutes les pièces puis j'ai jeté un coup d'œil à l'extérieur mais je n'ai rien vu. J'ai pensé que c'était peut-être un oiseau qui s'était retrouvé piégé dans le grenier. Mais le bruit est devenu plus fort, plus insistant et il ne provenait pas du grenier.

Elle se mordit les lèvres.

— J'ai pris un marteau que nous gardions toujours dans un des tiroirs de la cuisine et je me suis laissé guider par le bruit. Il venait du sous-sol. Adam fermait toujours la porte à clé, prétextant qu'il craignait que nos invités, lorsque nous en avions – ce qui était rarement le cas –, pensent que c'était la porte des toilettes et dévalent l'escalier. À cette époque, je trouvais que c'était une bonne raison. J'ai déverrouillé la porte et je me suis engagée dans l'escalier. À mesure que je descendais les marches, les coups devenaient plus forts.

Elle se rappelait que son cœur battait au rythme de ces coups. Une peur froide l'avait saisie.

— J'essayais de me persuader que c'était un animal, mais je pressentais que quelque chose ne tournait pas rond. Quand je suis arrivée en bas de l'escalier, j'ai allumé le plafonnier. Les coups ont cessé instantanément. Comme si ce qui était à l'origine du bruit craignait le retour de quelqu'un. Ou l'espérait.

Elle se revit au milieu de la pièce, appréhendant ce qu'elle allait découvrir. Elle avait, chevillé au corps, le sentiment écrasant que quelque chose de terrible allait se produire qui changerait le cours de sa vie.

— J'ai tout de suite vu le berceau.

C'était donc ça, la surprise que lui réservait son mari, avait-elle pensé. Un berceau fait de ses mains pour leur bébé. Elle avait alors débordé d'un bonheur intense.

— L'espace d'un instant, j'ai été si heureuse…

La même douleur vive qu'alors lui traversa la poitrine.

— Puis les coups ont redoublé. Cette fois, ils étaient accompagnés de sortes de râles.

Elle s'était dirigée vers le mur d'où semblaient provenir ces bruits étranges. Le cœur battant, elle avait collé son oreille contre la paroi. Le doute n'était plus permis.

Une personne se trouvait bien de l'autre côté du mur.

— J'étais paniquée. J'ai demandé s'il y avait quelqu'un. Les coups sont alors devenus violents, presque frénétiques. J'ai tiré comme j'ai pu l'établi, recouvert d'un monceau d'objets divers, qui courait sur presque toute la longueur du mur. Derrière, il y avait une porte en bois plein. Comme elle était peinte de la même couleur que les murs, elle passait complètement inaperçue. J'ai essayé de l'ouvrir, mais elle était fermée à clé. J'ai passé en revue chaque étagère et chaque tiroir, j'ai regardé dans chaque objet susceptible de cacher une clé. J'ai cherché, cherché. Je n'ai rien trouvé. Tout ce temps, mon esprit était en ébullition. Les interrogations se succédaient en rafales. Pourquoi quelqu'un était enfermé derrière cette porte ? Et si cette personne représentait un danger pour moi et mon bébé ? Devais-je faire appel à la police ?

Curieusement, l'idée que son mari puisse être embarqué au poste de police lui déchirait le cœur. Elle avait essayé de rationaliser la situation. Si Adam retenait quelqu'un prisonnier dans une pièce secrète, c'est qu'il avait une raison impérieuse de le faire.

Mais personne n'avait de bonne raison de retenir quelqu'un prisonnier dans sa propre maison. Jamais. Tout cela n'avait aucun sens.

Elle joignit les mains comme en prière et les pressa contre ses lèvres un instant avant de continuer.

— Je refusais de voir la réalité en face. Je voulais croire que mon mari n'était pour rien dans tout cela. Même si... Sans doute pour gagner encore un peu de temps, j'ai décidé d'en savoir un peu plus sur la personne qui se trouvait là avant de la libérer. Comme je supposais que cette personne était bâillonnée, je lui ai dit que j'allais lui poser des questions auxquelles elle devait répondre par un coup pour oui et par deux coups pour non. Aussitôt un coup m'a répondu.

Rob avait eu le temps de se ressaisir. Maintenant, il l'écoutait parler, ses traits n'exprimant rien d'autre qu'une neutralité professionnelle. Pourtant, elle imaginait très bien ce qu'il pouvait ressentir.

— C'est de cette manière que j'ai su que c'était une femme, que c'était un homme qui la retenait prisonnière, qu'elle n'était pas blessée. Quand je suis passée à la description physique de son geôlier, je connaissais déjà réponse. Le doute n'était plus permis. C'était bien Adam. J'étais sous le choc. J'ai pris un moment pour rassembler mes esprits puis je me suis mise en quête d'un objet qui me servirait à fracturer la serrure. J'ai trouvé une hache. Je l'ai attrapée et j'ai cogné, cogné, cogné de toutes mes forces sur la serrure jusqu'à ce qu'elle explose.

À ce stade du récit, elle s'arrêta. Revivre ce moment affreux était très éprouvant. Elle ferma les yeux.

— Ensuite ? l'encouragea Rob. Que s'est-il passé quand vous l'avez fait sortir ? Vous l'avez emmenée à l'hôpital ? Au poste de police ?

— Elle ne m'en a pas laissé le temps. Dès que je l'ai détachée et que je lui ai retiré son bâillon, elle s'est ruée dans l'escalier et s'est enfuie. Je ne pouvais pas lui courir après. Je vous rappelle que j'étais enceinte de presque neuf mois. Le temps que je récupère mes clés de voiture et que je me lance à sa poursuite, elle avait disparu. Alors, j'ai décidé d'aller me réfugier chez mon père, qui habite au bord du lac Tahoe.

À partir de là, le cauchemar n'avait fait qu'empirer.

Grace venait d'achever son récit par la découverte qu'elle avait faite sur Internet concernant la libération d'Adam quand Diane revint.

Ils lui laissèrent le champ libre et passèrent dans le salon privé de Grace.

— Je vais avoir des coups de fil à passer, dit-il. Il est possible qu'Adam ait été libéré sous caution, mais cela ne l'autorise pas pour autant à quitter l'État dans lequel il doit être jugé. J'en saurai plus une fois que j'aurai parlé aux enquêteurs en place. Il ne faut pas trop se fier à ce que raconte la presse, vous savez.

— Si ce n'est pas Adam que mon fils a vu, ce doit être un complice. Quelqu'un qu'il aura envoyé à sa place, comme un messager, pour nous faire vivre dans la terreur. Quoi qu'il en soit, Liam n'est plus en sécurité, ici. La police ne pourra rien faire pour nous protéger. Comme elle n'a rien pu faire pour protéger Alicia Holder, que ce monstre a tué quelque temps après. Adam Locke est un prédateur redoutable, vous pouvez me croire.

Il approuva d'un hochement de tête.

— J'ai suivi l'histoire. J'ai ma petite idée sur l'individu.

Certes. Rob était officier de police, mais qui n'avait pas côtoyé Adam de près ne pouvait saisir véritablement le personnage. Seuls ceux qui avaient survécu pouvaient en témoigner. Quoi qu'il en soit, elle avait besoin de l'aide de Rob. Si elle avait pensé pouvoir s'en sortir seule, elle se serait épargné cette douloureuse confession. Elle se rappela soudain le médaillon qu'elle avait caché sous l'évier. Elle devrait le lui remettre. Il constituait un indice important. Mais quelque chose la retenait, elle ne savait trop quoi. Peut-être le fait qu'elle n'en avait pas parlé à Reynolds, la veille, et qu'elle pouvait être accusée de rétention de preuve.

— Il faut que je mette mon fils en lieu sûr, insista-t-elle. Si j'en parle aux inspecteurs chargés de l'affaire, ils voudront que je reste sur place. Je ne peux pas prendre ce risque.

— Que voulez-vous faire ?

Elle n'était plus si sûre de pouvoir faire confiance à Rob. Il était flic. Il avait une obligation de loyauté envers la fonction qu'il occupait.

— Tout ce que je veux, c'est quitter cette ville avec mon fils. Si vous ne pouvez pas ou ne voulez pas m'aider, je comprendrai. Je me débrouillerai seule.

Il resta un long moment silencieux, à la regarder fixement.

— Je devrais vous dire non, dit-il enfin. Vous auriez dû me mettre au courant il y a longtemps, Grace.

Elle se mordit les lèvres, priant pour qu'il ne se laisse pas guider par la colère ou une fierté qu'elle jugerait mal placée.

— Mais je vais vous dire oui. Je vais vous aider à vous mettre en sécurité, vous et votre fils.

Elle fut tellement soulagée qu'elle eut envie de pleurer.

— Merci, dit-elle à travers ses larmes.

— Ne me remerciez pas.. J'ai des conditions à vous soumettre.

5

Rob n'était pas certain d'avoir pris la bonne décision, mais la chose la plus importante à ses yeux était que Grace lui fasse confiance. Pour cela, il devait lui prouver que la sécurité de son enfant était sa priorité.

Le moment était propice.

— Première condition : c'est moi qui choisis l'endroit.

Elle afficha un air sceptique.

— Et ensuite ?

— Ensuite, si nous sommes d'accord sur cette première étape, nous passons à la suivante.

Elle semblait vraiment surprise qu'il ait accepté de la suivre dans sa décision. Il était vrai qu'il aurait des comptes à rendre, mais il les rendrait aussitôt que Grace et Liam seraient en lieu sûr.

— Très bien, je suis d'accord. Vous avez un endroit précis en tête ?

— Oui. Un endroit très sûr, très à l'écart, très difficile à trouver.

Elle esquissa un sourire triste.

— La planque idéale, si je comprends bien. J'ai encore un peu de liquide et j'ai de nouveaux papiers d'identité. J'en avais fait faire plusieurs au cas où...

Elle laissa sa phrase en suspens.

— Je comprends. Vous vous prépariez à l'éventualité de devoir fuir à nouveau.

Elle ferma les yeux un court instant avant de les rouvrir et d'accrocher son regard.

— J'aurais tellement voulu ne pas revivre un tel moment, dit-elle dans un murmure. Mais pour mon enfant, je suis prête à tout. Je donnerais même ma vie pour le sauver.

— Cela n'arrivera pas, Grace. Je vous le promets.

Elle poussa un long soupir empreint de lassitude.

— Merci.

À ce moment-là, le portable de Rob sonna. Il baissa les yeux sur l'écran.

Reynolds.

— Excusez-moi, je dois répondre.

— Je vous laisse. Je retourne auprès de Liam.

Il approuva d'un hochement de tête tout en prenant l'appel.

— Salut, Reynolds. Du nouveau ?

— Un peu, oui, répondit Reynolds.

Sa voix vibrait d'une excitation à peine contenue.

— On a un cadavre sur les bras, chef. Vous devriez venir chez les Cashion. Ce n'est pas beau à voir. Il y a du sang partout.

Rob sentit tout son corps se tendre.

— Homicide ? s'enquit-il.

— Cela ne fait aucun doute. Ce type a reçu une dizaine de coups de couteau dans le thorax. Celui qui a fait ça est un sacré sauvage, vous pouvez me croire.

— Vous connaissez les consignes. Ne touchez à rien et voyez si Snelling peut se rendre sur place avec une équipe technique.

— OK, patron.

— J'arrive.

La maison des Cashion était à deux kilomètres de là, proche de celle des Sells. Il repensa à l'intrus qui avait dormi dans leur garage. Devait-il voir un lien entre les deux ? Il passa un coup de fil à l'adjoint Lyle Carter pour lui demander de le rejoindre au

Lookout Inn, puis il alla retrouver Grace qui discutait dans la cuisine avec Diane.

— Je suis appelé sur une urgence, expliqua-t-il sommairement. J'ai demandé à l'adjoint Carter de venir pendant mon absence. Ne bougez pas d'ici avant que je sois de retour.

— D'accord, déclara-t-elle docilement.

— Vous piquez ma curiosité, adjoint Vaughn, dit Diane en minaudant un peu.

Rob se contenta de lui sourire puis il sortit attendre Carter sur le parking. Il lui donna ses instructions et fila chez les Cashion. Quand il arriva, Reynolds était occupé à ceinturer de rubalise le garage, devenu la scène de crime. Il était aidé par Donnie Prater, une toute nouvelle recrue. Rob ne vit aucun signe de la présence des propriétaires, Danny et Tasha Cashion.

— Snelling est en route avec des gars de la scientifique, dit Reynolds quand il fut assez près pour être entendu. Les Cashion sont à l'intérieur. Je les ai déjà interrogés. Ils venaient de rentrer de week-end quand ils ont découvert le corps.

— Allons jeter un coup d'œil.

Ils n'avaient pas souvent affaire à des homicides dans ce coin tranquille. Ce n'était pas comme dans les grandes villes où la violence régnait partout. La victime gisait au sol sur le dos, baignant dans une mare de sang.

— Il avait des papiers sur lui ?

— Oui. Ce type vient de Californie. C'est bizarre, non ? Pourquoi un Californien s'est fait massacrer ici, dans le garage d'un couple sans histoires d'une petite ville de montagne ?

Rob remarqua tout de suite les cheveux blonds et les yeux bleu pâle de la victime fixés au plafond. Il était jeune. Une petite trentaine à tout casser.

Reynolds lui montra la photo du permis de conduire qu'il avait prise avec son portable.

— Il s'appelle Adam Locke. Il venait juste d'être libéré de…

— Vous avez fait vérifier ce permis ? le coupa Rob.

Bien sûr qu'il l'avait fait. Reynolds n'était pas un novice. C'était un flic qui avait de la bouteille.

— Oui. J'ai eu confirmation. Il s'agit bien d'Adam Locke. Deux minutes après, un certain Lance Gibbons, inspecteur à la brigade criminelle de San Francisco, m'a rappelé pour me dire qu'il sautait dans le premier avion et qu'il serait là ce soir.

Rob éprouva un profond soulagement à l'idée que Grace était enfin libérée de la menace qu'Adam Locke faisait peser sur elle et Liam. Il s'agenouilla et prit un cliché du visage de la victime puis il enfila la paire de gants qu'il avait dans la poche de son manteau et tâta un doigt, puis un bras. La rigidité cadavérique avait commencé, signe que le décès remontait à plusieurs heures.

— Je vous laisse diriger les opérations, dit-il à Reynolds en se relevant. Je dois repasser chez Grace Myers. Dès que vous aurez des nouvelles de Gibbons, appelez-moi.

Il culpabilisait un peu de laisser Reynolds seul avec un cadavre sur les bras, mais ce n'était que temporaire. Le temps qu'il mette Grace au courant. Ensuite, il reviendrait très vite.

— Ne vous inquiétez pas, chef. Je gère.

Il jeta un dernier coup d'œil au cadavre avant de retourner à sa voiture.

Qui avait bien pu tuer ce tueur en série ?

Lookout Inn, 15 h 30

Grace essayait de se concentrer sur autre chose depuis le départ de Rob. En vain. Elle repensait sans cesse à la dernière fois où elle avait vu Adam. Il avait insisté pour lui parler. Il avait conclu un marché avec la police : ils le laissaient voir Grace et, en échange, il leur donnait le nom de toutes ses victimes. Même celles dont ils n'avaient jamais entendu parler.

Bien sûr, il n'avait pas respecté le marché. Après avoir rencontré Grace, il leur avait ri au nez et avait proclamé qu'il était innocent. Il ne reviendrait pas là-dessus.

Une bouffée de colère monta en elle. Cette ordure l'avait manipulée aussi sûrement que si elle avait été une vulgaire marionnette. Cela dit, elle devait s'estimer heureuse qu'il ne l'ait pas tuée.

Durant l'interrogatoire mené par Gibbons, Adam avait insisté sur le fait qu'il ne lui aurait jamais fait de mal. Il avait juré que ce n'était pas lui qui avait retenu cette femme prisonnière dans son sous-sol et que, s'il avait pourchassé Grace à travers bois, c'était pour la prévenir de ne pas retourner chez eux, elle n'y serait pas en sécurité. Toutes ses explications n'étaient qu'un tissu de mensonges.

Il lui avait fait le serment qu'ils seraient bientôt tous réunis et que, d'ici là, elle devait s'occuper de son fils.

Il avait dit « mon fils. » Pas « notre fils ».

Une nouvelle bouffée de colère l'envahit. Comment avait-il fait pour les retrouver ? De quel procédé machiavélique avait-il usé ? Qu'avait-il en tête en venant rôder autour d'eux ? Elle ne le laisserait jamais s'approcher de Liam. De toute façon, au cas où il parviendrait à échapper à la justice, aucun juge ne lui accorderait un droit de visite. Du moins, elle l'espérait.

Comment pourrait-il en être autrement ?

Alicia Holder avait fait une description détaillée de son ravisseur. Aucun doute. C'était bien Adam. De plus, aucune autre empreinte que les siennes n'avaient été relevées dans la pièce où il retenait Alicia prisonnière. Mais même là, au pied du mur, il avait trouvé le moyen de nier. Il avait assuré, avec un aplomb incroyable, que le coupable avait probablement mis des gants. Comme Alicia avait été retrouvée assassinée quelques jours plus tard, elle ne pouvait plus témoigner. Tout ce qu'avait Gibbons, c'était le récit de ce que Grace avait vu.

Elle s'était enfuie à la suite d'Alicia. Qui pourrait le lui reprocher ? Elle courait un grand danger. Elle savait que, au moment où Adam rentrerait et découvrirait ce qu'elle avait fait, il remuerait ciel et terre pour l'empêcher de parler. Il la tuerait. Probablement de la même manière qu'il avait tué cette pauvre Alicia – la police l'avait retrouvée entièrement nue dans une ruelle déserte après qu'elle avait reçu un coup de couteau en plein cœur et des dizaines d'autres sur tout le corps. Alicia était SDF. Comme les autres victimes d'Adam. Il visait toujours des femmes jeunes et vulnérables qui vivaient dans la rue. Des prostituées. Des junkies. Des femmes que leur famille et la société rejetaient. Le mode opératoire était toujours le même. Adam attirait ses proies chez lui ou les y emmenait de force, puis il les retenait prisonnières dans la cache secrète qu'il avait aménagée dans le sous-sol de leur maison. Là, il les torturait pendant plusieurs jours avant de s'acharner sur elles. Il les poignardait avec une sauvagerie témoignant d'une perte totale de contrôle. Toutes avaient été retrouvées complètement dévêtues, chacune avec un médaillon renfermant un portrait d'elle enroulé autour de leur poignet gauche.

En deux ans, il en avait tué trois. Puis plus rien. Gibbons avait supposé que son mariage avec Grace l'avait calmé. De toute évidence, ça n'avait duré qu'un temps. Alicia Holder était la seule nouvelle victime connue à ce jour.

Grace voulait bien croire qu'Adam avait trouvé dans le mariage un dérivatif à ses pulsions assassines. Des pulsions qui avaient resurgi quand elle était tombée enceinte. L'idée qu'il allait être père avait peut-être exercé sur lui une pression trop forte qu'il n'avait pas su juguler autrement qu'en tuant de nouveau.

Elle ne lui cherchait pas d'excuses. Les actes qu'il avait commis étaient trop horribles. Il avait torturé et assassiné à quatre reprises. Il ne méritait même pas l'air qu'il respirait. Mais le mieux qu'elle pouvait espérer était qu'il passe le reste de sa vie en prison.

— Ça va, Grace ?

La voix de Diane la ramena brutalement sur terre.

— Désolée. J'étais plongée dans le passé.

— Je vais dresser la table pour le dîner. Ne t'attends pas à ce que Liam avale quoi que ce soit ce soir. Il s'est gavé de cookies au goûter.

Grace esquissa un sourire attendri.

— Une entorse de temps en temps, ça ne peut pas faire de mal.

— Va expliquer ça à un diététicien. Pas sûr qu'il abonde dans ton sens.

Cette fois, Grace éclata d'un rire léger.

— Tu as raison. Je suis une mauvaise maman.

Comprenant qu'on parlait de lui, Liam se précipita sur Diane et tira sur le bas de son tablier.

— Je peux t'aider ? C'est moi qui porte les serviettes, décréta-t-il en se frappant fièrement le torse de ses petits poings serrés.

— D'accord, dit Diane.

Elle lui tendit le panier qui contenait des serviettes en tissu fraîchement lavées et pliées.

— Maman s'occupera de l'argenterie.

Grace mima un salut militaire.

— À vos ordres, mon commandant.

Puis elle pouffa de nouveau de rire.

Cette insouciance ne dura qu'un instant. Tandis qu'elle s'affairait dans la salle à manger, une boule d'angoisse se forma dans sa gorge. L'idée que son ex-mari était quelque part en liberté ne la quittait pas. Elle non plus ne pourrait rien avaler ce soir.

Adam lui avait toujours refusé le divorce mais, compte tenu des circonstances, elle aurait pu l'obtenir sans son accord. Malheureusement, la situation avait pris un tour inattendu. Que se passerait-il si les charges retenues contre lui étaient abandonnées pour de bon ? Si Adam décidait de se lancer dans une bataille juridique ? Cela changerait-il la donne ?

Elle en frissonna d'effroi.

Seigneur ! Comment avait-elle pu se montrer aussi négligente ?

Le bruit de la porte d'entrée qui s'ouvrait puis se refermait la fit se presser vers la réception. Rob était de retour. Son air inquiet n'augurait rien de bon. L'urgence sur laquelle il avait été appelé avait-elle quelque chose à voir avec Adam et elle ?

Arrête.

Elle réagissait de manière trop excessive. Rob veillait sur toute une population. Elle n'était pas la seule à avoir des problèmes. Les siens étaient juste un peu plus complexes, voilà tout.

— J'aimerais vous parler en privé, dit-il.

Son cœur se mit à battre plus fort. Cela avait à voir avec elle, finalement.

— Je vais dire à Diane de s'occuper de Liam. Je reviens tout de suite.

Elle se pressa vers la salle à manger.

— Diane, je peux te demander de surveiller Liam un instant ? L'adjoint Vaughn est revenu et...

Diane ne la laissa pas terminer.

— Liam et moi avons la situation en main, n'est-ce pas, mon bonhomme ?

— Oui.

Diane agita la main en direction de la porte.

— Allez, ouste ! Du balai !

— Ouste ! répéta Liam en gloussant.

Grace esquissa un faible sourire puis quitta la salle. Rob n'était plus dans l'entrée. Elle le trouva qui l'attendait dans son salon privé. La situation devait être grave pour qu'il se permette de telles libertés.

Elle referma la porte derrière elle tout en se préparant psychologiquement au pire.

— Un meurtre a été commis à deux kilomètres d'ici, annonça-t-il sans préambule.

Elle retint son souffle.

— Un meurtre ? Que s'est-il passé ?

Elle regretta aussitôt de lui avoir posé la question. Finalement, elle préférait ne pas savoir.

Pour toute réponse, Rob lui montra la photo qu'il avait prise de la victime.

— Vous connaissez cet homme ?

Elle fixa l'image, un gros plan d'un visage qu'elle connaissait par cœur. Son cerveau se figea un court instant durant lequel elle cligna plusieurs fois des yeux.

— C'est lui, finit-elle par dire. C'est Adam.

Un froid glacial s'insinua en elle jusque dans ses os. Elle vacilla un peu.

— Vous en êtes sûre ?

— Oui, c'est bien lui. Que s'est-il passé ?

À vrai dire, elle se fichait bien de le savoir. Tout ce qu'elle retenait, c'était que cette ordure était morte et qu'elle avait envie de sauter de joie. Libre ! Elle était libre ! Elle n'arrivait pas à le croire.

— Il a été tué de plusieurs coups de couteau.

Elle le regarda fixement sans le voir.

— Comme ses victimes, dit-elle dans un souffle.

— On dirait bien, oui.

Elle eut soudain l'impression de manquer d'air. Elle prit le temps d'inspirer profondément puis d'expirer tout aussi lentement.

— Quand cela s'est-il produit ?

— Les Cashion étaient partis pour le week-end. C'est quand ils sont rentrés cet après-midi dans leur garage qu'ils ont découvert le corps. Je dirais tôt ce matin ou au milieu de la nuit. Nous en saurons plus sur l'heure du décès quand le médecin légiste aura examiné le corps.

Elle se dirigea vers la chaise la plus proche et s'y laissa tomber lourdement.

— Je devrais ressentir quelque chose, mais je suis comme... anesthésiée.

Rob vint s'asseoir sur le canapé, juste en face d'elle.

— C'est normal. Votre esprit n'a pas encore intégré la nouvelle. Les émotions viendront plus tard, quand vous aurez réalisé.

Son esprit avait très bien intégré la nouvelle. Adam était mort. Elle n'avait plus à craindre qu'il s'en prenne à elle, qu'il lui enlève Liam. Elle pouvait vivre sa vie comme elle l'entendait. Elle pouvait...

— Qui a pu faire ça ?

— C'est bien le problème.

Il faisait tourner entre ses mains sa casquette de service dans un geste qui semblait trahir une grande nervosité.

— Comme vous l'avez souligné, il a été poignardé de la même façon qu'il tuait ses victimes. Comme personne ici à part vous ne connaissait Adam, cela ne peut signifier qu'une chose...

La réalité la frappa de plein fouet. Son cœur s'emballa. Elle voulait courir aller chercher son petit garçon et le serrer contre elle. Fort. Très fort.

— Quelqu'un l'aura traqué jusqu'ici, acheva-t-elle. Ou l'aura accompagné. Un de ses disciples.

— C'est la seule explication logique.

Adam avait des adeptes. Avant même que son identité ne soit dévoilée, des pervers louaient les crimes de ce tueur en série. Ils l'encensaient. Comme tous les criminels ayant acquis une certaine notoriété, il avait ses fans. Après son arrestation, les lettres d'admirateurs avaient afflué. Il était bel homme, il était charismatique, la manière qu'il avait d'opérer et surtout le choix de ses victimes, des femmes livrées à elles-mêmes, avaient fait le reste.

Leur maison était assiégée en permanence, au point que des policiers devaient patrouiller pour empêcher les fanatiques de pénétrer à l'intérieur. Le bureau d'Adam dans le quartier des affaires, de même que la maison du père de Grace, au bord du lac Tahoe, avaient été érigés en sanctuaires où les défenseurs d'Adam venaient se rassembler.

Heureusement, à ce moment-là, Grace et Liam étaient déjà loin.

— Je dois partir, dit-elle en se levant d'un bond. Je dois aller mettre mon fils à l'abri.

Adam était mort, mais qui sait si l'un de ses adeptes fanatiques ne voudrait pas venger sa mort en s'attaquant à elle ? Avant de disparaître, elle avait reçu des lettres de menace.

— Grace, je sais que je vous ai promis de vous aider, mais les choses ont changé maintenant.

Il avait parlé d'une voix douce, trop douce pour être honnête.

— Que voulez-vous dire ?

Elle secoua la tête.

— Je ne comprends pas. Nous ne pouvons pas rester ici. Nous sommes en danger.

— L'inspecteur Gibbons est en route, lâcha-t-il.

Il l'aurait giflée violemment qu'elle n'aurait pas eu plus mal.

— Qu'est-ce que sa venue a à voir avec moi ?

De nouveau, elle sentit un froid glacial la pénétrer jusqu'aux os.

— Nous devons faire les choses dans l'ordre, Grace. Adam Locke était ici pour vous. Sans doute pour vous faire du mal ou vous enlever Liam. Gibbons va vouloir vous parler. Il va vouloir entendre de votre bouche ce qu'il s'est passé dimanche soir.

— Rien de tout cela...

La colère l'empêchait de parler.

— Je me fiche de ce que veut Gibbons ! s'écria-t-elle. Rien n'est plus important que la sécurité de mon enfant.

— Grace, c'est aussi dans votre intérêt. Si vous fuyez encore une fois, non seulement vous aurez l'air d'être coupable mais Locke continuera de vous hanter. En revanche, si vous attendez que l'enquête soit bouclée, vous pourrez tirer un trait sur cette sordide affaire une fois pour toutes.

Il avait raison. Cependant, le savoir ne l'aidait pas pour autant à se sentir mieux.

— Je veux juste que Liam soit en sécurité, répéta-t-elle tout bas, comme pour elle-même.

— Je vais demander à ce qu'une patrouille passe toutes les heures et moi, je ne vous lâche pas. Je veillerai personnellement sur vous. Si vous voulez bien, je vais m'installer, ici. je dormirai sur ce canapé.

— Vous... Vous feriez ça pour moi ?

— Je ferai tout ce qu'il faut pour assurer votre sécurité. La vôtre et celle de votre fils. Vous avez ma parole.

— Merci, dit-elle d'une voix tremblante d'émotion. Il n'y a eu personne pour nous aider après la mort de mon père.

— Ce n'est plus le cas, Grace. Vous m'avez, moi, mais vous avez autour de vous toute une communauté de gens qui vous admirent et vous respectent. Vous n'êtes pas seule.

Elle souhaitait plus que tout s'accrocher à cet espoir, mais il y avait une chose que Rob ne comprenait pas. Il y avait de fortes chances pour que cette communauté encore bienveillante à son égard ne se déchaîne contre elle une fois qu'elle saurait que Grace Myers avait été mariée à un tueur en série, lui-même retrouvé assassiné chez un couple sans histoires de leur si jolie petite communauté.

6

Lookout Inn, 23 h 30

Grace imaginait sans mal les efforts qu'avait dû déployer l'inspecteur Lance Gibbons pour attraper un vol au départ de San Francisco pour Chattanooga et les ficelles qu'il avait dû tirer pour embarquer à bord de cet avion. D'après les informations que lui avait fournies Rob, Gibbons s'était rendu directement de l'aéroport à la morgue voir le corps. À l'heure qu'il était, il était en chemin pour Lookout Inn et devrait arriver sous peu.

Le souvenir qu'elle avait de la façon dont il avait mené son interrogatoire, d'une manière brutale dénuée de toute empathie, revenait encore la tourmenter parfois. Il l'avait rudoyée comme si c'était elle la criminelle. À ce moment-là, elle venait d'accoucher. Elle était à l'hôpital depuis trois jours. Il avait débarqué sans crier gare, furieux qu'Adam leur ait filé entre les doigts. La chasse à l'homme se poursuivait sans résultat. Malgré la hot-line mise en place, ils ne recevaient aucun témoignage susceptible de les mettre sur le début d'une piste. C'était comme si Adam s'était volatilisé d'un coup de baguette magique.

Elle l'ignorait encore, mais Gibbons était venu la voir avec une idée derrière la tête. Il savait qu'Adam chercherait par tous les moyens à voir son fils nouveau-né. Grace aussi le savait. Elle avait supplié Gibbons de lui attribuer une protection rapprochée,

70

mais il avait jugé suffisant de poster un agent en faction devant la porte de sa chambre. Son père était resté à ses côtés jusqu'à la crise cardiaque qui l'avait emporté. Elle n'avait même pas pu organiser ses obsèques car elle était comme prisonnière dans sa chambre d'hôpital, sa date de sortie étant reportée de jour en jour par les médecins.

Par la suite, elle avait appris qu'ils avaient agi sur ordre de Gibbons. Son coup de poker s'était révélé payant. Deux jours après le décès du père de Grace, Adam s'était introduit dans la salle du personnel pour y dérober la blouse et le badge d'un médecin.

Gibbons et ses hommes étaient en place. Ils l'avaient cueilli.

Une fois Adam derrière les barreaux, Gibbons avait un peu relâché la pression sur Grace. Elle avait enfin pu quitter l'hôpital et organiser les funérailles de son père. C'est au cours de la cérémonie funéraire qu'elle avait appris qu'il existait des disciples d'Adam. Trois d'entre eux avaient tenté d'enlever Liam. Heureusement, les deux policiers chargés de leur sécurité les en avaient empêchés et elle avait été évacuée avec son bébé hors du cimetière. Une nouvelle tentative s'était produite alors qu'elle emmenait Liam chez le pédiatre. C'est là qu'elle avait compris qu'il fallait qu'elle disparaisse.

Perturbée par ce souvenir, elle alla dans la chambre jeter un coup d'œil sur son fils. Il avait du mal à s'endormir depuis que Rob était là. Ses habitudes étaient chamboulées. Ce soir-là, Diane et Cara étaient restées plus tard que d'habitude. Tout le monde s'était rassemblé autour de Grace et de Liam. Même les Wilborn étaient passés demander si elle avait besoin d'aide.

Elle s'assit au bord du lit et caressa doucement les cheveux soyeux de son petit garçon. Tous ces gens bienveillants qui étaient devenus sa famille, continueraient-ils à l'aimer si un de leurs proches mourait par la faute d'un des disciples de son ex-mari ?

Cela ne se produirait pas. Trop de personnes étaient déjà mortes par la faute d'Adam Locke. Mais allez savoir. Personne ne pouvait prédire si le détraqué qui avait tué Adam en reproduisant son mode opératoire ne frapperait pas de nouveau.

Deux coups discrets frappés à sa porte la sortirent du fil de ses pensées. Elle alla ouvrir, s'attendant à trouver Rob sur le seuil mais c'étaient Diane et Cara.

Chacune leur tour, elles l'étreignirent chaleureusement.

— L'inspecteur Gibbons est arrivé, annonça Diane. Je lui ai dit de patienter dans la cuisine avec Rob.

— Nous pouvons rester auprès de Liam, si tu veux, proposa Cara. Pour l'instant, il n'a pas besoin de nous interroger.

Diane esquissa une moue.

— Ce type ne me plaît pas du tout.

Les deux femmes ne pouvaient pas être plus différentes. Diane était brune et coiffait toujours ses cheveux courts en épis. Elle était mince mais tonique grâce au yoga qu'elle pratiquait quotidiennement. Ses cinquante ans se lisaient sur les rides de son visage, mais elle ne s'en souciait pas. Elle ne se maquillait jamais. Elle se fichait royalement du regard qu'on pouvait porter sur elle. Cara était plus réservée, plus féminine aussi. Elle avait de longs cheveux blonds soyeux et elle prenait grand soin de son maquillage et de ses tenues vestimentaires. Elle aussi était mince et elle aussi devait sa forme olympique à la pratique assidue d'un sport. Mais elle avait choisi la course à pied. Toutes les deux étaient comme des amies pour Grace. Des amies comme elle n'en avait jamais eu depuis qu'elle était adulte.

— J'avoue que je ne l'aime pas non plus, avoua-t-elle.

— Il t'attend, insista doucement Cara.

Elle ne s'habituerait jamais à devoir subir de telles confrontations. Malheureusement, elle n'avait pas le choix.

— J'y vais. Merci.

Diane lui pressa gentiment le bras.

— Ça va aller.

— Je suis tellement heureuse de vous avoir.

Grace les regarda l'une après l'autre, espérant faire passer dans ce regard toute l'amitié et la reconnaissance qu'elle leur portait. Elle inspira profondément puis sortit dans le couloir. Fidèle à sa promesse, Rob avait renforcé la sécurité. Deux de ses hommes arpentaient les lieux avec toute la discrétion dont ils étaient capables. Une discrétion accentuée par le fait qu'ils étaient en civil. Rob était allé en personne expliquer à Joe Pierce et Henry Brower de quoi il retournait. Ils n'avaient pas montré le moindre signe de nervosité. Au contraire, ils avaient fait preuve d'une grande compréhension. Grace leur en était reconnaissante. Il était clair qu'ils ne laisseraient pas un avis défavorable en ligne qui pourrait nuire à la réputation de son établissement.

Quand elle entra dans la cuisine, elle accrocha le regard de Rob, comme pour y puiser le courage qui lui faisait encore défaut. Gibbons se tenait près de l'îlot. Il lui tournait le dos. Elle le contourna pour aller se placer face à lui, aux côtés de Rob.

Gibbons la salua d'un hochement de tête.

— Gia...

— Je ne suis plus Gianna Reinhart, le reprit-elle sèchement. Je suis Grace Myers.

Mais Gibbons n'était pas homme à se confondre en excuses.

— Va pour Grace, lui concéda-t-il néanmoins.

Elle n'avait pas vu Gibbons depuis deux ans, mais il donnait l'impression d'en avoir dix de plus. Peut-être pensait-il la même chose d'elle. Le cauchemar sans fin qu'elle avait traversé l'avait peut-être fait vieillir prématurément, elle aussi. Elle remarqua le costume froissé de Gibbons et la barbe naissante qui ombrait ses joues. Ses traits accusaient une profonde fatigue. Un jour, en veine de confidences sans doute, il lui avait confié que depuis qu'il était passé inspecteur à la brigade criminelle, il ne dormait plus beaucoup. C'était compréhensible. Les homicides sur lesquels il enquêtait avaient de quoi faire perdre le sommeil au flic le plus endurci. L'affaire Adam Locke n'en était qu'une parmi tant d'autres, tout aussi sordides.

Gibbons avait la réputation d'être un homme bien. Un bon mari doublé d'un bon père. Elle aurait voulu apprécier l'homme qu'il était en privé. Malheureusement, elle n'avait eu de lui que le mauvais côté, celui du flic usant de son autorité pour avancer au plus vite dans ses investigations. Il n'avait vu en elle qu'un témoin hostile qui lui cachait quelque chose. Il ne pouvait pas croire qu'elle n'ait rien su des agissements de son mari, des horreurs qui avaient lieu sous son propre toit. C'était pourtant la vérité. Adam droguait ses victimes, les ligotait, les bâillonnait, tout cela dans une cache secrète dont elle ignorait l'existence. Ce jour-là, quand il avait été appelé à son bureau, sa victime était censée vivre ses dernières heures. Il avait prévu d'être de retour pour achever son sale boulot avant que se dissipent les effets du sédatif qu'il lui avait administré. Mais rien ne s'était passé comme il l'avait prévu.

Comme lorsqu'il était venu la narguer jusque chez elle. Il était sans doute loin d'imaginer qu'il avait rendez-vous avec la mort. C'était le seul point positif de cette sale affaire. Elle était tellement contente qu'Adam soit mort ! Malheureusement, cela ne suffisait pas. Elle ne trouverait la paix que lorsque son assassin serait sous les verrous.

Ce fut Rob qui parla le premier.

— L'inspecteur Gibbons et moi avons discuté de la manière dont les choses vont se dérouler, dit-il. Pour le moment, vous n'aurez pas besoin d'être assistée d'un avocat.

Il marqua une courte pause durant laquelle il épingla Gibbons d'un regard méfiant.

— Mais je ne sais pas si je suis d'accord, ajouta-t-il.

Ce qui donna à Grace l'impression que la discussion ne s'était pas passée comme Rob l'avait espéré. Elle n'en fut pas surprise. Gibbons n'avait jamais cherché à dissimuler son agressivité vis-à-vis d'elle, convaincu qu'il était qu'elle ne lui avait pas tout dit. Mais c'était faux. Elle lui avait dit tout ce qu'elle savait sur Adam. Depuis le jour de leur rencontre jusqu'à... Bref, tout.

— Pourquoi aurais-je besoin d'un avocat ? demanda-t-elle d'un ton faussement désinvolte.

Car la réponse, elle la connaissait déjà.

C'était simple. La victime était son ex-mari, qui plus est un tueur en série. Il était le père de son enfant. Celui qu'elle avait balancé aux flics. Tout cela faisait d'elle la coupable idéale, d'autant plus qu'elle avait de très bonnes raisons de vouloir sa mort.

— Parce que c'est votre droit, répondit Gibbons.

— Si nous passions à autre chose ? proposa Grace.

Il était tard et elle n'avait aucune envie de voir cette discussion s'éterniser.

— Je vous dirais bien de vous asseoir, mais nous ne devrions pas en avoir pour très longtemps, n'est-ce pas ?

Gibbons ne daigna pas répondre.

— Vous vous êtes installée ici, il y a deux ans, commença-t-il. Curieusement, je n'ai trouvé aucune photo de vous et de votre fils.

— C'est normal, répondit-elle. J'ai veillé à ce que nous n'apparaissions nulle part.

Même quand elle avait été élue meilleure entrepreneuse de l'année, elle avait fait en sorte de sortir du champ du photographe et de laisser la part belle aux autres participants.

— Avant cela, où viviez-vous ?

— Ne tournez pas autour du pot, inspecteur. Cela ne vous ressemble pas. Si vous voulez savoir si j'étais en contact avec Adam, demandez-le-moi carrément. Cela dit, savoir où je me trouvais avant de m'installer ici ne fera pas avancer votre enquête, il me semble.

— Mme Myers a raison, intervint Rob. Si l'homicide a bien eu lieu ici, je ne vois pas en quoi l'endroit où elle vivait il y a deux ans aurait un rapport avec ce meurtre.

Elle esquissa un sourire en coin. Elle trouvait très agréable que quelqu'un prenne sa défense, pour une fois. À l'époque de l'affaire, tous ceux qu'elle pensait être ses amis lui avaient tourné le dos, à un moment ou à un autre. Ils étaient occupés. Indisponibles. Absents.

Elle avait été livrée à elle-même, sans le soutien de personne.

— Adam Locke n'a pas cherché à vous contacter depuis que vous avez quitté la Californie ?

Gibbons n'avait pas mis longtemps à retrouver son ton suspicieux. Il attendait sa réponse en la regardant fixement par-dessus ses lunettes.

Elle ne se rappelait pas qu'il portait des lunettes. Ni que des cheveux gris se mêlaient à ses cheveux noirs.

— À vrai dire, je n'en sais rien. C'est après le décès de mon père que j'ai décidé de disparaître sans laisser de traces. Je tenais à ce que personne ne sache où j'étais. Je voulais repartir de zéro dans l'anonymat le plus total.

— Vous n'aviez donc aucune raison de penser qu'Adam savait que vous viviez ici ?

Rob avait déjà dû le mettre au courant de l'intrusion qui avait eu lieu la veille, mais elle devait se montrer conciliante si elle voulait en finir au plus vite avec cette confrontation pénible.

— Aucune. Jusqu'à ce que mon fils voie un homme rôder dans notre jardin puis venir jusque sous le porche pour regarder par la porte-fenêtre, là où se trouvait Liam. La description que mon fils a faite de cet homme ne laissait aucun doute. C'est Adam qu'il avait vu. Je n'étais pas tranquille. J'ai voulu en avoir le cœur net. J'ai fait des recherches en ligne et c'est là que j'ai appris qu'il avait été libéré.

— Je vous aurais prévenue si j'avais su comment vous joindre, objecta Gibbons d'un ton désinvolte.

Face à tant de détachement, Grace sentit une colère sourde l'envahir.

— Vous savez très bien pourquoi il fallait que je disparaisse.

Gibbons la fixa d'un regard dur où se lisait aussi une pointe d'impatience.

— Nous avons fait ce que nous pensions devoir faire.

— Je n'en doute pas. Mais vous avez agi sans vous soucier de ma sécurité et de celle de l'enfant que je portais.

— Quand nous sommes arrivés à son bureau, il n'y était plus. Quelqu'un l'avait prévenu, c'est évident.

D'une certaine manière, elle comprenait que la police, Gibbons en particulier, ait pu penser que sous le coup de la panique elle ait averti Adam de leur arrivée. Elle le comprenait. Mais elle ne l'avait pas fait.

— Il était en vacances, mais il avait été appelé pour une urgence, se défendit-elle. Cela ne vous a pas effleuré l'esprit qu'il pouvait rentrer plus tôt que d'habitude, une fois son urgence réglée ?

Elle secoua la tête face à tant d'incompréhension mutuelle.

— Puis, plutôt que d'essayer de me prévenir du danger que je courais ou de venir chez mon père, l'endroit le plus probable où je pouvais aller me réfugier, vous avez préféré pénétrer chez nous sans attendre que le procureur vous délivre un mandat de perquisition en bonne et due forme.

— Il y avait un caractère d'urgence, se défendit Gibbons à son tour. Nous pensions que vous seriez chez vous ou qu'une autre victime pouvait être retenue prisonnière.

Grace éclata d'un rire sardonique.

— Sauf que je n'étais pas chez moi et que vous le saviez. Quant à trouver une autre victime, je ne vous ai jamais assuré qu'il y en avait une autre.

La colère enflait, enflait à mesure que Gibbons lui faisait revivre ces moments traumatisants.

Gibbons haussa les épaules.

— Nous n'étions sûrs de rien. Pas même de votre déclaration.

— Finissons-en, si vous voulez bien. Posez-moi toutes les

questions que vous voulez puis faites ce que vous avez à faire. La vie de mon fils est en danger et je ne vais certainement pas rester là, à attendre que vous lui fournissiez la protection dont il a besoin.

L'espace d'une seconde, elle sentit flancher cet homme trop sûr de lui.

— Nous avons fait ce que nous pensions devoir faire, répéta-t-il.

Cette fois, ses mots sonnaient comme une excuse.

— Vous l'avez déjà dit, lui rappela-t-elle d'un ton sec.

— Je ne vous laisserai pas tomber, cette fois, lui assura-t-il.

— Je m'occuperai personnellement de la sécurité de Mme Myers et de son fils, intervint Rob.

Ces mots lui allèrent droit au cœur. Elle ignorait toujours ce que Rob pensait d'elle, surtout après ce grand déballage, mais il venait de lui prouver encore une fois qu'elle pouvait compter sur lui.

— Je ne veux pas qu'elle quitte l'enceinte de cette propriété, avertit Gibbons qui avait retrouvé son ton autoritaire. Nous avons perdu sa trace la dernière fois et je ne veux pas que cela se reproduise tant que cette affaire ne sera pas bouclée.

— Je ferai mon possible, mais je ne peux rien vous promettre, rétorqua Rob. Je vous rappelle qu'il se peut que Mme Myers et son fils soient les cibles d'un détraqué et que votre enquête prenne des semaines, voire des mois. Je vous rappelle que mon rôle consiste à veiller sur la sécurité de chacun des concitoyens de cette communauté.

Pour la première fois depuis qu'elle avait fui la Californie, et grâce aux mots que Rob venait de prononcer, elle se sentait chez elle, ici.

Un bref silence s'instaura entre eux que Gibbons rompit le premier.

— Le médecin légiste m'a donné une heure approximative du décès. Il le situerait entre minuit et 6 heures ce matin.

Ce qui signifiait qu'Adam avait été assassiné entre six et douze heures après que Liam l'avait vu. Les battements de son cœur s'accélèrent. Son meurtrier le suivait-il, à ce moment-là ?

— Il sera en mesure de déterminer l'heure précise dès qu'il aura terminé l'autopsie, poursuivit Gibbons. Madame Myers, que faisiez-vous entre minuit et 6 heures ?

Elle s'attendait à cette question, bien sûr.

— J'étais ici. J'ai fait la sieste avec mon fils jusqu'à environ 17 heures, puis je me suis mise à cuisiner. Diane Franks, ma cheffe, pourra vous confirmer que j'y étais encore quand elle est arrivée, aux alentours de 17 h 30.

Si elle comprenait bien que ces questions devaient lui être posées, elle ne supportait pas l'idée d'être considérée comme une suspecte. Ce n'était pas qu'elle n'avait jamais rêvé de tuer ce détraqué de ses propres mains, mais il y avait un gouffre entre ce qui relevait du fantasme et le passage à l'acte, qu'elle n'aurait jamais été capable de franchir.

— Quelqu'un pourrait témoigner que vous étiez bien là avant l'arrivée de Mme Franks ? insista Gibbons.

Elle prit le temps de la réflexion. Ses nouveaux clients n'étaient pas encore arrivés et Liam dormait.

— Non, répondit-elle.

— Un de mes hommes peut en attester, affirma Rob. Il était posté devant l'hôtel avant l'arrivée de Mme Franks. Il pourra témoigner que Grace Myers n'est pas sortie de chez elle.

Elle le regarda fixement. Elle était troublée. Rob devait savoir que Gibbons vérifierait auprès de l'adjoint en question. Pourquoi cherchait-il à la couvrir à tout prix ? Elle l'ignorait, mais elle lui en était reconnaissante.

— Et sa voiture ? poursuivit Gibbons. Vous pouvez affirmer qu'elle n'a pas quitté son lieu de stationnement de toute la nuit ?

— Oui. Le SUV de Mme Myers était garé dans le garage et il n'a pas bougé de là.

— Mme Myers aurait pu sortir sans qu'on la voie et marcher

jusque chez les Cashion, où Locke a été tué. C'est à moins de deux kilomètres.

— Je n'aurais jamais laissé mon fils tout seul, objecta-t-elle.

— En plus, il avait neigé et il faisait très froid, observa Rob.

Gibbons s'adressa directement à Grace.

— Vous soupçonniez votre ex-mari de rôder autour de chez vous, mais cela ne vous a pas empêchée de dormir ?

— Je n'avais pas la certitude que c'était bien lui, se défendit-elle.

Ce n'était pas tout à fait vrai. Elle avait trouvé le médaillon qui était la signature d'Adam. Ou celle de son assassin. Mais ce dernier point, elle n'en avait alors pas encore connaissance.

Elle regrettait d'avoir caché à Rob ce qui pourrait être une pièce à conviction. Mais, si elle en parlait maintenant, Gibbons ne ferait que la soupçonner un peu plus et l'accuserait de dissimulation de preuve. Sans compter que Rob lui en voudrait peut-être de ne pas lui avoir fait confiance.

Il était urgent qu'elle se ressaisisse.

— Vous pouvez fouiller dans l'historique de mon ordinateur, dit-elle. Pourquoi aurais-je cherché des informations sur Adam puisque, au moment où je le faisais, il était déjà mort ?

— Pour vous forger un alibi, peut-être ?

— Ça suffit, intervint Rob encore une fois. Vous faites fausse route. Cet interrogatoire ne vous mènera nulle part. De toute façon, ce meurtre relève de ma juridiction. Aussi, je vais vous demander de partir et de me laisser faire mon travail.

Les deux hommes s'affrontèrent du regard un court instant puis Gibbons tourna la tête vers Grace.

— Locke est venu ici avec une idée bien précise en tête, dit-il. Soit il voulait vous ramener en Californie par la force, soit il voulait vous éliminer pour récupérer votre fils. Il avait peut-être un complice qui, pour une raison ou pour une autre, se sera retourné contre lui. Quoi qu'il en soit, nous devons savoir ce qui s'est réellement passé.

— Je ne vais pas vous mentir, admit-elle. Je suis soulagée qu'Adam soit mort. Mais je ne l'ai pas tué. Si, comme vous venez de le suggérer, son complice se serait retourné contre lui, quelle en serait la raison ? Cherche-t-il à kidnapper mon fils ? À se venger d'Adam ?

Ce fut Rob qui lui répondit.

— Il est possible, en effet, que cette personne soit un membre de la famille d'une des victimes et qu'elle ait voulu se venger. Si c'est le cas, elle doit être loin à l'heure qu'il est.

— La première chose à faire est de retrouver le véhicule à bord duquel ils se sont déplacés, dit Gibbons. Nous nous sommes lancés à la recherche de Locke dès que nous avons su qu'il avait été libéré, mais il s'était déjà volatilisé.

— Nous cherchons donc un nouvel arrivant en ville, pointa Rob. Quelqu'un qui viendrait de la côte Ouest.

Elle pensa tout de suite à Joe Price et Henry Brower. Le premier venait de Californie, le second de Seattle.

— Nous allons devoir interroger vos clients, déclara Rob qui semblait avoir lu dans ses pensées.

Mais, même si elle comprenait les raisons qui animaient Rob, elle ne le laisserait pas importuner ses clients à une heure aussi tardive.

— Il n'est pas question que je les dérange ce soir, affirma-t-elle. J'irai leur parler demain matin.

— Et moi, je ne peux pas risquer de les voir disparaître dès que vos hommes auront quitté les lieux, argua Gibbons.

— Mes hommes ont ordre de rester sur place le temps qu'il faudra. Moi-même, je passerai la nuit ici.

Gibbons se frotta le menton, pensif.

— Madame Myers, je vais devoir prendre une chambre chez vous, moi aussi. Je n'ai rien réservé et je crains bien de ne rien trouver d'ouvert à cette heure-là. Mais cela devrait vous rassurer.

Plus vous aurez de policiers sous votre toit, plus vous vous sentirez en sécurité, non ?

Elle ne prit pas la peine de relever le ton un brin ironique.

— Si vous voulez bien me suivre, se contenta-t-elle de dire.

Il lui emboîta le pas jusqu'au bureau de réception où elle décrocha d'un tableau une clé qu'elle lui tendit. Elle avait choisi un des bungalows les plus à l'écart du corps principal. Elle pouvait s'accommoder de la présence de Gibbons à condition qu'il soit à bonne distance d'elle.

— Votre séjour est offert par la maison, annonça-t-elle. En guise de remerciement pour ce que vous faites.

Il la considéra un instant en silence, cherchant à lire dans son regard.

— Merci, lâcha-t-il enfin.

— Je vais vous conduire, lança Rob qui les avait rejoints.

— Très bien. À demain, Grace.

— À demain, répondit-elle à contrecœur.

Car, malheureusement, elle devait bien se résoudre à le revoir.

7

Il était plus de minuit quand Grace retourna dans son appartement. Diane et Cara faisaient les cent pas dans le salon. Visiblement, elles étaient rongées d'inquiétude. Grace alla jeter un coup d'œil sur son fils avant d'aller les rejoindre.

Rob viendrait plus tard, une fois qu'il aurait fait le tour de la propriété et qu'il aurait communiqué ses instructions à Reynolds. La présence de ces deux hommes qui veillaient sur sa sécurité et celle de son fils lui faisait un bien fou. Elle ne pouvait pas en dire autant de Gibbons. Face à lui, elle se sentait... mal à l'aise. Nerveuse. Il lui donnait envie de fuir le plus loin possible de lui.

Reste calme. Concentre-toi sur l'essentiel.

— C'est fou, tout de même ! fulmina Diane. Ce type ne peut pas croire que tu aies tué ce... ce..

— Ce monstre, lui souffla Cara qui finit par aller s'asseoir sur le canapé. Tu as vu ce qu'on a trouvé sur lui sur Internet. Je ne sais pas comment tu as fait pour lui échapper, ajouta-t-elle à l'intention de Grace.

Des images d'Adam la pourchassant dans la neige jaillirent à son esprit, la faisant frissonner.

— Je crois que j'ai eu de la chance, dit-elle.

— Cela n'est pas suffisant, rétorqua Diane. Tu dois ta survie à ta force de caractère, aussi. Tout le monde n'y serait pas arrivé.

Elle s'affala mollement sur un des fauteuils qui faisaient face au canapé.

— Regarde un peu tout ce que tu as accompli, depuis, poursuivit-elle. Tu t'es construit une nouvelle vie, tu as réussi. Non, crois-moi, tu as fait preuve d'un courage et d'une résilience hors du commun.

Grace esquissa un sourire reconnaissant.

— Merci. J'espère que nous surmonterons cette nouvelle épreuve et que nous pourrons enfin aller de l'avant. Cette fois, de manière définitive.

Il lui fallait faire un effort pour se rappeler qu'Adam était mort. Cela ne lui semblait pas réel. De toute évidence, elle n'avait pas encore véritablement intégré la nouvelle. Elle passait de la peur au soulagement en une seconde ; se demandait comment elle pourrait lui échapper pour se rappeler soudainement qu'elle n'avait plus rien à craindre.

Adam était mort. C'en était fini de lui. Il était parti vers d'autres cieux d'où il ne reviendrait jamais.

Sauf qu'il était mort parce que quelqu'un l'avait assassiné et que tant que les motivations de cette personne ne seraient pas connues Grace ne serait pas tranquille. Qui sait s'il n'en avait pas aussi après elle et son fils ? Qui pouvait le dire ?

Pour l'heure, elle se devait d'informer Diane et Cara de ce qu'il était ressorti de la discussion qu'elle avait eue avec Gibbons.

— Il y a de fortes chances qu'Adam ne soit pas venu seul, commença-t-elle.

— J'ai lu qu'il avait des adeptes, dit Cara. Des sortes de groupies. Qu'en pense cet inspecteur ? Que c'est un de ces détraqués qui est venu avec lui ?

— Oui. Il est fort possible que cet homme soit lui aussi un tueur et que ce serait lui qui a assassiné Adam. Quoi qu'il en soit, et jusqu'à ce que nous en sachions plus, je vous demanderais de redoubler de vigilance. Restez sur vos gardes. Je tiendrai le même discours à Paula et Karl dès que je les verrai.

— Et les clients ? s'enquit Diane, inquiète. Ils sont en danger, eux aussi ?

Grace pesa les mots qu'elle s'apprêtait à dire.

— Disons que toute personne proche de moi pourrait être en danger, répondit-elle avec précaution.

Cara afficha un air anxieux.

— Liam…, dit-elle dans un murmure. On devrait aller le cacher chez ma grand-mère. Personne n'aurait l'idée d'aller le chercher là-bas. Il y serait en sécurité.

— Je ne sais pas… Il faut que j'y réfléchisse. Mais pourquoi pas ?

— Liam adore Cara, renchérit Diane. Ça pourrait être une bonne solution.

L'idée même d'être séparée de son fils lui était insupportable. Depuis sa naissance, ils ne s'étaient jamais quittés. Mais peut-être que viendrait le moment où elle n'aurait pas d'autre choix. Où elle devrait réfléchir sérieusement à cette proposition.

Elle refoula la boule qui s'était formée dans sa gorge et regarda ses amies l'une après l'autre.

— Merci à vous deux. Je suis si heureuse de vous avoir dans ma vie. Je ne sais pas ce que je ferais sans vous.

— Je regrette juste que tu ne nous aies pas fait assez confiance pour nous parler de tout cela avant, déplora Cara avec une pointe de déception.

— Tu peux vraiment nous faire confiance, tu sais, insista Diane.

— Je suis désolée. J'ai cru que vous cacher ce pan sinistre de ma vie était la meilleure chose à faire.

Diane secoua la tête.

— N'en parlons plus. Ce qui est fait est fait. L'important est que nous sommes là pour toi. Comme l'adjoint Robert Vaughn. Cela crève les yeux qu'il a le béguin pour toi.

Grace balaya cette remarque d'un petit rire gêné.

— C'est un homme charmant, mais...

— Mais quoi ? la coupa Cara, un sourire malicieux aux lèvres. Diane a raison. Ce type en pince pour toi et tu devrais lui donner sa chance. Pourquoi ne pas vous ménager un moment en tête à tête ? Je m'occuperai de Liam. Ce serait l'occasion de lui présenter ma grand-mère.

Cette idée n'était pas pour déplaire à Grace qui s'entendit répondre :

— Pourquoi pas ?

Un coup frappé à la porte puis Rob apparut sur le seuil.

— Mesdames, si vous êtes prêtes à partir, l'adjoint Reynolds vous suivra jusque chez vous pour s'assurer que vous rentriez en toute sécurité.

Diane se leva la première, un large sourire aux lèvres.

— Je ne vais certainement pas rater cette occasion de me faire escorter par un gentleman, dit-elle.

— Je suis d'accord, rétorqua Cara en se levant à son tour.

Grace étreignit ses amies.

— À demain.

— Je reviens dans un instant, dit Rob en emboîtant le pas aux deux femmes.

Avait-il discuté de la situation plus en détail avec Gibbons ? De toute évidence, il voulait lui parler. Elle en saurait plus quand il reviendrait.

Elle jeta un coup d'œil à l'horloge. Il était vraiment tard. Elle était éreintée. En attendant Rob, elle entreprit de ranger les jouets que Liam avait laissés traîner et de remettre un peu d'ordre dans la pièce. L'idée de devoir se lever dans moins de cinq heures ne la réjouissait pas vraiment.

Elle avait beau s'affairer, l'image d'Adam la hantait. Comment ce monstre avait-il osé venir jusqu'ici et détruire la vie que Liam et elle s'y étaient patiemment construite ? C'était leur maison, le seul endroit que son fils considérait comme son foyer. L'endroit où ils avaient fini par vivre une vie heureuse et harmonieuse.

Ils ne seraient donc jamais en paix ? Car, même si Adam était mort, restait son assassin.

Le retour de Rob rompit le fil de ses pensées sinistres.

— Je peux vous offrir quelque chose à boire ou à manger ? Un café ? Un sandwich ?

C'est en posant la question qu'elle réalisa qu'ils n'avaient pas dîné.

— Rien, merci.

Il referma la porte derrière lui.

— Je souhaitais vous parler en privé, dit-il. Sans Gibbons.

— C'est ce que j'avais cru comprendre, en effet.

Elle alla s'asseoir. Elle était trop fatiguée pour rester debout. Sans attendre, Rob s'installa dans le fauteuil en face d'elle.

— Quand j'ai rencontré Adam, commença-t-elle, j'étais une jeune femme naïve. Je menais une vie normale, je n'avais jamais connu d'ennuis, d'aucune sorte.

Quatre ans s'étaient écoulés, mais elle avait l'impression d'avoir vécu une éternité. Comme ses vingt-neuf ans lui semblaient loin !

— Au moment du drame, j'étais enceinte et sur le point d'accoucher. Je ne pensais qu'à ça. Je ne savais pas comment gérer le reste. Je n'avais aucune idée des horreurs commises par mon mari.

— Je ne peux qu'imaginer ce que la situation avait d'effrayant.

— Une partie de moi se refusait à y croire. Cela me semblait surréaliste, au sens premier du terme. Ça ne pouvait pas être réel. J'avais l'impression de m'être dédoublée et que c'était une autre que moi qui observait tout cela de loin, de très loin.

— Je comprends. Vous ne vous souvenez pas d'amis ou de collègues qui auraient pu être ses complices ? De quelqu'un qu'il voyait régulièrement ? Avec qui il allait boire un verre de temps en temps ?

— Non, je ne vois pas. Cela dit, moins d'un an après notre rencontre, nous étions mariés et j'étais enceinte. Nous sommes passés presque d'un coup d'un rendez-vous marqué par le hasard à la parentalité.

— Que voulez-vous dire ?

— J'étais censée dîner avec un homme contacté sur un site de rencontres, mais il m'a fait faux bond. Adam était avec un client qui a dû repartir à peine leur commande passée parce qu'il ne se sentait pas bien. Adam m'avait remarquée. Il n'a pas mis longtemps à comprendre qu'on m'avait posé un lapin. Il m'a proposé de dîner avec lui. Nous nous sommes tout de suite bien entendus. Il était cadre dans une agence de publicité, moi je travaillais dans un cabinet de comptabilité. Il se trouve que nous avions beaucoup de points communs et...

Elle s'interrompit, la gorge soudain sèche.

— J'ai fait la pire erreur de ma vie.

Elle ne pouvait pas dire cela. Elle n'aurait pas eu Liam, son si merveilleux petit garçon, si, ce soir-là, elle n'avait pas rencontré Adam Locke.

— Il n'a jamais mentionné le nom d'un ami ? insista Rob.

— Désolée, mais non. Il ne parlait que de nous et du bébé à venir. À de rares occasions, il évoquait son travail. Il ne parlait pas non plus de sa famille. Il disait qu'ils étaient tous morts, qu'il n'avait plus personne et que cela lui faisait trop mal d'en parler.

— Je suppose que Gibbons a fait des recherches dans ce sens.

— Oui. Comme il doutait de tout ce que je lui disais, il vérifiait tout. Mais il avait raison de le faire. Mon jugement était altéré. Je n'avais plus aucune capacité de discernement.

Elle se revit jeune maman éperdue, cherchant son enfant partout. Comment avait-elle pu l'oublier ? Elle s'exhorta à chasser ce souvenir insoutenable. La dépression profonde qu'elle avait connue n'était pas due au fait quelque chose ne tournait pas rond chez elle. C'était à l'origine une dépression post-partum à laquelle s'étaient rajoutés des événements traumatisants. Apprendre que son mari était un tueur en série, vivre la disparition brutale de son père... Son cerveau avait fait ce qu'il fallait pour préserver sa santé mentale.

Cet aspect de son passé, elle ne le partagerait avec personne. Surtout pas avec Rob pour qui elle pourrait développer des sentiments. Allons donc ! Qui croyait-elle berner ? Des sentiments pour lui, elle en avait déjà. Depuis leur toute première rencontre, mais elle ne voulait pas se l'avouer. Pour être honnête, elle ne pensait pas pouvoir un jour retomber amoureuse. Mais finalement c'était une bonne chose. Vraiment. C'était le signe qu'elle allait de l'avant.

Du moins cherchait-elle à s'en convaincre. Car le doute subsistait, insidieux, pernicieux. Ne serait-elle pas toute sa vie hantée par son passé ? Un passé douloureux, trop lourd à porter qui, forcément, finirait par déteindre sur sa vie amoureuse ou encombrer son partenaire.

— Cela ne vous dérange pas qu'il loge chez vous ? Il peut aller ailleurs, vous savez. Ce ne sont pas les hôtels qui manquent à Lookout Mountain.

— Non, ça va. Comme il l'a souligné, je devrais me réjouir d'une présence policière supplémentaire. À ce propos, je suis vraiment heureuse, et soulagée, que l'adjoint Reynolds et vous soyez là.

Elle marqua une courte pause.

— Je suis vraiment désolée pour tous les ennuis que je vous occasionne, Rob. C'est un véritable cauchemar qui recommence.

— Ne vous inquiétez pas pour ça. Ce n'est pas un problème.

Il avait l'air sincère.

— Pour résumer, reprit-il d'un ton plus professionnel, une femme nous a signalé la présence d'un intrus dans son garage. Quelqu'un qui y aurait passé la nuit. Quand le corps d'un homme a été découvert chez les Cashion, j'ai tout de suite pensé qu'il pouvait s'agir d'Adam Locke. Mais finalement, pourquoi aurait-il dormi dans un garage puisqu'il avait un véhicule ? Vous qui le connaissiez bien, vous pensez que c'est le genre de chose qu'il aurait pu faire ?

Elle prit le temps de réfléchir. Adam avait toujours été un fin stratège. Le genre qui avait toujours un plan en réserve.

— Je crois que oui. C'était le spécialiste des plans B. D'ailleurs, il le prouvait dans son travail. Il me disait souvent que sa direction était impressionnée par sa capacité à jongler avec les problèmes qui pouvaient se présenter. Alors, passer la nuit dans un garage, oui, il en était bien capable si cela pouvait servir ses intérêts. Mais l'intrus pourrait être son assassin, attendant le bon moment pour frapper.

— Je n'écarte pas cette possibilité, bien sûr. Mais je vous avoue que je pencherais plutôt en faveur de Locke. Comme il était libre de ses mouvements, il a choisi la maison des Cashion, qui est proche de chez vous.

Elle sentit tous les muscles de son corps se tendre.

— Je ne comprends pas pourquoi il n'est pas venu me confronter directement. Pourquoi tout ce cirque alors qu'il aurait pu venir frapper à ma porte et demander à me parler ?

Elle s'interrompit de nouveau. La réponse, elle la connaissait.

— Parce qu'il avait une idée derrière la tête. Un plan élaboré bien avant de venir. Il voulait que je sache qu'il était dans les parages. C'est pour cela qu'il est venu jusque sous mes fenêtres et qu'il a laissé la photo dans ma boîte aux lettres. Il voulait que j'aie peur. Cela faisait partie de son mode opératoire. Il laissait des indices indiquant qu'il avait choisi ses victimes à l'avance. Il leur offrait une boîte de chocolats, un bouquet de fleurs, le genre d'attentions qu'on offre à une femme qu'on cherche à courtiser mais qui ne visaient qu'à endormir leur méfiance.

La sonnette retentit, faisant sursauter Grace violemment. La nuit, quand tout était verrouillé, la seule façon d'entrer était d'avoir sa propre clé ou de sonner, mais la sonnerie ne s'entendait que dans ses appartements.

— Vous attendez quelqu'un ?

Le temps qu'elle quitte le canapé, Rob était déjà à la porte, les sens visiblement en alerte.

— Non. Ça ne peut pas être l'adjoint Reynolds ?

— Il m'aurait appelé.

Son cœur battait à tout rompre au moment où ils atteignirent l'entrée. Rob vérifia l'écran du visiophone.

— Vous avez commandé des pizzas ?

— Moi, non. Mais peut-être un de mes clients.

Rob ouvrit la porte.

— Bonsoir, dit-il au livreur. Vous pouvez me dire à quel nom a été établie cette commande ?

— Au nom de Mme Grace Myers, répondit l'homme.

Elle secoua la tête.

— Je n'ai pas commandé de pizza, déclara-t-elle. Je n'ai rien commandé du tout.

Le livreur sortit son portable de la poche de sa veste.

— Il est indiqué ici que l'appel a été passé par Grace Myers.

Il tourna son téléphone afin qu'ils puissent vérifier. En effet, c'était bien le numéro de Grace qui était enregistré.

— Je vous dois combien ? demanda Rob.

— Vingt-huit dollars.

Rob paya le garçon et lui prit le carton des mains. Puis il referma la porte en veillant à la verrouiller de nouveau.

— Allons vérifier votre portable, dit-il.

Elle se précipita dans le salon. Où avait-elle mis ce fichu téléphone ? Elle ne se rappelait plus quand elle s'en était servie pour la dernière fois. Enfin, elle le trouva sur le comptoir de la cuisine.

Elle fit défiler ses derniers appels. Il y en avait un qui ne correspondait à aucun de ses contacts enregistrés. Elle appuya sur le numéro.

— All Night Pizza, lui répondit une voix enjouée.

— Excusez-moi, je me suis trompée, dit-elle en raccrochant précipitamment.

Elle leva les yeux sur Rob, troublée.

— L'appel a bien été passé de mon portable.

Elle n'avait pas pu commander une pizza et oublier totalement qu'elle l'avait fait. Il devait y avoir une erreur. Une explication rationnelle. C'était impossible autrement.

— C'est peut-être Diane et Cara qui ont passé cette commande et elles auront oublié de vous le dire, suggéra Rob.

— Peut-être, dit-elle.

Même si elle n'était pas vraiment convaincue, elle allait s'en tenir à cette hypothèse. D'autant que l'odeur alléchante de la pâte chaude qui s'échappait du carton lui chatouillait les narines en même temps qu'elle lui titillait l'appétit.

Elle esquissa un sourire.

— Nous n'allons pas laisser perdre cette pizza, n'est-ce pas ? Qu'en pensez-vous ?

— La même chose que vous.

Il la regarda disposer deux assiettes et des serviettes en papier sur la table basse.

— Je me disais que je pourrais aller m'installer sur le canapé qui se trouve près de la cheminée, dans le hall. De là, j'aurai une vue d'ensemble parfaite sur la porte d'entrée mais aussi sur la vôtre.

Elle hocha la tête.

— Bien sûr. Vous comptez passer plus d'une nuit ici ? Parce que si c'est le cas, je serais ravie de vous attribuer une chambre.

— Merci. Tant que ma présence chez vous ne vous dérange pas, bien sûr.

Elle nota avec une pointe de satisfaction qu'il avait accepté de manière spontanée, sans l'ombre d'une hésitation.

— Vous ne me dérangez pas, Rob. Au contraire, je vous suis même infiniment reconnaissante de ce que vous faites pour moi.

Il lui adressa un sourire qui lui réchauffa le cœur.

— Compte tenu des circonstances, je préfère rester sur place. Cela me rassure, moi aussi.

Elle ressentit le besoin soudain de se confier à lui. De lui parler de sa dépression nerveuse. Elle craignait tellement de sombrer de nouveau. Cette mystérieuse livraison dont elle n'avait aucun souvenir n'était-elle pas un signe avant-coureur qu'elle perdait pied ? Elle décida finalement de ne rien lui dire. C'était déjà bien assez qu'il connaisse le plus sombre de ses secrets. Elle ne pouvait pas le charger en plus de cette période de sa vie, tout aussi sombre. Avant de rencontrer Rob, elle se voyait coulant des jours heureux ici, seule avec son fils. Puis elle avait rencontré ce séduisant officier de police. Au fil des rencontres ils avaient tissé des liens d'amitié. Et puis, un jour, elle s'était surprise à imaginer un avenir à deux. Mais, très vite, elle s'était fermée à cette idée. Elle ne voulait pas espérer inutilement.

Pourtant, à cet instant précis, elle sentait l'espoir renaître. Pourquoi renoncerait-elle à une vie meilleure ? Plus lumineuse ? Avec, à ses côtés, un homme comme Rob. Non. Pas comme Rob. *Avec* Rob.

C'était un vœu pieux ? Et alors ? Où était le mal ?

— Au fait, je ne vous ai pas remercié de m'avoir couverte auprès de Gibbons.

Il haussa les épaules.

— Je n'ai fait que dire la vérité. Reynolds est bien resté jusqu'à l'arrivée de Diane.

Elle le remercia encore, cette fois d'un sourire.

— Parlez-moi de votre famille, Rob. Vous m'avez dit que vous aviez un frère et une sœur, mais je ne sais pas grand-chose d'autre.

Pour une fois, ce serait elle l'oreille attentive. La confidente.

Rob se prêta de bonne grâce au jeu des confidences qu'elle venait d'initier.

— Mon frère est dans l'armée, dans une garnison du Colorado.

Ma sœur vit à Nashville. Elle est mariée. Elle est décoratrice d'intérieur. Son mari est ingénieur du son dans une maison de production. Ils parlent d'avoir des enfants, à la grande joie de notre mère que la perspective de devenir grand-mère réjouit. Elle ne s'en plaint jamais, mais je sais qu'elle souffre d'être seule. Mon père est mort il y a plusieurs années. Elle vit à Chattanooga, dans la maison où nous avons grandi. Elle attend désespérément d'entendre cette maison résonner de rires d'enfants.

— Vous êtes l'aîné ?

— Oui.

Il mordit dans sa pizza, un sourire gourmand aux lèvres.

— Délicieuse. Je salue celui ou celle qui l'a commandée.

Elle acquiesça en silence.

— Vous n'avez jamais été marié ?

Voilà. Elle l'avait fait. Elle lui avait posé une question très personnelle qui faisait d'elle une personne indiscrète. Elle-même n'aurait pas supporté une telle curiosité intrusive de sa part. Mais il faut dire que Rob connaissait déjà presque tout de sa vie.

— Il y a un an, j'ai failli me marier, mais ma fiancée a changé d'avis. Elle m'a plaqué pour en épouser un autre. Ils sont à quelques semaines d'avoir leur premier enfant ensemble.

— Je suis désolée… Je…

En fait, sa franchise l'avait prise au dépourvu. Elle ne savait pas quoi répondre à cela.

— Je vais nous chercher quelque chose à boire, déclara-t-elle.

Elle alla dans la cuisine et ouvrit la porte du frigo. Sa main s'immobilisa sur la bouteille d'eau minérale qu'elle s'apprêtait à prendre.

Sur la clayette du milieu, à hauteur des yeux, se trouvait le trousseau de clés de l'hôtel. Un gros anneau métallique auquel était attaché un double de chacune des clés des chambres.

D'une main tremblante, elle attrapa le trousseau et le posa

tout doucement sur le comptoir pour que Rob n'entende pas le cliquetis métallique.

Il n'y avait pas de quoi s'affoler. Elle allait bien. Tout allait bien.

Liam avait peut-être voulu lui faire une farce.

Et même... Même si ce n'était pas Liam. Cela ne voulait pas dire pour autant qu'elle perdait pied.

Elle allait bien. Tout allait bien.

L'homme qui avait détruit sa vie et précipité son père dans la tombe était mort.

Elle n'avait aucune raison de ne pas aller bien.

8

Mardi 20 février, 6 heures

Grace se lava soigneusement les mains puis les sécha à un torchon de manière tout aussi minutieuse. Plonger les mains dans la farine ne lui avait pas procuré la détente habituelle. Il y avait une bonne raison à cela.

Elle avait trouvé son rouleau à pâtisserie dans le four. Par chance, elle l'avait vu au moment où elle avait lancé le préchauffage. Une fois de plus, elle avait pensé que Liam avait voulu lui faire une farce. Il faudrait qu'elle lui demande si c'était bien lui quand il se réveillerait.

Avait-elle vraiment envie de savoir ?

N'était-il pas plus rassurant de supposer ? De faire semblant de croire ?

Car l'hypothèse la plus vraisemblable était qu'elle présentait les symptômes d'une nouvelle dépression. Elle pressa ses mains l'une contre l'autre pour les empêcher de trembler. Ou alors, elle était plus distraite que d'habitude. Tout le stress cumulé au cours de ces dernières vingt-quatre heures avait fait resurgir l'anxiété profonde et les crises de panique qui l'avaient longtemps habitée après la découverte d'Alicia Holder dans la cache secrète de son sous-sol. L'anxiété pouvait engendrer d'autres problèmes. Elle était bien placée pour le savoir.

Accélération du rythme cardiaque, oublis, confusion, peur constante d'un danger imminent. Les symptômes étaient faciles à reconnaître une fois que vous étiez passée par là.

Elle avait vécu l'expérience de manière très violente. Par la suite, le médecin à qui elle avait osé confier sa détresse le lui avait expliqué : son corps et son esprit n'étaient pas préparés à ce qui l'attendait. La réaction avait été explosive. Les premiers temps, Liam et elle avaient été accueillis par Valentina Hicks, une vieille hippie excentrique, amie de son père, qui vivait près de chez eux et avec qui Grace avait tissé des liens très forts. Valentina leur avait ouvert sa maison et son cœur pendant plusieurs mois, veillant sur eux comme l'aurait fait la propre mère de Grace. Puis, lorsqu'elle avait jugé que Grace était apte à partir, elle l'avait poussée à quitter le nid pour voler de ses propres ailes. Elle avait sonné pour elle le signal d'un nouveau départ. C'est elle aussi qui lui avait recommandé de partir sans regarder en arrière, de couper les ponts. Définitivement. Pas de courrier. Plus d'appels téléphoniques. Rien qui puisse laisser une trace.

À cet instant précis, Val lui manquait cruellement. Cette nouvelle épreuve, elle allait devoir la surmonter sans elle.

Elle avait passé la nuit à essayer de se rappeler un nom ou un visage qui aurait correspondu à ce qui se serait le plus rapproché de ce qu'aurait pu être un ami pour Adam. Mais rien ne lui était venu. Tout le temps qu'ils avaient vécu ensemble, ils l'avaient vécu seuls, en vase clos. Elle était tellement amoureuse de son mari qu'elle n'avait pas trouvé anormal cette absence de vie sociale qu'il lui imposait. Elle ne s'était posé aucune question. Ils étaient jeunes, ils s'aimaient, ils allaient avoir un bébé. Elle était heureuse.

Trois ans plus tard, elle n'était plus la jeune femme insouciante et un peu naïve d'alors. Un flot de questionnements se bousculaient dans sa tête qu'elle ne pouvait ignorer. Elle s'obligea à réfléchir posément.

Adam avait assassiné quatre jeunes femmes. Un membre de la famille de l'une des victimes avait pu vouloir lui rendre justice, surtout après l'annonce de la libération de son assassin.

Si c'était le cas, Liam et elle n'avaient rien à craindre.

À moins que – cette hypothèse terrifiante avait germé au petit matin dans son esprit – le tueur considère Liam comme un assassin en puissance. Celui par qui les actes horribles commis par son père seraient perpétués.

Son pauvre enfant innocent. Jusque-là, elle était parvenue à lui cacher la vérité. L'apprendrait-il un jour ? En tout cas, ce ne serait pas de la bouche de sa mère.

La sonnerie stridente de la minuterie la ramena brusquement sur terre. Elle sortit du four les muffins qui allèrent rejoindre les cookies aux pépites de chocolat qui attendaient de refroidir sur le comptoir.

— Ça sent drôlement bon, ici, dit Rob en entrant dans la cuisine. Vous préparez des gâteaux tous les matins ?

— Oui.

Elle déposa les cookies dans un panier en osier qu'elle lui tendit.

— Pourriez-vous aller les mettre sur le buffet, près du grille-pain ?

— Bien sûr.

Il arrivait dans le couloir quand elle lui lança :

— Servez-vous. Tous mes clients ont droit à un petit déjeuner.

— Merci.

Un sourire aux lèvres, elle le regarda franchir la porte à double battant qui séparait la cuisine de la salle à manger. Il était temps d'aller réveiller Liam. Une fois dans sa chambre, elle désactiva l'application babyphone de son portable. La plus belle invention avec la trancheuse à pain, selon elle. Avec ça, elle pouvait être dans une pièce éloignée de celle où se trouvait son fils sans s'inquiéter.

— Bonjour, mon bonhomme, susurra-t-elle à l'oreille de son enfant.

Au son mélodieux de la voix de sa mère, Liam battit des cils plusieurs fois.

— Mmm, ça sent les cookies, dit-il d'une petite voix ensommeillée.

— Tu veux aller prendre ton petit déjeuner avec Rob ? Il t'attend dans la salle à manger.

Liam rejeta les couvertures d'un geste leste et sauta hors du lit en criant de joie.

— Youpi !!!

Son euphorie faisait plaisir à voir. L'affection que son fils portait à Rob, affection qu'elle savait être réciproque, lui réchauffait le cœur. Et tant pis si Rob et elle ne restaient jamais que des amis. Elle était heureuse de la présence de Rob dans la vie de Liam.

Un court instant plus tard, ils étaient dans la salle à manger. MM. Pierce et Brower étaient déjà installés à table, une assiette pleine devant eux.

— Avez-vous proposé à l'adjoint Reynolds de se joindre à nous ? demanda-t-elle à Rob alors qu'elle se rappelait, un peu tardivement, que l'officier de police avait passé la nuit dehors, à faire ses rondes.

— Je l'ai renvoyé chez lui à 2 heures.

— Tant mieux.

Elle était soulagée d'entendre que le pauvre homme avait eu le droit de se reposer un peu.

— Des nouvelles du...

Henry Brower se tut d'un coup. Son regard venait de se heurter à celui du petit Liam.

— De ce qui s'est passé pas loin d'ici ? termina-t-il de manière plus énigmatique. Ne le prenez pas mal, Grace, mais il y a eu plus d'agitation que je n'aurais cru.

— C'est tout à fait exceptionnel, s'empressa de rétorquer Grace. Ne vous inquiétez pas, cet établissement va retrouver le calme et la tranquillité qui font sa réputation.

— Grace a raison, intervint Rob. L'événement qui s'est produit hier est rarissime. Le taux de criminalité est très faible par ici, pour ne pas dire inexistant.

Brower hocha la tête tout en portant à ses lèvres sa tasse pleine.

— Heureux de vous l'entendre dire.

— C'est la raison pour laquelle j'ai choisi de m'installer dans cette région, ajouta Grace dans un sourire qui se voulait rassurant.

Durant cet échange, M. Pierce était resté silencieux. Pourtant, on pouvait lire sur ses traits qu'il n'en pensait pas moins. Venant de Californie, il ne pouvait pas ne pas avoir entendu parler d'Adam Locke, le tueur en série qui avait défrayé la chronique trois ans plus tôt. Dès qu'il apprendrait que c'était son corps qu'on avait retrouvé à deux pas d'ici, il ne lui faudrait pas longtemps pour faire le rapprochement entre lui et Grace.

Elle en eut soudain l'appétit coupé.

Elle repensa à l'offre de Cara d'emmener Liam chez sa grand-mère. Il y serait peut-être plus en sécurité qu'ici. Loin de tout ce tapage.

— Monsieur Brower, votre société envisage-t-elle d'ouvrir une succursale à Chattanooga ?

Grace tourna la tête vers Rob. Visiblement, il avait fait des recherches sur ses clients. Si elle comprenait qu'il fallait en passer par cet interrogatoire informel pour tenter de mettre fin à ce cauchemar le plus rapidement possible, elle espérait en secret que ses clients n'en prendraient pas ombrage.

— En effet, répondit Henry Brower. Cela fait partie de nos projets à court terme. Chattanooga est une ville en plein essor, c'est le moment de se lancer. Nous avons hésité avec Nashville, mais c'est finalement Chattanooga qui l'a emporté.

— Vous avez raison. Nashville est déjà très encombrée. Il est plus facile de se faire une identité à Chattanooga.

— Nous sommes bien d'accord.

Henry Brower fixa sur Rob un regard scrutateur.

— Vous êtes l'adjoint en charge de cette communauté, n'est-ce pas ?

Rob acquiesça.

— En effet.

— Devons-nous nous inquiéter de votre présence dans ces lieux, au vu de la situation ?

Tandis que Grace désespérait de voir le sujet enterré, Rob offrait un sourire rassurant à Brower.

— Vous n'avez aucune raison de vous inquiéter, déclara-t-il. La raison de ma présence ici est toute personnelle.

Elle sentit le rouge lui monter aux joues. Le regard insistant de ces hôtes sur elle n'aidait pas à la mettre à l'aise, mais c'était mieux qu'étaler une vérité qui les ferait fuir.

Comme pour mieux enfoncer le clou, Pierce se mit à la dévisager de manière ostensible.

— Vous connaissiez cet homme ?

S'il n'avait pas continué à l'épingler de son regard pénétrant, dans lequel brillait une lueur de défi, elle aurait pu trouver normal qu'il lui pose une telle question.

Elle choisit d'éluder.

— Je suis certaine que l'adjoint Vaughn veillera à ce que cette enquête soit bouclée le plus rapidement possible.

— Vous pouvez compter sur moi, affirma Rob.

C'est à ce moment que Gibbons fit son apparition. Il portait le même costume froissé que la veille et n'avait pas jugé bon de se raser.

C'était plus qu'elle ne pouvait en supporter. Elle prit l'assiette de son fils et se leva.

— Liam, mon chéri, allons voir ce qui se passe en cuisine.

Le petit garçon descendit docilement de sa chaise et suivit sa mère tout en grignotant le muffin qu'il avait à la main.

Elle se précipita vers la porte battante, feignant d'ignorer Gibbons qui se servait un café à la machine.

Elle aida Liam à s'asseoir sur un des tabourets qui encadraient l'îlot et plaça son assiette devant lui.

— J'ai pas mon jus d'orange, maman.

— Je t'en apporte tout de suite, mon chéri.

Elle alla ouvrir le frigo sous l'œil inquiet de Diane qui lui demanda, en baissant la voix :

— Ça va ?

Elle acquiesça.

— Pierce sait quelque chose.

— Tu devrais accepter la proposition de Cara. Les choses risquent de se compliquer, ici.

Elle n'était pas encore décidée, mais c'était une option à envisager sérieusement.

Le regard suspicieux de Pierce n'avait pas échappé à Rob. Il lui en voulait d'avoir contrarié Grace au point qu'elle soit allée se réfugier dans sa cuisine. Pourtant, il se garda de tout commentaire à ce sujet.

— Bonjour, lança Gibbons à la ronde alors qu'il s'asseyait à table.

— Bonjour, lui répondirent en chœur Rob et Brower.

Pierce ne disait rien. Visiblement, cela le démangeait de remettre le sujet sur le tapis. Comme il venait de le faire avec Grace, il se mit à regarder Rob fixement.

— C'est pour ça que vous traînez dans le coin, n'est-ce pas ? Parce qu'elle connaissait la victime.

Brower et Gibbons échangèrent un regard médusé, attendant la suite sans piper mot.

— Monsieur Pierce, commença posément Rob, comme vous êtes un client de cet établissement, je vais m'appliquer à rester aussi courtois que possible. Ce à quoi vous faites allusion est une enquête de police ; aussi, je ne compte pas en discuter avec vous. Et puisque, de toute évidence, c'est un scoop que vous cherchez, je vais être gentil, je vais vous en donner un.

Joe Pierce se rapprocha de la table, un sourire vainqueur aux lèvres.

— Ça me serait bien utile. Merci.

— Alors, voilà, dit Rob en soutenant son regard. Comment se fait-il que le journaliste indépendant de LA que vous êtes soit venu dans un coin reculé du Tennessee, pile au moment où le tueur en série le plus célèbre du pays se faisait assassiner ? Je voudrais bien le savoir.

Gibbons délaissa son assiette pleine.

— Moi aussi, dit-il. Je suis impatient d'avoir une explication.

Pierce le fusilla du regard.

— Qui diable êtes-vous ?

— Inspecteur Lance Gibbons, de la police de San Francisco.

L'information eut raison de l'arrogance de Pierce qui baissa les yeux sur sa tasse vide.

— J'ai réservé ici la semaine dernière, grommela-t-il.

— Raison de plus pour nous donner une explication, insista Gibbons.

Rob piqua un morceau de bacon du bout de sa fourchette et le porta à sa bouche. Cet inspecteur n'était pas aussi détestable, après tout.

— Allez-y, Pierce, nous vous écoutons.

Pierce hésita un court instant avant de reprendre :

— J'ai un ami qui m'a dit que le mandat de perquisition présentait un vice de forme.

Gibbons haussa les épaules.

— Quel est le rapport entre cette information et votre séjour ici ?

— J'ai reçu une lettre anonyme qui me disait qu'il fallait que j'aille à Chattanooga, et que je loge dans cet établissement ; qu'il allait se produire un événement important. Je n'avais aucune idée de ce que cela pouvait être.

— Comment saviez-vous qu'il fallait arriver à ce moment

précis ? Vous n'étiez pas censé savoir qu'il y aurait un meurtre ni quand aurait lieu ce meurtre.

— Non, mais l'auteur du billet insistait sur le fait que je devais me trouver ici cette semaine et que si j'étais malin, je pourrais en tirer profit. Comme je ne voulais pas prendre le risque de rater un événement important, je me suis assuré d'avoir une marge de manœuvre.

Brower se leva. Manifestement, il ne voulait pas en savoir plus.

— Messieurs, je vais vous laisser entre vous.

— Bonne journée, monsieur Brower, dit Rob en le regardant quitter la pièce.

Gibbons, lui, n'entendait pas renoncer. Il accentua la pression sur Pierce.

— Vous avez une idée de qui vous a envoyé ce mot ? demanda-t-il.

Pierce secoua la tête.

— Non. Mais même si je le savais, je ne vous le dirais pas. Un journaliste ne trahit jamais ses sources.

Gibbons haussa les épaules.

— Il n'y a rien dans ce mot qui pourrait être utile à mon enquête ?

— *Notre* enquête, corrigea Rob.

Gibbons acquiesça d'un vague signe de tête, laissant Pierce répondre.

— Non. Rien du tout. Il n'y a ni nom, ni adresse d'expéditeur, ni cachet de la poste sur l'enveloppe. Quelqu'un l'a juste glissée dans ma boîte aux lettres.

Comme pour Grace.

Rob sortit son portable de sa poche et présenta à Pierce la photo qu'il avait faite de l'enveloppe.

— Une enveloppe comme celle-ci ?

Pierce opina.

— Exactement la même.

— Ce qui signifie que votre source était déjà ici, à Lookout Mountain.

Il était possible que plusieurs personnes soient impliquées dans le meurtre de Locke. Des personnes qui connaissaient le lien existant entre lui et Grace. Mais la véritable question était de savoir comment Adam avait su où se trouvait Grace alors qu'elle s'était volatilisée du jour au lendemain sans laisser la moindre trace derrière elle ?

— Monsieur Pierce, seriez-vous prêt à vous soumettre à un relevé d'empreintes digitales de manière à être totalement innocenté ? Car vous n'ignorez sans doute pas que les informations que vous venez de nous fournir font de vous un suspect potentiel ?

Le regard de Pierce alla de Gibbons à Rob plusieurs fois. Il semblait hésiter sur la décision à prendre.

— Je vous propose un marché à tous les deux, finit-il par dire. Vous m'accordez l'exclusivité sur cette histoire et je vous donne mes empreintes et tout ce que vous me demanderez.

— Marché conclu, dit Rob avant Gibbons. J'appelle mon gars de la police scientifique tout de suite.

— Ça marche aussi pour moi, dit Gibbons.

— J'ai une autre question, dit Rob. Savez-vous pourquoi votre source vous a orienté vers ce lieu plutôt qu'un autre ? Ce ne sont pas les hébergements qui manquent à Lookout Mountain.

— Parce que j'avais fait le lien entre Mme Myers et le tueur en série. J'avais compris qu'elle était l'ex-femme d'Adam Locke. Tout concordait. L'arrivée de Grace Myers ici, il y a deux ans, l'âge de son fils, sa discrétion au sujet de sa vie privée.

Que Pierce en sache autant sur Grace lui donnait la nausée. Il se leva brusquement.

— Excusez-moi. Je reviens tout de suite.

Il ressentait le besoin impérieux de parler à Grace.

— J'ai vu juste, n'est-ce pas ? lança Pierce, un brin fanfaron.

Rob ne prit pas la peine de se retourner. C'était à Grace de répondre à cette question et à personne d'autre.

Il arriva dans la cuisine au moment où Liam, qui avait fini son petit déjeuner, regardait un dessin animé sur un petit téléviseur posé sur le comptoir. Grace ne faisait rien. Elle se tenait immobile près de son fils, l'air absent. Diane s'affairait à ses fourneaux.

Quand elle le vit, Grace l'interrogea du regard.

— Pierce est journaliste indépendant à LA, commença-t-il prudemment.

— Comment a-t-il su qu'il devait être là ?

— Il a reçu une lettre anonyme. Dans une enveloppe comme celle qu'on a déposée dans votre boîte aux lettres.

Grace blêmit d'un coup.

— Il sait ?

— Il sait.

9

Grace sentit ses jambes mollir sous elle, mais elle réussit tant bien que mal à rester debout.

Si un journaliste connaissait sa véritable identité, il ne faudrait pas longtemps avant que le monde entier soit au courant.

— Je... je ne peux pas..., balbutia-t-elle.

Elle fixa son fils du regard.

— Je dois le mettre en sécurité jusqu'à ce que...

— Calmez-vous, Grace, dit Rob d'une voix qui se voulait apaisante. Nous avons passé un marché avec Pierce. Il a accepté de coopérer. Pour le moment, nous contrôlons la situation.

Diane alla se ranger aux côtés de Grace.

— Comment pouvez-vous être sûr qu'elle ne va pas vous échapper, la situation ? lança-t-elle d'un ton offensif.

Grace lui sut gré d'avoir posé la question. Elle-même était tellement bouleversée qu'elle était incapable de réfléchir.

— Pierce est là pour faire son boulot. C'est important pour lui. Nous lui avons promis l'exclusivité s'il nous aidait à faire avancer l'enquête. Ce qu'il ignore, c'est qu'il aura l'exclusivité de ce que nous voudrons bien lui dire.

Elle se détendit un peu.

— Et Brower ? demanda-t-elle.

— Il n'a rien à voir avec tout ça. Cette histoire ne l'intéresse pas.

C'est juste un entrepreneur qui cherche à ouvrir une succursale à Chattanooga.

— Il doit être contrarié par ce qui se passe ici, non ?

— Il n'a pas l'air d'être traumatisé, en tout cas. Pour l'heure, c'est pour vous et Liam que je m'inquiète.

Elle esquissa un sourire reconnaissant.

— Je vous remercie de vous préoccuper de nous.

— Je dois passer chez moi récupérer quelques affaires. L'adjoint Reynolds viendra me remplacer. J'ai demandé également au sergent Snelling de venir. Gibbons veut qu'il relève les empreintes digitales de Pierce, histoire de l'écarter définitivement de la liste des suspects.

— Si ce n'est pas lui, et je pense que ce sera le cas, cela signifie que le...

Rob acquiesça.

Elle eut alors envie de raconter les clés dans le réfrigérateur et le rouleau à pâtisserie dans le four. Pour la pizza, elle savait déjà. Elle avait demandé à Diane si c'était elle qui l'avait commandée. La réponse était tombée comme un couperet. Ce n'était pas elle. Grace se raccrochait à l'idée que si ces trous noirs étaient bien l'un des symptômes d'une dépression, elle n'en avait aucun autre.

À bien y réfléchir, le moment n'était pas opportun de se confier. Pas avec ce journaliste dans les lieux, probablement à l'affût de la moindre indiscrétion qui nourrirait sa curiosité malsaine.

Diane lui tapota gentiment le bras.

— Je vais annuler mon cours de yoga, déclara-t-elle.

Puis, s'adressant à Liam :

— Ça te dirait qu'on aille jouer tous les deux, mon bonhomme ?

— Dans la neige ?

Ses yeux brillaient déjà d'une excitation à peine contenue.

— Pas maintenant, trésor, répondit Grace pour Diane. Peut-être plus tard.

— Viens, dit Diane en prenant le petit garçon par la main.

J'ai une idée qui va te plaire, je crois. On va construire une tour avec tes Lego. Une tour très très grande, qui monte jusqu'au ciel.

Le visage de Liam s'éclaira d'un large sourire.

Grace regarda son fils partir main dans la main avec Diane. Il était tout joyeux. Comment pourrait-elle jamais assez remercier cette femme pour tous les services qu'elle lui rendait et pour le bien qu'elle leur faisait ? Son regard glissa vers Rob. Lui aussi lui était précieux.

— Vous n'imaginez pas à quel point je vous suis reconnaissante de tout ce que vous faites pour nous, dit-elle d'une voix chargée d'émotion.

— Arrêtez de me remercier, Grace.

Un silence embarrassé s'instaura entre eux qu'il rompit le premier.

— Je vais vous laisser. Je vais faire au plus vite. Ça ira ?

— Ne vous inquiétez pas.

Mais, une fois seule, ses angoisses reprirent le dessus. Que deviendrait la vie tranquille qu'elle s'était forgée ici, avec son fils, quand l'horrible vérité éclaterait au grand jour ? Quel effet ces révélations auraient-elles sur Liam ? Comment pourrait-elle le protéger de la cruauté de certaines personnes, de leurs commentaires malveillants, car il y en aurait.

Elle inspira profondément, s'exhortant à se calmer. Pour le moment, et tant que le meurtrier d'Adam ne serait pas arrêté, sa priorité absolue était de mettre son fils à l'abri.

Un coup frappé à la porte qui donnait sur le jardin lui arracha un petit cri. Elle distingua un visage à contre-jour. *Cara.* Feignant une assurance qu'elle était loin de ressentir, elle alla ouvrir.

— Désolée, je t'ai fait peur, dit Cara. J'ai oublié ma clé.

— Ce n'est pas grave. C'est moi. J'ai les nerfs en pelote, ce matin.

Cara alla suspendre son manteau et son sac à main au crochet qui faisait office de patère puis elle serra Grace dans ses bras, dans une étreinte chaleureuse.

— C'est bien normal, dit-elle. Je suis tellement désolée de ce qui t'arrive. Il y a du nouveau ?

Oh oui ! Il y avait même tant à raconter que Grace ne savait pas par quoi commencer.

— Eh bien, nous avons appris que ce bon M. Pierce est en réalité un journaliste venu de Los Angeles à la suite d'une lettre anonyme qu'il a reçue. Une lettre glissée dans la même enveloppe que celle qu'on a déposée dans ma boîte aux lettres.

— Ça alors ! Ils l'ont arrêté ? C'est peut-être lui le tueur.

Grace secoua la tête.

— D'après les premières constatations, Rob et Gibbons pensent qu'il a été attiré ici par le tueur. Mais qui sait ? Il était peut-être de mèche avec Adam et les choses auront mal tourné.

— C'est bien ce que je disais, répliqua Cara en allant se servir un café. Les journalistes sont souvent prêts à tout pour pondre un article à sensation. Tant qu'on ne connaîtra pas les motivations qui ont poussé ce type à venir ici ni comment il a occupé son temps depuis son arrivée...

— Tu as raison. Je demanderai à Rob ce qu'il en pense.

— Où est Liam ? lança Cara après avoir siroté une gorgée de son café.

— Diane l'a emmené jouer. Cara... Tu as commandé une pizza pour nous, hier soir ?

— Une pizza ?

Grace lui expliqua l'incident de la veille. Comme Diane avant elle, Cara répondit par la négative. L'angoisse l'étreignit de nouveau. Comment avait-elle pu oublier ? Ce n'était pas possible. Ou alors, la folie la guettait. Son portable vibra dans la poche arrière de son jean, la tirant de ses pensées préoccupantes. Elle regarda le nom qui s'était affiché sur l'écran. Paula.

— Bonjour, Paula. Tout va bien ?

Elle réalisa alors que Paula et Karl auraient déjà dû être là. Mais, chamboulée comme elle l'était par ce qu'elle venait d'apprendre sur Pierce, elle n'avait même pas remarqué leur absence.

— Je dois conduire Karl aux urgences, annonça Paula. Il s'est réveillé avec une forte fièvre et une horrible migraine. J'ai bien peur que ce soit la grippe.

— Oh non... Pauvre Karl. Tenez-nous au courant et prenez soin de vous.

— Un problème ? s'enquit Cara dès que Grace eut mis fin à l'appel.

— Karl est malade. Paula croit qu'il a la grippe. Elle l'emmène aux urgences.

Déjà, elle pensait à tout ce qu'elle allait devoir faire à la place de sa précieuse Paula.

Cara finit son café d'un trait puis rangea sa tasse dans le lave-vaisselle.

— Ne t'inquiète pas, dit-elle. Je vais la remplacer.

— Pas question. Occupe-toi de ton travail, comme d'habitude. Je me charge du reste.

— Comme tu veux. C'est toi la patronne.

— Exactement.

Pour couper court à toute objection, Grace lui tourna le dos et se mit à ranger la cuisine. Une fois qu'elle eut terminé, elle passa dans la salle à manger, vidée de ses pensionnaires, où elle fit de même.

Un coup d'aspirateur sur la moquette et elle pouvait aller prendre sa place derrière le bureau de réception. Elle n'attendait pas de nouvelles arrivées, mais elle avait toujours tout un tas de paperasse à régler. Ou des factures à payer.

Au passage, elle alla jeter un coup d'œil à son fils. La tour était en bonne voie. Elle informa Diane de l'absence des Wilborn.

— Je serai à la réception si tu veux m'envoyer Liam.

Un peu plus tard, alors qu'elle s'acquittait d'une facture, elle vit M. Brower traverser le hall à grands pas. À le voir sans ses bagages, il n'avait pas dans l'idée de déguerpir. Elle en fut à la fois surprise et soulagée. Après les événements des dernières vingt-quatre heures, elle n'aurait pas été étonnée qu'il vienne lui demander sa note.

Peu après, elle vit Reynolds pousser la porte. Il avait l'air reposé, contrairement à ce que sa courte nuit aurait pu laisser supposer.

Elle l'accueillit avec un grand sourire.

— Bonjour, adjoint Reynolds. Je vous remercie d'avoir veillé sur nous si tard, hier soir.

— C'était un plaisir, rétorqua-t-il aimablement. L'adjoint Vaughn m'a demandé de le remplacer jusqu'à son retour.

— Je suis au courant. Il m'avait prévenue. Il y a des muffins, des cookies et du café dans la salle à manger. Je vous en prie, allez vous servir.

— Ce n'est pas de refus. Merci.

À peine Reynolds s'était-il éclipsé que le carillon de l'entrée tintait de nouveau. Elle leva le nez de ses papiers, s'attendant à trouver le sergent Snelling.

Ce n'était pas lui.

L'homme s'approcha du comptoir. Elle nota distraitement qu'il portait un jean et une doudoune.

— Bonjour. Je suis Russell Ames. J'ai une réservation.

Elle réprima son étonnement. Elle n'avait pris aucune réservation pour le jour même.

— Un instant, je vous prie.

Elle appuya sur les touches de son clavier pour faire défiler son registre.

— Vous êtes Mme Myers ? demanda le nouveau venu.

— Oui. Je suis bien Grace Myers.

— Vous aviez raison. Ce coin est magnifique. Et la vue ! Extraordinaire.

Elle avait l'impression de devenir folle. Elle n'avait jamais parlé à cet homme. Elle n'avait pas pris sa réservation, ni aucune autre d'ailleurs. Elle parcourut rapidement des yeux la grille des réservations. Le nom de Russell Ames figurait bien à la date d'aujourd'hui.

Non. C'était impossible.

— Madame Myers, tout va bien ?

Elle acquiesça, s'exhortant en silence à calmer les battements frénétiques de son cœur.

— Il me faudrait votre carte de crédit, dit-elle.

Elle prit d'une main tremblante la carte qu'il lui tendait puis attendit que la transaction soit terminée pour la lui rendre et lui donner une clé.

— Elle ouvre votre chambre mais également la porte d'entrée, que nous fermons à minuit, dit-elle en se forçant à sourire. Le petit déjeuner et le dîner sont inclus dans le prix. Les déjeuners sont à la demande, mais il faut nous prévenir la veille.

— Parfait. Je vais chercher ma valise.

Elle le regarda sortir, les larmes aux yeux. Elle ne pouvait pas avoir parlé avec cet homme au téléphone, avoir pris sa réservation et n'en avoir aucun souvenir. Non. Non. Elle n'avait pas pu. Et pourtant... N'avait-elle pas fait pire le jour où elle s'était retrouvée à déambuler en ville en laissant son fils, seul à la maison ? Heureusement en sécurité dans son petit lit à barreaux.

Quelle mère pouvait oublier son enfant ? Chez elle ou ailleurs.

Une mère sujette à une dépression nerveuse.

Allait-elle de nouveau sombrer ? Allait-elle de nouveau glisser dans ce gouffre insondable ?

Elle ne voulait pas y penser. Elle termina ce qu'elle avait commencé puis partit rejoindre Liam et Diane. Diane était occupée à ranger le désordre qui régnait dans le salon.

Elle pointa le canapé du menton.

— Je l'ai couché. Il n'en pouvait plus, le pauvre chou.

Grace couva son enfant endormi d'un regard débordant d'amour. Il ne faisait plus de sieste le matin, mais il était vrai qu'il s'était couché tard, la veille. Et, même une fois au lit, il avait eu du mal à s'endormir.

— Merci, Diane.

— Je t'en prie. C'est toujours un plaisir de jouer avec ce petit ange. À moins que tu aies encore besoin de moi, ajouta-t-elle en se relevant, je vais faire un saut chez le boucher. Je lui ai commandé des côtes de porc pour le dîner de ce soir. Tu te rappelles ? Je t'en ai parlé en arrivant.

Encore une information dont elle n'avait aucun souvenir.

— Oui, oui, bien sûr.

— À tout à l'heure. J'en ai pour une demi-heure, environ.

— À tout à l'heure.

Grace étendit un plaid sur son petit garçon puis retourna à la réception. Avant, elle avait pris la précaution de laisser la porte ouverte et d'activer l'application babyphone sur son portable.

Elle arriva en même temps que le sergent Snelling.

— Bonjour, Grace.

— Bonjour, sergent.

Snelling était un grand gaillard costaud. Une espèce de géant de près de deux mètres aux tempes grisonnantes. Il affichait toujours un air bonhomme qui contrastait avec sa carrure impressionnante. C'était Rob qui le lui avait présenté au pique-nique du 4 Juillet offert par la ville, l'année où elle était arrivée.

— J'ai invité l'adjoint Reynolds à prendre un petit déjeuner dans la salle à manger. Voulez-vous aller le rejoindre ?

— Avec plaisir. Je vous remercie.

Elle le conduisit puis communiqua aux deux hommes le numéro de chambre de Joe Pierce.

Elle retourna encore une fois à la réception. Elle frissonna un peu. C'était encore la saison des feux de cheminée. Elle en allumait un chaque matin, dès qu'elle se levait. De la même façon, elle s'assurait qu'il n'y avait plus de flammes et que le pare-feu était bien en place devant l'âtre avant d'aller se coucher. Elle remua les braises pour attiser le feu puis ajouta des bûches. Elle adorait l'odeur un peu âcre du bois qui brûlait, de même que la chaleur douillette qui s'en dégageait. Cela lui rappelait son enfance. Une enfance heureuse auprès d'un père aimant. C'était ce genre de souvenirs qu'elle voulait pour son fils. Elle avait tellement à cœur de le tenir à distance de ce que le monde pouvait avoir de laid et des atrocités dont les hommes pouvaient parfois faire preuve. Le pourrait-elle ?

Elle repensa à Pierce. Quelles horreurs écrirait-il dans son torchon ? Quels ragots colporterait-il sur elle et son fils ?

Elle tourna la tête vers le canapé. Son cœur fit un bond dans sa poitrine.

Le plaid gisait par terre. Liam n'était plus là.

— Liam ?

Elle se précipita dans la chambre, le cœur battant. Pas de Liam. Elle vérifia dans chaque pièce. Il n'était nulle part.

Où était-il ?

C'est alors que son regard fut attiré par une forme mouvante dans le jardin.

Elle retint son souffle. Son petit garçon était là. Il jouait dans la neige.

— Liam... mon bébé.

Elle en aurait pleuré de soulagement. Elle courut rejoindre son fils. Elle remarqua avec attendrissement qu'il avait pensé à mettre des bottes et à enfiler son manteau. En revanche, il avait négligé de mettre son bonnet et ses gants.

— Liam, mon chéri. Qu'est-ce que tu fais ici ?

Elle le prit dans ses bras. Il avait les mains et le visage glacés.

— Je voulais faire un bonhomme de neige.

— Pourtant, je ne t'avais pas donné la permission de sortir. Et seul, en plus.

— Je le ferai plus, maman. Promis.

Elle le serra plus fort contre elle. Tout ce qui comptait, c'était qu'il était là et qu'il allait bien.

— On va aller se changer, mon chéri. Tu es gelé.

Une fois de retour dans leur appartement, elle lui retira ses vêtements mouillés et l'aida à enfiler un pantalon de survêtement et un sweat-shirt à capuche, celui avec un dinosaure sur le devant, son préféré.

Le fait qu'il lui ait désobéi la turlupinait. Liam n'était pas un enfant rebelle. Il avait dû mal comprendre quand elle lui avait refusé de sortir dans la neige. Il fallait qu'elle en ait le cœur net.

— Liam, tu te rappelles quand tu regardais la télévision et que tu m'as demandé si tu pouvais aller jouer dans la neige avec Diane. Je t'ai répondu : « Pas maintenant, trésor. Peut-être plus tard. »

— Oui.

— Plus tard, ça ne veut pas dire oui, mon chéri. Tu comprends ?

— C'est toi. Tu m'as réveillé. Tu m'as dit que je pouvais sortir jouer.

Son cœur s'affola dans sa poitrine.

— Qu'est-ce que tu racontes ?

— Tu m'as dit, sors, va jouer dans la neige, s'entêta Liam, au bord des larmes.

Il avait dû rêver. Il n'y avait pas d'autre explication possible.

— Alors, disons que la prochaine fois, tu ne pourras sortir qu'avec maman. D'accord ?

— D'accord, dit-il en reniflant un peu.

Quand son fils fut prêt, elle changea de pull. Celui qu'elle portait était humide de neige fondue. Elle se brossa les cheveux, renonçant à les attacher en chignon, comme elle avait l'habitude de le faire.

Elle entendit tinter le carillon de la porte d'entrée. Elle laissa Liam à ses jeux et retourna à la réception. Elle était préoccupée. Comment était-il possible qu'elle n'ait pas entendu Liam se lever et sortir alors que la fonction babyphone de son portable était toujours activée ? Elle n'avait pas non plus entendu quelqu'un lui parler. Plus inquiétant, la porte de derrière n'était pas fermée à clé alors que la consigne était de toujours la garder verrouillée. Diane aurait-elle oublié ?

Elle trouva Rob qui l'attendait patiemment près du comptoir d'accueil. Ses cheveux étaient encore humides de la douche qu'il avait prise. Il était rasé de près.

— Snelling est arrivé ? demanda-t-il.

— Oui. Et Reynolds aussi. Mais à l'heure qu'il est, ils doivent être avec Pierce.

Comme à propos, Reynolds fit irruption par l'une des portes-fenêtres en courant. Il était rouge et tout essoufflé.

— Pierce a disparu !

Rob fronça les sourcils.

— Pourtant, il y a deux voitures de location sur le parking. Je les ai vues en arrivant.

— Un nouveau client est arrivé tout à l'heure, dit Grace. Il a loué une voiture, lui aussi.

— Merde..., laissa échapper Rob. Reynolds, voyez avec Grace le numéro de la plaque d'immatriculation et lancez un avis de recherche. Où est Snelling ?

— Toujours dans le bungalow de Pierce. Il relève des empreintes.

Elle eut envie de hurler. Bon sang ! Adam était mort. Et pourtant, voilà qu'avait disparu ce journaliste de Los Angeles. Le même qui avait reçu un message anonyme dans une enveloppe similaire à celle qui avait été déposée dans sa boîte.

Qu'allait-il se passer, maintenant ?

Ou plutôt, qui serait la prochaine victime ?

Liam !

Elle courut dans son appartement. Son petit garçon se trouvait là où elle l'avait laissé en partant. Il jouait tranquillement avec ses Lego.

Elle s'effondra sur son canapé, les yeux pleins de larmes qu'elle ne chercha pas à contenir.

Elle avait l'impression d'avoir fait un bond dans le passé. De se retrouver deux ans et huit mois en arrière. De revivre le même cauchemar, cette fois sans son père ni Valentina Hicks pour veiller sur elle et sur son enfant, pour les protéger.

— Madame Myers...

Elle tourna la tête vers l'adjoint Reynolds qui se tenait gauchement sur le seuil. Seigneur, elle avait oublié qu'il avait besoin de la plaque d'immatriculation de Pierce.

— Excusez-moi, dit-elle en essuyant précipitamment ses yeux mouillés de larmes du bout des doigts. Vous voulez bien rester ici avec Liam pendant que je vais chercher votre renseignement ?

— Bien sûr.

Sans attendre, il alla s'agenouiller à côté du petit garçon.

— Waouh ! s'exclama-t-il. Je n'ai jamais vu une tour aussi belle.

Sachant son fils entre de bonnes mains, Grace retourna derrière son bureau où elle ouvrit le logiciel de réservation. Elle trouva toutes les informations dont elle avait eu besoin pour procéder à l'enregistrement de Joe Pierce sauf... le numéro de la plaque minéralogique de son véhicule de location.

— Il doit y avoir un bug quelque part, dit-elle tout haut.

Elle ferma le logiciel puis l'ouvrit de nouveau. Il n'y avait aucune raison pour que ce renseignement ne figure plus dans le registre.

Pourtant, la ligne correspondante était remplie d'une succession de zéros.

Elle fonça retrouver Reynolds, son cœur battant la chamade.

— Elle n'y est plus, dit-elle.

— Comment ça, elle n'y est plus ?

— Elle a été supprimée.

Sans doute alerté par le ton fébrile de sa mère, Liam fixait sur elle un regard inquiet.

Elle prit une grande inspiration, se forçant à se calmer.

— Pouvez-vous aller prévenir l'adjoint Vaughn que je souhaiterais lui parler, s'il vous plaît ?

— J'y vais tout de suite.

Elle s'était fait la promesse de ne jamais parler à personne des mois horribles qui avaient suivi la mort de son père, quand elle avait commencé à subir la pression incessante de la police. Elle avait été véritablement harcelée. Les médias s'y étaient mis aussi, l'accusant de complaisance, pour ne pas dire de complicité, à l'égard de son mari. Comment était-il possible que l'épouse d'un tueur en série, une femme qui vivait sous le même toit que lui, n'ait rien su de ses agissements ? Attaquée de toutes parts, elle avait résisté tant qu'elle avait pu avant de s'effondrer d'un coup. Son corps, sa tête l'avaient lâchée. Sans l'aide de Val, elle aurait sans doute perdu son fils. Peut-être même la vie.

Elle allait devoir se battre à nouveau si elle voulait garder l'un et l'autre.

10

Soit Pierce s'était fait la malle, soit il avait été enlevé. Le résultat était le même : leur principal témoin ne pouvait plus parler.

Rob sentit une rage furieuse monter en lui.

— Pourquoi Pierce serait-il parti en laissant ses bagages ici ? s'interrogea Gibbons.

Il pointait du menton la valise et le sac de voyage posés sur le banc, au bout du lit.

Rob ignora la question.

— Comme Grace n'a pas pu nous fournir le numéro d'immatriculation de la voiture louée par Pierce, nous avons lancé un avis de recherche, déclara-t-il. Nous verrons bien si ça donne quelque chose.

— Les empreintes ?

— L'analyse est en cours. Nous pourrons les comparer avec celles trouvées sur la scène de crime.

— Nous sommes dans votre juridiction, rappela Gibbons. Vous pourriez faire appel au FBI si vous vous sentez dépassé.

Rob en avait plus qu'assez des airs supérieurs de cet inspecteur qui laissait entendre que les flics de province étaient des ploucs ne disposant pas des mêmes moyens que les flics des grandes villes. Ou du même cerveau, peut-être.

— Pourquoi ? Vous les avez appelés à l'aide, vous, quand vous enquêtiez sur Locke ?

— Tout à fait. Cela dit, ils ne nous ont pas été d'une grande utilité. La seule chose que nous savions, à l'époque, c'est que trois femmes avaient disparu en l'espace de deux ans. Toutes les trois ont été retrouvées mortes. Le mode opératoire était le même : un premier coup de poignard en plein cœur puis d'autres donnés un peu partout sur le corps avec une rare sauvagerie. Avant de les tuer, leur assassin les torturait. Une fois mortes, il enroulait une chaîne avec un médaillon en forme de cœur autour de leur poignet gauche. Nous n'avons trouvé aucun cas similaire dans les bases de données que nous avons consultées. Le FBI nous a fourni un profil qui s'est avéré par la suite assez précis, mais c'est à peu près tout ce que nous avons obtenu d'eux. Nous n'avions pas assez d'éléments pour pouvoir les relier à d'autres affaires. Nous sommes restés longtemps dans une impasse.

— Jusqu'à ce que Grace Locke trouve dans une cache secrète de sa maison la femme que son mari retenait prisonnière pour la tuer. Celle qui serait plus tard retrouvée morte, elle aussi.

Rob avait effectué ses propres recherches sur Internet. Les détails de l'affaire lui avaient donné la nausée. Toutes les victimes avaient le même physique. Minces, pas très grandes, de longs cheveux blonds et des yeux clairs. Exactement comme Grace, s'était-il dit.

Il comprenait qu'elle lui ait caché ce pan de sa vie. C'était un épisode traumatisant qu'elle voulait sans doute garder enfoui en elle à jamais. Un cauchemar digne des films d'horreur les plus épouvantables.

Gibbons alla se poster à la fenêtre.

— Au moins, ce salaud aura eu la fin qu'il mérite.

— Feriez-vous de ce cas une affaire personnelle, inspecteur ?

Gibbons ne répondit pas tout de suite. Il continuait de regarder par la fenêtre, les yeux fixés sur un point que lui seul voyait.

— Ce détraqué avait ses fans, finit-il par dire. À l'instar des chanteurs ou des stars de cinéma. Des gens aussi détraqués que lui qui nous ont harcelés et menacés, ma famille et moi, à l'approche du procès. Ils sont même allés jusqu'à tuer notre chien.

Il marqua une courte pause durant laquelle il prit une profonde inspiration.

— Je pensais que justice allait être rendue. Que ces pauvres femmes qu'il avait torturées puis assassinées seraient enfin vengées. Mais non. Il a fallu qu'il s'en tire à bon compte. Comme si rien ne s'était passé.

Rob eut un élan de sympathie pour cet homme. Il ressentit le besoin de le réconforter.

— Comme vous l'avez dit, il a eu la mort qu'il méritait. C'est à ces adeptes que nous devons nous intéresser, maintenant. Vous pensez que Pierce en fait partie ? Vous l'aviez dans le collimateur ?

Gibbons se retourna lentement. Il avait l'air usé.

— Non. Je ne l'avais jamais vu avant de le rencontrer ici. Je n'avais jamais entendu parler de lui. Cela dit, ça ne signifie pas pour autant qu'il n'appartient pas à ce groupe.

— Locke avait beaucoup d'adeptes ?

— On ne peut pas dire. Il y avait ceux qui venaient protester régulièrement devant le tribunal. Une douzaine. Mais il y avait aussi tous ceux qui le soutenaient mais qui préféraient rester dans l'ombre.

— Vous pensiez vraiment que Grace savait ?

— Oui. Elle était avec lui tout ce temps. Ils vivaient sous le même toit. Ils attendaient un enfant. J'ai supposé qu'elle voulait protéger sa famille. Qu'elle était tordue, elle aussi.

— Vous aviez tort.

— Je suppose, lâcha-t-il du bout des lèvres.

Il ne semblait pas vraiment convaincu, ce qui agaça Rob.

— En fin de compte, c'est moi qui suis responsable de tout ce gâchis. Je voulais tellement coincer ce salaud ! Avoir des preuves solides, irréfutables. Pour cela, il fallait que j'aille chez les Locke avant que quelqu'un, Locke ou un complice, détruise les éléments de preuve qui l'incrimineraient à coup sûr. J'ai enfreint les règles, mais je pensais que je trouverais là-bas Bella Watts dont on avait signalé la disparition quelques jours plus tôt. Mais elle n'y était pas. Quand elle a été retrouvée morte, quelques semaines après l'arrestation de Locke, je savais que cette fichue perquisition reviendrait sur le tapis. Qu'elle signerait la libération de Locke.

— Ce n'était donc pas lui qui l'avait tuée ?

— On n'a jamais pu le prouver, mais je suis certain que c'était lui. Contrairement aux autres victimes, Bella Watts a eu la gorge tranchée. Le mode opératoire était différent, mais le crime a été commis avec la sauvagerie qui était la signature d'Adam Locke.

L'arrivée de Reynolds interrompit leur discussion.

— Mme Myers demande à vous parler, dit l'adjoint à Rob.

— J'y vais. Pendant ce temps, voyez avec Snelling où il en est.

— Bien, chef.

Rob sortit. Il était soulagé que cette diversion lui permette de laisser Gibbons en plan. Il avait vraiment essayé de se mettre à sa place ; de considérer les choses de son point de vue. Mais, malgré ses efforts, il n'arrivait pas à comprendre pourquoi il s'accrochait toujours à l'idée que Grace avait cherché à couvrir son mari.

Quand il arriva dans le hall d'entrée, Grace lui tournait le dos. Elle regardait par la fenêtre.

Il s'approcha d'elle.

— Des nouvelles de Pierce ? demanda-t-elle sans se retourner.

— Non. Ce qui est préoccupant, c'est que ses bagages sont toujours dans son bungalow. Nous avons lancé un avis de recherche pour disparition inquiétante.

— Je ne veux pas que mon fils soit touché par ces événements en chaîne. Je ne sais pas comment faire pour éviter qu'il soit éclaboussé par toute cette boue.

Elle avait parlé dans un murmure qui le toucha. Il lui prit la main, la forçant gentiment à lui faire face. Elle leva sur lui un regard voilé d'inquiétude.

— Je pensais vraiment que mon passé ne me rattraperait pas. Surtout ici.

— Locke est mort, Grace. Il ne pourra plus vous nuire. Et lorsque nous aurons mis la main sur son meurtrier, tout sera fini.

— Rob, il faut que je vous parle. J'ai besoin de vous raconter ce qui s'est passé après qu'Adam a été arrêté. Après les obsèques de mon père, quand je suis rentrée chez moi pour régler ses affaires.

— Si nous allions discuter de tout cela dans un endroit plus discret ?

Elle acquiesça d'un hochement de tête puis le précéda jusqu'à une petite pièce située derrière le bureau d'accueil.

— J'ai sombré dans une profonde dépression, commença-t-elle sans détour. Liam n'avait que trois mois. C'est une amie de longue date de mon père qui m'a aidée à m'en sortir. Elle nous a totalement pris en charge, mon bébé et moi. Elle m'a portée à bout de bras jusqu'à ce que j'aille mieux et qu'elle juge que j'étais capable de vivre une vie normale avec mon enfant.

Il sentait en elle une telle détresse qu'il en eut le cœur serré.

— Grace, vous n'avez pas à culpabiliser. Vous aviez toutes les raisons de craquer.

Elle croisa les bras, dans une posture qui semblait défensive.

— Vous ne pouvez pas comprendre. J'étais au fond du trou, dans un état lamentable. Je ne mangeais plus, j'étais incapable de m'occuper de mon fils. Il m'est même arrivé d'oublier que j'en avais un.

— Je persiste à dire qu'il n'y a rien d'anormal à cela. Vous avez vécu un véritable cauchemar, et le mot est faible.

Son regard se perdit dans le vague.

— Je crois que ça recommence, Rob. Je sens que je perds pied.

— Comment cela ?

— Je ne me rappelle absolument pas avoir fait une réservation pour M. Ames. J'ai retrouvé le trousseau de clés de l'hôtel dans le réfrigérateur et mon rouleau à pâtisserie dans le four.

J'ai commandé une pizza depuis mon téléphone sans en avoir le moindre souvenir. Le numéro de la plaque d'immatriculation de la voiture de Joe Pierce n'apparaît plus dans l'enregistrement que j'ai fait à son nom. J'ai dû le supprimer mais, là encore, je ne m'en souviens pas. Mais le pire est que ce matin, j'ai réveillé Liam de sa sieste pour lui dire d'aller jouer dehors, dans la neige.

— Grace, vous savez bien que ce n'est pas possible. Vous n'avez pas pu faire une chose pareille. Liam l'aura rêvé.

— C'est ce que je me suis dit, mais tout cela mis bout à bout... C'est troublant.

Elle était bouleversée.

— Rob, je suis terrifiée. Je ne suis plus capable d'assurer la sécurité de mon fils. Je ne peux plus me faire confiance.

Il lui prit la main et la pressa doucement dans la sienne.

— Je suis là.

— C'est gentil, Rob. Mais vous étiez là ce matin quand j'ai dit à Liam d'aller jouer dehors.

— Maintenant que je suis averti, je veillerai à ce que ce genre de choses ne se reproduise pas.

— J'ai tellement peur qu'il arrive quelque chose à Liam, par ma faute.

— Il ne lui arrivera rien. Je vous le promets.

— Merci.

Elle fit les quelques pas qui les séparaient l'un de l'autre et se blottit contre lui.

— Vous n'avez pas idée à quel point votre amitié compte pour moi.

Il aurait aimé lui dire que ce qu'il ressentait pour elle dépassait largement le cadre de l'amitié, mais il se retint. Il se contenta de l'envelopper de ses bras, dans une étreinte qu'il voulait réconfortante.

Elle s'écarta de lui, un sourire confiant aux lèvres.

— Liam et moi nous sentons chez nous, ici. J'aimerais tant que

125

nous n'ayons pas à fuir encore une fois pour tout recommencer ailleurs.

Sa détresse le toucha tellement qu'il décida de se lancer.

— C'est à mon tour de vous dire quelque chose, Grace.

Son sourire s'évanouit aussitôt. Elle darda sur lui un regard anxieux.

— Cela n'a rien à voir avec cette histoire, s'empressa-t-il de préciser. Il s'agit de moi.

Aussitôt, il la sentit sur ses gardes.

— Je vous écoute.

— Cela fait des semaines que j'ai envie de vous proposer d'aller dîner au restaurant ou de vous emmener au cinéma. J'ai laissé les jours filer en remettant sans cesse à plus tard. Il faut dire que vous ne sembliez pas intéressée, les fois où je me suis jeté à l'eau. Vous avez toujours refusé mes invitations.

— Eh bien, j'ai changé d'avis, sergent Vaughn. L'idée de sortir avec vous me séduit même beaucoup. Nous en reparlerons quand tout cela sera terminé ?

— Avec plaisir.

Comme pour sceller ce qui semblait être une promesse, il approcha son visage du sien et effleura ses lèvres d'un baiser léger.

— C'était très agréable, murmura-t-elle.

— Pour moi aussi. Malheureusement, je dois vous laisser. Le devoir m'appelle.

Au moment où il partait, il croisa Gibbons qui arrivait de la cuisine.

— Il faut que je vous parle.

Une boule d'angoisse et d'appréhension se forma dans la gorge de Grace. Le bien-être que les paroles de Rob lui avaient procuré se dissipa d'un coup. Il fallait qu'elle fuie Gibbons, cet oiseau de mauvais augure.

— Je dois aller voir Liam, dit-elle précipitamment.

— Je vous demanderais de venir nous rejoindre dans la salle à manger quand vous aurez fini, lui intima Gibbons d'un ton peu amène.

Elle acquiesça en silence. Quand elle arriva chez elle, Liam était en compagnie de Cara, dans le salon. Serrés l'un contre l'autre, ils regardaient un dessin animé.

— Tout va bien ? lui demanda Cara en souriant.

Non. Tout allait de travers, même, et elle n'était pas sûre que tout irait de nouveau bien dans sa vie, un jour. Pourtant, elle afficha un sourire faussement serein.

— Vous vous amusez bien tous les deux ?

— Chuuut, chuchota Liam, les yeux rivés sur l'écran. C'est trop bien !

Grace fit le geste qu'elle se fermait la bouche puis elle passa dans la cuisine. Diane lui tendit un plateau chargé de sandwichs et de chips de légumes.

— Je me suis dit qu'un en-cas serait le bienvenu.

— Je vais l'apporter dans la salle à manger. Gibbons m'y attend avec l'adjoint Vaughn.

— Ils ont retrouvé Pierce ?

— Non. Il s'est comme volatilisé alors qu'il avait rendez-vous avec Snelling, de la scientifique, pour un relevé d'empreintes digitales. Ce qui est étrange, c'est que sa porte était grande ouverte et qu'il n'a pas emporté ses bagages. Je ne voudrais pas me montrer pessimiste, mais tout cela ne présage rien de bon.

— Ou alors, il a élaboré tout un scénario pour éloigner les soupçons de lui, parce que, justement, il ne serait pas irréprochable. Décidément, on ne peut pas dire que la situation s'arrange, ajouta-t-elle en soupirant.

— C'est sûr.

Diane posa une main sur l'avant-bras de Grace, dans un geste plein d'affection.

— On va s'en sortir, dit-elle gentiment.

Grace se força à sourire.

— Je l'espère.

Puis, voyant Diane feuilleter les pages d'un livre de recettes, elle demanda :

— Tu as trouvé tout ce dont tu avais besoin pour ta nouvelle recette ?

— Oui. Ce sera une grande première, aussi, je ne garantis pas le résultat.

— Je suis sûre que ce sera délicieux, comme d'habitude. Je te laisse.

Chargée du plateau, elle poussa la porte battante d'un coup de hanche et entra dans la salle à manger. Aussitôt, Rob se précipita pour lui prendre le plateau des mains et aller le déposer sur la table du buffet.

— J'ai passé quelques coups de fil, histoire de me renseigner sur ce Joe Pierce, attaqua aussitôt Gibbons. J'ai appris que, il y a une dizaine d'années, il s'est fourré dans le pétrin. Il était alors journaliste au *LA Times*. Il travaillait sur un tueur en série baptisé par la presse Le Tueur de Hollywood Hills. Une affaire qui avait sacrément défrayé la chronique.

Grace avait entendu parler de cette histoire. Un tueur en série traquait des jeunes femmes pendant qu'elles faisaient leurs courses le matin. Il en avait assassiné quatre avant d'être arrêté.

— À l'époque, j'étais en dernière année à UCLA, précisa-t-elle sans trop savoir pourquoi.

Gibbons hocha la tête, comme pour lui signifier qu'il savait déjà où elle se trouvait à ce moment-là. Évidemment, qu'il savait. Il avait enquêté sur chaque aspect de sa vie lorsque Adam avait été arrêté. Comme si elle avait été la criminelle.

— Pierce, qui était prêt à tout pour décrocher une exclusivité, s'était arrangé avec une jeune femme pour qu'elle serve d'appât au tueur. Elle devait se prêter à la même routine tous les matins dans l'espoir de l'attirer. Malheureusement, les choses ont mal tourné. La fille a failli se faire tuer et Pierce s'est fait virer du journal. Après ça, on n'a plus entendu parler de lui pendant un certain temps. Plus personne ne voulait l'engager. Alors, il s'est lancé en free-lance.

— Quel rapport avec l'affaire Locke ? demanda Grace.

— J'espérais que vous pourriez me le dire.

Elle le regarda fixement, interloquée.

— Que voulez-vous dire ?

— Connaissiez-vous Pierce, à l'époque ? demanda-t-il en guise de réponse. Le détective qui m'a renseigné sur Pierce m'a dit qu'il y avait une autre jeune femme qui travaillait pour lui.

Une bouffée de colère enfla en elle, prête à déborder.

— Non ! Je n'ai jamais rencontré cet homme avant de le voir ici. Je n'avais même jamais entendu parler de lui.

— De quoi accusez-vous Grace, exactement ? intervint Rob.

— Je ne l'accuse de rien, affirma Gibbons. J'essaye seulement de voir s'il existe un lien entre les deux affaires. Parce que je trouve étrange que Pierce ait débarqué ici, poussé par la même personne qui a envoyé un mot à chacun d'eux.

— Eh bien, vous faites fausse route, inspecteur Gibbons. Je vous le répète, je ne connaissais pas Joe Pierce.

Sa voix vibrait encore d'une colère qu'elle peinait à maîtriser.

— Chef, je peux vous parler un instant ?

L'arrivée de Reynolds rompit la tension presque palpable qui s'était mise à régner entre l'inspecteur et Grace.

— J'arrive, dit-il.

Puis, se tournant vers Grace :

— Ne répondez à aucune de ses questions avant mon retour.

Elle opina. Mais, dès que Gibbons fut certain de ne pas être entendu de Rob, il repartit à l'attaque.

— Je ne cherche pas à vous accuser de quoi que ce soit, madame Myers.

— On dirait bien que si, pourtant, rétorqua-t-elle sèchement.

129

— Je veux juste découvrir la vérité. Locke est mort et bon débarras. Ce n'est pas moi qui vais m'en plaindre. Seulement, nous ne savons pas si son meurtrier va s'en tenir là. Vous savez comme moi que vous ne serez pas vraiment en sécurité tant qu'il ne sera pas derrière les barreaux d'une prison.

Il n'y avait rien à redire à cela. Gibbons avait le même raisonnement qu'elle, ce qui n'était pas fait pour la rassurer.

Rob revint, accompagné de Reynolds mais aussi de Diane.

Pourquoi Diane ? Qu'avait-elle à voir là-dedans ? Et pourquoi fuyait-elle son regard ?

— Nous avons un élément nouveau, annonça Rob. Mais Diane tient à vous en parler elle-même.

Elle se tordit les doigts, morte d'appréhension. Quelle mauvaise nouvelle allait encore lui tomber sur la tête ?

— Avant de vivre à New York, commença Diane, je vivais à Los Angeles. J'étais correctrice au *LA Times*.

Grace sentit tout son corps se crisper. Elle eut envie de quitter cette pièce avant que Diane ait pu dire un mot de plus.

— Je sortais avec un jeune journaliste très prometteur et bien déterminé à se faire un nom dans le monde de la presse.

Elle ferma les yeux un court instant.

— Joe Pierce, dit-elle.

Grace se couvrit la bouche d'une main.

Non !

— Quand j'ai su qu'il avait engagé une jeune étudiante pour l'aider à piéger un tueur en série, j'étais furieuse. Je l'ai plaqué. Je n'ai plus jamais eu de ses nouvelles et, de mon côté, je n'ai pas cherché à en avoir. Sauf que j'ai appris qu'il savait tout de moi via le blog que je tenais et donc qu'il savait où me trouver. Il a cru que c'était moi qui lui avais envoyé la lettre anonyme qui lui prédisait que quelque chose allait se produire ici, qui pourrait l'intéresser. Nous avons eu une violente altercation à ce sujet. Ensuite, nous avons tout fait pour éviter de nous croiser mais il me tardait qu'il reparte, je l'admets. La situation n'était pas très confortable.

— Je te remercie pour ta franchise, Diane, dit Grace. Et je te crois. Je sais que tu ne ferais jamais de mal à mon fils ou à moi.

Voyant Gibbons sceptique, Rob précisa à son intention :

— Diane vit dans la région depuis un an, maintenant. Personne n'a eu à se plaindre d'elle.

— Je vivais déjà à New York quand l'affaire Locke a éclaté, se défendit-elle.

Puis elle se tourna vers Grace pour la regarder droit dans les yeux.

— Tu as raison, Grace. Je ne vous ferais jamais de mal à toi et à Liam. Je vous aime beaucoup, tous les deux. C'est une autre des raisons pour lesquelles Joe et moi nous sommes disputés. Je craignais qu'il soit venu avec de mauvaises intentions.

— Merci, Diane.

— Je crois qu'il est préférable que vous, Diane et tous les employés de cet établissement restiez ici jusqu'à ce que nous ayons éclairci la situation, dit Gibbons. Pour l'instant, nous ne savons pas à qui nous avons affaire. Il sera plus facile d'organiser votre protection si nous sommes tous ensemble ici.

— Je suis d'accord, dit Grace la première. Diane ?

— Moi aussi.

— En revanche, cela risque de poser un problème à Cara, objecta Grace. Elle doit s'occuper de sa grand-mère. Quant aux Wilborn, ils sont cloués au lit avec la grippe.

— Très bien, dit Gibbons. Nous reparlerons de tout cela une fois que nous aurons plus d'informations.

— Nous attendons toujours les résultats de l'analyse des

empreintes relevées sur la scène de crime, ajouta Rob. Nous en saurons peut-être plus à ce moment-là.

— À ce propos, dit Gibbons à la ronde. J'imagine que vous ne verrez pas d'inconvénient à ce que nous relevions vos empreintes.

Seul un silence assourdissant lui répondit.

11

18 heures

Tout le monde s'était replié dans la salle à manger. Grace avait insisté auprès de Rob pour que ses adjoints, présents sur les lieux, viennent dîner avec eux. Compte tenu des heures qu'ils passaient à assurer leur protection, c'était le moins qu'elle puisse faire, estimait-elle.

Sur ordre de Gibbons, Snelling était venu relever les empreintes de Grace, Cara et Diane. Étant donné les circonstances, les Wilborn en seraient dispensés.

Grace regarda son fils pédaler sur son tricycle de toute la force de ses petites jambes. Il faisait le tour de la pièce inlassablement en veillant à contourner les meubles sans les heurter. Sa frimousse irradiait d'une telle fierté, d'une joie si pure et innocente qu'elle en eut le cœur serré. Heureusement, il n'avait aucune conscience du fait que leur monde était en train de s'écrouler.

À cause d'Adam. Encore une fois. Même mort, il fallait qu'il vienne la tourmenter.

Un mélange de colère, de haine et de frustration gronda en elle.

À quoi bon ? se dit-elle en s'exhortant à se calmer. Mieux valait se concentrer sur les deux nouvelles réservations qu'elle avait enregistrées pour le week-end. Deux nouveaux clients qui devaient arriver le vendredi. Elle espérait que les choses se seraient calmées d'ici là, mais elle en doutait sérieusement.

La sonnerie du poste fixe la tira brusquement de ses pensées.

— Lookout Inn, bonjour, dit-elle d'une voix mélodieuse après avoir décroché.

— Bonjour. J'aimerais parler à Grace Myers, s'il vous plaît, lui répondit une voix masculine.

— C'est moi-même.

Instinctivement, elle se prépara à entendre une mauvaise nouvelle.

— Allen Warren, dit l'homme. Je vous appelle pour confirmer que nous débuterons bien les travaux lundi 26. Je passerai demain récupérer l'acompte.

Elle se figea sur place.

— Excusez-moi... pouvez-vous me répéter votre nom ?

— Allen Warren, répéta patiemment l'homme. Je vous ai fait parvenir, il y a quelques semaines, un devis concernant la rénovation de la cour extérieure de votre hôtel. Vous avez accepté le devis et nous avons fixé la date des travaux au 26.

— Je... je suis désolée. Je ne vois pas, non. Vous êtes bien certain que c'est à moi que vous avez eu affaire ?

— Madame Myers, je ne sais pas ce qui se passe, mais j'ai mobilisé une équipe entière pour venir effectuer ces travaux chez vous pendant cinq jours. Comprenez bien que vous n'êtes pas ma seule cliente et que je n'ai pas de temps à perdre.

Son cœur se mit à tambouriner dans sa poitrine.

— Je suis vraiment désolée, monsieur Warren. Si vous pouviez me laisser un peu de temps, que je tire cette affaire au clair. Nous pourrions reparler de tout cela plus tard. Il y a une enquête en cours à l'hôtel et je vous avoue que j'ai un peu la tête ailleurs, en ce moment.

Le silence qui lui répondit accentua le stress qui l'étreignait déjà.

— Très bien, finit par lâcher l'entrepreneur d'un ton sec. Je vous contacterai la semaine prochaine pour programmer une nouvelle date. Bonsoir, madame Myers.

Sur ce, il mit fin à l'appel.

Elle reposa le combiné sur son support puis se précipita sur son ordinateur. D'une main fébrile, elle fouilla dans ses mails. Il y avait bien eu plusieurs échanges entre elle et la société Warren Hardscapes. Des échanges qui s'étaient conclus sur l'accord d'un devis concernant la rénovation de la cour extérieure de l'hôtel. Il y en avait pour plus de vingt-mille dollars.

Elle ne pouvait pas être à l'origine de cet accord. Pour une raison bien simple, elle n'avait pas les fonds nécessaires. Elle en avait parlé comme d'un projet à long terme mais certainement pas à réaliser dans l'immédiat.

Elle retourna au salon où Liam, descendu de son tricycle, feignait de le réparer à l'aide des outils en plastique que lui avait offerts Karl Wilborn.

Le carillon de l'entrée retentit, annonçant l'arrivée d'un visiteur.

L'inspecteur Gibbons était de retour.

— Je dois vous parler en privé, madame Myers, déclara-t-il sans préambule. Vaughn est là ?

— Il est dans la cuisine. Il s'entretient avec ses adjoints.

Elle se tourna vers Liam et lui tendit la main.

— Viens, mon chéri. Je t'emmène jouer avec Diane et Cara.

Elle regarda Gibbons passer la porte battante pour aller rejoindre Rob et ses hommes. Le ton cassant sur lequel il avait prononcé son nom n'augurait rien de bon. Encore une fois.

Elle trouva Diane occupée à ranger des livres sur les étagères du petit salon bibliothèque réservé aux clients.

— Je peux te confier Liam un moment ? lui demanda-t-elle.

— Bien sûr, répondit Diane en prenant le petit garçon dans ses bras. Ça te dirait que je te raconte une histoire ?

Les yeux de Liam pétillèrent de joie.

— Ouiii ! Une histoire avec des méchants et des fées !

— Allons-y pour une histoire avec des méchants et des fées.

Grace esquissa un sourire attendri. Que ferait-elle sans l'aide précieuse de Diane ?

Rassurée de savoir son fils entre de bonnes mains, elle se rendit dans la cuisine.

— Je voudrais dire deux mots à Grace en particulier, dit Rob à l'adresse de Gibbons aussitôt qu'elle eut franchi la porte.

Gibbons accepta d'un hochement de tête.

Rob plaça une main sous le coude de Grace et la conduisit jusqu'à ses appartements privés.

— Rob, que se passe-t-il ? lui demanda-t-elle aussitôt qu'il eut refermé la porte derrière eux.

— Venez. Allons nous asseoir.

Une peur intense la saisit. L'heure était grave, semblait-il.

Elle secoua la tête avec force.

— Je ne veux pas m'asseoir. Je veux que vous me disiez ce qui se passe.

— Nous avons reçu les résultats d'analyse. Les empreintes ont parlé.

Elle retint son souffle, priant en silence pour qu'aucun des gens qu'elle aimait ne soit impliqué dans le meurtre d'Adam.

— Et... ?

— Vos empreintes ont été trouvées sur la scène de crime.

Elle en eut le souffle coupé.

— Quoi ? C'est complètement fou ! Je ne sais même pas où habitent les Cashion.

— Je sais, Grace. J'ai demandé à Snelling de faire des analyses plus approfondies pour voir si elles n'ont pas été falsifiées.

— Comment cela, falsifiées ?

— Il existe des techniques permettant de prélever des empreintes quelque part puis de les transférer ailleurs.

— Existe-t-il aussi une technique permettant de vérifier qu'elles ont été falsifiées ?

— C'est sur quoi travaille Snelling. En attendant, Gibbons a toute latitude. Il a passé outre mon autorité et demandé un mandat de perquisition. Attendez-vous à ce que tout ce bâtiment mais aussi les bungalows soient passés au peigne fin.

— Il peut faire ça ?

Rob opina.

— Malheureusement oui. J'ai parlé au shérif il y a quelques minutes. Il m'a appelé juste avant l'arrivée de Gibbons pour m'avertir de ce que Gibbons tramait Je lui ai dit que vous ne verriez aucun inconvénient à coopérer. Au contraire.

— Cela va de soi.

— Ce sera le meilleur moyen de désamorcer la situation. Sans compter que vous n'avez rien à cacher.

Justement, comme elle n'avait rien à cacher, il fallait qu'elle lui parle de ce nouvel incident avec Allen Warren.

— Rob, il s'est encore passé quelque chose que je ne m'explique pas, commença-t-elle.

Un nouveau fait étrange qui, cumulé aux précédents, pouvait altérer la confiance que lui portait Rob. Mais elle n'avait pas le choix. Malgré son appréhension, elle lui raconta l'échange qu'elle avait eu avec Warren.

— J'ai retrouvé le contrat signé dans mes mails, conclut-elle.

— Vous aviez évoqué avec quelqu'un la possibilité de faire faire ces travaux d'aménagement ?

— Oui, bien sûr. J'ai parlé de tout ce que j'aimerais faire ici à qui voulait bien m'écouter. Rob, je suis perdue. Je ne sais plus quoi penser.

Elle chercha à accrocher son regard.

— À quel moment devrais-je admettre que j'ai perdu pied ? Que j'ai vraiment perdu le contrôle et que ces trous de mémoire répétitifs sont à mettre sur le compte des signes avant-coureurs de la dépression nerveuse qui me guette ?

À mesure qu'elle parlait, elle sentait le désespoir la gagner.

Les doigts de Rob s'enroulèrent autour de son bras, dans un geste plein de douceur.

— Grace, nous allons procéder pas à pas. Régler les problèmes comme ils se présentent, l'un après l'autre. Pour l'instant, la priorité est de prouver que vos empreintes ont été reproduites et que vous n'étiez pas sur la scène de crime. Et puis, n'oubliez pas. Je suis là. Je ne vous laisserai pas tomber.

Pendant combien de temps ? se demanda-t-elle dans un accès d'angoisse.

— Vous avez raison. Le mystère Allen Warren et ses travaux attendra.

— Bien. Pour l'instant, occupons-nous de Gibbons. Lui et deux de mes adjoints mèneront les recherches puis nous verrons pour la suite. Snelling doit me contacter aussitôt qu'il aura les résultats. Mais je ne suis pas inquiet.

Il avait l'air tellement convaincu !

Il ne lui restait plus qu'à prier pour qu'il ait raison.

21 heures

Rob demanda à Reynolds de rester dans la cuisine avec Grace et Cara, le temps de la perquisition. Diane était avec Liam devant la télévision. Pour sa part, il suivait Gibbons pas à pas, s'assurant que le moindre objet que l'inspecteur touchait était remis à l'exacte place où il l'avait pris.

À l'exception de la chambre qu'occupait Brower, toutes les autres furent minutieusement fouillées. Ils inspectèrent celle de Pierce avec une attention redoublée.

Ils se rendirent ensuite dans l'entrée pour démarrer la perquisition des parties communes qui se prolongerait par celle du salon et de la salle à manger.

Ils passèrent ensuite aux parties privatives de Grace. Diane et Liam s'étaient installés dans le salon pour une partie de cache-cache avant l'heure du coucher.

Quand ils furent dans la chambre de Grace, Gibbons passa tout au crible, sans exception. Rob dut prendre sur lui pour ne pas s'énerver. Il ne supportait pas de le voir fouiller dans le linge de Grace. Il voulut proposer à Gibbons de continuer lui-même, mais il savait qu'il lui opposerait une fin de non-recevoir. Sans doute s'était-il aperçu que Rob avait un faible pour Grace.

Une fois sortis de la chambre, Rob était à deux doigts d'affronter Gibbons. Pourquoi s'en prenait-il à Grace comme il le faisait ?

La réponse, il la connaissait. Gibbons était persuadé que quelqu'un avait aidé Adam Locke avant son arrestation et après. Dans son esprit, cette personne était Grace. Il ne voulait pas en démordre.

— Je voudrais que vos hommes aillent vérifier l'extérieur, dit Gibbons. Je vais terminer ici.

D'un signe de tête, Rob indiqua à Reynolds et Carter d'obéir à l'inspecteur. Ils seraient en charge des jardins et de la remise où Karl stockait tout le matériel de jardinage.

Grace et Cara se tenaient dans la cuisine, debout près de l'îlot. Les bras croisés, elles regardaient Gibbons ouvrir chaque tiroir, chaque placard, chaque étagère, passer en revue les appareils électroménagers. Il vérifiait tout, ne laissant rien au hasard.

— C'est bon ? Vous avez fini ? demanda Rob avec une pointe d'agacement.

En guise de réponse, Gibbons balaya la pièce d'un regard circulaire, vérifiant s'il n'avait rien oublié. Puis, contre toute attente, il retourna vers le meuble sous l'évier qu'il avait pourtant déjà inspecté.

— C'est ridicule, chuchota Cara.

Grace avait blêmi d'un coup. Elle donnait l'impression d'être sur le point de s'évanouir.

Rob aurait voulu la prendre dans ses bras pour tenter de lui faire oublier ce moment difficile.

Gibbons farfouilla un peu puis sortit du petit meuble une grosse boîte d'éponges métalliques. Il la vida de son contenu jusqu'à en sortir un sachet en plastique contenant un objet qui semblait recouvert de rouille.

Rob s'approcha du comptoir, intrigué.

L'objet était un couteau et il n'était pas couvert de rouille mais de sang.

— Madame Myers ? Vous pouvez m'expliquer ?

Gibbons épinglait Grace d'un regard de prédateur.

— Non... Je... Je n'ai aucune idée de ce que ce couteau fait là.

C'est alors que la porte s'ouvrit à la volée sur Reynolds.

— Chef... On a trouvé quelque chose. Il faut que vous veniez voir.

Sa mine décomposée indiquait que ce qu'il avait découvert était de la plus haute importance.

Gibbons fondit sur lui.

— Qu'est-ce que vous avez trouvé ?

— Pierce... Il est dans la remise. Dans un sale état. Il a été tué de plusieurs coups de couteau. Comme Adam Locke.

— Appelle Snelling, lui ordonna Rob. Et le légiste. J'arrive tout de suite.

Reynolds ressortit en fermant la porte derrière lui.

— Eh bien, il semble que nous ayons un sérieux problème, dit Gibbons avec une pointe de triomphalisme. Madame Myers, pensez-vous que nous allons trouver vos empreintes digitales sur ce couteau et sur cette nouvelle victime ?

— La remise étant sur la propriété de Mme Myers, intervint Rob d'une voix teintée de colère, il y a de grandes chances pour que vous y trouviez ses empreintes, en effet.

Gibbons secoua la tête, l'air de dire que, décidément, Rob ne voulait pas voir l'évidence.

— Comment expliquez-vous la présence de ce qui doit être

l'arme du crime sous cet évier, dans cette cuisine, qui appartient également à Mme Myers ?

— Je ne l'explique pas ! s'écria Grace. Je n'ai jamais vu ce couteau avant.

— Vous en êtes certaine ? Ne serait-ce pas celui que vous avez utilisé pour tuer votre ex-mari puis Joe Pierce ?

— Non !

Elle esquissa un mouvement de recul, soucieuse de mettre de la distance entre elle et cet homme qui la persécutait sans pitié.

— Grace, ne dites plus un mot, lui recommanda Rob. Il pourrait s'en servir contre vous.

— Grace n'a pas pu commettre ce meurtre, objecta Cara. J'étais avec elle. Nous avons travaillé ensemble.

Gibbons afficha un air sceptique.

— Toute la nuit ?

— J'ai travaillé toute la nuit sur des projets que j'ai soumis à Grace à de nombreuses reprises, répondit Cara sans hésiter. Je vous le confirme. Grace Myers n'a pas quitté sa chambre de la nuit.

— Savez-vous, mademoiselle Gunter, qu'un faux témoignage est passible de prison ?

Cara passa un bras protecteur autour de l'épaule de Grace tout en regardant Gibbons droit dans les yeux.

— Je dis la vérité.

Rob n'en était pas si sûr. Il suffisait de voir la mine défaite de Grace. Malheureusement, à vouloir trop aider son amie, Cara risquait de l'enfoncer un peu plus.

Gibbons émit un ricanement sinistre.

— Nous verrons bien, mesdames. La question se pose : à quoi avez-vous travaillé ensemble, cette nuit-là ?

12

Il était presque minuit.

Grace faisait les cent pas dans son salon. Dieu merci, Liam dormait paisiblement.

Qu'allait-elle devenir ?

Elle se frotta vigoureusement les bras dans l'espoir de dissiper le froid qui lui glaçait les os.

Ses pensées dérivèrent vers Adam.

Il était mort. Elle aurait pu ressentir un peu de tristesse, juste parce qu'il était le père de son fils. Pourtant, elle ne ressentait rien qu'un mélange de soulagement et de profond dégoût. Adam avait été un tueur en série sanguinaire. Un tortionnaire. Un monstre.

Le monde se porterait mieux sans lui.

Et Joe Pierce ? Retrouvé assassiné sur sa propriété. Elle ferma les yeux. Elle se sentait tellement impuissante. Vidée. Comment l'hôtel survivrait-il à cette succession de drames affreux ? Les médias se précipiteraient ici comme des vautours dès que la nouvelle serait connue. Le monde apprendrait la vérité. On découvrirait son identité ; on saurait tout sur son passé trouble.

Plus personne dans cette petite communauté ne la regarderait de la même façon. On ne lui ferait plus confiance et elle ne pourrait en vouloir à personne. Elle leur avait menti. Par omission, certes, mais elle leur avait menti.

Désormais, elle allait devoir faire face aux répercussions que le choix qu'elle avait fait de se taire auraient sur sa vie.

Diane, Cara, les Wilborn. Tous avaient cru en elle. Elle allait les décevoir.

Elle ralentit la cadence. Elle repensa à Cara qui avait menti pour la protéger. Elles n'avaient pas eu l'occasion d'en parler depuis. Tout était allé si vite après la découverte du corps de Pierce. La police scientifique était arrivée, suivie de près par le médecin légiste. Gibbons avait pris les décisions qui s'imposaient : Grace serait confinée avec son fils dans ses appartements privés tandis que Diane et Cara resteraient chacune dans une chambre séparée avec interdiction formelle de communiquer entre elles tant que les premières conclusions ne seraient pas établies.

Elle tenta de calmer le tremblement convulsif de ses mains. En vain. Elle était trop secouée. D'où venait le couteau ? La seule chose qu'elle avait cachée dans ce meuble était le médaillon qu'elle avait trouvé sous le porche. À la place, Gibbons avait découvert le couteau qui avait sans doute servi à assassiner Adam et probablement Joe Pierce.

Qui avait placé l'arme du crime, là ? Qui avait subtilisé le médaillon ?

Elle pressa ses poings fermés sur sa bouche pour s'empêcher de crier. Elle devenait folle.

Heureusement, Rob semblait rester de son côté. Rien de ce qu'avait dit Gibbons pour l'en dissuader n'avait ébranlé ses certitudes. Il croyait en son innocence. Pourtant, elle lui avait menti, à lui aussi.

Quelle idiote elle avait été de croire qu'avec le temps elle parviendrait à laisser libre cours aux sentiments qu'elle éprouvait pour lui. Qu'ils deviendraient plus que des amis et qu'elle en serait heureuse.

Elle s'arrêta devant la fenêtre. Toute la zone était éclairée comme en plein jour. La police scientifique ratissait les lieux. Elle leva les yeux vers le ciel. Il était aussi sombre que ses perspectives d'avenir. Aucune étoile n'y scintillait.

Qu'allait-elle devenir ? se demanda-t-elle encore une fois.

Quand elle serait lavée de tous les soupçons que Gibbons faisait peser sur elle, elle pourrait toujours vendre son hôtel et redémarrer une nouvelle vie ailleurs. Ce serait plus difficile, cette fois. Liam n'était plus un bébé. Il serait triste. Elle aussi.

Un léger coup sur la porte la fit sursauter.

Elle se précipita dans le vestibule, pensant ouvrir à Rob, porteur de nouvelles fraîches.

Ce n'était pas Rob. C'était Cara.

— Cara, dit-elle à voix basse en lançant un regard furtif dans le couloir. Gibbons serait furieux s'il nous trouvait toutes les deux en train de parler.

Cara fit comme si elle n'avait pas entendu. Elle entra, obligeant Grace à s'écarter un peu pour la laisser passer. Puis elle se précipita vers les fenêtres pour baisser les stores.

Grace la regardait faire sans rien dire. Elle aurait bien bu quelque chose de fort, elle qui ne buvait jamais d'alcool.

— Pourquoi as-tu menti à Gibbons ? demanda-t-elle.

Cara secoua la tête.

— Je n'ai pas menti. Tu m'as appelée juste après le départ de la police. Tu étais tellement bouleversée que Liam ait vu quelqu'un rôder sous le porche. Tu ne t'en souviens pas ?

Grace eut beau fouiller dans sa mémoire. Non, elle ne voyait pas.

— Si... Si, bien sûr, prétendit-elle.

— Nous sommes restées assises ici, dans ton salon, pendant plusieurs heures, poursuivit Cara. Tu as même bu deux verres de sherry, toi qui ne bois jamais d'alcool. Tu t'es endormie sur le canapé vers 2 heures du matin et je suis partie.

Elle avait envie de pleurer face à l'impuissance qui l'envahissait.

— Je te remercie d'être là pour moi dans les pires moments, Cara. Tu es une véritable amie.

Cara passa un bras autour de ses épaules.

— C'est normal, Grace. Nous formons une famille, non ? Tu sais, je pensais ce que je t'ai dit, l'autre jour. Ce ne sont pas des paroles en l'air. Si tu veux que je m'occupe de Liam chez ma grand-mère jusqu'à ce que tout soit terminé, je serai heureuse de le faire.

Pourquoi n'avait-elle pas accepté cette offre tout de suite ? Elle avait agi par pur égoïsme, pour garder son enfant près d'elle alors que le danger rôdait. Elle le regrettait, mais il n'était pas trop tard.

— Tu as raison, dit-elle. Je vais en parler à Rob et à Gibbons pour voir si vous pouvez partir dans la matinée. Autant que Liam ne soit pas témoin de tout ce tapage.

Éloigner son enfant de cette folie ambiante, du précipice au bord duquel elle se trouvait. Voilà où devait être sa priorité.

— C'est la bonne décision, crois-moi, assura Cara. Tu veux que j'aille te préparer un chocolat chaud ? Tu préfères peut-être un verre de sherry. Au moins, tu t'endormirais vite.

— C'est gentil mais il est tard. Retourne vite dans ta chambre avant que Gibbons ne nous surprenne ensemble.

Un coup discret à la porte les firent se figer sur place. Elles s'échangèrent un regard puis Grace alla ouvrir, priant pour qu'on ne vienne pas lui apprendre encore une mauvaise nouvelle.

Mais non. C'était Diane qui se tenait là, en pyjama sur le seuil.

— Je n'arrivais pas à dormir, chuchota-t-elle. Et comme j'ai vu de la lumière filtrer sous la porte, je me suis dit que tu ne dormais pas non plus.

Grace ouvrit la porte en grand, laissant voir Cara qui se tenait derrière elle, un peu à l'écart.

— Bienvenue parmi nous, dit-elle en souriant.

Grace fit entrer Diane et referma la porte sans faire de bruit.

— Je suis encore sous le choc, confessa Diane. Je détestais Joe pour ce qu'il avait fait, mais de là à le savoir assassiné, à l'endroit même où je travaille... C'est un sentiment étrange.

— Je comprends, dit Grace en tendant ses mains froides vers les flammes. Moi, je pensais qu'Adam allait passer le reste de sa vie en prison, pas qu'il allait me traquer jusqu'ici.

— Comment..., commença Cara avant de s'interrompre brusquement.

— Quoi ? fit Grace.

— Non... Rien.

— Vas-y. Dis-moi.

Cara hésita un instant.

— Tu n'as jamais rien remarqué de bizarre chez lui ? finit-elle par demander. Dans son comportement ? Rien qui aurait pu t'alerter ?

Cette question, on la lui avait posé tant de fois. Gibbons, surtout, qui ne pouvait pas croire qu'elle disait la vérité. Elle-même s'était interrogée à ce sujet, se repassant régulièrement le film de sa vie avec Adam pour tenter de voir enfin ce qui lui avait alors échappé.

— Non. J'aurais aimé, mais non. Adam paraissait tout à fait normal. Il était drôle, charmant, attentionné. Je sais que ça peut paraître fou, mais il était plein de qualités. Le mari idéal. Il est même devenu encore plus prévenant quand je lui ai annoncé que j'étais enceinte. Il était très protecteur, il veillait sans cesse sur mon bien-être.

Elle s'arrêta, incapable de poursuivre. Les mots restaient coincés dans sa gorge. Elle aurait tant voulu que tout cela n'ait jamais existé. N'avoir jamais connu ce monstre, ne l'avoir jamais aimé.

— Tu n'as pas à t'en vouloir, Grace, assura Diane en lui pressant gentiment le bras. Quand une femme est amoureuse, elle perd de son objectivité. Moi aussi, j'aimais Joe. Je n'imaginais pas qu'il puisse être capable de mettre une jeune femme en danger juste parce que cela servait ses intérêts. En fait, rien d'autre n'avait d'importance à ses yeux. Ni la vie de cette fille, ni les sentiments que j'avais pour lui.

Elle porta son regard sur Cara.

— Et toi ? Tu as déjà vécu quelque chose comme ça ? Un homme a déjà trahi ta confiance ?

— Une fois. Mais c'était une fois de trop.

Les trois femmes laissèrent échapper un petit rire nerveux mais libérateur.

— Vous devriez aller dormir, dit Grace qui ressentait le besoin de se retrouver seule.

Elle ne dormirait pas, mais elle se sentait mieux. Elle avait envie de faire le point. De réfléchir sérieusement à la tournure qu'elle allait donner à sa vie.

Diane la prit dans ses bras.

— À demain.

Puis ce fut au tour de Cara de la serrer contre elle.

— Merci à vous deux, dit Grace. C'est grâce à vous si je tiens le coup.

Après avoir refermé la porte derrière ses amies, elle alla jeter un coup d'œil sur Liam. Il avait insisté pour dormir seul dans son lit « parce que je suis grand, maintenant », lui avait-il dit. Elle s'assit au bord du lit et repoussa sa frange sur le côté, dans un geste d'une infinie douceur. Dieu, qu'elle aimait cet enfant ! Elle avait tellement à cœur de le tenir à l'écart de ce cauchemar.

Elle déposa un baiser tendre sur sa joue veloutée puis éteignit la veilleuse. Elle retourna ensuite au salon et regarda par la fenêtre la scène qui se déroulait dehors. Les policiers s'affairaient toujours à chercher d'éventuels indices. Devait-elle renvoyer ses clients, annuler les réservations à venir et fermer l'hôtel, le temps que les choses se tassent un peu ?

De toute façon, elle n'était pas sûre que son affaire survive à ce scandale. Ce n'étaient pas quelques mauvaises critiques qui changeraient grand-chose.

Mais ce n'était pas le plus inquiétant. Le plus inquiétant était qu'elle ne se souvenait pas d'avoir appelé Cara après le départ des policiers, le soir où Adam était venu rôder ici. Comment était-il possible qu'elle n'en ait pas le moindre souvenir ? Oublier d'enregistrer une réservation, égarer ses clés, un rouleau à pâtisserie... passe encore. Mais oublier d'avoir appelé une amie puis d'avoir passé plusieurs heures avec elle après un fait marquant ?

Inutile de se voiler la face. Elle avait déjà vécu des faits similaires. Ils étaient le signe qu'elle se tenait en équilibre au bord d'un gouffre dans lequel elle pouvait glisser à tout instant.

Un nouveau coup discret frappé à la porte la ramena brusquement sur terre. Était-ce Diane et Cara qui revenaient, inquiètes de la laisser seule ? Ou Brower, venu lui annoncer qu'il préférait partir en pleine nuit plutôt que de craindre pour sa vie ?

C'était Rob.

L'inquiétude et la fatigue qui se lisaient sur ses traits, ses épaules légèrement voûtées, tout chez lui l'alerta. Son pouls s'accéléra légèrement.

— Ne me dites pas qu'il est encore arrivé quelque chose, dit-elle d'un ton suppliant.

Il entra, la forçant à s'écarter de son passage.

— Allons nous asseoir, dit-il, la mine sombre. Nous serons mieux pour discuter.

Elle s'installa sur le canapé, lui laissant le fauteuil qui lui faisait face. Ce cauchemar n'en finirait donc pas ? Les choses pouvaient-elles être pires que ce qu'elles n'étaient déjà ?

— On a trouvé vos empreintes dans la remise, commença-t-il. Mais comme je l'ai fait remarquer à Gibbons tout à l'heure, cela n'a rien d'étonnant puisque vous êtes ici chez vous.

Elle opina, redoutant de poser la question qui lui brûlait les lèvres.

— Et le couteau ?

— Vos empreintes y sont aussi. Sur le manche.

Si, intérieurement, elle avait envie de hurler sa rage, de taper des poings et des pieds, elle se contenta de dire aussi calmement qu'elle le pouvait :

— Je n'ai jamais vu ce couteau avant ce soir et ce n'est pas moi qui l'ai caché sous l'évier.

— Je vous crois, Grace. Mais ce n'est pas moi qu'il faut convaincre, vous le savez. En attendant, Snelling travaille toujours sur la possibilité d'empreintes falsifiées. Pour lui, cela ne fait aucun doute. Nous aurons les résultats dans trois jours au plus tard.

— Merci, Rob, dit-elle d'une voix tremblante d'émotion.

— Grace, nous savons tous que vous êtes incapable d'avoir fait une chose pareille. Même Gibbons, au fond. Disons qu'il pèche par excès de zèle. Si ses méthodes laissent à désirer, c'est sans doute qu'il a travaillé sur pas mal d'affaires sordides. Ce genre d'enquêtes vous change un homme, vous pouvez me croire.

— Je comprends, dit-elle. J'essayerai de garder cela à l'esprit à l'avenir.

Elle se tut, les yeux rivés sur ses mains tremblantes.

— J'ai quelque chose à vous dire, moi aussi.

— Je vous écoute.

— Cara m'a dit que je l'avais appelée dimanche soir, après le départ de Reynolds. Elle est venue me rejoindre et nous avons passé plusieurs heures ensemble.

— C'est ce qu'elle a affirmé à Gibbons, en effet.

— Je croyais qu'elle mentait pour me couvrir. Il s'avère que non. Le problème, c'est que je n'ai aucun souvenir de tout cela.

Il se frotta la mâchoire. Il semblait sceptique.

— A-t-elle la preuve que vous l'avez appelée ? demanda-t-il. En avez-vous une que vous ne l'avez pas fait ?

— Je n'en sais rien. À vrai dire, je n'ai pas vérifié.

Elle attrapa son portable qu'elle avait laissé sur la table basse et fit défiler les appels récents. Il ne restait que ceux du jour. Elle fronça les sourcils d'incompréhension.

— Il semblerait que j'ai effacé tous mes appels à l'exception de ceux d'aujourd'hui.

— Vous vous rappelez l'avoir fait ?

Elle secoua la tête.

— Non.

Elle laissa passer un court instant avant de reprendre :

— Il y a autre chose que je ne vous ai pas dit. Curieusement, moi qui oublie tout, je me souviens très bien de cela. Ce soir-là, le soir où Adam est venu, j'ai trouvé un médaillon sous le porche. Il y avait une photo de moi à l'intérieur. Cela faisait partie du mode opératoire d'Adam. Il enroulait une chaîne avec un médaillon comme celui-ci autour du poignet gauche de ses victimes. Je l'ai caché sous l'évier et je n'en ai parlé à personne parce que j'étais terrifiée. Quarante-huit heures plus tard, ce médaillon a disparu et à la place, Gibbons a trouvé un couteau plein de sang avec mes empreintes dessus.

— Vous m'avez caché l'existence de ce médaillon, lâcha-t-il comme s'il n'arrivait pas à le croire.

Il avait parlé d'un ton dénué de reproche, contrairement à ce à quoi elle aurait pu s'attendre.

— J'étais dans le déni, se défendit-elle. Je refusais d'admettre la réalité. Je ne voulais pas que ce soit vrai. Bêtement, je croyais que si...

Elle secoua la tête.

— À vrai dire, je ne savais pas quoi penser. Mais les choses n'ont pas l'air de s'arranger. Au contraire, même. Je ne sais même plus ce que je fais réellement.

— Avez-vous envisagé la possibilité que quelqu'un veuille vous faire croire que vous perdez la tête ? suggéra-t-il. Ou simplement, vous faire douter de vous-même ?

Elle n'y avait jamais pensé, non. Mais c'était assez invraisemblable. Qui pourrait vouloir une telle chose ?

— Personne n'était au courant de ma dépression nerveuse,

hormis Val. Et ensuite, je suis venue ici. Je n'ai jamais parlé à personne de cet épisode de ma vie, à part à vous.

— Et cette femme, cette Val, vous êtes restée en contact avec elle ?

— Non. C'est même elle qui me l'a interdit. Couper définitivement les ponts empêcherait quiconque de retrouver ma trace, disait-elle.

— Elle avait raison. Mais quel âge a-t-elle, aujourd'hui ?

— Pas loin des quatre-vingts ans. Pourquoi ?

— À cet âge-là, on peut avoir des absences. Elle a pu citer votre nom par distraction. Ou bien parler plus qu'elle n'aurait dû.

Il avait raison. Qui sait si Val n'était pas devenue vulnérable ? Il était possible qu'elle n'ait plus toute sa tête et qu'elle ait été placée en maison de retraite où n'importe qui aurait pu lui soutirer des renseignements à son sujet.

— Je vais en parler à Gibbons, poursuivit-il. Cela vaudrait peut-être le coup qu'il envoie quelqu'un vérifier sur place.

— Bonne idée.

— À ce stade, mon conseil serait que Liam et vous soyez placés en lieu sûr. Du moins, tant que l'enquête ne sera pas bouclée. Cara et Diane pourront s'occuper de faire tourner l'hôtel pendant votre absence. J'ai demandé au shérif Norwood d'affecter deux de ses hommes à leur protection. Ils seront là de manière permanente.

— Cara m'a proposé de cacher Liam chez sa grand-mère, mais je pense qu'elle ne verra pas d'inconvénient à m'héberger, moi aussi.

— Je réglerai ça avec Gibbons. Il veut que vous restiez là, mais je soupçonne que c'est pour attirer le tueur. Je commence à savoir comment il fonctionne.

— Si je n'ai pas le choix, je veux bien rester confinée ici mais pas Liam. Je veux qu'il reste en dehors de tout ça. Et surtout, qu'il soit mis à l'abri.

— Gibbons se trouve dans ma juridiction. C'est moi qui aurais le dernier mot, Grace. Plutôt que d'aller chez la grand-mère de Cara, je vais vous emmener chez moi, tous les deux. Je possède un chalet, dans un coin très reculé. Un endroit secret dont personne ne connaît l'existence Croyez-moi, personne ne pensera à venir vous chercher là.

Elle le dévisagea en silence. Devait-elle voir dans cette proposition la preuve qu'il était toujours de son côté ? Qu'il la croyait vraiment innocente et qu'il la défendrait contre Gibbons jusqu'à la fin de l'enquête ?

— Je ne vous lâcherai pas, Liam et vous, tant que je n'aurai pas la certitude que vous n'êtes plus en danger, affirma-t-il, comme en réponse à ses questionnements intérieurs.

Elle aurait voulu le croire. Mais, malgré ses paroles rassurantes, elle doutait que ce cauchemar prenne fin.

— Le serons-nous un jour ? demanda-t-elle dans un murmure.

— Cela prendra le temps qu'il faudra, mais je vous jure que oui.

Cette fois, ses paroles lui réchauffèrent le cœur autant que le corps. Elle avait si froid !

Pourtant, l'appréhension que tout ce malheur n'allait pas s'arrêter avec la mort d'Adam et de Joe Pierce persistait, tenace.

13

Rob fit le tour de la propriété en veillant à ne pas se faire repérer par la meute de journalistes qui s'étaient garés le long de Mockingbird Lane. Il s'attendait à les voir surgir à tout moment de leur véhicule pour venir s'agglutiner contre la grille, à l'affût de qui serait susceptible de leur fournir des éléments intéressants. Rob avait déjà fait une déclaration. Il leur avait annoncé qu'il y avait eu deux meurtres, que le meurtrier n'avait toujours pas été identifié et que la population devait rester sur ses gardes. La vigilance était de mise tant que le criminel courait toujours.

À 2 heures du matin, le corps de Joe Pierce avait été transporté à la morgue où son plus jeune frère devait venir l'identifier. La police scientifique avait levé le camp deux heures plus tard. Rob avait renvoyé Reynolds chez lui avec pour consigne de prendre un peu de repos avant de revenir à l'heure du déjeuner. Il voulait que son adjoint soit dans les lieux au moment où il emmènerait Grace et son fils chez lui. Pendant son absence, Reynolds serait ses yeux et ses oreilles. Deux des hommes du shérif étaient déjà sur place, l'un posté devant l'hôtel, l'autre à l'arrière.

Il avait déjà prévenu Grace qu'ils partiraient en début d'après-midi. Cela lui laisserait le temps de préparer son départ et de donner ses instructions à Diane et Cara avant de leur passer les commandes. Il avait demandé à l'adjoint Carter de passer voir les Wilborn. Grace était inquiète de ne plus avoir de leurs nouvelles depuis la veille au matin. Rob n'avait rien dit pour ne pas l'inquiéter plus, mais lui aussi trouvait ce silence alarmant. Avec deux cadavres sur les bras, il y avait de quoi.

Il espérait que Grace avait pu dormir un peu après qu'il l'avait quittée. Il s'avouait préoccupé par ses trous de mémoire répétitifs même s'il n'écartait pas l'éventualité que quelqu'un veuille lui faire croire au mieux qu'elle était au bord d'une nouvelle dépression nerveuse, au pire qu'elle devenait folle. Il était encore trop tôt pour se prononcer, mais il gardait en tête qu'elle pouvait être manipulée par quelqu'un de son entourage qui ne lui voulait pas du bien. Il avait parlé à Gibbons d'envoyer quelqu'un se renseigner auprès de Valentina Hicks. Gibbons avait approuvé. Un de ses amis, détective, devait se rendre chez Valentina le matin même. Si la vieille dame avait parlé à quelqu'un de Grace, avait évoqué sa dépression nerveuse, ils tiendraient peut-être le début d'une piste.

Il avait demandé à Reynolds s'il avait vu Cara arriver à l'hôtel après la perquisition, mais Reynolds avait affirmé n'avoir rien remarqué. Cela dit, il avait patrouillé plusieurs fois autour du pâté de maisons. Cara aurait pu arriver à un moment où il se trouvait dans les rues voisines de l'hôtel. Elle aurait alors pu se garer sans que Reynolds s'en aperçoive.

Tout à ses pensées, Rob se rendit sur la terrasse qui se trouvait à l'arrière du bâtiment et frappa à la porte-fenêtre. Il avait demandé à ses hommes de sécuriser toutes les sorties jusqu'à nouvel ordre. Un des adjoints du shérif avait été chargé de fouiller le passé de Henry Brower et Russell Ames, présents au moment du meurtre de Joe Pierce. De son côté, Rob avait effectué des recherches sur Diane Franks et Cara Gunter avant de les interroger personnellement. Il avait appris que Cara avait ses racines ici. Sa grand-mère y avait vécu toute sa vie.

Il entendit la clé tourner dans la serrure puis la porte s'ouvrit sur Diane.

— J'ai fait du café, dit-elle. Si vous voulez prendre un petit déjeuner complet, il est servi dans la salle à manger, comme d'habitude. L'inspecteur Gibbons s'y trouve déjà.

Gibbons avait dû dormir d'un œil, comme lui. Il faut dire que savoir leur tueur en liberté n'aidait pas à trouver le sommeil.

— Merci, Diane. Avant, je vais aller prendre un café.

Dans la cuisine, assis sur un tabouret du comptoir, Liam mangeait des œufs brouillés accompagné de bacon grillé. Dès qu'il le vit, l'enfant l'accueillit avec de grandes effusions de joie.

— Dis donc, mon bonhomme, tout ça m'a l'air sacrément bon !

Liam opina, la bouche pleine.

Rob venait de finir son café quand Grace arriva. Elle esquissa un sourire forcé.

— Vous avez parlé aux journalistes ? demanda-t-elle.

— Oui. Mais ils sont toujours à l'affût. Faites attention si vous allez faire un tour dans le jardin. S'ils vous voient, ils vont se déchaîner.

Son visage affichait une grande lassitude.

— De toute façon, ils vont nous poursuivre dès que nous aurons franchi la grille.

— Vous pensez bien que j'ai réfléchi au problème. Je ne vais pas les laisser nous traquer aussi facilement ni leur laisser la moindre chance de savoir où se trouve ma planque secrète.

— Tant mieux. Liam, mon chéri, quand tu auras terminé, nous irons faire nos bagages. Tu te rappelles que nous partons en vacances avec Rob.

— Tu vas voir, tu vas adorer l'endroit, ajouta Rob pour le rassurer. Il y a plein d'arbres autour de la maison. Une vraie forêt. On va pouvoir faire une super cabane. En plus, une surprise t'attend là-bas.

— Génial ! s'écria le petit garçon en se laissant glisser le long de son tabouret.

Rob remplit sa tasse vide puis passa dans la salle à manger rejoindre Gibbons.

L'inspecteur était sur le point de terminer son petit déjeuner. Quant à Brower et Ames, ils avaient fini et se dirigeaient vers le hall d'entrée.

— Un de mes hommes est en faction devant la grille, annonça Rob alors qu'ils passaient devant lui. Il veillera à ce que les journalistes ne vous importunent pas.

Les deux hommes acquiescèrent en silence. L'idée de devoir se frayer un chemin à travers une nuée de journalistes, même accompagnés par un officier de police, n'avait pas l'air de les enchanter.

— Vous avez parlé à la presse ? s'enquit Gibbons une fois que Rob se fut servi au buffet.

— Oui. Je compte partir avec Grace et Liam en début d'après-midi.

— Je vous avoue que si j'émettais quelques réserves à ce sujet, ce n'est plus le cas. Surtout après ce que je viens d'apprendre.

Rob sentit tout son corps se crisper.

— Vous avez eu des nouvelles de votre contact ?

Gibbons hocha la tête.

— Il est passé chez Valentina Hicks, tôt ce matin. Malheureusement, il l'a retrouvée morte.

— Morte ? J'avoue que je ne m'attendais pas à ça.

— Toutes les pièces de la maison ont été totalement retournées, ce qui tendrait à prouver que nous avons affaire à un acte criminel. De toute évidence, l'assassin cherchait quelque chose. Sans doute une piste qui le conduirait à Grace.

Encore un nouveau coup dur pour Grace. Comment allait-il lui annoncer la nouvelle ?

— Je suppose que celui qui a fait ça n'a laissé aucun indice.

— Il est trop tôt pour le dire. Mais il y a autre chose...

— Quoi ?

— D'après mon contact, Mme Hicks serait morte depuis au moins un an. Il n'est pas médecin légiste mais, en se fiant aux indices qu'il a trouvés sur place, il a pu estimer la date du décès à février dernier. L'élément qui l'a conduit à cette déduction est un agenda tenu à jour jusqu'à cette date-là. Ensuite, plus rien. Il a trouvé également dans le frigo des denrées périssables dont la date de péremption était largement dépassée.

— Ce qui voudrait dire que le meurtrier d'Adam Locke et de Joe Pierce avait tout planifié depuis longtemps.

Gibbons repoussa son assiette vide devant lui.

— On dirait bien, en effet. Si le meurtre de Mme Hicks a un lien avec les deux autres, à mon avis, le meurtrier est quelqu'un qui connaît bien le coin. Peut-être même qu'il vit dans la région et qu'il sait tout des habitants de cette communauté. Vous devriez faire attention, Vaughn. Si je ne me trompe pas, il sait probablement que vous avez pris Grace Myers sous votre aile. Pour ne pas dire que vous faites de son cas une affaire personnelle.

Rob délaissa aussi son assiette mais, contrairement à celle de Gibbons, la sienne était pleine. Il n'y avait pas touché. Ce nouveau crime lui avait coupé l'appétit.

— Je ferai attention, dit-il. Je vais lui mener la vie dure, à ce salaud, vous pouvez compter sur moi.

Gibbons hocha la tête.

— Cela aussi, je présume qu'il en a conscience.

— Tu sais pour combien de temps vous partez ?

Grace posa un regard distrait sur Diane. Elle n'en avait pas la moindre idée, mais elle nourrissait l'espoir que ce ne serait pas trop long.

— Le temps qu'il faudra, je suppose, éluda-t-elle en passant les doigts dans la chevelure soyeuse de son fils. Mais j'avoue que je préfère partir. Je n'étais pas très à l'aise à l'idée de devoir rester ici.

— Je n'imagine même pas, dit Diane.

— Qu'est-ce que tu n'imagines pas ? demanda Cara qui venait de franchir la porte à double battant, une pile d'assiettes entre les mains.

— Ce qu'éprouve Grace à vivre ici, répondit Diane. Avec tout ce qui se passe...

— L'adjoint Vaughn nous transfère en lieu sûr, Liam et moi. Du moins, jusqu'à ce que la police ait mis la main sur l'assassin.

Cara sembla accuser le coup.

— C'est à cette condition que Gibbons veut bien que je quitte l'hôtel, s'empressa d'expliquer Grace, soucieuse de ne pas froisser sa susceptibilité.

Cara hocha la tête.

— Je comprends, dit-elle. C'est mieux comme ça, de toute façon. Avec un officier de police comme garde du corps, vous serez en sécurité.

Elle fit un clin d'œil à Diane.

— Cela veut dire que toi et moi serons seules aux commandes ?

— Exactement, lui répondit Diane, dans un sourire complice.

— Et nous ? demanda encore Cara qui s'était mise à décharger le lave-vaisselle. Nous bénéficierons d'une protection policière ?

— Tout à fait. L'adjoint Reynolds et au moins un autre adjoint seront là pour assurer votre sécurité.

— Parfait. J'ai beau crâner, j'admets que je suis soulagée.

Diane s'approcha de Grace et enroula un bras autour de ses épaules, dans un geste plein d'affection.

— Ne t'inquiète pas. Nous nous occuperons de tout jusqu'à ton retour. Nous allons faire tourner cette affaire comme si c'était la nôtre.

— De toute façon, tu travailles trop, renchérit Cara. Considère cette parenthèse comme des vacances.

— Des vacances ! Des vacances ! exulta Liam en bondissant partout.

Grace se détendit un peu. Pourquoi ne pas voir les choses sous cet angle, après tout ? Liam et elle n'étaient jamais partis en vacances. D'ailleurs, puisqu'elle venait d'en prendre véritablement conscience, dès que l'enquête serait bouclée, elle emmènerait Liam quelque part, probablement dans le parc d'attractions où il rêvait d'aller depuis qu'il était en âge de parler.

Elle aida Diane et Cara à ranger la cuisine et la salle à manger puis elle se rendit au bureau de réception où elle régla le courrier en attente. Elle consulta ensuite son agenda. Elle avait trois réservations. Trois couples qui devaient arriver le vendredi. Elle avait déjà appelé M. Warren pour lui dire qu'elle comptait reporter les travaux au printemps. Curieusement, il s'était montré très conciliant. Sans doute avait-il entendu parler des meurtres. Quel chef d'entreprise voudrait envoyer son équipe sur les lieux d'un crime ?

Elle passa quelques coups de fil puis fit un dernier tour d'inspection. Elle n'osait pas sortir de peur de se retrouver nez à nez avec un ou plusieurs journalistes qui auraient échappé à la vigilance des officiers de police. Elle monta à l'étage où elle alla de pièce en pièce, vérifiant chaque chambre inoccupée. D'une des fenêtres qui donnait sur la rue, elle avait une vue privilégiée sur les véhicules des journalistes. Pour l'instant, il semblait que seuls des reporters mandatés par des chaînes locales se soient déplacés pour couvrir l'événement. Mais les chaînes nationales suivraient, dès que la nouvelle de l'assassinat d'Adam Locke serait annoncée.

Alors qu'elle longeait le couloir, elle s'arrêta un court instant devant la porte de M. Ames. Elle ne comprenait toujours pas comment elle avait pu prendre sa réservation et n'en avoir gardé aucun souvenir. Le trou noir total. Comme si cet échange n'avait jamais eu lieu. Comme Pierce avant lui, Ames n'était pas très expansif et gardait une certaine distance avec elle.

Elle descendit l'escalier, ses pas étouffés par l'épaisse moquette qui recouvrait les marches. Elle resta un long moment dans le petit salon bibliothèque, sa pièce préférée. Elle effleura du bout des doigts la surface lisse du comptoir du petit bar qui permettait à ses clients de siroter un verre tout en lisant un livre ou en feuilletant un magazine.

Elle vérifia ensuite les toilettes qui se trouvaient sous la cage d'escalier. Il faudrait qu'elle rappelle à Cara de garder l'endroit propre pendant l'absence de Paula Wilborn. D'ailleurs, toutes les parties communes auraient besoin d'un bon nettoyage avant l'arrivée des nouveaux clients.

Elle prit une profonde inspiration. C'était bon de songer à autre chose qu'à ces deux crimes qui occupaient ses pensées de manière presque obsessionnelle.

Pour finir, elle retourna dans la salle à manger vérifier l'arrangement des plateaux de gâteaux sur la table du buffet. Elle remarqua en souriant qu'il ne restait presque plus de feuilletés aux amandes.

Elle avait hérité de sa mère sa passion pour la pâtisserie. C'est son père qui le lui avait dit. Elle adorait l'écouter parler de sa mère. Dans ces moments-là, elle pouvait presque sentir l'odeur de la pâtisserie qui lui chatouillait les narines. C'étaient peut-être des souvenirs qui affluaient. Son père lui disait aussi qu'aucun homme ne pouvait aimer sa femme comme il avait aimé la sienne.

Connaîtrait-elle un jour un amour d'une telle intensité ? Cette question fit surgir devant elle l'image de Rob. Il devait être le genre d'homme avec qui un tel amour était possible. Elle lui plaisait. Cela ne faisait aucun doute. Mais, compte tenu des derniers événements, il se pourrait qu'il ne veuille pas s'engager plus loin avec elle.

Elle poussa un long soupir. Allons, le moment n'était pas bien choisi pour laisser ses pensées vagabonder dans cette direction. Elle jeta un nouveau coup d'œil dehors, jurant tout bas devant la foule croissante de journalistes à laquelle se mêlaient maintenant des passants curieux.

Elle songea avec tristesse et regret que la vie heureuse qu'elle s'était faite ici était probablement terminée. Quelle que soit la tournure que prendraient les choses, rien ne serait plus jamais comme avant.

Le cœur lourd, elle alla jeter un dernier coup d'œil à la cuisine. Il n'y avait personne. Diane avait dû aller rejoindre Cara et Liam. Une fois son travail terminé, Diane avait le droit d'occuper son temps comme elle l'entendait.

Elle avait vu juste, sauf que c'était Diane qui s'occupait de Liam. Cara n'était pas là. Assis côte à côte sur la moquette du salon, ils regardaient un des dessins animés préférés de Liam sur une des chaînes câblées de la télévision.

— Je vais commencer à faire nos bagages, dit-elle. Cara n'est pas avec vous ?

Diane secoua la tête

— Comme nous allons devoir rester ici plusieurs jours, elle est allée voir sa grand-mère pour la prévenir.

Grace ressentit une pointe de culpabilité à l'idée que, par sa faute, cette vieille dame allait être privée des visites de sa petite-fille.

— Elle a bien fait, dit-elle.

— Tu as besoin d'aide ? lui demanda Diane.

— Merci, mais je devrais réussir à me débrouiller seule, répondit-elle.

Une fois dans sa chambre, elle prit sur l'étagère la plus haute de sa penderie le sac de voyage qu'elle avait utilisé pour fuir la Californie et dont elle ne s'était plus servie depuis. Elle n'avait alors emporté avec elle que quelques affaires. Le strict minimum. Finalement, rien n'avait changé. La situation était similaire. Encore une fois, elle devait fuir pour aller se cacher quelque part où on ne la trouverait pas. Quand son sac fut prêt, elle remplit le sac à dos de Liam de ses vêtements préférés et plaça sur le dessus son doudou, un lapin en peluche qu'il traînait partout avec lui.

Elle venait de finir quand le poste fixe de la réception se mit à sonner. Elle courut décrocher.

— Lookout Inn, bonjour, dit-elle.

— Bonjour, Gia, répondit une voix féminine.

Grace se figea. Personne ne l'appelait par ce prénom, à part Gibbons, qu'elle ne s'était pas gênée de recadrer. Qui était cette femme ?

— Jetez un coup d'œil par la fenêtre. Vous me verrez.

Grace tourna la tête. Elle vit une femme aux cheveux roux lui faire signe d'une main. De l'autre, elle tenait son portable plaqué contre son oreille.

Elle ne la connaissait pas.

— Qui êtes-vous ?

— Renae Keller, du *Bay Area News*. Je suis sûre que vous vous souvenez de moi.

Ni le nom ni la physionomie de cette femme n'éveillaient de souvenir en elle. Il faut dire que, à l'époque de l'arrestation d'Adam, il y avait tant de journalistes qui couvraient l'affaire qu'elle ne se souvenait d'aucun d'eux en particulier.

Elle sentit monter en elle un mélange de frustration et de colère qui ne demandait qu'à exploser. Elle n'aurait donc jamais la paix ?

— Que voulez-vous ? lança-t-elle d'un ton sec.

— Avez-vous assassiné votre mari ? demanda sans détour la journaliste. Personne ne vous blâmerait si c'était le cas. Au contraire, vous seriez considérée comme une héroïne aux yeux de tous.

Grace raccrocha brutalement puis alla tirer les rideaux. Le téléphone se remit à sonner.

Ce serait ainsi désormais. Le téléphone sonnerait constamment. Portée par une rage intense, elle entreprit de baisser tous les stores du rez-de-chaussée. Elle s'affairait à débrancher les appareils fixes quand Rob arriva.

Il vit tout de suite qu'elle était contrariée.

— Grace... Ça va ?

— Très bien, répondit-elle en se forçant à sourire. Nos bagages sont prêts. Nous pouvons partir quand vous voulez.

— Parfait. J'ai eu des nouvelles des Wilborn. Ils étaient bien cloués au lit avec la grippe. Ils commencent à peine à aller mieux. Ils pensent pouvoir reprendre leur travail la semaine prochaine.

— Je suis soulagée d'apprendre qu'ils vont bien.

— Reynolds sera responsable de la sécurité ici. Je lui ai demandé de me contacter à intervalles réguliers. Vous n'aurez donc pas à vous soucier de quoi que ce soit, une fois que nous serons partis.

— Merci. Grâce à vous tous, l'hôtel va rester ouvert, ce qui est une bonne chose.

— Diane et Cara seront entre de bonnes mains, de même que vous et Liam.

Cette fois, elle lui adressa un sourire qui venait du cœur.

— Merci, répéta-t-elle.

Elle repensa à la journaliste du *Bay Area News*. Devait-elle en parler à Rob ? Elle n'en voyait pas l'utilité, d'autant que cette femme ne l'avait pas appelée sur son portable mais sur le numéro de téléphone de l'hôtel qu'elle avait dû trouver sur l'annuaire en ligne. Il n'y avait là rien de bien mystérieux.

— Reynolds et les hommes du shérif ont pour consigne de faire reculer les journalistes jusqu'au fond de l'impasse et de les bloquer là jusqu'à ce que nous soyons partis, déclara Rob. Je ne veux pas risquer qu'ils nous suivent. Aussi, préparez-vous. Dès que Reynolds donnera le signal, nous devrons être prêts à filer.

— Très bien.

Elle retourna aussitôt auprès de Liam.

— Mon chéri, il est l'heure de partir. Tu te rends compte, nous allons vivre une grande aventure !

— Je suis prêt, maman ! s'écria le petit garçon, au comble de l'excitation.

— Viens, allons mettre nos chaussures et nos manteaux.

Liam glissa sa menotte dans la main de sa mère et la suivit docilement.

Un court instant plus tard, ils étaient de retour dans le salon.

— Je t'appellerai s'il y a un problème, promit Diane. Mais je suis certaine que tout ira bien.

— Je sais que je peux partir tranquille avec vous deux ici.

— Tout à fait.

La porte s'ouvrit sur Rob.

— Il faut y aller.

Grace embrassa son amie puis prit son fils par la main. Ensemble, ils emboîtèrent le pas à Rob.

C'était la meilleure chose à faire.

La seule.

14

Chestnut Bridge Hollow, 14 h 30

Le chalet de Rob n'était qu'à une trentaine de kilomètres de l'hôtel mais il semblait au bout du monde, perdu comme il l'était en pleine nature. C'était là que Rob venait passer son temps libre, avait-il expliqué à Grace. Cette maison était dans sa famille depuis quatre générations. Ce qu'il n'avait pas mentionné, c'étaient les centaines d'hectares qui s'étendaient d'un côté jusqu'à la rivière Tennessee et de l'autre jusqu'au contrefort des montagnes environnantes. Le chemin de terre qui partait de la route principale s'enfonçait sur plus d'un kilomètre dans les bois avant de déboucher sur la clairière où se trouvait le chalet, une énorme bâtisse en rondins entourée de dépendances.

Un cadre d'une rare perfection.

Le souvenir des journalistes se ruant sur la grille de l'hôtel renforça le sentiment de sécurité qu'elle éprouvait à se trouver là avec son fils, à l'écart du monde, en compagnie de Robert Vaughn. Pour la première fois depuis des jours, elle sentit qu'elle se détendait un peu.

— Je comprends mieux pourquoi vous êtes si attaché à cet endroit, dit-elle alors que Rob se garait près de l'entrée.

— Je dois vous avouer que je ne suis pas revenu ici accompagné depuis... qu'Angela m'a quitté, rétorqua-t-il.

— Je suis désolée que vous ayez à y revenir dans de telles circonstances.

Elle détestait l'idée d'être pour lui une source d'ennuis.

— Je suis heureux d'être là avec vous, assura-t-il en lui souriant. Quelles que soient les circonstances.

— Merci, dit-elle dans un souffle.

— Il n'y a pas de quoi. Je le pense vraiment.

Sur ce, il sortit de la voiture et alla ouvrir la portière arrière.

— Viens, mon bonhomme, dit-il à Liam en défaisant sa ceinture de sécurité. Je voudrais te montrer quelque chose.

Ils firent ensemble les quelques mètres qui les séparaient de la porte d'entrée. Au comble de l'excitation, Liam pointait de son petit index chacune des dépendances qu'ils longeaient, brûlant de savoir ce qu'elles renfermaient. Sans doute espérait-il en secret que Rob lui réponde « des vaches et des cochons ».

— En fait, j'ai deux chevaux, dit-il. En ce moment, ils sont en liberté dans un pré. Nous irons les voir, tout à l'heure, si tu veux. Et peut-être même que je te ferai faire un tour, si ta maman veut bien.

Liam qui n'en croyait pas ses oreilles se mit à bondir comme un cabri.

— Dis oui, maman ! S'il te plaît ! S'il te plaît ! S'il te plaît !

— Pardonnez-moi, s'excusa Rob, un brin confus, alors qu'il déverrouillait la porte d'entrée. J'aurais dû en parler avec vous avant.

— Je trouve que c'est une excellente idée, répondit-elle. Mais je propose que nous prenions d'abord le temps de nous installer et de nous reposer un peu. Qu'en penses-tu, Liam ?

— D'accord, répondit le petit garçon, conciliant.

Si le chalet paraissait grand vu de l'extérieur, il le semblait davantage encore lorsqu'on y pénétrait. Ils entrèrent directement dans la pièce principale dont le mur du fond tout en baies coulissantes offrait une vue époustouflante jusqu'à la rivière. Grace traversa la pièce pour aller se poster devant.

— Rob... C'est vraiment magnifique !

— J'ai fait faire quelques modifications quand ma mère m'a cédé ce chalet, à la mort de mon père. Ma sœur n'en voulait pas. Elle préfère la mer. C'est donc tout naturellement qu'elle a hérité de notre villa en Floride.

Elle l'écoutait parler, le regard fixé sur la rivière qui scintillait, au loin.

— Ce doit être difficile de repartir d'ici, quand vous y venez, non ?

— C'est vrai. Mais je ne me pose pas la question. On n'a pas vraiment le choix quand on travaille.

— Cela doit être magique à Noël, poursuivit-elle comme pour elle-même.

— À vrai dire, à cause des travaux de rénovation, je n'ai pu le fêter ici pour la première fois que l'an dernier. Mais j'ai veillé à tout. Le sapin... Les amis... Le feu de cheminée... Il ne manquait rien.

Elle le dévisagea avec un intérêt accru. Par quel miracle cet homme était-il encore célibataire ? Puis elle se rappela que sa fiancée l'avait quitté pour un autre homme à quelques jours du mariage. Il y avait là de quoi être échaudé pour un bout de temps. Sans doute Rob subissait-il encore le traumatisme de cette rupture. Grace ne comprenait pas comment une femme supposée sensée avait pu quitter un homme pareil. « Le cœur a ses raisons que la raison ne connaît pas », disait l'adage. Elle était bien placée pour le savoir, elle qui était tombée amoureuse d'un monstre sanguinaire. Un tueur fou. Un imposteur. Un *Dr Jekyll et Mr Hyde*.

— Venez, je vais vous faire visiter.

Il l'entraîna vers la cuisine, attenante au salon. Cette pièce aussi avait subi des modifications. Rob l'avait fait agrandir et moderniser tout en gardant le côté rustique d'origine. Le mélange des deux conférait à l'ensemble beaucoup de caractère.

— Vous avez fait du bon travail, déclara-t-elle.

— Le mérite en revient surtout à ma sœur qui m'a beaucoup

aidé dans la nouvelle conception, le choix des matériaux et, bien sûr, la décoration.

La visite se poursuivit par la suite parentale puis par les trois chambres situées à l'étage. Là encore, tout avait été incroyablement bien pensé pour le confort des occupants. Si cette maison lui avait appartenu, Grace aurait tout fait de la même façon. Jusque dans les moindres détails.

Quand ils eurent fait le tour de toutes les pièces, Rob porta les bagages de Grace et de Liam dans la chambre principale.

— Vous allez vous installer ici, dit-il. Moi, je dormirai sur le canapé d'où j'aurai une vue d'ensemble sur les points d'accès à la maison.

Elle ne chercha pas à protester. Rob savait ce qu'il avait à faire, et puis ce n'était pas comme s'il s'agissait d'une escapade romantique.

Elle commença à ranger ses affaires, laissant ses pensées vagabonder. Un sourire attendri se dessina sur ses lèvres, alors qu'elle songeait à son fils qui était resté avec Rob. Son petit garçon, qui avait à cœur de se comporter comme le grand garçon qu'il n'était pas, dès qu'il était en présence de Rob. Rob qui le fascinait ; à qui il vouait une véritable admiration. Il n'avait pas échappé à Grace que chaque fois qu'il passait à l'hôtel, pour dîner ou juste pour prendre de leurs nouvelles, Liam ne manquait jamais d'accourir. Et lui qui était de nature plutôt réservée se montrait alors très expansif.

Rob exerçait la même attraction sur elle. Elle avait cherché à lutter, déclinant chacune de ses invitations mais, petit à petit, elle s'était surprise à espérer ses appels et ses visites occasionnelles.

Un frisson la parcourut. Était-ce une impression ou faisait-il froid dans cette pièce ? Elle alla vérifier les fenêtres. Elles étaient toutes bien fermées. Elle passa dans la salle de bains attenante. Le problème venait en fait du hublot qui se trouvait au-dessus de la baignoire. Légèrement entrouvert, il laissait passer un filet d'air vif. Elle balaya la pièce du regard mais ne vit aucune VMC, ce qui expliquait sans doute cette ouverture.

Elle monta sur le rebord de la baignoire et referma le hublot. Elle retourna ensuite au salon qui se prolongeait par une grande terrasse. Rob et Liam s'y trouvaient, chacun assis côte à côte dans un fauteuil à bascule. Son fils avait l'air si joyeux. Son cœur se serra. Elle avait tant à cœur de lui offrir une vie heureuse et insouciante. Y parviendrait-elle un jour ? Elle croyait avoir atteint son but jusqu'à ce dimanche soir où Adam avait fait intrusion chez elle.

Comment avait-elle pu croire un seul instant qu'elle pourrait vivre libre tant que ce monstre serait encore de ce monde ?

Même maintenant qu'il était mort, qui sait si elle n'avait pas encore à craindre son meurtrier ? Jusqu'à présent, elle s'était interdit de réfléchir aux motivations profondes qui avaient poussé le tueur à s'en prendre à Adam puis à Joe Pierce. Tout juste s'autorisait-elle à penser que s'il ne lui voulait pas de mal il n'avait pas non plus en tête de les protéger, elle et son fils.

Ce qui la terrifiait par-dessus tout, c'était l'idée qu'il voulait peut-être lui enlever Liam, d'une manière ou d'une autre. Dans ces moments-là, elle repoussait cette hypothèse avec force tant elle la trouvait insoutenable. Elle la repoussait avec d'autant plus de détermination que son instinct maternel lui soufflait que c'était bien son enfant qui était au cœur des événements. Il était très possible que le tueur, obsédé par Adam, ait reporté son obsession sur Liam. Adam l'aurait appris et aurait été tué en voulant sauver son fils.

Elle leva les yeux au ciel. Si c'était le cas, elle ne voulait pas y voir un acte héroïque. Adam était et resterait à jamais un fou furieux.

La sonnerie de son smartphone la fit sursauter. Elle posa une main tremblante sur sa poitrine.

Elle sortit son appareil de sa poche et sourit au nom qui s'était affiché sur l'écran.

Cara.

— Comment va ta grand-mère ? s'enquit-elle aussitôt.

— Bien, répondit Cara. J'appelle juste pour m'assurer que vous êtes bien arrivés et aussi pour te dire que Diane et moi avons la situation bien en main.

Elle entendit la voix de Diane derrière elle :

— Tout est sous contrôle ! Le dîner est en cours de préparation.

— Pas mal de journalistes ont levé le camp après votre départ, ajouta Cara. J'espère qu'ils n'ont pas réussi à vous suivre.

— Je ne crois pas. La police avait ordre de bloquer le passage jusqu'à nous laisser assez de temps pour mettre une bonne distance entre eux et nous.

— Tant mieux. Tu féliciteras l'adjoint Vaughn pour nous, répliqua Diane.

Le regard de Grace glissa vers la scène touchante que lui offraient Rob et Liam discutant gaiement sur la terrasse.

— Des nouvelles de Gibbons ?

— Il a passé la journée à fouiner partout avec des agents de la police scientifique. Nous avons vu rentrer M. Brower ; en revanche, nous n'avons pas vu M. Ames depuis ce matin. Je suppose qu'il arrivera plus tard.

— N'oublie pas de préparer des assiettes pour les adjoints, lui rappela Grace.

— Je n'oublie pas. Elles sont déjà prêtes. J'ai même prévu un menu spécial pour l'inspecteur Gibbons.

Grace éclata d'un rire léger.

— Je crains le pire.

Elle laissa filer quelques secondes.

— Quelles sont les nouvelles ? demanda-t-elle. Vous avez pu suivre les infos à la télé ?

Depuis qu'ils étaient arrivés, elle n'avait pas pris le temps de se tenir au courant. Elle préférait reculer le moment où elle découvrirait les horreurs qu'on devait dire sur elle.

— Non, pas encore, répondit Cara. Et puis, les nouvelles, nous les vivons en direct.

Grace comprit qu'elle ne lui disait pas toute la vérité.

— Cara, s'il te plaît. Je peux tout entendre.

— Je te l'avais bien dit, grommela Diane.

— Très bien. Si tu veux savoir, ils pensent que c'est toi qui as tué Adam Locke et Joe Pierce.

Elle ferma les yeux un instant. À quoi s'attendait-elle, de toute façon ? C'était elle qui avait le plus à gagner de la mort de son ex-mari. En revanche, pour Pierce, c'était moins évident à comprendre.

— Les gens qui te connaissent savent que tu n'as pas pu faire ça, ajouta Diane. Tu le sais, n'est-ce pas ?

Ce qu'elle savait, surtout, c'était que les gens pouvaient se laisser manipuler par de fausses informations assénées à longueur de journée par des journalistes pas toujours objectifs. Elle avait déjà vécu cette expérience, et ce ne serait pas différent cette fois non plus.

— J'apprécie énormément votre soutien, dit-elle. Et je vous suis aussi tellement reconnaissante de faire tourner l'hôtel pendant mon absence ! Merci. Et prenez soin de vous.

— Toi aussi, prends soin de toi, dit Cara. Et ne t'inquiète pas pour nous. Tout ira bien.

Aussitôt qu'elles eurent raccroché, Grace ressentit le besoin de s'occuper l'esprit autant que les mains.

C'est donc tout naturellement qu'elle se rendit dans la cuisine faire l'inventaire de ce dont ils disposaient pour préparer un repas digne de ce nom. Dans les placards, elle trouva pas mal de produits secs et en conserve. Dans le frigo, des produits frais dont la date de péremption n'était pas dépassée.

En revanche, quelque chose en particulier attira son attention. Une bouteille de boisson énergisante à demi vidée de son contenu. Ce n'était pas tant le fait que Rob boive ce genre de boisson qui la troublait que le fait que c'était la boisson préférée d'Adam. Plus troublant encore, de la même marque et au même arôme.

Elle claqua la porte du frigo.

C'était juste une coïncidence.

Il ne pouvait pas en être autrement.

Même si son instinct lui criait le contraire.

Rob se leva et s'étira un peu.

— Tu viens, bonhomme ? Allons voir ce que fait ta maman.

Aussitôt, Liam sauta à bas de son fauteuil à bascule.

— On peut aller voir les chevaux ?

— Bien sûr. Mais allons d'abord demander à ta maman si elle veut venir avec nous.

— D'accord.

Rob ouvrit la baie vitrée qui donnait sur le salon. Immobile près d'une fenêtre, Grace les observait. Derrière son visage qui se voulait indéchiffrable, il devina que quelque chose la perturbait.

— Je crois bien que Liam aime beaucoup cet endroit, dit-il d'un ton qu'il voulait désinvolte.

Elle lui adressa un sourire forcé.

— Maman, on va voir les chevaux ? demanda Liam en tirant sa mère par la main.

— Bien sûr, mon chéri. Cela nous fera beaucoup de bien de prendre l'air.

Alors qu'ils descendaient les marches du porche, Rob pointa l'horizon du doigt.

— La propriété s'étend jusqu'à ces montagnes que vous voyez là-bas. Il y a des dizaines de sentiers à travers les bois. Quand nous étions enfants, ma sœur et moi passions tout notre temps libre à les sillonner et à grimper aux arbres.

— Je comprends, dit Grace. C'est un endroit magnifique. Ah… Je crois bien que j'aperçois les chevaux.

— Moi aussi, je veux les voir !

172

Liam trépignait sur ses petites jambes, impatient de voir ce que sa mère contemplait mais qu'il ne pouvait pas distinguer.

Rob le souleva de terre et l'installa à califourchon sur ses épaules.

— Regarde. Ils sont dans le pré, derrière la grange.

— Oui ! Je les vois !

— Ils sont bien, là, expliqua Rob. Ils ont beaucoup d'espace et le ruisseau pour aller boire.

Quand ils arrivèrent en vue du corral, il déposa le petit garçon à terre.

— Tu vas voir. Je vais les appeler et ils vont arriver au galop. Tu sais pourquoi ?

Liam secoua la tête.

— Parce qu'ils savent que j'ai toujours une friandise pour eux.

Il aida Liam à s'installer sur la barrière. Grace s'assit à côté de son fils. Elle semblait plus détendue.

— Lucky ! Dolly ! appela-t-il.

Les chevaux levèrent la tête, les oreilles pointées, les naseaux frémissants. Puis, d'un coup, dans un bel ensemble, ils s'élancèrent au galop dans leur direction.

Il montra à Liam comment leur présenter un morceau de carotte, la paume bien à plat puis il le laissa faire.

— Ils sont géants ! s'exclama le petit garçon.

Dans ses yeux brillait un mélange de crainte et de fascination. Rob éclata de rire.

— C'est vrai qu'ils peuvent paraître impressionnants, mais ils sont très doux. Très gentils. Sauf si on leur fait du mal, bien sûr.

Il montra ensuite à Liam comment s'y prendre pour les caresser en toute sécurité. Ils passèrent un long moment en compagnie des chevaux, ne les quittant que lorsque Rob comprit que Liam commençait à s'ennuyer.

Sur le chemin du retour, ils s'arrêtèrent devant une des dépendances.

— Tu vois, ce bâtiment ? C'est le plus ancien de la propriété. C'est un fumoir.

Liam fronça les sourcils d'incompréhension.

— Un fumoir ?

— C'est là que les gens faisaient sécher la viande pour la conserver. Parce qu'à cette époque-là, il n'y avait pas encore de frigos.

— Et ça, c'est quoi ?

De son petit index, Liam désignait un hangar de dimension plus modeste.

— Un poulailler.

— Tu as des poules dedans ?

— Malheureusement non. Je ne pourrais pas m'en occuper. Mais si un jour je viens habiter ici, j'en aurai.

— Maman aussi, elle voudrait des poules. Et un coq.

Grace esquissa un sourire attendri.

— Tu te souviens de ça ? Pourtant je n'en ai parlé qu'une fois et je crains bien que cela reste du domaine du fantasme. Je ne suis pas certaine que mes clients apprécieraient d'être réveillés à l'aube par le chant du coq.

Liam regarda autour de lui, semblant chercher quelque chose.

— Tu as des chiens ?

— J'en ai eu un. Il s'appelait Bandit. C'était un très bon chien. Je l'ai gardé longtemps. Il adorait venir ici avec moi.

— Pourquoi tu l'as plus ? Il s'est échappé ?

— Non, mon bonhomme. Il était très vieux et il est mort. Je l'ai enterré au pied de ce grand chêne que tu vois là.

Il pointa le menton en direction de l'arbre, en bordure de clairière.

— Bandit avait l'habitude de s'allonger là, l'été, quand il avait trop chaud. En plus, c'était un endroit stratégique. De là, il pouvait tout voir ; tout surveiller.

— Pourquoi tu prends pas un autre chien ?

— Un jour, sans doute, j'en aurai un.

Mais Liam ne l'écoutait déjà plus. Il courait vers la balançoire accrochée à la branche solide d'un arbre.

— Liam, fais attention ! lui cria Grace en le voyant se hisser maladroitement sur la planche.

— Viens me pousser ! cria-t-il en retour.

Elle alla se positionner derrière lui et commença à le pousser doucement.

— Tiens-toi bien, mon chéri.

— Oui, maman.

Comme elle lui donnait une impulsion légèrement plus forte il se mit à glousser de joie.

— Vous recevez souvent vos amis, ici ?

— Je n'ai reçu personne depuis Noël.

Il aurait aimé vivre ici à plein temps. Bientôt, espérait-il.

— J'ai fouillé un peu dans la cuisine. J'ai vu que vous aviez pas mal de produits frais dans le frigo. Nous avons même du lait pour le petit déjeuner.

— Oui. Il doit y avoir aussi de l'eau minérale. Mais je n'ai pas de jus de fruits ni de sodas. Désolé. Nous irons faire des courses demain.

— Et les boissons énergisantes ? Je n'ai pas vu si vous en aviez.

— Vous ne risquez pas d'en trouver. Je n'aime pas ça. Et vous ?

— Moi non plus, je n'aime pas ça.

Elle avait parlé dans un murmure en même temps que son corps semblait se crisper. La sonnerie de son portable l'empêcha de s'attarder sur cette impression. Il vérifia le nom qui s'était inscrit sur l'écran.

Reynolds.

— Excusez-moi. Je dois répondre.

Il se mit un peu à l'écart pour prendre l'appel.

— Du nouveau ?

— Je n'en sais trop rien, mais je n'arrive pas à joindre Gibbons.

— Vous avez vérifié si sa voiture était sur le parking ?

— Oui. Elle est bien là. Mais je ne le trouve nulle part et il ne répond pas à mes appels. Je ne l'ai pas revu depuis que vous vous êtes parlé, avant de partir.

— Continuez à chercher. Il ne doit pas être bien loin. Et prévenez-moi dès que vous l'aurez trouvé.

Il raccrocha et appela aussitôt Gibbons. Il tomba directement sur sa boîte vocale.

Il fut saisi d'une sourde appréhension. Où diable Gibbons pouvait-il se trouver ?

L'idée l'effleura soudain que l'inspecteur avait peut-être voulu brouiller les pistes. Il aurait laissé sa voiture sur le parking et en aurait loué une autre pour pouvoir les suivre sans se faire remarquer.

Obsédé comme il l'était par Grace, il pouvait très bien avoir toujours en tête de la garder à l'œil.

Une autre hypothèse jaillit, qui lui glaça le sang.

Et s'il se trompait sur toute la ligne ?

Si c'était Gibbons, le tueur ?

Si Grace était la prochaine sur sa liste ?

Cela expliquerait pourquoi il la traquait sans relâche comme il le faisait.

15

Grace sortit du four les hamburgers qu'elle avait mis à décongeler et les posa sur la cuisinière, à côté du plat de haricots verts et de pommes de terre frites qui serviraient d'accompagnement. Finalement, elle s'était parfaitement débrouillée avec ce qu'elle avait trouvé.

Les mains sur les hanches, elle parcourut la pièce du regard. Dès que Rob et Liam rentreraient, ils pourraient se mettre à table. Liam avait adoré le temps qu'ils avaient passé dehors, en pleine nature. Il grandissait. Il faudrait qu'elle veille à lui accorder plus de moments privilégiés comme celui-ci.

Son portable vibra une fois, lui notifiant l'arrivée d'un SMS. C'était Gibbons. Que lui voulait-il encore ? Rob avait pourtant été clair. C'était à lui qu'il devait s'adresser s'il devait faire passer un message.

Elle leva les yeux au ciel, signe chez elle d'une profonde exaspération.

Liam et vous êtes en danger avec Vaughn.

Son cœur s'affola dans sa poitrine.

D'une main tremblante, elle répondit :

Que voulez-vous dire ?

Son anxiété s'accentua alors qu'elle regardait les trois petits points s'agiter, indiquant que Gibbons lui répondait.

Prenez garde. J'ai trouvé des preuves de ce que j'avance à son bureau.

Gibbons nageait en plein délire, c'était évident.

Elle envoya un nouveau message.

Pourquoi êtes-vous allé dans son bureau ?

Reynolds m'a appelé. C'est lui qui a trouvé la preuve. Il me l'a montrée. Partez tout de suite !

Cette fois, elle ne prit pas la peine de répondre. Gibbons voulait l'entraîner dans un jeu pervers auquel elle ne se soumettrait pas. Et puis, si elle devait choisir entre faire confiance à Rob ou faire confiance à Gibbons, c'était Rob qu'elle choisirait. Sans hésiter.

Quoique...

Elle repensa à la boisson énergisante qu'elle avait trouvée dans le frigo. Si Rob n'en buvait vraiment pas, comme il le lui avait affirmé, que faisait-elle là ?

Elle alla ouvrir le frigo. La bouteille était toujours au même endroit. Il en restait la même quantité.

Les mots de Gibbons tournaient en boucle dans sa tête, à présent. Elle ouvrit tous les tiroirs, vérifia chaque placard, cherchant un indice – un dossier caché, des photos de vidéosurveillance de l'hôtel ou de Liam et d'elle –, bref, quelque chose qui la ferait s'interroger sur les raisons qu'aurait eues Rob à les attirer ici sinon pour des raisons de sécurité.

Elle passa ensuite dans le séjour où elle inspecta tout dans les moindres recoins. Puis ce fut au tour des chambres de l'étage où elle se mit même à plat ventre pour vérifier sous les lits.

Que faisait-elle ? Elle perdait la tête. C'était la faute de Gibbons. Il voulait semer le doute dans son esprit pour prendre le contrôle sur elle.

Elle descendit l'escalier en courant.

Rob avait-il un bureau dans cette maison ? Il ne l'avait pas mentionné au cours de la visite.

Elle contourna l'escalier et suivit un couloir très étroit au bout duquel se trouvait une porte dont la couleur se fondait dans celle du mur. Elle entra dans une petite pièce meublée seulement d'une petite table de travail et d'une chaise. Elle alla s'asseoir et ouvrit le premier tiroir du bureau.

Il était rempli de coupures de journaux.

Son cœur s'emballa. De ses mains tremblantes, elle fouilla dans la pile d'articles. Ils faisaient tous référence à l'affaire Locke.

Elle aurait voulu croire que Rob les avait placés là après la mort d'Adam, mais c'était impossible. D'après les dates, les articles avaient été publiés juste après son arrestation. Tout au fond du tiroir, elle trouva des photos plus récentes d'elle et de Liam, alors qu'ils étaient en ville.

Pourquoi Rob gardait-il tout cela, enfermé ici ?

Ses doigts heurtèrent soudain un petit objet métallique. Elle le dégagea de tous les papiers qui le recouvraient. C'était un médaillon suspendu à une chaîne. Un médaillon taché de sang séché. Elle l'ouvrit. Il renfermait un portrait d'elle.

C'était le médaillon qu'elle avait caché sous l'évier et qui avait disparu.

— Mon Dieu…, dit-elle dans un souffle.

Le bruit de la porte d'entrée qui claquait lui fit lâcher le médaillon. Elle referma doucement le tiroir puis sortit de la pièce sans faire de bruit.

Son cœur battait si fort qu'elle avait du mal à respirer.

Gibbons avait raison. Il fallait qu'elle se sauve d'ici avec son fils, et vite.

Elle s'exhorta à se calmer. Ce n'était pas possible. Elle connaissait Rob…

Elle s'arrêta net dans le couloir.

Et Adam ? Elle ne pensait pas le connaître ? Elle avait vécu avec lui pendant plus d'un an sans rien voir. Sans rien soupçonner. Mais peu importait. L'heure n'était pas aux interrogations. Elle ne pouvait pas se permettre de prendre le moindre risque. Elle inspira profondément puis tenta de se composer un visage. Il ne fallait pas que Rob voie qu'elle était bouleversée. Elle devait rester calme et agir comme si de rien n'était pour pouvoir s'échapper d'ici sans éveiller ses soupçons.

Les voix se rapprochaient. Celle, grave, de Rob qui se mêlait à celle, flûtée, de son petit garçon. Son bébé.

Elle fut alertée d'un nouveau message.

J'arrive avec des renforts.

Que devait-elle faire ? Qui croire ?

Gibbons, qui la pensait complice de son ex-mari et la persécutait depuis des années ? Rob qui cherchait à la protéger par tous les moyens mais qui cachait chez lui des indices troublants ?

Comme le médaillon qu'elle avait dissimulé sous l'évier de la cuisine.

Était-ce Rob qui l'avait subtilisé pour le remplacer par l'arme qui avait servi à tuer deux hommes ? Pour la faire accuser ?

Non. C'était impensable.

Elle repoussa cette idée de toutes ses forces.

Elle devait garder la tête froide pour ne pas céder à la folie. Il devait y avoir une explication logique à tout cela. Ce n'était pas possible autrement.

Elle rempocha son portable au moment où son fils se précipitait vers elle.

— Maman ! Maman ! J'ai fait du cheval !

Il vibrait tout entier d'excitation en même temps que ses yeux pétillaient de bonheur.

Rob se tenait derrière lui, un large sourire aux lèvres. Il semblait aussi heureux que le petit garçon.

— Je crois que nous tenons là un futur cavalier, dit-il avec une pointe de fierté.

Son sourire s'évanouit d'un coup alors qu'il la dévisageait d'un air inquiet.

— Grace ? Ça n'a pas l'air d'aller.

— Si, si, s'empressa-t-elle de répondre. C'est juste que j'ai eu la mauvaise idée de lire les nouvelles sur mon smartphone.

Elle secoua la tête.

— Je n'aurais pas dû.

— Les journalistes se déchaînent parce qu'ils ont un fait divers bien croustillant à se mettre sous la dent. Mais ils finiront par se lasser, vous verrez.

Elle se demanda comment il pouvait donner de lui l'image de cet homme si doux, si prévenant, si protecteur alors qu'il était peut-être un monstre comme l'avait été Adam.

— Le dîner est prêt, dit-elle.

Elle prit son fils par la main, heureuse qu'il ait encore sur lui ses chaussures et son manteau. Une idée venait de germer dans son esprit. Ils allaient se faufiler par la porte arrière de la cuisine et une fois dehors iraient se cacher en attendant que Gibbons et ses hommes soient intervenus.

— Je reviens. Je vais débarbouiller Liam et le mettre en pyjama.

— Attendez…, dit Rob qui regardait fixement par la fenêtre. Je crois bien avoir vu les phares d'une voiture. Allez vous cacher dans la cuisine avec Liam et n'en bougez pas tant que je ne vous aurais pas dit que vous pouvez en sortir.

Il s'approcha de la fenêtre en prenant garde à ne pas s'exposer.

— Reynolds m'aurait prévenu s'il avait envoyé quelqu'un. Et de toute façon, personne n'est censé venir ici.

Le pouls de Grace s'accéléra. Elle ne savait plus quoi penser. Et si c'était un piège destiné à tuer Rob ? À les tuer tous les trois ? Elle restait pétrifiée, la main de son fils dans la sienne, incapable de prendre une décision.

— Le conducteur s'est garé derrière une rangée d'arbres, de toute évidence pour qu'on ne le remarque pas.

Il se pencha en avant et dégaina l'arme de poing qui se trouvait dans son étui de cheville.

— Prenez ça, lui dit-il en plaçant le pistolet dans sa main libre. Sortez par la porte de derrière et allez vous cacher dans l'ancien fumoir. Dans le coin le plus sombre que vous pourrez trouver.

— Rob, je...

— Allez-y. Il n'y a pas une seconde à perdre.

— Maman, j'ai peur.

La voix terrifiée de son petit garçon lui serra le cœur.

— Mon chéri, il ne faut pas que tu aies peur, dit-elle d'un ton faussement enjoué. Tout va bien. C'est juste un jeu. Oui. Nous allons jouer à cache-cache. Il faut que nous cherchions une bonne cachette pour que Rob ne nous trouve pas.

Ils venaient d'arriver dans la cuisine quand son portable vibra de nouveau. C'était un nouveau message de Gibbons.

Retrouvez-moi dans la remise

Rob lui avait dit d'aller dans le fumoir. Pourquoi lui aurait-il donné son arme s'il voulait s'en prendre à elle ? Mon Dieu... À qui devait-elle se fier ?

— Maman, vite ! On doit aller se cacher !

Impatient de démarrer le jeu, Liam la tirait par la main.

Elle décida d'aller d'abord dans la remise puis, une fois qu'elle aurait parlé à Gibbons, elle irait se cacher dans le fumoir.

Elle prit son fils dans ses bras et se mit à courir aussi vite qu'elle le pouvait sans risquer de trébucher. Une fois arrivée devant la remise, elle reposa son fils à terre et prit un instant pour recouvrer son souffle.

Elle fut soudain saisie d'un mauvais pressentiment. Quelque chose n'allait pas. Rien de tout cela n'allait, en fait.

Elle vit que la barre en bois qui maintenait la porte fermée avait été retirée.

Elle fit un pas en avant, forçant Liam à rester derrière elle. La lumière déclinante du jour entrait par les ouvertures latérales du bâtiment. Elle éclairait une ombre étendue sur le sol.

L'inspecteur Gibbons. Il gisait dans une mare de sang.

Elle resta clouée sur place. Elle crut que son cœur allait s'arrêter de battre.

— Grace !

La voix de Rob la sortit de l'état de sidération dans lequel elle se trouvait.

Elle ouvrit la bouche pour répondre, mais elle la referma aussitôt.

Elle n'était pas sûre qu'il ne lui veuille pas de mal. Dans l'urgence, le mieux à faire était d'aller se cacher dans les bois.

— Maman, vite ! Il va nous trouver !

Liam qui n'avait conscience de rien, Dieu merci, trépignait d'impatience.

— Chuuut ! Il ne faut pas qu'il nous entende, mon chéri.

Ils venaient de s'enfoncer dans le bois quand un coup de feu retentit, suivi d'un autre.

Gibbons était mort. La réalité venait de la frapper de plein fouet.

Et maintenant, ces coups de feu… Signifiaient-ils que Rob avait tiré sur quelqu'un ou qu'on lui avait tiré dessus ?

Une peur panique s'insinua en elle. Elle ne pouvait pas rester là à errer dans ces bois avec son enfant toute la nuit. Il lui fallait trouver un meilleur endroit où se cacher. En attendant, elle devait appeler le 911.

Elle prit son portable dans la poche arrière de son jean. Elle s'apprêtait à composer le numéro quand elle vit qu'il n'y avait pas de réseau. Elle jura tout bas pour ne pas être entendue de Liam.

Une fois de plus, elle était livrée à elle-même.

Rob s'accroupit à l'arrière du véhicule pour éviter d'essuyer de nouveaux tirs. Les coups de feu avaient été tirés depuis l'autre côté du bois. Ça ne pouvait donc pas être Grace qui avait dû aller se cacher dans le fumoir, comme il le lui avait demandé.

Il devenait évident que c'était après elle que le ou les occupants de ce SUV en avaient.

Il attendait, les sens en alerte, quand son portable vibra dans sa poche.

Il coula un regard furtif sur le nom de l'appelant.

Reynolds.

— Écoutez-moi attentivement, chuchota-t-il avant que son adjoint ait pu dire un mot. Je suis pris pour cible. J'ai besoin de renfort. Je vous envoie mes coordonnées GPS.

En réponse, il entendit le bruit des pas de Reynolds qui courait sur le gravier puis celui d'un claquement de portière.

— En attendant que vous arriviez, je vais me diriger vers l'endroit d'où ont été tirés les coups, poursuivit Rob à voix basse.

— Chef, il y a eu du nouveau, dit Reynolds. C'est pour ça que je vous appelais.

Rob l'entendit démarrer.

— Quoi ?

— Cara Gunter s'est volatilisée, elle aussi. Impossible de lui mettre la main dessus.

— Bon sang ! J'espère qu'il ne lui est rien arrivé. Grace ne s'en remettrait pas.

— Il y a pire, chef. Comme elle ne répondait pas à mes appels, je me suis rendu chez sa grand-mère. Je pensais la trouver là-bas.

Il s'interrompit.

— Et... ? s'impatienta Rob.

— Et la grand-mère est morte, elle aussi. Depuis plusieurs mois, je dirais, d'après l'état de décomposition du corps. Ce n'est pas tout : il y avait un autre cadavre près du sien. Celui d'une jeune femme blonde. En conclusion, je dirais que Cara Gunter nous balade depuis le début. Elle aura usurpé l'identité de la petite-fille de cette femme.

La nouvelle lui fit l'effet d'un uppercut en plein thorax.

— Je dois y aller. Dépêchez-vous de rappliquer et d'envoyer des renforts.

Sur ce, il s'empressa de raccrocher puis sortit d'un bond de sa cachette pour s'élancer à découvert.

— Surtout, ne me lâche pas la main, mon chéri. Nous allons bientôt trouver une super cachette.

— Vous voilà, enfin…

Grace et Liam se tournèrent dans un même mouvement vers cette voix qui leur était si familière.

— Cara ! s'écria Liam qui chercha aussitôt à se précipiter vers elle.

— Cara ?

Avant même d'apercevoir le revolver, Grace avait instinctivement serré la main de Liam plus fort, ignorant ses protestations.

— Qu'est-ce que tu fais là ? demanda-t-elle à son amie.

— Je suis venue vous faire sortir d'ici, répondit Cara.

— Pourquoi es-tu armée ?

Cara haussa les épaules.

— Quelle question. Pour me protéger, tiens.

Puis elle reporta son attention sur Liam.

— Liam, mon chéri, viens vers moi.

Elle avait parlé d'un ton sucré destiné à convaincre le petit de lui obéir.

— Liam, tu ne bouges pas, lui ordonna sa mère avec autorité. Tu restes avec moi.

Liam cessa aussitôt de gigoter. Sans doute sentait-il que l'heure était grave. Qu'on ne jouait plus.

Le cœur de Grace battait à tout rompre en même temps que ses jambes flageolaient. Pourtant, elle réussit à s'adresser à Cara d'une voix forte.

— Réponds-moi. Pourquoi cette arme ?

Cara la regardait fixement, sans rien dire. Elle était assez près, maintenant, pour que Grace voie briller, au fond de ses prunelles bleues, d'un bleu clair presque transparent, une lueur de démence.

Non ! Non ! C'était impossible.

Cara éclata d'un rire sinistre.

— Eh oui. Nous avons les mêmes yeux.

Elle pointa le menton vers Liam.

— Comme lui.

Grace recula d'un pas, entraînant son petit avec lui.

— Qu'est-ce que tu veux ?

— Tu n'as pas idée du nombre de femmes blondes aux yeux bleus avec qui il a couché avant d'en trouver une qui veuille bien nous donner ce que nous attendions d'elle, dit-elle en réponse. Ce fut toi. Tu étais la personne parfaite. Celle qui allait nous donner un enfant parfait.

Elle lâcha le regard de Grace pour tenter de nouveau sa chance.

— Liam, mon chéri, viens vers moi.

De nouveau, Liam tenta de se dégager de l'emprise de sa mère.

— Ne l'écoute pas, Liam. Elle veut t'embrouiller pour gagner. N'oublie pas que nous devons aller nous cacher. C'est elle et Rob qui doivent nous trouver.

Les traits de Cara étaient déformés par la haine. Elle se jeta sur Grace et lui enfonça le canon de son arme sous le menton.

— Lâche Liam, lui ordonna-t-elle d'une voix menaçante. Lâche-le et nous essayerons de trouver un accord, ajouta-t-elle d'un ton radouci.

— D'accord. Laisse-moi un instant.

Animée par une rage féroce et la volonté farouche de protéger son enfant, Grace repoussa violemment Cara loin d'elle et pressa sur la détente.

Rien ne se produisit.

Les deux femmes s'affrontèrent du regard puis, de nouveau, Cara laissa échapper un rire lugubre.

— La prochaine fois, pense à enlever la sécurité, dit-elle d'un ton railleur.

Ces quelques secondes d'inattention lui furent fatales. Elles avaient laissé à Grace le temps de débloquer la sécurité et d'appuyer sur la gâchette. Cette fois, la balle sortit de la chambre et alla se loger dans le ventre de Cara.

Cara écarquilla les yeux et porta une main à sa blessure.

Grace ne s'attarda pas plus longtemps. Elle emporta son fils dans ses bras et, mue par une peur panique, se mit à courir à perdre haleine.

Au moment où elle se retournait pour voir si personne ne la suivait, elle se heurta violemment à quelqu'un.

Diane.

Elle avait tant espéré que ce soit Rob.

Elle se figea de nouveau. Pourquoi Diane se trouvait-elle là, elle aussi ? N'était-elle pas censée s'occuper des clients de l'hôtel ?

— Ça va ? s'enquit Diane.

Elle avait l'air vraiment inquiète. Grace ouvrit la bouche pour répondre, mais aucun son n'en sortit. Elle était trop choquée.

— Grace, ça va ? insista Diane.

Grace sentit sa vue se brouiller de larmes.

— C'est... C'est Cara... Elle a essayé de...

Sans doute stressé par la détresse de sa mère, Liam se mit à pleurer. Grace le serra fort contre elle. D'une voix douce, elle lui murmura à l'oreille des mots qui se voulaient rassurants.

— Mon bébé... Ne pleure pas. Tout va bien, maintenant. Je te le promets.

— Je ne crois pas, non, dit Diane.

Grace tourna la tête vers elle. Elle pointait un revolver dans sa direction.

— Jette ton arme et pose mon petit-fils au sol.

Grace la regarda fixement, interloquée. Elle vivait un cauchemar. Tout cela ne pouvait pas être réel. Elle allait se réveiller.

Rob, où es-tu ? Mon Dieu, je Vous en supplie, faites qu'il ne soit pas mort.

— Jette ton arme ! répéta Diane de manière plus véhémente.

Sentant le danger, Grace s'exécuta docilement.

— Adam était mon fils, poursuivit Diane. Et Adèle, enfin... Cara, était sa sœur jumelle. Elle voulait tellement un bébé ! Malheureusement, elle ne pouvait pas en avoir.

Grace vit avec horreur Cara surgir de derrière un arbre et s'approcher d'elles en titubant. Du sang suintait entre ses doigts, qu'elle gardait plaqués sur son ventre, là où la balle était entrée. De son autre main, elle tenait son arme.

— Cette salope m'a tiré dessus, expliqua-t-elle à sa mère en dardant un regard noir sur Grace. Pourquoi tu ne l'as pas encore tuée ?

— Ferme-la. Donne-moi Liam qu'on en finisse, ajouta-t-elle à l'adresse de Grace.

Grace comprit que si elle obéissait elle signait son arrêt de mort. Et qui sait quel sort ces deux folles comptaient réserver à Liam ?

L'esprit en ébullition, elle chercha quelles étaient les options qui s'offraient à elle. Fuir ? Elle ne pouvait pas compter là-dessus avec deux armes pointées sur elle. Elle n'aurait pas fait deux pas qu'elle serait criblée de balles. Son cœur se serra à l'idée que, une fois encore, elle n'avait su voir où se situait le danger. Elle avait considéré Diane et Cara comme sa famille. Sa seule vraie famille après qu'elle avait perdu son père.

La famille.

C'était là-dessus qu'elle devait tabler.

Une idée germa dans son esprit.

— Nous nous entendons bien toutes les trois, commença-t-elle. Pourquoi ne pas essayer de trouver un terrain d'entente ? Une sorte de garde partagée, par exemple.

— Tu n'es pas sérieuse ?

Diane renversa la tête en arrière et partit d'un éclat de rire qui fit frissonner Grace de terreur.

— Pourquoi ferions-nous ça alors que nous pouvons l'avoir rien que pour nous ?

Grace sentit Liam trembler de tout son petit corps contre elle. Il fallait qu'elle trouve quelque chose, et vite !

— Très bien, dit-elle, feignant de se résigner. Mais est-ce que je peux l'amener moi-même jusqu'à votre voiture ? Il est terrifié. Il a besoin de se calmer.

Les deux femmes se consultèrent du regard.

— Vas-y, dit Diane. Mais n'essaye pas de nous entourlouper parce que, crois-moi, je n'hésiterai pas une seconde à te coller une balle dans la tête.

Grace prit une profonde inspiration et rassembla le peu de courage qui lui restait. Cette proposition n'avait pour but que de gagner un peu de temps ; quelques minutes précieuses qui verraient peut-être un miracle se produire.

— Rien de tout cela ne serait arrivé si cet abruti d'Adam n'avait pas replongé, raconta Diane. Il s'est tenu à carreau quelque temps, mais il a fallu qu'il reparte en chasse. Qu'il tue de nouveau.

— Il avait ça dans le sang, dit Cara. Ça ne pouvait pas lui passer comme ça.

— En tout cas, tu n'avais pas le droit de le tuer. C'était mon fils.

— C'est sa faute. S'il n'avait pas décidé de garder Liam pour lui, il serait en vie à l'heure qu'il est.

Grace comprit qu'elle tenait là, dans ces règlements de comptes, sa seule chance de sauver son fils. Feignant d'avoir trébuché, elle tomba à genoux et fit un rempart de son corps à Liam.

— Cours ! cria-t-elle en poussant son petit garçon en avant. Cours ! Ne t'arrête pas !

— Bon sang ! hurla Cara. Occupe-toi d'elle, je m'occupe du petit.

Prenant Diane par surprise, Grace se releva d'un bond et lui donna un violent coup de pied dans les tibias.

Diane flancha, laissant échapper son arme. Grace se précipita pour l'attraper. Trop tard. Rapide comme l'éclair, Diane s'était jetée sur elle. Elle l'attrapa par les cheveux et lui frappa la tête contre le sol. Malgré la douleur lancinante, Grace résista. Elle se débattit comme elle le put, griffant et frappant au hasard en même temps qu'elle se cambrait de toutes ses forces pour tenter de faire basculer Diane sur le côté. Peine perdue. Elle sentit les doigts de Diane s'enrouler autour de sa gorge...

— Lâche-la !

Il y eut une seconde de flottement puis Diane relâcha son étreinte.

— Et maintenant, lève-toi, continua de tonner la voix grave de Rob.

Libérée du poids de Diane, Grace se releva péniblement. Rob tenait le canon de son arme enfoncé sur la nuque de Diane. De sa main libre il la menotta.

Même si elle était reconnaissante à Rob de l'avoir sauvée d'une mort certaine, Grace ne ressentait aucun soulagement à être libre. Elle voulait son fils. Son bébé. Où était-il ?

— Cara..., dit-elle en passant une main sur son cou endolori. C'est la sœur d'Adam... elle veut enlever Liam.

Rob pointa Diane du menton.

— Surveille-la. Je vais chercher Liam.

Mais elle fut plus rapide. Elle se jeta sur l'arme de Diane et partit en courant.

— C'est moi qui vais chercher mon fils ! lui cria-t-elle par-dessus son épaule.

Tout en courant, elle réfléchissait. Liam avait selon toute vraisemblance opté pour un endroit qu'il connaissait. Un endroit où il se sentirait en sécurité. Elle pensa tout de suite au corral. Liam avait dû aller chercher protection auprès des chevaux.

Elle aurait voulu l'appeler, mais elle n'osait pas.

Son instinct ne l'avait pas trompée. Elle venait d'arriver en vue du corral quand elle aperçut Cara qui se tordait de douleur au sol. Son arme posée à côté d'elle, elle se tenait le ventre à deux mains. Son chemisier était rouge de sang. Si Cara était là, c'est que Liam ne devait pas être loin.

Grace s'approcha et, de la pointe de sa chaussure, envoya l'arme au loin, comme elle l'avait vu faire à la télé, dans les films policiers.

— Appelle une ambulance, gémit Cara.

— Où est Liam ? Liam ! Mon bébé, c'est maman ! Tu ne risques plus rien, maintenant. Viens !

— Maman ! lui répondit la voix fluette de son fils.

Le cœur battant, les yeux brouillés de larmes, elle tourna la tête de droite et de gauche, cherchant son enfant du regard.

C'est alors qu'elle vit les chevaux s'écarter pour laisser voir la petite silhouette de Liam entre eux.

Grace se précipita et attrapa son fils qu'elle serra contre elle en pleurant.

À ce même moment, le hurlement des sirènes déchira le silence de la nuit. Deux voitures de police vinrent se ranger près du corral dans un crissement de pneus.

Les larmes de Grace redoublèrent.

Pouvait-elle espérer voir enfin la fin du tunnel ?

16

Grace était assise dans le bureau du shérif. Elle n'avait pas dormi de la nuit. Comment l'aurait-elle pu ? Liam, en revanche, épuisé par tant d'émotions, s'était écroulé dans son lit aussitôt qu'ils avaient été de retour chez Rob, aux alentours de minuit.

Elle n'arrivait à garder les yeux ouverts qu'à coups de caféine et portée par un reste d'adrénaline.

Cara avait été transportée à l'hôpital d'Erlanger. D'après les médecins qui l'avaient prise en charge, elle avait de la chance d'être encore en vie. Sa chambre était sous surveillance permanente. Diane Franks, elle, avait été placée en détention.

Face aux agents du FBI, elle n'avait pas tenu le coup très longtemps. Elle s'était mise à table sans faire trop d'histoires.

C'est ainsi que Grace avait appris qu'elle avait eu ses jumeaux à seize ans. Sous la pression de ses parents, elle les avait abandonnés et donnés à l'adoption. Une fois adulte, elle les avait retrouvés puis les avait récupérés après la mort prématurée de leurs parents adoptifs. Mort naturelle ou pas ? L'enquête ne le disait pas encore. Puis Diane s'était mariée et avait décroché un emploi au *LA Times*. À cette époque, les jumeaux étaient adultes. Ils volaient de leurs propres ailes mais restaient inséparables.

Au point que lorsque Adèle-Cara avait appris qu'elle ne pourrait pas avoir d'enfants Adam lui avait promis d'en « fabriquer » un pour elle. Il avait tenu parole. Il avait fait un enfant à Grace. Aussi quand Adam avait été arrêté alors qu'elle était si proche de réaliser enfin son rêve, Adèle ne l'avait pas supporté. Elle avait développé des troubles mentaux qui l'avaient conduite en hôpital psychiatrique.

Aussi contrariée que sa fille par ce « contretemps », Diane s'était mis en tête de retrouver son petit-fils. Cela lui avait pris un an. Pour cela, elle s'était rendue chez Valentina Hicks et l'avait tuée sous le coup de la colère et de la frustration, la pauvre ignorant tout de la destination de Grace. À force d'acharnement, Diane avait fini par trouver. Ensuite, elle s'était fait embaucher comme cuisinière au Lookout Inn. À force de gentillesse et de petites attentions, elle avait su se rendre indispensable, autant auprès de Grace que de Liam. Une fois Adèle rétablie, elle n'avait pas hésité à éliminer Kendall, la fidèle assistante de Grace, pour rendre sa place vacante. Puis ce fut au tour de la pauvre Mme Gunter et de sa fille, que Diane avait assassinées pour donner à Adèle plus de crédibilité et lui permettre de mieux s'intégrer au sein de la communauté de Lookout Mountain.

Malheureusement, la libération d'Adam avait contrarié leur plan bien huilé. En venant au Lookout Inn pour leur voler Liam, il avait signé son arrêt de mort. Mais ce crime était l'entière responsabilité d'Adèle, avait souligné Diane. Bien évidemment, elle n'aurait jamais pu tuer son propre fils.

Quant à Joe Pierce, il n'avait été qu'un pion sur l'échiquier. Diane l'avait attiré à l'hôtel puis l'avait supprimé pour brouiller les pistes. Comme Gibbons. Pour faire porter les soupçons sur Grace et la faire accuser.

Un des agents du FBI avait expliqué à Grace qu'elle n'avait

rien à craindre des disciples d'Adam. Tout ceux qu'ils avaient interrogés s'étaient montrés unanimes. L'affaire Adam Locke ne présentait plus aucun intérêt pour eux. Ils étaient passés à autre chose. À des affaires plus récentes et plus médiatisées.

Elle avait été soulagée de l'apprendre. Restait la partie la plus délicate de toute cette affaire horrible. Le père, la grand-mère et la tante de Liam étaient des criminels. Comment allait-elle pouvoir le protéger de cela ?

Elle verrait plus tard. Quand elle aurait pris de la distance et qu'elle y verrait plus clair.

Elle avait fait sa déposition sans rien dissimuler. Rob lui avait assuré qu'elle n'avait rien à craindre. Elle n'avait rien fait de mal. Elle n'avait rien à se reprocher.

Justement, la porte s'ouvrit sur lui. Elle lui fit signe d'entrer et de venir s'asseoir à côté d'elle.

— Je peux te ramener chez toi, si tu veux.

Elle ferma les yeux pour tenter de contenir les larmes de soulagement qui menaçaient de couler sans retenue.

— Honnêtement, dit-elle quand elle fut en mesure de parler, je ne sais pas si je suis capable de retourner là-bas. Après tout ce qui s'est passé...

Il lui prit la main dans un geste infiniment tendre.

— Tu sais que tu peux me faire confiance, n'est-ce pas ?

Oui, elle le savait. Elle lui avait parlé de la bouteille de boisson énergisante trouvée dans son frigo, puis des coupures de presse, des photos, du médaillon, de tout ce qu'elle avait découvert dans le tiroir de son bureau. Là encore, Diane avait avoué. C'est Cara qui avait orchestré toute cette mise en scène quand elle avait découvert où Rob comptait emmener Grace.

— Oui, je sais, formula-t-elle tout haut.

— Pour Liam, rien ne s'est passé. Il a juste vu un homme dans le jardin qui s'est approché de lui. Toutes les scènes pénibles qu'il a vécues se sont déroulées ailleurs. Mais même là... Il est encore si jeune. Il n'a pas trois ans. Il n'en gardera aucun souvenir.

— Et Cara et Diane ? Comment vais-je lui dire ?

— Les enfants n'aiment pas qu'on leur mente. Tu n'auras qu'à lui expliquer que, malgré les apparences, elles étaient méchantes, qu'elles ont fait des choses très graves et qu'elles vont être punies pour cela. Il s'habituera à leur absence. Et puis il finira par les oublier, comme il a oublié Kendall. Tu embaucheras une nouvelle cuisinière, une nouvelle assistante, et peu à peu les choses rentreront dans l'ordre. Et moi, je serai là. Pour toi. Pour lui. Pour vous deux.

Son visage s'éclaira d'un sourire franc. Le premier depuis des jours.

— Tu as raison. Comme toujours. Ramène-moi à la maison.

« La maison ».

Elle espérait que l'hôtel le serait toujours. Mais, plus encore, elle espérait que Rob y trouverait sa place.

17

Lookout Inn,
Jeudi 29 février, 17 heures

Grace éteignit son ordinateur. Elle avait fini sa journée.

Alors qu'elle contournait le bureau d'accueil, Liam déboula en trombe en faisant mine de faire voler la maquette d'avion que Rob et lui avaient construite deux jours plus tôt.

Rob avait eu raison. Liam avait très vite retrouvé sa joie de vivre et ne s'était pas inquiété plus que cela de l'absence de Diane et Cara, après qu'elle lui avait expliqué la situation, comme Rob lui avait conseillé de le faire.

Un sourire heureux aux lèvres, elle se rendit dans la cuisine. Il était temps de se mettre aux fourneaux. Henry Brower et Russell Ames étaient repartis, mais l'hôtel affichait complet pour le week-end. Heureusement, les événements dramatiques des derniers jours n'avaient eu aucun impact sur les réservations. Contrairement à ce qu'elle craignait, elle avait reçu le soutien de la majeure partie de la population de Lookout Mountain. Cette solidarité la touchait tant qu'elle pleurait d'émotion à chaque fois que l'un ou l'autre des habitants de la communauté venait lui rendre visite. Dans ces moments de bonheur intense, elle se réjouissait d'avoir suivi son instinct, qui l'avait guidée là.

Dans quelques jours, elle ferait passer des entretiens d'embauche en vue de recruter une nouvelle cuisinière et une nouvelle assistante. Les Wilborn s'étaient complètement rétablis. Ils avaient repris le travail. Chamboulés par ce qui s'était passé pendant leur absence, ils se donnaient un mal fou pour distraire Liam. Karl le faisait participer à l'entretien du potager et Paula à celui du poulailler. C'est elle qui avait émis cette idée. Grace s'était laissé convaincre sans trop de mal et avait fini par saluer cette initiative avec autant d'enthousiasme que son fils.

Et puis, il y avait Rob.

Rob qui avait tenu sa promesse. Il avait été là pour elle et pour Liam, dès sa sortie du bureau du shérif. Sa présence auprès d'eux, soir après soir, avait fait voler en éclats les dernières barrières défensives derrière lesquelles elle se retranchait. Elle n'avait pas les mots pour décrire l'amour puissant qu'elle lui portait.

Les cris de joie de Liam interrompirent le fil de ses pensées. Rob venait de rentrer. Elle était heureuse qu'il se sente chez lui, ici. Souhaiterait-il y rester ?

— Pas de cuisine, ce soir, déclara-t-il d'un ton enjoué. Je vous emmène dîner au restaurant. Nous avons quelque chose à fêter.

Son visage s'éclaira d'un sourire radieux.

— Quoi donc ?

— Eh bien, cela fait sept jours que le passé est derrière nous.

Le sourire de Grace s'élargit un peu plus.

— Tu as raison. Cela se fête.

La pensée que, peut-être, c'était une manière délicate de lui signifier que sa mission était achevée, qu'il allait rentrer chez lui, lui chamboula le cœur.

— Que comptes-tu faire, maintenant ? demanda-t-elle d'un ton faussement désinvolte.

Elle retint sa respiration tandis qu'il s'approchait d'elle, le visage empreint de gravité.

Les battements de son cœur s'affolèrent tandis qu'elle attendait une réponse qui tardait à venir.

— J'hésite encore, dit-il enfin. À vrai dire, cela dépend de toi.

— De moi ?

Il combla un peu plus l'espace qui les séparait encore.

— Oui.

Elle avait bien compris. Rob remettait son sort entre ses mains. Elle battit des cils plusieurs fois pour refouler les larmes qui lui montaient aux yeux. En vain.

— Je veux que tu restes ici, avec nous, dit-elle d'une voix tremblante d'émotion. Pour toujours.

— Je ne veux pas te brusquer, Grace. Tu peux prendre le temps de la réflexion.

— C'est tout réfléchi, répondit-elle entre rires et larmes. À cette seconde, commence avec toi le début du reste de ma vie.

Comme pour sceller ces mots qui résonnaient comme une promesse, elle noua les bras autour de son cou et l'embrassa passionnément.

Vous avez aimé ce roman ?
Retrouvez l'atmosphère de Lookout Mountain :

CINDI MYERS

Justice pour Liz

Traduction française de
DOMINIQUE TRUFFANDIER

BLACK ROSE

HARLEQUIN

Titre original :
KILLER ON KESTREL TRAIL

© 2023, Cynthia Myers.
© 2025, HarperCollins France pour la traduction française.

1

Tony Meisner serra les dents et s'efforça d'ignorer la douleur qui lui taraudait les jambes pour se focaliser sur le sentier. Bien que des plaques de neige subsistent çà et là, il faisait tellement chaud sous le soleil de ce début avril qu'il aurait volontiers ôté sa parka bleue marquée du logo des Secours en Montagne d'Eagle Mountain. Malheureusement, il ne pouvait pas s'arrêter : il tenait l'une des poignées du brancard sur lequel reposait un homme de quatre-vingt-dix kilos. Après des mois d'absence, la tâche lui semblait particulièrement pénible.

Pour se réconforter, il se rappela qu'il était encore valide... contrairement à l'occupant de la civière. Une portion du chemin de randonnée connu sous le nom de Kestrel Trail s'était effondrée au passage de la victime, que l'équipe des Secours en Montagne d'Eagle Mountain transportait maintenant jusqu'à l'hélicoptère médicalisé qui les attendait. L'homme souffrait d'une fracture de la jambe droite. Après quelques mois de rééducation, il serait de nouveau sur pied et prêt à repartir en randonnée.

Quatre autres sauveteurs bénévoles apparurent au sommet d'une butte.

— Voilà la relève ! lança Danny Irwin.

Eldon Ramsey, Ryan Welch, Carrie Andrews et Grace Whitlock transporteraient leur patient sur le dernier tronçon du trajet, jusqu'à l'hélicoptère. En réprimant un gémissement, Tony abaissa le brancard pour que ses collègues puissent prendre le relais, s'assit sur un rocher et tira une bouteille d'eau de son sac.

— Comment tu te sens ?

Hannah Richards, membre du SAMU et médecin du travail de l'unité, posait sur lui un regard soucieux.

— Bien, répondit Tony.

Il se frotta les cuisses des deux mains. L'année précédente, il s'était cassé les deux fémurs dans un accident d'alpinisme. La douleur était toujours présente, mais c'était sans importance parce qu'il la sentait diminuer un peu chaque jour. Il aurait pu laisser passer encore quelques mois avant de reprendre son travail de bénévole, mais il avait ressenti le besoin irrépressible de rejoindre ses collègues des Secours en Montagne dès que possible. Parmi eux, il se sentait à sa place.

Caleb Garrison, l'une de leurs dernières recrues, s'assit à côté de lui.

— J'ai cru comprendre que cela faisait longtemps que tu appartenais aux Secours en Montagne, dit-il.

— Depuis mes dix-sept ans, et j'en ai trente-huit, répondit Tony.

— Et tu ne fatigues pas ? demanda le jeune homme. Pourtant, tu dois avoir vécu des moments assez intenses.

Tony hocha la tête. Il était intervenu sur des suicides, des noyades, des chutes mortelles. Plus d'un sauvetage qui, en quelques minutes, s'était soldé par la récupération d'un corps.

— Ce travail doit faire partie de mon ADN, maintenant, dit-il. Pendant mon absence, il m'a vraiment manqué.

— Les lycéens qui veulent devenir secouristes en montagne doivent être rares, remarqua Caleb.

— Actuellement, nous n'acceptons aucun bénévole de moins de dix-huit ans, mais quand j'ai commencé il n'y avait pas de limite d'âge.

À l'époque, Tony venait d'arriver en ville. Il se sentait un peu perdu et n'avait aucun ami. Les Secours en Montagne d'Eagle

Mountain l'avaient accueilli à bras ouverts, devenant pour lui comme une seconde famille. Jamais il ne pourrait leur rendre tout ce qu'ils lui avaient donné.

Soudain, il sursauta en se rendant compte que Caleb et lui étaient assis à quelques pas du lieu où s'était déroulée l'une des premières missions auxquelles il avait participé.

— J'appartenais au groupe depuis quelques semaines quand le corps d'une jeune femme a été retrouvé, juste ici, dit-il.

— Sans blague ? Qu'est-ce qui lui était arrivé ?

Tony secoua la tête.

— Nous ne l'avons jamais su. L'un de ses professeurs avait signalé sa disparition, une dizaine de jours plus tôt. Le légiste a établi qu'elle avait été étranglée, mais je crois que son assassin n'a jamais été retrouvé.

Il haussa les épaules.

— Heureusement, les missions de ce genre sont rares. Elles ne connaissent pas toutes une issue heureuse mais, en général, nous avons une idée précise de ce qui s'est passé.

Savoir les circonstances d'un décès pouvait aider à tourner la page. Au bout du compte, une mission, quelle que soit son issue, pouvait être considérée comme réussie si les sauveteurs étaient certains d'avoir fait tout ce qui était humainement possible pour sauver la victime.

— À combien de sauvetages as-tu pris part pendant toutes ces années ? demanda Caleb.

— Je ne sais pas. Deux mille, peut-être.

Les premières années, ils étaient appelés une fois par mois, environ. Maintenant, avec l'essor du tourisme et la mode de l'aventure au grand air, ils intervenaient une demi-douzaine de fois par mois. Tony avait participé à la plupart des missions.

— Je suis surpris que tu te souviennes de cette mission, remarqua Caleb. C'était il y a longtemps.

Danny, qui écoutait leur conversation, ne résista pas à l'envie de mettre son grain de sel.

— Tu sais ce qu'on dit…, lança-t-il avec un sourire narquois. On n'oublie jamais sa première fois.

— Je me souviens de toutes les missions, dit Tony.

Elles étaient toutes gravées dans son esprit : il se rappelait le temps qu'il faisait, les difficultés qu'ils avaient dû surmonter, et leur issue.

— Est-ce que tu as envisagé de ne pas revenir dans l'équipe après ton accident ? demanda Caleb.

— Non. Pas une seule fois.

Il avait passé des semaines à l'hôpital d'abord, puis dans un centre de rééducation, et seule la perspective de reprendre ce travail l'avait empêché de baisser les bras. Chacune des missions sur lesquelles intervenaient les bénévoles des Secours en Montagne leur donnait l'occasion de changer le destin des personnes qu'on les envoyait secourir, mais aussi celui de leurs proches.

— Nous ne faisons pas seulement ce travail pour aider notre prochain, dit-il, mais aussi parce qu'il nous apporte quelque chose. Il remplit un vide qui est en nous. C'est du moins ce que je ressens.

Cependant, tous ses collègues ne consacraient pas autant de temps que lui aux Secours en Montagne. Contrairement à lui, ils n'avaient peut-être pas besoin de ce travail pour se sentir complets. Le souvenir des missions qui avaient connu une issue fatale le hantait parfois mais, la plupart du temps, il était fier du travail qu'il accomplissait. C'était le seul aspect de sa vie qui contribuait à changer le cours des choses.

Au volant de sa Honda Civic, Kelsey Chapman descendait l'artère principale d'Eagle Mountain, Colorado, par une belle matinée ensoleillée du début avril. C'était la première fois qu'elle s'aventurait à l'ouest de Mount Vernon, dans l'Iowa. Elle ralentit pour contempler les sommets enneigés qui encerclaient la ville.

C'était donc ce lieu que sa sœur Liz avait qualifié de « plus bel endroit du monde »... Maintenant, elle comprenait pourquoi.

Elle reprit sa route jusqu'à apercevoir l'enseigne de l'Alpiner Inn. Quand elle se gara devant l'hôtel, elle sentit se dissiper une partie de son inquiétude. Elle avait fait sa réservation en ligne sans trop savoir à quoi s'attendre, mais l'hôtel semblait agréable. Avec ses volets en bois, ses avant-toits ornés de lambrequins et ses fenêtres agrémentées de jardinières, il avait un petit air de chalet des Alpes suisses. Elle descendit de voiture et prit quelques instants pour regarder de nouveau les montagnes. C'était quelque part là-haut que Liz s'était rendue un jour, des années plus tôt. Depuis ce jour, elle n'avait jamais cessé de se demander ce qui était arrivé à sa sœur. Et maintenant, elle allait enfin le découvrir. Cela lui semblait à peine réel.

Son portable vibra. Elle le sortit de sa poche, regarda l'écran et décrocha.

— Bonjour, maman. Je viens tout juste de me garer devant mon hôtel, à Eagle Mountain.

— Donc tu n'as encore rien trouvé ?

Mary Chapman semblait essoufflée, comme cela arrivait trop souvent depuis quelque temps.

— Est-ce que tu utilises ton oxygène, maman ?

— Je vais très bien, répondit sa mère.

— Le médecin a dit que tu devais l'utiliser si tu avais le souffle court.

— Je n'aime pas traîner cette machine derrière moi. D'ailleurs, je ne suis pas essoufflée, seulement impatiente. Alors, à quoi ressemble Eagle Mountain ?

— C'est très joli, répondit-elle en contemplant la rue en pente qui traversait la ville. Il y a beaucoup de bâtiments de style victorien, de jolies petites boutiques et restaurants, et des montagnes enneigées au loin. On dirait une carte postale.

— Pour moi, cet endroit sera toujours détestable, asséna sa mère.

207

La remarque émoussa l'enthousiasme de Kelsey.

— Ce que je veux dire, c'est que maintenant que j'y suis, je comprends mieux pourquoi Liz aimait tellement cet endroit.

— Tout ce que je te demande, répliqua sa mère, c'est de découvrir ce qui lui est arrivé.

— Je t'appellerai demain, dit Kelsey. Mais il me faudra sans doute plus d'un jour ou deux pour avoir du nouveau.

— Quelqu'un sait forcément quelque chose, dit sa mère. Si seulement ton père n'avait pas refusé d'engager un détective privé pour enquêter, à l'époque ! Mais j'ai eu beau insister, il n'a jamais rien voulu entendre.

— Il voulait faire comme si Liz n'avait jamais existé, dit Kelsey.

— Ne sois pas trop dure avec ton père. La mort de Liz lui a brisé le cœur. S'il refusait de parler d'elle, c'était parce qu'il souffrait et qu'il se sentait coupable. Liz et lui s'étaient dit des choses horribles, juste avant son départ.

— Ce qui m'étonne, c'est qu'il n'ait jamais voulu savoir qui avait tué sa fille, dit Kelsey.

— Je pense qu'il préférait ne pas le savoir. Sa réaction te semble peut-être incompréhensible maintenant, mais un jour, quand tu auras des enfants, tu la comprendras probablement.

Quand elles eurent raccroché, Kelsey prit sa valise à roulettes à l'arrière de sa Civic et entra dans l'hôtel. Une femme blonde, qui avait à peu près son âge, leva les yeux.

— Bonjour, dit-elle. Que puis-je faire pour vous ?

— Je suis Kelsey Chapman. J'ai réservé une chambre pour deux semaines.

Ce ne serait peut-être pas suffisant, mais elle aviserait le moment venu.

— Bienvenue à Eagle Mountain, dit la femme. Je m'appelle Hannah et mes parents, Brit et Thad, sont les propriétaires de l'hôtel. Si vous avez besoin de quoi que ce soit pendant votre séjour, n'hésitez pas à nous le dire.

Kelsey lui tendit sa carte de crédit et attendit en regardant autour d'elle. L'atmosphère du hall de l'hôtel évoquait l'idée qu'elle se faisait d'un intérieur scandinave : les fauteuils en bois clair étaient garnis de coussins bleus et blancs et les murs ornés de toute une collection de patins à glace, skis et luges anciens et de plusieurs photos des montagnes environnantes.

— Êtes-vous ici pour le travail, ou pour le plaisir ? demanda Hannah en lui rendant sa carte de crédit.

— Euh... je suis en vacances, dit Kelsey.

Elle n'avait pas été payée pour venir ici, mais la tâche qui l'attendait n'avait rien d'agréable.

— Il y a beaucoup de choses à voir et à faire dans les environs, reprit Hannah. Si une activité en particulier vous intéresse, dites-le-moi. Et si vous décidez de partir en randonnée, consultez-moi. Certains des sentiers d'altitude sont encore trop enneigés pour qu'on s'y aventure. Je ne veux pas vous ramener en ville sur une civière.

Devant le regard alarmé de Kelsey, Hannah éclata de rire.

— Pardon. Je suis membre du SAMU et bénévole au sein des Secours en Montagne. J'ai vu tellement d'accidents que je mets toujours les touristes en garde.

Le rythme cardiaque de Kelsey accéléra.

— Depuis combien de temps êtes-vous membre des Secours en Montagne ? s'enquit-elle.

— Six ans.

C'était trop peu.

— Est-ce que certains bénévoles appartiennent à l'unité depuis plus longtemps ? reprit-elle.

— Oh ! bien sûr. L'un de nos membres en fait partie depuis presque vingt et un ans.

— Et quel est son nom ? demanda Kelsey.

Hannah sembla amusée.

— Pourquoi cela vous intéresse-t-il autant ?

Elle aurait pu déballer toute l'histoire sur-le-champ, mais elle craignait d'être prise pour une folle.

— La vie des gens m'intéresse toujours, dit-elle. Si quelqu'un travaille bénévolement à secourir les autres depuis vingt et un ans, je veux connaître son nom.

— Il s'appelle Tony, dit Hannah. Si vous le croisez, vous le reconnaîtrez tout de suite : il portera sans doute un T-shirt ou un sweat à capuche des Secours en Montagne. Je crois que c'est tout ce que contient sa garde-robe.

Elle se pencha et ajouta, sur le ton de la confidence :

— Mais sérieusement, ne vous laissez pas refroidir par mes histoires. Vous n'avez rien à craindre. La région n'est pas dangereuse.

Pourtant, elle l'était. Mais Kelsey se borna à sourire en prenant la clé que lui tendait Hannah.

« Ma sœur est morte ici, aurait-elle pu dire, et si je suis venue, c'est pour démasquer son assassin. »

Tony agrafa les derniers documents qu'il distribuerait lors de son cours de formation du lundi soir, qui traitait de la marche à suivre en cas de blessure à la tête, et les posa au bout de la table pliante. Il s'était déjà assuré que le projecteur était branché et en état de marche et avait ajouté à la présentation quelques photos prises lors du sauvetage de la semaine précédente sur Kestrel Trail. L'équipe avait eu des nouvelles de la victime : elle était toujours à l'hôpital St. Joseph de Junction mais semblait devoir se rétablir complètement.

Il se retourna en entendant la porte s'ouvrir et vit une jeune femme aux longs cheveux bruns hésiter sur le seuil.

— Bonjour ? lança-t-elle timidement.

— Bonjour.

Il se leva pour l'accueillir. Il faisait de plus en plus d'efforts pour ne pas boiter, et les exercices auxquels il continuait à s'astreindre semblaient commencer à porter leurs fruits. Même si cela devait prendre du temps, il voulait atteindre son but : retrouver sa forme d'avant l'accident.

— Qu'est-ce que je peux faire pour vous ? demanda-t-il.

— Je cherche Tony.

Elle sourit, et il sentit quelque chose se serrer dans sa poitrine. Elle était belle, avec des cheveux lisses qui lui retombaient presque jusqu'à la taille et des yeux d'un bleu pur. Sa silhouette était élancée, mais très féminine. Elle semblait aussi bien plus jeune que lui – de dix ou quinze ans, peut-être. Il fallait qu'il cesse de la dévisager. Elle allait le prendre pour un vieux pervers.

— Je suis Tony Meisner. Que puis-je faire pour vous ?

Appartenait-elle à la famille de l'une des personnes qu'ils avaient secourues dernièrement ? Parfois, les proches venaient les remercier.

En scrutant son visage, elle dit :

— Je suis Kelsey Chapman.

Le nom le fit sursauter.

— Elizabeth Chapman, lâcha-t-il sans réfléchir.

L'éclair de douleur qui traversa son regard lui fit comprendre qu'il était tombé juste.

— Oui, dit-elle. Mais tout le monde l'appelait Liz. C'était ma sœur. Je ne savais pas si quelqu'un se souviendrait d'elle après toutes ces années.

— Je me souviens d'elle, dit Tony.

— Vous vous souvenez... de l'avoir trouvée ? On m'a dit que vous faisiez partie des Secours en Montagne, à l'époque. Étiez-vous présent le jour... le jour où on a retrouvé son... son corps ?

Cela faisait vingt ans qu'il se demandait si quelqu'un viendrait un jour poser des questions sur Liz. Elle était arrivée en ville seule, elle était morte seule, mais elle était tellement douce et gentille qu'il avait toujours pensé que quelqu'un, quelque part, l'avait forcément aimée. La jeune femme qui se tenait devant lui maintenant lui ressemblait tellement qu'il aurait presque pu se croire revenu vingt ans en arrière, dans un couloir du lycée.

— J'étais présent, oui, répondit-il. Je connaissais Liz. Et c'est moi qui l'ai retrouvée.

2

Parce qu'elle voulait mettre à profit chacun des instants qu'elle passerait à Eagle Mountain, Kelsey n'était restée dans sa chambre que le temps de déposer ses bagages et de se rafraîchir avant de remonter en voiture. Elle voulait parcourir la ville pour se familiariser avec les lieux – et, peut-être, déterminer le meilleur endroit où débuter ses recherches. Quand elle avait vu le panneau indiquant la direction du quartier général des Secours en Montagne d'Eagle Mountain, elle avait tenté sa chance, dans l'espoir d'y trouver une personne qui connaîtrait ce fameux Tony ou pourrait lui fournir quelques détails sur la mort de Liz. Elle ne s'était pas attendue à y trouver Tony Meisner en personne.

Quand elle pensait aux sauveteurs bénévoles qui avaient ramené le corps de Liz en ville, elle s'imaginait des hommes jeunes et musclés – des maîtres-nageurs en blouson de ski, en quelque sorte. Pourtant, les fins cheveux blonds de Tony Meisner et son bouc soigneusement taillé étaient striés de gris. Des pattes-d'oie marquaient le coin de ses yeux bleus, comme s'il les plissait souvent dans le soleil, et son visage buriné était celui d'un homme qui avait vécu toute une vie en extérieur. Mais c'était un visage agréable, qu'elle prenait plaisir à regarder. Il n'était pas beau à la façon du visage d'une vedette de cinéma, mais il avait quelque chose d'attirant, qui respirait la gentillesse. C'était un visage que Liz aurait aimé.

Ensuite, le sens de ses paroles la frappa pleinement.

— Vous connaissiez Liz ? répéta-t-elle.

— J'avais le même âge qu'elle, répondit Tony. Il n'y a qu'un lycée à Eagle Mountain, et nous étions dans la même classe.

Il se passa une main dans les cheveux. Il avait de grandes mains, avec de longs doigts, et portait trois bracelets de couleur en caoutchouc autour du poignet.

— C'était l'une des élèves les plus populaires. L'une des plus jolies filles. Je n'ai jamais eu le courage de lui parler.

Un petit sourire nostalgique naquit sur ses lèvres.

— Je me contentais de l'admirer de loin, conclut-il.

— Vous aviez le béguin pour elle.

Ses joues s'enflammèrent.

— Je crois que oui.

— Beaucoup de garçons avaient le béguin pour Liz.

À la maison, des garçons appelaient sans cesse et demandaient à parler à la jolie sœur aînée de Kelsey. Après le départ de Liz, le téléphone s'était tu, rendant son absence encore plus pesante.

— Vous deviez être très jeune quand elle a disparu, dit Tony.

— J'avais huit ans. Mais je me souviens que j'aimais m'asseoir sur son lit pour la regarder quand elle se préparait pour l'un de ses nombreux rendez-vous. Je pensais qu'il n'y avait pas de plus jolie fille qu'elle au monde.

Son sourire mourut.

— Si vous la connaissiez, vous devez l'avoir reconnue dès que vous l'avez retrouvée.

Et maintenant, Kelsey Chapman allait lui poser toutes sortes de questions. Il comprenait. Les proches des victimes voulaient toujours savoir dans les moindres détails ce qui était arrivé à ceux qui leur étaient chers, comme si cela pouvait les aider à accepter plus facilement la tragédie qui les frappait. Tony doutait que cela leur soit d'un quelconque secours, mais il répondait toujours de bonne grâce à leurs questions.

Il jeta un coup d'œil à sa montre : il pouvait consacrer une heure à la sœur d'Elizabeth Chapman avant que ses collègues arrivent.

— Ôtez votre manteau et asseyez-vous, suggéra-t-il. Je vais nous chercher du café et ensuite j'essayerai de répondre à vos questions.

Quand il ressortit de la minuscule cuisine américaine avec deux tasses de café, Kelsey avait ôté son manteau et s'était installée sur une chaise pliante. Tony s'assit à côté d'elle et lui tendit l'une des deux tasses, ainsi qu'une poignée de sachets de crème et de sucre.

— Merci.

Elle prit un sachet de sucre mais, au lieu de le verser dans son café, elle recommença à le dévisager pendant tellement longtemps qu'il se sentit un peu mal à l'aise.

— Qu'y a-t-il ? lança-t-il.

— J'essayais de vous imaginer à dix-huit ans. C'est bien jeune pour appartenir aux secours en montagne, non ?

— En fait, j'avais dix-sept ans. C'était peut-être trop jeune, en effet, mais à l'époque personne ne s'en inquiétait.

Personne n'avait craint qu'il soit marqué par les tragédies auxquelles il avait assisté ni cherché à le protéger de la vision de corps brisés, qu'ils soient en vie ou non. Il pensait avoir géré ces expériences de son mieux, mais tout le monde n'était sans doute pas du même avis.

Elle versa enfin le sucre dans sa tasse. Il prit une gorgée de café, se renfonça dans sa chaise et demanda :

— Que voulez-vous savoir ?

Il s'attendait à ce qu'elle lui pose les questions habituelles : que s'était-il passé ? Comment avait-elle été retrouvée ? Avait-elle souffert ? En tout cas, il n'était pas prêt pour la question que lui posa Kelsey.

— Pensez-vous qu'elle était heureuse ici ?

215

Une image surgit dans son esprit : Liz Chapman, en jean taille basse et débardeur rose tellement court qu'il laissait paraître son piercing de nombril en or, adossée au mur du Rocky Top Ice Cream et riant aux éclats. Liz était l'une de ces personnes pour lesquelles le soleil semblait toujours briller, l'une de ces personnes vers lesquelles tout le monde était irrésistiblement attiré. En plus d'être populaire, elle était sincèrement gentille.

— Je crois qu'elle l'était, répondit-il. Autant que peut l'être une adolescente, du moins.

Kelsey sourit.

— Je vois ce que vous voulez dire. J'ai connu les angoisses existentielles du lycée, moi aussi.

Elle posa son menton dans sa main.

— Est-ce qu'il lui arrivait de parler de l'Iowa ? De nous ?

— Je suis désolé, mais je ne sais pas, répondit-il. Je n'étais pas très proche d'elle. Je n'ai appris que plus tard qu'elle ne vivait pas avec sa famille. De tous les lycéens que j'ai connus, je pense qu'aucun n'était aussi... aussi seul qu'elle.

— Elle n'était pas vraiment seule, dit Kelsey. Elle vivait avec un homme. Est-ce que vous le connaissiez ?

Il fronça les sourcils.

— Je ne savais pas qu'elle fréquentait quelqu'un.

Il l'avait vue flirter avec plusieurs garçons du lycée, mais pensait qu'elle n'était sortie avec aucun d'entre eux. Parce que leur classe de terminale ne comptait que dix-huit élèves, tous connaissaient la vie de leurs condisciples dans ses moindres détails. Du moins était-ce ce qu'ils pensaient, à l'époque. Après la mort de Liz, ils avaient découvert qu'ils ignoraient presque tout d'elle.

Kelsey prit une gorgée de café.

— Liz avait rencontré un type en ligne, mais je n'ai jamais su comment il s'appelait. Ma mère se souvient seulement du pseudonyme dont il signait ses mails : « L'Homme des Montagnes ». Il disait avoir vingt et un ans et un bon travail et, d'après Liz, il voulait qu'elle vienne le rejoindre à Eagle Mountain. Quand elle a eu dix-huit ans, mes parents n'ont rien pu faire pour l'empêcher de partir.

Elle regarda son café.

— Parfois, je me suis demandé s'ils avaient vraiment essayé de la retenir. Est-ce que cela vous semble horrible ?

Il secoua la tête. Et ensuite, parce qu'elle n'avait toujours pas relevé les yeux vers lui, il dit :

— Non. Mais certains parents tiennent plus que d'autres à ce que leurs enfants restent près d'eux.

Contrairement aux siens, qui n'avaient pas hésité à se décharger de leurs responsabilités en le rejetant.

Kelsey hocha la tête, mais elle ne semblait pas avoir envie de poursuivre. Comme il voulait qu'elle continue à parler, il reprit la discussion là où elle l'avait laissée.

— Après qu'on a découvert son corps, j'ai entendu dire que le bureau du shérif recherchait un homme.

— En ce cas, pourquoi ne l'ont-ils pas retrouvé ? lança-t-elle. J'ai lu sur Internet qu'il n'y a que mille cinq cents habitants à Eagle Mountain. À l'époque, il devait y en avoir encore moins. Comment est-il possible que personne n'ait pu l'identifier ?

— Pour autant que je sache, personne au lycée ne savait qu'elle vivait avec un homme. Pour nous, elle n'était qu'une adolescente comme les autres, qui flirtait avec les garçons les plus populaires et fréquentait les élèves les plus cool. En tout cas, je ne l'avais jamais vue en compagnie d'un homme plus âgé qu'elle.

Kelsey acquiesça.

— C'est ce que la police a dit à mes parents : personne en ville ne savait que Liz vivait avec un homme. Ma mère m'a dit que les policiers qui l'avaient interrogée par téléphone l'avaient d'abord pratiquement accusée d'avoir inventé toute cette histoire. Ensuite, mes parents se sont demandé si cet homme existait vraiment ou si Liz l'avait créé de toutes pièces pour masquer les vraies raisons de son départ. Mais s'il n'existait pas, de quoi vivait-elle ? Elle n'avait ni économies ni petit boulot. Il fallait bien qu'elle mange et qu'elle vive quelque part.

— Est-ce que la police a fini par penser que c'était lui qui l'avait tuée ?

— C'est ce qui semble le plus plausible, vous ne croyez pas ? répliqua Kelsey. Il ne s'est jamais fait connaître et, d'après ma mère, les effets personnels de Liz n'ont jamais été retrouvés... sauf ceux qui étaient dans son casier, au lycée. Personne ne sait ce qu'est devenu le contenu des deux valises qu'elle avait emportées.

Elle se pencha vers lui.

— Que disaient les gens en ville à son sujet ? Il y avait forcément des rumeurs.

— Je me souviens qu'ils ont été choqués d'apprendre qu'elle ne vivait pas avec ses parents, répondit-il. Tout le monde a commencé à craindre qu'un tueur en série rôde dans la région. Cette tragédie a fait l'effet d'un coup de tonnerre. Il n'y avait pas eu d'homicide en ville depuis une trentaine d'années, vous comprenez.

— Liz s'était-elle fait des ennemis ? demanda Kelsey. La police avait-elle des suspects ?

— Je ne sais pas. J'ai eu mon bac quelques mois plus tard et j'ai passé tout l'été dans le Montana, pour travailler au sein d'une société qui organisait des descentes en rafting. Ensuite, je suis parti à l'université et je n'ai rien su des suites de l'affaire, s'il y en a eu.

Et, quand il était revenu à Eagle Mountain pour s'y installer, plus personne ne parlait de Liz.

— Mon père était tellement furieux que Liz soit partie qu'il nous interdisait même de prononcer son nom, reprit Kelsey. Ma mère a essayé de garder le contact, mais elle n'avait pas de téléphone portable. Peu de gens en avaient, à l'époque. Je sais qu'elle lui a aussi écrit quelques lettres, mais toutes sont revenues sans même avoir été ouvertes.

— Vous devez avoir traversé des moments difficiles.

Il pensa à ses parents qui, contrairement à la mère de Liz, n'avaient jamais cherché à garder le contact avec lui.

— Est-ce que vos parents savent que vous êtes ici ? demanda-t-il.

— Ma mère le sait. Mon père est mort l'an dernier.

Elle suivit le rebord de sa tasse du bout du doigt.

— C'est après sa mort que ma mère a recommencé à parler de Liz. Elle ne pouvait pas faire le voyage elle-même parce qu'elle a une BPCO, mais je pense qu'elle est heureuse que j'aie décidé de venir.

Elle releva les yeux vers lui. Dans leurs profondeurs bleues, aussi pures que celles d'un lac de montagne, il lut toute sa tristesse.

— Même si cela ne ramènera pas Liz, conclut-elle, nous aimerions savoir ce qui s'est passé.

— Je comprends. C'est ce que je voudrais, moi aussi.

Elle posa sa tasse, qui était encore à moitié pleine, et dit :

— Je pense que je suis prête, maintenant. Parlez-moi du jour où vous l'avez retrouvée.

Vingt ans plus tôt

Tony décida de gravir la pente qui s'élevait devant lui en courant, et de s'autoriser à marcher sur une partie de la descente. S'il voulait continuer à intervenir sur des sauvetages en montagne, il fallait qu'il soit plus affûté. Il était grand – il mesurait déjà un mètre quatre-vingt-cinq alors qu'il n'avait pas encore terminé sa croissance –, mais trop maigre. Le contour de ses côtes se devinait sous le T-shirt trempé de sueur qui lui collait au torse. Il avait commencé à soulever de la fonte, mais son frère se plaignait maintenant de son appétit d'ogre. Il essayait bien de se remplir le ventre grâce au repas fourni par le restaurant dans lequel il travaillait après l'école mais, ces derniers temps, il avait toujours faim.

Il se força à continuer à courir, bien qu'il ait un point de côté et que ses poumons le brûlent. Il pouvait le faire. Il épongea la sueur qui ruisselait de son front et plissa les yeux dans le soleil. Plus que quelques mètres. Il suffisait de continuer à mettre un pied devant l'autre...

Boum ! Il tomba à genoux sur le sol parsemé de cailloux. Il jura, roula sur le dos et, protégeant d'une main ses yeux du soleil, s'accorda quelques instants pour reprendre son souffle avant de se redresser lentement. Au moins, personne ne l'avait vu tomber. Il se pencha et frotta son genou gauche, qui saignait un peu, avant de tâter sa cheville. Comme elle semblait indemne, il se releva.

Ensuite, il se retourna pour voir sur quoi il avait trébuché et aperçut quelque chose de blanchâtre, au beau milieu de la piste. Il crut d'abord qu'il s'agissait d'un os de cerf – une patte, peut-être – mais, quand il se pencha pour mieux voir, la forme des os et du ligament qui les unissait le fit frissonner. Le cœur battant, il fouilla du regard les abords de la piste jusqu'à distinguer quelque chose, sur un petit plateau rocheux. On eût dit une écharpe qui flottait au vent.

Il s'approcha. Non, il ne s'agissait pas d'une écharpe mais d'une longue chevelure brune – semblable à une bannière de soie ondulant dans la brise.

Il ne reconnut pas Liz Chapman tout de suite. La mort avait déformé ses traits, et les animaux sauvages l'avaient trouvée avant lui. Mais quelque chose dans ce corps lui semblait tellement familier qu'il se força à le regarder de plus près – et ce fut là qu'il pensa qu'il pouvait s'agir de Liz, parce qu'il avait passé bien trop d'heures à l'observer sans qu'elle le voie. La morte portait le même jean qu'elle, un jean taille basse déchiré au-dessus du genou gauche. Par contre, il ne vit nulle part la petite chaîne en or avec un pendentif en forme de cœur que Liz ne quittait jamais. Un écureuil, ou un corbeau, s'était sans doute approprié ce trésor.

Tout le monde savait que Liz avait disparu. Il y avait eu un article dans le journal, et les jeunes en parlaient au lycée.

Il ferma les yeux un instant, surpris de se sentir au bord des larmes, avant de redescendre sur le sentier et de se remettre à courir, vers la ville cette fois.

— On nous a dit qu'elle avait été étranglée, dit Kelsey.

Sa voix ramena Tony au présent.

— Je ne peux ni le confirmer ni l'infirmer.

Il se pencha vers l'avant, les coudes posés sur les genoux.

— Vous comprenez, poursuivit-il, un corps se détériore rapidement quand il est exposé aux éléments, et il y a beaucoup de bêtes sauvages dans ces montagnes. Je ne veux pas vous bouleverser, seulement vous faire comprendre qu'il ne suffit pas de regarder un corps pour déterminer les causes du décès.

Elle déglutit et hocha la tête, mais il savait qu'elle ne comprenait pas vraiment. Il ne comprenait pas, lui non plus, avant de voir Liz. Par la suite, il avait vu d'autres corps sans vie – ceux de personnes qui avaient été éjectées hors de leur véhicule, d'alpinistes qui avaient dévissé, de skieurs emportés par une avalanche, de pêcheurs qui s'étaient noyés. Toutes les morts étaient horribles, chacune à sa façon, et son seul réconfort était de se rappeler qu'on ne sentait plus rien après avoir rendu son dernier souffle. On ne se souciait plus de ce qu'il advenait de son corps.

— Avez-vous remarqué un détail qui vous a semblé inhabituel ? demanda-t-elle.

— Non.

Pour lui, toutes les morts étaient inhabituelles, surtout les morts violentes, survenues au milieu de nulle part. Mais ce n'était pas ce qu'elle voulait dire. Elle lui demandait s'il avait remarqué un détail marquant, un indice potentiel sur ce qui était arrivé à sa sœur.

Il secoua la tête.

— Non, répéta-t-il. Il n'y avait rien. J'ai d'abord pensé qu'elle s'était cogné la tête en tombant. Quand j'ai appris qu'elle avait été assassinée, j'ai été bouleversé.

— J'aimerais voir l'endroit où vous l'avez trouvée.

— Je peux vous y conduire, si vous voulez.

Kestrel Trail était un endroit agréable, où il était souvent retourné depuis ce jour-là. La mort de Liz était survenue il y avait si longtemps qu'il n'en demeurait aucune trace. En se rendant sur les lieux, peut-être que Kelsey parviendrait à retrouver un peu de paix.

3

L'une des amies de Kelsey lui avait conseillé de choisir les bureaux du journal d'Eagle Mountain comme point de départ à ses recherches. Amber, qui avait décroché son diplôme de journalisme dans l'université qu'elle avait elle-même fréquentée, lui avait expliqué :

— Dans les petites villes, les journaux locaux conservent tous leurs anciens numéros. Tu pourras sans doute consulter ceux qui datent de l'époque où ta sœur a disparu. Tu devrais aussi trouver les anciens annuaires des élèves à la bibliothèque. Il y aura peut-être des photos de ta sœur.

Une partie de la mission de Kelsey consistait à reconstituer la vie que Liz avait menée ici dans l'espoir d'y trouver un élément expliquant son assassinat. Elle voulait aussi comprendre ce que sa sœur avait espéré trouver ici pour quitter sa famille du jour au lendemain, sans la moindre hésitation. Le lendemain de son arrivée, elle se rendit donc aux bureaux de l'*Eagle Mountain Examiner*, où elle fut accueillie par une femme à l'abondante chevelure blonde et bouclée.

— Bonjour ! Est-ce que je peux vous aider ?

— J'aimerais consulter d'anciens numéros du journal, déclara Kelsey. Des numéros parus il y a vingt ans.

La femme se leva et approcha, la main tendue.

— Je suis Tammy Patterson, dit-elle.

— Kelsey Chapman, répondit-elle en lui serrant la main

— Quelles sont les dates que vous recherchez ? demanda Tammy.

Kelsey les lui indiqua, en espérant que les numéros avaient été conservés dans les archives.

— Suivez-moi jusqu'à notre morgue, reprit Tammy. Voyons ce que nous pouvons trouver.

Kelsey la suivit jusqu'à une petite pièce dont les murs disparaissaient derrière des étagères où étaient rangés de grands albums. Tammy monta sur une chaise et passa plusieurs de ces albums à Kelsey, qui les posa sur une table, derrière elle.

— Chaque volume contient six mois du journal, précisa Tammy. À l'époque, il y avait deux numéros par semaine. Maintenant, l'*Examiner* est un hebdomadaire.

Elle redescendit de la chaise et demanda :

— Que cherchez-vous précisément ?

— Ma sœur a disparu à Eagle Mountain, il y a un peu plus de vingt ans. Son corps a été retrouvé une quinzaine de jours plus tard. Je cherche à rassembler autant de détails que possible sur sa mort.

— Je suis tellement désolée, dit Tammy en lui posant une main sur l'épaule. Prenez tout le temps qu'il vous faudra et si vous voulez faire des photocopies, appelez-moi.

Une fois seule, Kelsey ouvrit le premier volume. Elle feuilleta rapidement les premiers numéros avant de trouver le premier article, qui datait de la mi-mai. Intitulé « Disparition d'une jeune femme de la ville », il était accompagné d'une photo de Liz qu'elle n'avait jamais vue. Elle se pencha vers l'image granuleuse pour mieux la détailler : Liz était debout parmi d'autres filles, dans un gymnase, apparemment. Elle portait un short, un T-shirt sur lequel était inscrit « Lady Eagles » et des genouillères. Quel sport pratiquait-elle ? Le volley-ball, peut-être ?

À côté de la photo de groupe, le visage souriant de Liz avait été isolé et agrandi. Bien que ses traits soient flous, on pouvait voir qu'il s'agissait d'une très jolie jeune fille avec une queue-de-cheval. Maintenant que Kelsey était adulte, elle lui semblait bien moins glamour que dans ses souvenirs. Bien plus jeune aussi, trop jeune pour être seule dans le vaste monde.

Kelsey lut l'article, qui rapportait que l'un des professeurs de Liz avait contacté le bureau du shérif après avoir tenté en vain de la joindre et découvert que l'adresse figurant dans son dossier scolaire était celle d'un appartement inoccupé. « Elizabeth Chapman, dix-huit ans, est arrivée à Eagle Mountain cette année, à la mi-février, et s'est inscrite en terminale au lycée de la ville, poursuivait l'article. Quand la police a contacté le père de Mlle Chapman, Reginald Chapman, il a déclaré que sa fille avait quitté le foyer familial dans sa ville natale de Mount Vernon, Iowa, peu après son dix-huitième anniversaire. La famille n'a eu aucun contact avec elle depuis son départ. »

Kelsey tourna la page. Le reste du journal ne comprenait que des publicités pour des commerces locaux – un magasin de location de vidéos, une salle de bowling, une épicerie –, les scores des matchs des équipes du lycée, l'horoscope et un article sur les préparatifs du bal de promo qui aurait lieu quelques semaines plus tard.

Dans le numéro suivant de l'*Examiner*, elle trouva un autre article sur Liz. « Les forces de l'ordre cherchent des informations sur un homme qu'aurait fréquenté Elizabeth Chapman et avec lequel elle vivait peut-être au moment de sa disparition, relatait l'article. Ses parents ne le connaissent que sous le pseudonyme qu'il utilisait dans les mails qu'il envoyait à Elizabeth avant son départ de l'Iowa : "L'Homme des Montagnes". D'après ses camarades du lycée d'Eagle Mountain, elle n'a jamais parlé ni d'un conjoint, ni de ses conditions de vie. "Nous pensions qu'elle vivait avec ses parents, comme nous tous", dit Jessica Stringfellow, l'une des coéquipières d'Elizabeth au sein de l'équipe de volley-ball des "Lady Eagles". »

Elle passa au troisième numéro, et une autre photo de Liz lui sauta aussitôt aux yeux : le portrait pris par un photographe professionnel au début de son année de terminale, à Mount Vernon. Une main sous le menton, un sourire faussement timide aux lèvres, la jolie brune au visage frais fixait l'objectif avec assurance. Kelsey en eut le souffle coupé : après le départ de Liz, cette même photo était restée accrochée au mur du couloir de leur maison pendant des mois. Mais un jour, en rentrant de l'école, Kelsey s'était aperçue qu'elle avait disparu, ainsi que toutes les autres photos de sa sœur. Peu après l'enterrement de son père, sa mère lui avait dit :

— Ton père les a toutes brûlées. Il ne voulait plus les voir. Il disait que cela le faisait trop souffrir.

Kelsey se procurerait une copie de cet article et l'enverrait à sa mère. Au moins, elle aurait cette photo de sa fille aînée.

L'article qui accompagnait la photo relatait la découverte de restes humains près de Kestrel Trail. On pensait qu'il s'agissait de ceux d'Elizabeth Chapman, dix-huit ans, dont la disparition avait été signalée une dizaine de jours plus tôt. La jeune fille s'était enfuie de chez ses parents, qui vivaient dans l'Iowa, pour s'installer à Eagle Mountain. Elle leur avait confié son intention de rejoindre un homme qui n'avait toujours pas été identifié.

Sur la page suivante, Kelsey découvrit une photo de Tony Meisner : un garçon efflanqué, au visage imberbe, avec une tignasse blonde qui lui retombait dans les yeux. Son regard était infiniment plus triste que n'aurait dû l'être celui d'un garçon de cet âge.

Dans les numéros suivants, elle trouva deux articles supplémentaires, qui informaient les lecteurs que Liz semblait avoir été étranglée, sans doute peu de temps après sa disparition, que personne n'avait été en mesure de fournir la moindre information sur l'« Homme des Montagnes », et que les effets personnels de Liz, à part ceux qui se trouvaient dans son casier, au lycée, n'avaient pas été retrouvés.

Ensuite, les articles sur l'affaire devenaient de plus en plus courts. Dans l'un d'eux, Kelsey apprit que des lycéens avaient organisé une veillée aux bougies dans un parc de la ville. Kelsey examina la photo qui accompagnait l'article. L'assassin était-il parmi ce groupe de lycéens qui avaient chacun une bougie à la main ? Quand son regard se posa sur le grand garçon maigre à l'épaisse tignasse blonde qui se tenait à la lisière du groupe, elle sourit. Tony semblait tellement jeune et gauche sur cette photo, tellement différent de l'homme solide et expérimenté qu'il semblait être devenu... Seul son regard, timide et légèrement troublé, n'avait pas changé.

Ensuite, il n'y avait plus rien. Plus un seul article, plus une seule photo. Tout le monde avait oublié Liz Chapman. Tout le monde, sauf sa famille – et Tony Meisner. Il lui avait décrit les circonstances dans lesquelles il avait retrouvé son corps avec une telle précision qu'elle savait qu'il ne l'avait jamais oubliée.

Tony passa prendre Kelsey à l'Alpiner Inn le mardi à 17 heures, après sa journée de travail pour le compte d'Eagle Surveying, le cabinet de géomètres de la ville. Il avait passé toute la journée sur le terrain et arriva à l'hôtel dans sa tenue habituelle : un pantalon de randonnée kaki et un T-shirt des Secours en Montagne d'Eagle Mountain.

— Salut, Tony ! lança Hannah quand il poussa la porte de l'hôtel.

— Bonjour, Hannah.

Thad, le père de Hannah, sortit d'une pièce au fond du hall.

— Salut, Tony, dit-il. Tu as l'air complètement remis. Est-ce que tu as recommencé à faire de l'alpinisme ?

— Je m'y remets, oui.

Comme ses médecins lui avaient déconseillé de faire trop d'efforts, il se contentait d'ascensions et de descentes faciles.

— Est-ce que tu avais quelque chose à me demander ? s'enquit Hannah.

— Non, je suis venu voir Kelsey.

Hannah ne chercha même pas à dissimuler sa surprise.

— Kelsey Chapman ?

Au même moment, la jeune femme apparut dans le hall.

— Bonjour, Tony, dit-elle. Désolée de vous avoir fait attendre.

Son arrivée le dispensa de répondre à Hannah, qui semblait trouver aberrant qu'un homme tel que lui fréquente une femme comme Kelsey.

Il regarda la jeune femme : elle avait passé un jean, un T-shirt à manches longues et des bottes de marche et tenait un sac à dos. Elle agita la main à l'intention de Thad et Hannah et lança :

— À tout à l'heure !

Tony ressortit de l'hôtel et se dirigea vers sa voiture à grandes enjambées.

— Est-ce que nous sommes pressés ? l'entendit-il demander derrière lui.

Il s'arrêta et attendit qu'elle revienne à sa hauteur.

— Pardon, dit-il. En général, je marche vite.

En réalité, il avait voulu fuir les regards insistants de Hannah et de son père.

Il lui ouvrit la portière de son pick-up. Elle s'installa sur le siège et boucla sa ceinture tandis qu'il se mettait au volant.

— Merci de m'accompagner, dit-elle.

— De rien. C'est une journée parfaite pour une randonnée.

Il mit la clé dans le contact et démarra.

— J'ai passé la matinée aux bureaux du journal, reprit-elle. J'ai lu les articles qui traitaient de la disparition de Liz. Ils parlaient d'un endroit nommé Kestrel Trail.

— C'est là que nous allons.

— Est-ce que c'est loin ? demanda-t-elle.

— Pas vraiment, non. Trois ou quatre kilomètres.

— Je me demande ce que Liz faisait là-haut. Dans l'Iowa, il n'y a pas de montagnes et les randonneurs sont rares.

— Par ici, ils sont nombreux, répondit-il. Il y a beaucoup de jolis endroits à voir.

— Son meurtrier aurait-il pu lui suggérer de partir en randonnée et attendre qu'ils soient seuls pour l'étrangler ?

Il prit quelques instants pour réfléchir.

— C'est possible, dit-il enfin. Même si les sentiers sont très prisés, il m'est déjà arrivé de marcher toute une journée sans croiser personne. Mais je ne sais pas si l'enquête a déterminé qu'elle avait été tuée là où son corps a été retrouvé.

Elle pivota vers lui.

— Est-ce que son assassin aurait pu transporter son corps jusqu'à cet endroit ?

— Je ne sais pas. Vous devriez aller voir le shérif. Peut-être qu'on vous autorisera à consulter le dossier d'enquête.

Il la regarda avant d'ajouter :

— Mais vous devez être certaine de vouloir connaître tous les détails.

— Je veux les connaître, répondit-elle. Et je veux retrouver l'Homme des Montagnes. Quelqu'un le connaît forcément, même s'il n'a jamais fait le lien entre Liz et lui.

— Je suis sûr que la police locale a tout fait pour l'identifier, dit Tony.

— Je n'en suis pas aussi sûre que vous, répliqua-t-elle. En cherchant des articles sur Liz, j'ai appris qu'en 2002, le bureau du shérif du comté de Rayford ne comptait que trois adjoints et que deux de ces adjoints, ainsi que le shérif, ont été condamnés pour trafic de drogue deux mois après que le corps de Liz a été retrouvé.

Il avait déjà quitté la ville au moment où le scandale avait éclaté mais, maintenant qu'elle en parlait, il se souvenait d'en avoir eu vent.

— Le shérif actuel n'est pas comme ça, dit-il. Peut-être qu'il voudra bien vous aider.

Elle se tourna de nouveau vers lui.

— Vous m'avez dit que vous étiez parti pour vos études avant de revenir vivre ici. Pendant combien de temps avez-vous été absent ?

— Un peu plus de deux ans.

Juste le temps de décrocher son BTS, puis sa licence de géomètre. Il avait obtenu un poste chez Eagle Surveying, repris sa place au sein des Secours en Montagne et n'était plus jamais reparti.

— Est-ce que beaucoup de jeunes reviennent s'installer ici après avoir obtenu leur diplôme ?

— Ils sont assez nombreux, oui.

Une douzaine de ses anciens camarades de classe vivaient toujours à Eagle Mountain.

— Si c'est ce que vous voulez savoir, reprit-il, il y a encore beaucoup de gens ici qui ont connu Liz.

— Est-ce que vous pourriez me présenter à quelques-uns d'entre eux ?

— C'est possible, oui.

Mais il se demandait s'ils se souviendraient de quelque chose, s'ils avaient été aussi marqués par Liz qu'il l'avait été.

Ils atteignirent enfin le début de la piste et descendirent du pick-up. Kelsey passa son sac à dos et décrivit un lent cercle en contemplant les pics qui se dressaient tout autour d'eux.

— C'est vraiment magnifique.

— Dans un mois, la neige aura fondu et les prairies seront tapissées de fleurs sauvages, dit-il. Je regrette que vous ne soyez plus là pour le voir.

Elle ne lui avait pas dit combien de temps elle comptait passer à Eagle Mountain, mais elle avait sans doute un métier, une famille et des amis qui attendaient son retour.

— C'est quand même très beau, dit-elle.

Il s'engagea sur la piste. Même s'il prenait soin de ne pas

marcher trop vite, il entendait sa respiration laborieuse derrière lui. Il fallait toujours quelques semaines aux gens qui venaient d'ailleurs pour se faire à l'altitude.

— Si je marche trop vite, dites-le-moi.

— Non, tout va bien, dit-elle en revenant à sa hauteur. Est-ce que vous avez passé toute votre vie ici ?

— Non, je suis arrivé un an avant Liz.

Dans cette ville où la plupart des lycéens étaient ensemble depuis la maternelle, il était resté le « petit nouveau » jusqu'à l'arrivée de Liz.

Comme elle ne disait rien, il comprit qu'elle attendait qu'il poursuive, qu'il lui explique que ses parents s'étaient installés ici pour des raisons professionnelles, ou parce qu'ils y étaient venus en vacances et avaient tellement aimé l'endroit qu'ils avaient décidé d'y emménager.

— Je suis venu vivre avec mon frère, reprit-il. Il avait seize ans de plus que moi.

— Oh.

Après un long silence, elle demanda :

— Est-ce que quelque chose était arrivé à vos parents ?

On pouvait dire ça, oui.

— Ils en ont eu marre de m'élever.

Il la regarda mais, sous ses lunettes de soleil, son expression était indéchiffrable.

— J'étais un bébé surprise, reprit-il. Je suis arrivé beaucoup plus tard que mon frère. Ma mère n'a jamais caché qu'elle avait été horrifiée d'apprendre qu'elle était enceinte. Quand j'ai eu seize ans, elle m'a envoyé passer l'été chez mon frère. À la fin de l'été, elle m'a annoncé qu'il vaudrait sans doute mieux pour tout le monde que je reste chez lui. Ensuite, mon père et elle ont vendu la maison et sont partis vivre en Arizona.

— Eh bien, dit Kelsey. Comment a réagi votre frère ?

— Il a essayé de bien le prendre. Il m'a dit qu'il était heureux que je sois là, mais qui est vraiment heureux d'héberger un adolescent, surtout s'il est malheureux ?

— J'ai vu votre photo dans le journal. Vous étiez mignon.

— J'étais trop maigre, maladroit et trop timide pour aligner deux phrases, rectifia-t-il.

— Comment êtes-vous entré dans les Secours en Montagne ?

Il se détendit. Elle abordait un sujet dont il pouvait parler sans la moindre gêne.

— Les Secours en Montagne avaient posé une affiche à l'école en vue d'inciter des jeunes à suivre un programme qu'ils avaient mis en place et qui visait à former des bénévoles juniors. Nous étions deux garçons à assister à la première réunion, mais j'ai été le seul à venir à la seconde. Plutôt que de lancer le programme pour une seule personne, les responsables ont choisi de me faire suivre le même entraînement qu'aux bénévoles plus âgés. Tout le monde semblait se moquer que je sois nouveau en ville, réservé ou mal dans ma peau. Les autres bénévoles me traitaient comme l'un des leurs. Grâce à eux, j'ai enfin eu l'impression de ne pas être le dernier des losers. J'ai eu l'impression de pouvoir me rendre utile.

Il la regarda de nouveau.

— Vous ne vouliez sans doute pas en savoir autant.

Elle passa ses pouces sous les sangles de son sac à dos.

— Au contraire, répondit-elle. Je m'aperçois que nous avons beaucoup plus de points communs que je ne le pensais.

— Que voulez-vous dire ?

— Mes parents ne m'ont pas envoyée vivre ailleurs, mais c'était tout comme. Après la mort de Liz, on aurait dit que toute vie avait quitté notre maison. Ils étaient tellement empêtrés dans leur culpabilité et leur chagrin que j'aurais aussi bien pu ne pas exister. Ils ne s'intéressaient plus à rien. J'avais l'impression qu'ils ne se préoccupaient plus de moi.

Il sentait dans son torse l'écho de la douleur qu'il entendait dans sa voix – la douleur de l'abandon. Quand il était arrivé à Eagle Mountain, il était presque un adulte, à en croire le permis de conduire qu'il venait tout juste d'obtenir. Un jeune homme, capable de se débrouiller seul. Mais il s'était senti redevenir un petit garçon qui se retient à grand-peine de pleurer et de réclamer sa maman.

— Je suis désolé, dit-il. C'est difficile à vivre.

— Mes parents me manquaient, reprit-elle, mais Liz aussi. Elle avait dix ans de plus que moi, mais jamais je n'avais l'impression de l'ennuyer. Elle aimait être avec moi, que ce soit pour jouer ou pour se promener. Si je faisais un cauchemar, ce n'était pas auprès de mes parents que je me réfugiais, mais auprès d'elle.

Elle marqua une pause et continua à marcher, la tête basse. Parce qu'il savait que parfois c'est le silence qui offre le plus grand réconfort, Tony ne dit rien.

— La veille de son départ, reprit-elle enfin, elle m'a fait un cadeau : une petite chaîne en or, avec un pendentif en forme de cœur. Elle avait exactement les mêmes. Elle m'a dit qu'elle n'enlèverait jamais ce collier parce qu'il la ferait penser à moi. Ensuite, elle m'a expliqué qu'elle devait partir mais qu'elle reviendrait me voir bientôt. L'Homme des Montagnes viendrait avec elle, et elle savait que je l'aimerais autant qu'elle l'aimait. J'ai eu beau pleurer et la supplier de ne pas me quitter, elle m'a dit qu'elle ne pouvait pas faire autrement.

Sa voix se brisa, et elle se racla la gorge avant de poursuivre.

— Elle m'a dit que quand on aimait une personne, on voulait être avec elle et que, même si elle m'aimait, c'était avec lui qu'elle avait besoin d'être maintenant.

— Elle l'appelait toujours « l'Homme des Montagnes » quand elle vous parlait de lui ? s'enquit Tony. Elle n'utilisait pas son prénom ?

— Elle disait qu'il lui avait demandé de ne pas le faire.

— Pensez-vous qu'elle ne le connaissait pas elle-même ?

— Je n'en sais rien, répondit Kelsey. J'ai beaucoup réfléchi à toute cette histoire au cours des années, et je me suis demandé si cet homme n'était pas un tueur en série qui contactait des jeunes femmes sur Internet et les attirait jusqu'à lui pour les assassiner. Mais j'ai eu beau chercher des affaires similaires en ligne, je n'en ai jamais trouvé.

— Que vous avait-elle dit sur cet homme ? demanda Tony. Si ça se trouve, je le connais et je ne le sais même pas.

— Elle disait qu'il avait vingt et un ans, qu'il était beau, qu'il avait un bon travail et son propre appartement à Eagle Mountain, Colorado.

— « Beau », comment ?

— Elle ne l'a jamais dit, et je ne lui ai jamais posé la question. N'oubliez pas que j'avais huit ans, à l'époque. Je pensais qu'elle voulait dire qu'il ressemblait à un acteur de cinéma.

Il ne put s'empêcher de rire, mais elle rit elle aussi. Il sentit la tension qui les enveloppait se dissiper en partie.

— J'espère qu'elle se sera confiée à quelqu'un ici, reprit-elle. Une autre jeune fille, par exemple.

— Je m'arrangerai pour que vous rencontriez certains de ses anciens camarades. Je veux vous aider.

Il s'arrêta au sommet d'une côte et regarda les alentours pour se repérer. Un silence total régnait autour d'eux. Des touffes d'herbe d'un vert vif poussaient entre les dernières plaques de neige et, dans le ciel d'un bleu pur, de petits nuages filaient à toute vitesse.

— Est-ce que c'est ici ? demanda calmement Kelsey.

— C'est ici que j'ai trouvé le premier os, oui. Sur le sentier. Le reste de son corps reposait là-haut, sur ce petit plateau rocheux.

Il se dirigea vers le plateau et, pendant un instant, son esprit lui joua des tours : il eut l'impression de voir à nouveau les longs cheveux de Liz flottant dans la brise.

Kelsey contempla le site en silence pendant un long moment avant de lever les yeux vers lui.

— Est-ce que vous avez eu peur ? lança-t-elle.

— Non, répondit-il, surpris par la question. Je n'ai pas eu peur. J'étais seulement... triste.

— Parce qu'elle était votre amie ?

— Oui. Et parce que je ne pouvais rien faire pour elle.

— Vous arriviez trop tard pour la sauver.

Il hocha la tête. Cette idée ne l'avait jamais effleuré, mais elle disait sans doute vrai.

— Quelle distance avons-nous parcourue ? demanda-t-elle.

— Un peu plus de trois kilomètres.

— Vous avez donc couru longtemps pour aller chercher de l'aide, ce jour-là. Et marché longtemps pour redescendre le corps.

— Certaines missions nous amènent à marcher beaucoup plus longtemps, sur des terrains beaucoup plus accidentés.

— Je suis quand même étonnée que Liz ait accompagné son assassin jusqu'à un endroit aussi reculé, dit-elle en secouant la tête. Et je ne vois pas comment il aurait pu transporter son corps jusqu'ici.

— Est-ce que vous voulez voir autre chose ? s'enquit-il.

— Non. Nous pouvons repartir. Merci de m'avoir amenée ici.

Elle le prit par le bras et s'appuya contre lui.

— Je regrette que vous ne l'ayez pas mieux connue, ajouta-t-elle. Je pense qu'elle vous aurait apprécié.

Il n'en était pas aussi sûr. La Liz qu'il avait connue était l'une de ces filles qui étaient conscientes de leur beauté et de leur pouvoir. Sans jamais se montrer délibérément cruelle, elle ne tenait pas compte des sentiments de ceux qui n'appartenaient pas à son petit cercle d'amis. Si elle l'avait jamais remarqué, ce n'avait sans doute été que pour le jauger et conclure qu'il ne valait pas la peine qu'elle s'intéresse à lui. Il ne faisait pas partie de son monde...

D'ailleurs, il n'avait jamais fait partie du monde de personne. S'il comptait beaucoup d'amis parmi les habitants d'Eagle Mountain, il n'était vraiment proche d'aucun d'entre eux. Mais cela ne le dérangeait pas. Il appartenait à la tribu des solitaires.

4

Kelsey regardait beaucoup de séries policières, mais elle n'était jamais entrée dans un commissariat de police – ni, en l'occurrence, un bureau de shérif. Aussi fut-elle surprise de ne pas être reçue par un sergent aux manières brusques, mais par une vieille dame avenante aux épais cheveux blancs, qui portait des lunettes à monture bleue et des boucles d'oreilles en forme de libellules. Un coup d'œil à son badge lui apprit qu'elle se nommait Adelaide Kincaid.

— En quoi puis-je vous aider ? demanda-t-elle.

— Je m'appelle Kelsey Chapman. Ma sœur, Elizabeth, a été assassinée ici il y a plus de vingt ans, et son meurtrier n'a jamais été identifié. J'aimerais consulter le dossier d'enquête.

— Je vois, répondit Adelaide en se levant. Je vais demander à ce que quelqu'un vous reçoive.

En attendant son retour, Kelsey regarda les photos accrochées au mur de la petite zone d'attente, sur lesquelles posaient des hommes et des femmes en uniforme kaki, seuls ou en groupes. Le portrait d'un très bel homme aux cheveux bruns, qui dirigeait vers l'objectif un regard solennel et déterminé, occupait la place d'honneur.

— Le shérif Walker va vous recevoir, dit Adelaide.

Elle introduisit Kelsey dans un bureau où attendait l'homme de la dernière photo. En chair et en os, il était encore plus beau.

— Travis Walker, dit-il avec une poignée de main ferme.

Quand ils se furent assis, il demanda :

— Votre sœur était Elizabeth Chapman ?

Kelsey hocha la tête.

— Vous deviez être très jeune quand elle est partie.

— J'avais huit ans.

— Pourquoi vous intéressez-vous à sa mort maintenant ?

Elle regretta de ne pas avoir anticipé cette question. Elle faillit répondre : « Parce que c'était ma sœur », mais le shérif ne se satisferait sans doute pas de cette explication.

— Mes parents ont toujours refusé de parler de ce qui s'était passé, expliqua-t-elle. Après la mort de mon père, il y a un an, ma mère s'est un peu confiée à moi, mais elle n'a pas pu me dire grand-chose. Je pense que j'ai besoin de connaître l'affaire dans ses moindres détails pour me faire une idée de la vie que Liz a menée ici.

Elle agrippa le rebord du bureau et se pencha vers l'avant.

— Ma sœur était beaucoup plus âgée que moi, mais je l'aimais énormément. Et je pense qu'elle m'aimait aussi.

— J'ai demandé à l'un de mes hommes d'aller chercher le dossier d'enquête, dit le shérif. Quand j'ai pris mon poste, j'ai passé tous nos *cold cases* en revue, et je connais bien cette affaire. Mais je dois vous prévenir que certains des détails qui figurent dans le dossier sont assez choquants. Quand le corps d'Elizabeth a été retrouvé, il avait été exposé aux éléments pendant plusieurs jours.

— J'en suis consciente.

Ses lèvres étaient affreusement sèches. Elle y passa sa langue avant d'ajouter :

— J'ai déjà parlé avec Tony Meisner.

— Les photos sont à part, dans une enveloppe. Si vous ne voulez pas les voir, ne l'ouvrez pas.

Elle ne voulait pas voir ces photos, mais elle sentait qu'elle le devait. Elle hocha la tête sans mot dire.

— Aucun de mes hommes n'était en poste à ce moment-là, reprit Travis. À l'époque, l'unité était beaucoup plus petite et en proie à des problèmes de corruption.

— J'ai vu quelques articles à ce sujet dans le journal en faisant des recherches sur le meurtre de Liz, répondit-elle.

La bouche de Travis se pinça.

— Je ne leur cherche aucune excuse. J'ajouterai que l'enquête n'est pas considérée comme close. Si vous trouvez dans le dossier un détail qui pourrait nous aider à identifier le coupable, je vous demanderai de m'en faire part.

— Bien sûr.

— Par ailleurs, si vous avez des questions concernant n'importe quel élément du dossier, mes adjoints et moi nous efforcerons d'y répondre. Certaines étapes d'une enquête peuvent sembler incompréhensibles aux civils.

— Merci.

Que pouvait-elle dire d'autre ? Elle n'aurait jamais cru pouvoir accéder aussi facilement à l'intégralité du dossier d'enquête.

Quelqu'un frappa à la porte. Elle s'ouvrit sur un grand adjoint blond, qui posa trois boîtes en carton sur le bureau. Kelsey ouvrit de grands yeux.

— Je ne m'attendais pas à tant, dit-elle.

— Ces boîtes ne contiennent ni les preuves matérielles ni les échantillons d'ADN, dit le shérif. Mais vous y trouverez leur description.

— Vous avez des échantillons d'ADN ?

— Oui. Nous les avons fait passer dans les bases de données deux ou trois fois dans l'espoir de trouver une correspondance, mais en vain.

— Si vous aviez un suspect et que son ADN correspondait à celui qui a été prélevé, vous sauriez donc que vous tenez l'assassin ?

— Exactement, répondit Travis Walker. Si vous pensez que

nous devrions nous intéresser d'un peu plus près à quelqu'un, prenez soin de nous en informer.

— Je le ferai.

Elle avait encore beaucoup de questions à poser, mais elle voulait d'abord lire le dossier d'enquête pour y glaner autant d'informations que possible.

— L'adjoint Ellis va vous conduire dans une pièce où vous pourrez consulter le dossier, reprit le shérif en se levant. Prenez tout votre temps, et si vous avez besoin de quelque chose, n'hésitez pas à nous le demander.

L'adjoint ramassa les cartons et la conduisit jusqu'à une petite pièce aveugle où ne se trouvaient qu'une chaise et une table. L'adjoint posa les cartons sur la table, à côté d'une boîte de mouchoirs en papier, et dit :

— Les toilettes sont au bout du couloir, sur votre droite, et il y a une fontaine à eau devant la porte. Désirez-vous que je vous apporte un café ?

— Non merci, répondit-elle en posant une main sur la pile de cartons. Merci beaucoup pour votre aide.

Il hocha la tête.

— Toutes mes condoléances.

Ensuite, il sortit de la pièce et referma la porte derrière lui.

Kelsey s'installa sur la chaise. Elle n'était pas très confortable, mais elle n'était pas venue ici pour être confortablement installée. En avisant la caméra accrochée au plafond, dont l'œil rond était braqué sur elle, elle se demanda si cette pièce était une salle d'interrogatoire. Si la caméra tournait en ce moment, celui qui regarderait la bande s'ennuierait à mourir.

Elle posa son sac à main par terre, ôta son manteau et souleva le couvercle de la première boîte. Elle contenait des chemises dans lesquelles étaient classées des feuilles volantes dont la plupart étaient des formulaires qui avaient été remplis soit à la main, soit à la machine. La première feuille était le signalement de disparition inquiétante fait par une certaine Deborah Raymond, professeure de littérature anglaise au lycée d'Eagle Mountain. Elle avait déclaré que Liz n'était pas venue en cours depuis trois jours et qu'aucun de ses amis n'avait de ses nouvelles. Mlle Raymond s'était rendue à l'adresse qui figurait dans le dossier scolaire d'Elizabeth mais n'y avait trouvé qu'un appartement vacant. D'après une voisine, il était inoccupé depuis plusieurs mois.

Elle lut ensuite les procès-verbaux des interrogatoires menés auprès d'autres professeurs, d'amis de Liz et du propriétaire de l'appartement, qui avait confirmé que le logement était inoccupé depuis le début de l'année.

Les amis de Liz se nommaient Madison Gruenwald, Jessica Stringfellow, Marcus White, Ben Everett, Sally d'Orio... et aucun d'eux ne savait où elle était. Ils avaient tous paru étonnés d'apprendre qu'elle ne vivait pas avec ses parents. Quant aux administrateurs de l'école, ils avaient déclaré que Liz avait fourni tous les documents nécessaires à son inscription, y compris des relevés de notes du lycée qu'elle fréquentait dans l'Iowa. Personne n'avait jamais rencontré ses parents mais, puisque les documents avaient tous été signés, les administrateurs ne s'en étaient pas inquiétés outre mesure.

Kelsey trouva ensuite le procès-verbal de l'interrogatoire téléphonique auquel avaient été soumis ses parents. Ils avaient seulement déclaré que Liz avait quitté la maison peu après ses dix-huit ans ; l'Homme des Montagnes n'était pas évoqué dans ce procès-verbal.

Fascinée, Kelsey poursuivit sa lecture en notant les noms de toutes les personnes que le bureau du shérif avait interrogées, ainsi que les détails qu'elle ignorait auparavant.

Quelques jours s'étaient écoulés avant que l'Homme des Montagnes soit évoqué pour la première fois. Lors d'un inter- rogatoire complémentaire, mené par un adjoint au shérif de l'Iowa pour le compte des autorités du comté de Rayford, M. et

Mme Chapman avaient mentionné l'existence d'un homme qu'ils ne connaissaient que sous ce pseudonyme. Liz avait fait sa connaissance en ligne, sur un chat Internet destiné aux fans du groupe Phish, avant d'entamer une correspondance régulière avec lui.

Sur la page suivante étaient imprimés quelques-uns des mails qu'avaient échangés Liz et l'Homme des Montagnes.

De : MountainMan MountainMan@hotmail.com

À : RealLiz@iowanet.com

Sujet : Vie commune

Tous les parents ont du mal à laisser leurs oisillons quitter le nid mais tu es une femme, maintenant, une adulte qui sait ce qu'elle veut. C'est d'ailleurs l'une des choses que j'aime en toi. J'ai hâte que tu viennes me rejoindre. Je veux te montrer les montagnes. Je veux être ton amant pour de vrai, pas par écran interposé. Préviens-moi dès que tu es prête ; je t'enverrai les billets de bus.

De : RealLiz RealLiz@iowa.net

À : MountainMan@hotmail.com

Sujet : Re : Vie commune

Envoie les billets ! Je suis prête. J'ai tout réglé ici. Jamais je n'aurais cru que le lycée me fournirait aussi facilement tous les documents dont j'ai besoin. Il m'a suffi d'entrer dans le bureau du proviseur adjoint, de lui annoncer que je partais pour le Colorado et de lui demander mes relevés de notes et tous les documents nécessaires à mon inscription dans mon nouveau lycée. Il les a imprimés sur-le-champ, sans poser la moindre question. Personne d'autre n'est au courant (sauf les parents, bien sûr. Ils sont toujours dans le déni. Ils font comme si j'allais changer d'avis, mais j'irai jusqu'au bout !)

De : MountainMan MountainMan@hotmail.com

À : RealLiz@iowa.net

Sujet : Re : Vie commune

Je suis si fier de toi, bébé. Tu vas voir : tu vas te plaire ici. Je t'envoie les billets par la poste dès aujourd'hui. N'oublie pas ce dont nous avons parlé : tu ne dois laisser aucun indice à tes vieux, au cas où ils se mettraient en tête d'essayer de t'empêcher de vivre ta vie. Quand tu seras installée ici, tu pourras leur envoyer ta nouvelle adresse mais pour le moment, gardons le secret.

De : RealLiz RealLiz@iowa.net

À : MountainMan@hotmail.com

Sujet : Prête ou pas, j'arrive !

J'ai bien reçu les billets. Mes valises sont prêtes, et moi aussi. Grosse dispute avec mes parents hier soir. J'ai cru que papa allait faire une attaque. Mais j'ai dix-huit ans et il ne peut pas me retenir. Le plus difficile est de laisser la petite Kelsey derrière moi, mais nous l'inviterons à venir nous voir dès que possible – cet été, peut-être. C'est une chouette gamine ; je sais que tu l'aimeras.

Plus que trois jours avant de te voir. J'ai hâte ! Je t'embrasse, Liz.

Kelsey battit des paupières pour refouler ses larmes et tendit la main vers la boîte de mouchoirs en papier. Se voir décrite par Liz comme « une chouette gamine » faisait naître dans sa gorge un nœud qui menaçait de l'étrangler. Elle se leva et sortit dans le couloir pour se servir un gobelet d'eau à la fontaine. Elle ne pouvait pas se permettre de flancher. Elle avait encore un long chemin à parcourir.

Elle but son verre d'eau et retourna à sa tâche. La chemise suivante contenait une correspondance entre les autorités d'une part, et Hotmail et Iowanet d'autre part. Hotmail avait confirmé que le compte était utilisé depuis Eagle Mountain, Colorado, mais n'avait pas été en mesure de fournir le nom ou l'adresse de son détenteur. Cependant, une note manuscrite en bas de page précisait que le compte de l'Homme des Montagnes avait été clôturé le 14 février – jour de l'arrivée de Liz à Eagle Mountain.

Aucun nouveau document n'avait été ajouté au dossier d'enquête pendant une semaine – mais le 23 mai avait vu l'ajout d'un déluge de toutes sortes de rapports et procès-verbaux. Le premier de ces documents était la déposition de Tony, qui expliquait les circonstances dans lesquelles il avait découvert le corps. Les détails de cette journée étaient toujours aussi vifs dans son esprit, parce qu'elle y retrouva tout ce qu'il lui avait dit la veille. Suivaient les témoignages des adjoints qui étaient intervenus sur la scène de crime et le rapport d'autopsie du légiste.

Kelsey hésita avant de se plonger dans ce dernier document. Heureusement, le jargon scientifique était suffisamment froid pour qu'elle puisse assimiler les informations qu'elle lisait sans trop les associer à sa sœur. Le rapport décrivait la victime comme étant de sexe féminin, de type caucasien, âgée de dix-sept à trente ans ; cheveux bruns, yeux bleus ; un mètre soixante-dix ; environ cinquante-six kilos. Sa dépouille avait été retrouvée par un randonneur dans la matinée du 23 mai.

Elle lut la description détaillée de l'examen physique et les conclusions qui la suivaient, mais ne retint véritablement qu'une chose : Liz était morte étranglée, deux semaines environ avant que son corps soit retrouvé. Si le corps ne présentait aucune autre trace de blessure potentiellement létale, certains de ses ongles étaient cassés. Il n'y avait aucune preuve d'agression sexuelle ni d'activité sexuelle récente et aucune trace de drogue dans son organisme. Des cellules d'épiderme avaient été retrouvées sous ses ongles, ce qui laissait présumer qu'elle avait lutté contre son agresseur. Elles avaient été prélevées dans le but de rechercher une correspondance avec d'éventuels suspects.

Kelsey ferma les yeux et pensa quelques instants à sa sœur, luttant jusqu'à son dernier souffle et rassemblant sous ses ongles les preuves qui confondraient peut-être un jour son meurtrier – parce qu'elle était certaine qu'il s'agissait d'un homme. Liz était jeune et sportive, et une femme aurait eu du mal à la maîtriser. Par ailleurs, Liz aimait les hommes ; elle avait toujours au moins un soupirant qui la suivait comme son ombre. Et, si elle était venue à Eagle Mountain, c'était pour rejoindre son Homme des Montagnes.

C'est forcément lui qui l'a tuée, pensa-t-elle. Sinon, sa disparition l'aurait mis dans tous ses états et il l'aurait lui-même signalée auprès des autorités. Si c'était lui qui l'avait tuée, par contre, il n'allait certainement pas se manifester.

Dans une ville aussi petite qu'Eagle Mountain, il était impossible que personne ne sache qui était l'Homme des Montagnes. Elle allait bien finir par le trouver. Ensuite, le shérif pourrait prélever son ADN pour voir si c'était celui de l'assassin.

Elle avait presque atteint le fond de la première boîte. N'y restait plus qu'une épaisse enveloppe marron, étiquetée « Photos de la scène de crime ». Kelsey la soupesa, hésitante. Voulait-elle vraiment voir ces photos ?

Non, elle n'en avait aucune envie. Mais elle connaissait bien mieux sa sœur que les enquêteurs qui s'étaient chargés de l'affaire. Si elle voyait quelque chose qui pouvait mener jusqu'à son assassin ? Elle se berçait sans doute d'illusions en pensant qu'elle allait résoudre l'affaire d'un claquement de doigts, mais elle ne pouvait s'empêcher d'espérer.

Elle inspira profondément, ouvrit l'enveloppe et fit glisser son contenu sur la table.

La première photo n'était pas trop choquante : elle avait été prise depuis la piste et montrait un petit groupe de personnes debout sur le plateau rocheux où Tony l'avait emmenée.

Le photographe avait continué à prendre des clichés en se rapprochant de la scène de crime. En les regardant, elle eut l'impression de visionner un film projeté au ralenti. Quand elle découvrit la première photo du corps, l'image qu'elle avait sous les yeux ressemblait tellement peu à la Liz qu'elle avait connue qu'elle eut d'abord le sentiment qu'il s'agissait d'une poupée aux membres écartés, aux cheveux épars, sans rien de la jeune fille vive et profondément gentille qu'elle avait aimée.

Ensuite, il y avait une série de photos en gros plan qu'elle mit de côté sans s'y attarder. Regarder ces photos ne lui aurait rien apporté, sinon la garantie de faire des cauchemars.

Par contre, elle étudia soigneusement les photos de la scène de crime qui venaient ensuite. Le photographe avait pris des clichés des objets qui avaient été retrouvés auprès du corps : un mégot de cigarette – la marque avait été indiquée au dos de la photo —, un tube de baume pour les lèvres et un emballage de chewing-gum.

Les photos suivantes avaient été prises à l'intérieur – dans le laboratoire du légiste, probablement. Un jean de femme de taille 4, avec une petite déchirure au-dessus du genou gauche. Un chemisier rose aux poignets ruchés. Trois anneaux d'or – une paire de boucles d'oreilles et un piercing de nombril.

Les yeux rivés à cette dernière photo, Kelsey toucha du doigt le pendentif en or, en forme de cœur, que Liz lui avait offert vingt ans plus tôt. Elle avait reçu exactement le même de leur grand-mère, à l'occasion de ses seize ans, et ne le quittait jamais. Et pourtant, il ne figurait sur aucune photo.

Elle referma les doigts autour du pendentif et contempla la pile de photos qui étaient tout ce qui restait de sa sœur.

— Que t'est-il arrivé ? chuchota-t-elle.

Le mercredi, en sortant du travail, Tony se rendit à la salle de sport. Après quelques étirements, il prit une paire d'haltères de dix kilos et entreprit de faire des fentes. Aussitôt, ses jambes blessées protestèrent, et ses cicatrices blanchâtres se détachèrent sur sa peau rougie par l'effort. Il acheva quand même une série de dix fentes et s'accorda quelques minutes de repos avant d'en faire une autre, puis une autre encore.

Ensuite, il s'installa sur le banc de musculation pour faire travailler ses biceps. Il était toujours mince, mais il n'était plus maigre. Des heures d'alpinisme avaient sculpté les muscles de son dos, de son torse et de ses bras. S'il continuait à faire de la musculation, ce n'était pas par vanité – il n'avait personne à impressionner –, mais parce qu'il savait que sa force physique pouvait sauver une vie un jour, que ce soit la sienne ou celle de quelqu'un d'autre.

— Salut, Tony !

Il leva les yeux et sourit en voyant Ted Carruthers laisser tomber sa serviette sur le banc voisin du sien. Ted était l'un des fondateurs des Secours en Montagne d'Eagle Mountain. Il était le capitaine de l'unité à l'époque où Tony l'avait rejointe et lui avait servi de mentor. Il avait maintenant la soixantaine et, bien qu'il soit à la retraite, il assumait la fonction d'historien du groupe. Il avait même entrepris l'écriture d'un livre sur leurs sauvetages les plus spectaculaires.

— Comment ça va, Ted ?

— Il y a des jours où je me dis que j'ai pris ma retraite trop tôt, répondit Ted. Je vois des types qui ont la moitié de mon âge et qui ne sont pas aussi en forme que moi.

Tony s'abstint de répondre. Ted avait été poussé vers la sortie après une série d'erreurs qui avaient mis en danger tant ses collègues bénévoles que les personnes qu'ils secouraient. C'était un homme de valeur, mais qui laissait parfois son ego prendre le pas sur le bon sens. Maintenant, il était bien plus utile au groupe en qualité d'historien – et sa connaissance parfaite de la topographie de la région, dans laquelle il vivait depuis quarante ans, leur était précieuse.

— J'ai entendu dire que tout le monde était bien redescendu du mont Baker, l'autre jour, reprit Ted.

Il faisait allusion au sauvetage d'un skieur qui s'était retrouvé piégé dans un couloir.

— Tout a marché comme sur des roulettes, répondit Tony.

Il poursuivit ses exercices tandis que Ted s'allongeait sur le banc pour une série de développés couchés.

— Alors, quoi de neuf chez les Secours en Montagne ?

— Est-ce que tu te souviens de la fille qui avait disparu alors que je venais tout juste d'intégrer le groupe ? demanda Tony. Elizabeth Chapman ?

Ted se redressa.

— Qu'est-ce qui te fait penser à elle ?

— Sa sœur est en ville. Sa sœur cadette. Elle n'avait que huit ans quand Elizabeth, Liz, comme elle l'appelle, est partie de chez elle. Elle essaye de découvrir ce qui lui est arrivé. On lui avait dit que je faisais partie de l'équipe, à l'époque, et elle est venue me voir. Mais puisque tu étais le capitaine, tu dois te rappeler plus de choses que moi.

Ted s'allongea de nouveau et reprit son exercice.

— Pourquoi veut-elle déterrer toute cette histoire vingt ans plus tard ? demanda-t-il.

— L'assassin de sa sœur n'a jamais été retrouvé. Je pense qu'elle cherche seulement à savoir ce qui lui est réellement arrivé.

— Elle n'apprendra pas grand-chose, rétorqua Ted. Le corps a été retrouvé là-haut, la police n'avait aucun indice... Personne ne saura sans doute jamais ce qui s'est passé.

— Je pense quand même que Kelsey aimerait te parler.

Ted tourna la tête vers lui et demanda :

— Comment est-elle ?

— Elle ressemble beaucoup à Liz.

La Liz qu'il avait connue au lycée.

— Et qu'est-ce qu'elle fait quand elle ne remue pas le passé ?

— Je ne sais pas. Je ne lui ai pas posé la question.

Ted ricana.

— Je parie que tu ne sais rien à son sujet, je me trompe ?

Il savait qu'elle s'était sentie abandonnée par sa famille, tout comme lui, et qu'elle avait toujours été très proche de sa sœur malgré leur différence d'âge. Et il savait qu'elle était l'une des rares personnes avec lesquelles il se sentait bien.

— Nous n'avons parlé que de sa sœur, dit-il seulement.

— Heureusement que tu es célibataire, railla Ted. Tu rendrais chèvre n'importe quelle femme.

— Venant d'un homme qui n'a jamais été marié, la remarque ne manque pas de piquant, répliqua Tony.

— Je ne me suis jamais marié, mais j'ai connu beaucoup de femmes. Dans ma jeunesse, j'étais un vrai étalon.

Un « étalon » ? Tony se mordit la joue pour retenir un rire. Mais il se souvenait effectivement avoir souvent croisé Ted en galante compagnie, par le passé. Beaucoup des femmes qu'il fréquentait étant déjà mariées, il l'avait rapidement soupçonné de n'apprécier que les femmes qui ne cherchaient qu'une aventure sans lendemain.

— Est-ce que tu es d'accord pour rencontrer Kelsey Chapman ? demanda-t-il.

— Bien sûr, répondit Ted en se redressant de nouveau, mais je n'en sais pas plus que toi sur cette fille. J'en sais même sans doute moins, parce que je ne la connaissais pas. Par contre, si sa sœur veut savoir comment fonctionnaient les Secours en Montagne à l'époque, je serai ravi de l'ennuyer en le lui expliquant en détail.

— Super. Je le lui dirai.

Cela lui fournirait un prétexte pour reparler à Kelsey. Cette perspective était tellement agréable qu'il termina ses exercices en parvenant presque à ignorer la douleur qui ne le quittait pas.

5

Kelsey s'apprêtait à ouvrir la troisième boîte quand quelqu'un frappa à la porte de la petite pièce. Elle leva les yeux et vit le shérif Walker sur le seuil.

— Tout va bien ? demanda-t-il.

— Oui, merci. J'apprends beaucoup de choses. À mon avis, l'assassin ne peut être que l'Homme des Montagnes.

Le shérif croisa les bras et s'appuya contre le chambranle.

— Que savez-vous à son sujet ?

— Pas grand-chose. Nous n'avons jamais su comment il s'appelait. Liz nous a seulement dit qu'il avait un peu plus de vingt ans, qu'il avait son propre logement et un bon métier, mais sans préciser lequel. Elle ne l'a jamais décrit, sauf pour dire qu'il était beau.

Elle secoua la tête.

— Je n'arrive pas à croire que, de tous les amis de Liz, personne n'ait jamais entendu parler de lui.

— Il semblait vouloir que leur relation demeure secrète, remarqua le shérif.

— Mais pourquoi ?

— Parce qu'il était marié, par exemple, ou plus âgé qu'il le lui avait dit... Quant à votre sœur, elle trouvait peut-être que le secret avait quelque chose d'excitant ou de romantique.

— C'est possible, oui. Maman disait toujours que Liz adorait faire son cinéma.

Il désigna les boîtes du menton.

— Avez-vous remarqué un détail troublant là-dedans ?

— Le collier de Liz, dit-elle aussitôt. Il a disparu.

Elle sortit son pendentif en forme de cœur de son chemisier pour le lui montrer et reprit :

— Elle avait exactement le même, et elle ne l'ôtait jamais. Pourtant, il ne figure pas dans la liste des vêtements et des bijoux qu'elle portait quand on a retrouvé son corps.

Le shérif se pencha pour examiner le petit cœur en or.

— J'irai regarder dans le placard où sont stockées les preuves, mais si elle l'avait porté ce jour-là il figurerait dans la liste. Même s'il y avait des problèmes au sein de la brigade à l'époque, leur enquête semble avoir été minutieuse.

— C'est vrai, convint-elle. Ils ont interrogé tous ceux qui connaissaient Liz, même de loin. Mais ils n'ont quand même pas pu découvrir qui l'avait tuée.

— Il n'y a pas de délai de prescription pour un meurtre, dit le shérif. Si nous trouvons de nouvelles informations, nous reprendrons l'enquête.

— Merci.

— Prenez tout le temps nécessaire, ajouta-t-il en se redressant. Si vous avez d'autres questions, venez dans mon bureau ou demandez à quelqu'un d'aller me chercher.

— Merci, répéta-t-elle.

Quand il fut sorti, elle ouvrit la dernière boîte, qui semblait contenir des transcriptions d'interrogatoires complémentaires. Elle commençait à peine à les lire quand on frappa de nouveau à la porte et qu'Adelaide apparut, un gobelet dans une main et un sac en papier dans l'autre.

— Je vous ai apporté votre déjeuner ! annonça-t-elle.

Elle posa le sac et le gobelet sur la table avant de s'asseoir face à Kelsey.

— J'ai aussi pensé que j'allais vous tenir compagnie pendant que vous mangez, reprit-elle. Vous avez besoin de faire une pause. Les dossiers d'enquête ne sont pas toujours très agréables à lire.

— Vous en avez déjà lu ?

Elle souleva le couvercle du gobelet et vit un sachet de thé flotter dans de l'eau chaude. Même si elle ne raffolait pas du thé, elle n'allait pas le refuser. Par contre, le sandwich était au poulet – ceux qu'elle préférait.

— Vous n'aviez pas à me porter un déjeuner, ajouta-t-elle.

— Il faut que vous mangiez, dit doctement Adelaide.

Kelsey sourit.

— Pour répondre à votre question, reprit la femme, j'ai déjà consulté des dossiers d'enquête, oui. Mon mari avait passé des années dans la police de Cleveland avant que nous venions nous installer ici. Après sa mort, je m'ennuyais tellement que j'ai postulé pour devenir responsable administrative au bureau du shérif, et je ne l'ai plus quitté depuis.

— Étiez-vous déjà là quand ma sœur a disparu ?

— Non. Mais je suis au courant du scandale qui a secoué la brigade de l'époque. Vous devez en avoir entendu parler.

Elle regarda Kelsey dans les yeux et poursuivit gravement :

— Je veux que vous sachiez que les personnes qui travaillent ici aujourd'hui ne sont pas comme ça. Le shérif Walker est un homme honnête, un homme de valeur, et tous les adjoints qu'il engage le sont aussi. Si vous trouvez un détail permettant d'identifier l'assassin de votre sœur, vous pouvez leur en faire part sans la moindre crainte. Ils feront leur devoir, soyez-en sûre.

Kelsey prit une bouchée de sandwich avant de répondre.

— Je sais que la brigade de l'époque n'avait pas très bonne réputation, mais d'après ce que je lis ils ont mené une enquête très minutieuse. Ils ont interrogé tout l'entourage de Liz, mais personne n'a pu leur fournir le moindre indice. Elle nous avait dit qu'elle partait rejoindre un homme, qu'elle appelait l'Homme des Montagnes, et personne ici n'a jamais entendu parler de lui... ni même vu Liz en compagnie d'un homme.

— Est-ce qu'elle aurait pu tout inventer ?

Kelsey prit une gorgée de thé.

— C'est possible. Pourtant, mentir n'était pas dans ses habitudes. En plus, la police a trouvé les nombreux mails qu'elle a échangés avec cet homme, et il lui avait envoyé des billets de bus pour qu'elle le rejoigne. Jamais elle n'aurait pu échafauder un mensonge aussi élaboré. Et comment aurait-elle entendu parler d'Eagle Mountain ?

— Donc cet homme existait vraiment, mais il s'entourait de mystère, dit Adelaide. Il lui a sans doute dit de ne dévoiler son identité à personne en la persuadant que leur histoire n'en serait que plus romantique. Certaines filles adorent ce genre de chose.

— Liz était de celles-là, dit Kelsey. Avant qu'ils se brouillent, mon père avait l'habitude de la taquiner en la traitant de comédienne.

Adelaide hocha la tête.

— Vous, par contre, vous ne deviez pas être du genre à en faire des tonnes.

Kelsey baissa les yeux vers la table.

— J'avais sans doute compris que mes parents avaient assez souffert.

Elle avait été une enfant calme – trop calme, même. Elle travaillait bien à l'école et rentrait directement à la maison. La perte de sa sœur l'isolait de ses camarades comme l'aurait fait une muraille. Pourquoi aurait-elle essayé de se faire des amis, alors que personne ne pouvait comprendre combien elle avait souffert ?

Plus tard, à l'université, elle était un peu sortie de sa coquille. Elle appartenait à plusieurs groupes d'étudiants, jouait au tennis et fréquentait des garçons. Mais elle ne s'était jamais vraiment liée avec personne. Elle ne savait pas si elle en serait capable un jour.

Un téléphone sonna dans la poche d'Adelaide.

— Je vais vous laisser déjeuner, dit la femme en se levant. Souvenez-vous que si la tâche devient trop lourde, vous pouvez toujours revenir. Ces dossiers sont là depuis vingt ans. Ils y seront encore demain.

Une fois seule, Kelsey remit le reste de son sandwich dans l'emballage avant de prendre la chemise suivante. Liz attendait déjà depuis assez longtemps que justice soit rendue. Elle ne voulait pas la faire patienter un jour de plus.

Quand Tony rentra chez lui après sa séance à la salle de sport, une moto occupait l'endroit où il garait toujours son pick-up. Il se gara donc dans la rue. Il marchait vers la porte d'entrée quand un jeune homme aux longs cheveux blonds sortit de l'ombre de la tonnelle pour venir à sa rencontre.

— Hé, oncle Tony ! lança-t-il. Ça faisait longtemps !

Tony s'arrêta net.

— Chris ?

Il regarda le jeune homme plus attentivement. Chris était le plus jeune fils de son frère. Il n'avait que trois ans quand Tony était parti pour l'université, et oncle et neveu s'étaient à peine vus au cours des vingt ans qui avaient suivi. Maintenant, Chris était un jeune homme aussi grand et élancé que lui mais moins musclé, et dont le visage était encore presque celui d'un adolescent.

— Le seul et unique !

Chris ouvrit grand les bras, avança vers Tony et l'étreignit avec assez de vigueur pour lui casser les côtes. Quand il le relâcha enfin, Tony demanda :

— Qu'est-ce que tu fais ici ?

— Eh bien... je me suis dit que je pouvais venir passer quelques jours chez toi.

Chris souriait, mais l'inquiétude se lisait dans ses yeux noisette.

— Et tu as donc fait toute la route depuis Denver pour me rendre visite ?

— Oui. Enfin... papa et maman m'ont plus ou moins fichu à la porte.

L'estomac de Tony se noua.

— Qu'est-ce qu'il s'est passé ?

Chris regarda le ciel.

— Comme ils t'avaient accueilli quand tu avais une quinzaine d'années, j'ai pensé que tu pourrais leur renvoyer l'ascenseur.

— Pourquoi tes parents t'ont-ils fichu à la porte ? insista Tony.

Chris baissa les yeux et se gratta la nuque.

— J'ai eu quelques ennuis. J'ai emprunté la voiture d'un ami et je l'ai un peu abîmée.

— Un peu abîmée ? répéta Tony.

— Oui, d'accord. Je l'ai bien bousillée. Mais ce n'était pas ma faute. Un cerf a déboulé devant moi, j'ai braqué pour l'éviter et je suis rentré dans un arbre.

Tony opina du chef. Il n'était pas étonné : son frère lui avait plusieurs fois dit que son fils était « irresponsable ».

— Ton ami devait être furieux.

— Oui, d'autant plus que je ne lui avais pas demandé la permission d'emprunter sa voiture. Je pensais que je l'aurais ramenée avant même qu'il se soit aperçu de sa disparition.

— Pourquoi est-ce que tu n'es pas en prison ?

— Parce que c'était mon premier délit, répondit Chris avec un grand sourire. Enfin... la première fois que je me faisais prendre. J'ai aussi fait remarquer à mon ami que son assurance prendrait tous les dégâts en charge. Il a accepté de ne pas porter plainte à condition que je quitte la ville pendant quelque temps.

Il ouvrit de nouveau grand les bras.

— Alors, j'ai décidé de venir te voir.

Tony ne savait pas s'il devait être flatté ou effrayé.

— Est-ce que tes parents t'ont vraiment fichu à la porte ?

—Eh bien… ils pensaient eux aussi que je devais me faire oublier pendant un moment. Quand j'ai suggéré que je pouvais aller chez toi, ils ont trouvé que c'était une bonne idée.

Tony vivait seul depuis longtemps, et la perspective d'avoir un colocataire ne lui plaisait pas vraiment.

— Je n'ai qu'une chambre, objecta-t-il.

— Pas de problème. Je dormirai sur le canapé. J'ai jeté un œil par la fenêtre ; il a l'air plutôt confortable.

Tony avait envie de refuser. Il n'avait pas besoin de ce genre de complication dans sa vie. Mais il n'avait jamais oublié le jour où Chris, qui avait alors deux ans, avait grimpé sur ses genoux et s'y était endormi. Ce gamin avait été la première personne qui ait eu une confiance aveugle en lui.

— Il faudra que tu trouves un travail, dit-il.

— J'en trouverai un. C'est une ville touristique, non ? J'arriverai bien à me faire engager quelque part. Dans un restaurant, par exemple.

— Et tu n'emprunteras ni mon pick-up, ni aucune autre voiture. Au fait, il faut que tu mettes ta moto ailleurs. C'est là que je me gare.

— Bien sûr. Pas de souci. Alors, je peux rester ?

— Tu peux rester. Mais seulement quelques semaines.

Chris se fendit de nouveau de ce sourire radieux, celui du petit garçon qui vivait encore dans ce corps d'adulte.

— Merci !

Il donna une claque dans le dos de Tony.

— Tu vas voir. On va bien s'amuser, tous les deux.

Quand Kelsey quitta le bureau du shérif, en fin d'après-midi, sa tête semblait sur le point d'exploser et ses épaules étaient tellement tendues qu'elles en étaient douloureuses. Son esprit fourmillait d'images et de faits, des photos du corps de Liz gisant sur la roche à la composition de son dernier repas, pris cinq heures avant sa mort. Elle en savait plus maintenant sur la mort de sa sœur et la vie qu'elle avait menée à Eagle Mountain, mais ces informations ne faisaient que rendre la suite d'événements qui s'était soldée par son assassinat encore plus opaque.

Elle rentra à l'Alpiner, s'allongea sur le lit, les yeux clos, et s'efforça de s'éclaircir les idées. Elle s'assoupit sans s'en apercevoir, et ce fut la vibration de son téléphone, posé sur la table de chevet, qui la réveilla en sursaut. Elle se redressa, attrapa le téléphone et vit le numéro de sa mère sur l'écran.

— Bonjour, maman, dit-elle. Comment vas-tu ?

— Est-ce que tu as trouvé quelque chose ?

Pas de « comment vas-tu », ni de « tu as l'air fatiguée », ni rien de la sorte. Mary Chapman allait toujours droit au but.

— J'ai passé la journée au bureau du shérif, dit Kelsey en se rallongeant sur le lit. J'ai lu tout le dossier d'enquête.

— Et ?

— Et j'ai l'impression que la police a fait de son mieux, répondit-elle. Ils ont interrogé beaucoup de gens et rassemblé beaucoup de preuves.

— Et pourtant, ils n'ont pas trouvé l'assassin de Liz, n'est-ce pas ?

— Non, reconnut Kelsey.

— Alors, un détail leur a échappé. Est-ce qu'ils ont jamais réussi à identifier l'Homme des Montagnes ?

— Non. Liz avait fourni une fausse adresse à l'école et tous ses amis pensaient qu'elle vivait avec ses parents.

— Je croyais que dans les petites villes, tout le monde savait tout sur tout le monde, remarqua sa mère. Qui étaient les principaux suspects ?

— Il n'y en a eu aucun, répondit Kelsey.

— C'est absurde. Ils ont forcément soupçonné quelqu'un.

— Non, maman. Personne.

— Alors, c'est à toi de trouver un suspect, répliqua sa mère. C'est pour ça que je t'ai payé ce voyage.

Kelsey grimaça. Sa mère avait contribué financièrement à sa mission en lui offrant ce séjour de deux semaines à l'Alpiner. Elle aurait aimé pouvoir refuser, parce qu'elle savait que les cadeaux de sa mère n'étaient jamais désintéressés mais, sans cette contribution, elle n'aurait absolument pas pu se permettre de séjourner ici. Elle avait donc accepté et maintenant elle devait s'acquitter de sa dette.

— Il y a beaucoup de documents à examiner, dit-elle, mais je ne ménage pas mes efforts. J'espère remarquer ou découvrir un détail qui a échappé aux enquêteurs jusqu'ici.

— C'est ce que j'espère aussi, dit sa mère. Appelle-moi quand tu auras du nouveau.

— Attends, maman. Comment vas...

Mais elle avait déjà raccroché.

Kelsey laissa tomber le téléphone sur le lit et referma les yeux. Une ligne du procès-verbal de l'interrogatoire de ses parents lui revint à l'esprit : « Les parents sont bouleversés mais ne peuvent ou ne veulent pas fournir plus de renseignements. »

Cette phrase les résumait parfaitement. Ils avaient toujours tout gardé pour eux de crainte de trop se dévoiler et ce, qu'il s'agisse de faits ou d'affection.

Tony attendit que Chris soit parti « jeter un œil en ville » pour appeler son frère. Eddie – qui se faisait appeler Edward, maintenant – décrocha à la deuxième sonnerie.

— Je me doutais que j'aurais bientôt de tes nouvelles, dit-il. J'en déduis que Chris est arrivé en un seul morceau ?

— Est-ce que c'est toi qui as eu l'idée qu'il vienne vivre avec moi ? demanda Tony.

— Il fallait bien qu'il aille quelque part.

Comme Tony ne répondait pas, il soupira et reprit :

— Écoute... ce n'est pas un mauvais garçon. Seulement, il ne réfléchit pas et s'entoure d'amis qui sont tous aussi flemmards et incapables que lui. Paula et moi avons pensé que cela lui ferait du bien de partir quelque temps, de prendre un nouveau départ. Il t'écoutera peut-être plus qu'il nous écoute. Force-le à trouver un travail, à te donner un coup de main à la maison, tout ce qui pourra le ramener dans le droit chemin.

— Je ne sais rien sur la façon d'éduquer un enfant, surtout un enfant de vingt ans, remarqua Tony.

— À son âge, nous étions déjà des hommes, toi et moi, dit Eddie. Nous ne pouvions pas faire autrement. Chris a seulement besoin de grandir encore un peu et pour ça, ce n'est pas d'un parent supplémentaire qu'il a besoin, mais d'un exemple à suivre.

Tony faillit éclater de rire.

— Parce que tu penses que je suis un exemple à suivre ?

— Tu as ta propre maison et un bon métier, bien rémunéré, et tu es sauveteur bénévole. En plus, Chris t'a toujours idolâtré.

La poitrine de Tony s'emplit d'une chaleur inattendue.

— Comment pourrait-il m'idolâtrer ? Il me connaît à peine.

— Il parle tout le temps de toi et lit tous les articles qui parlent de toi et de tes exploits dans le petit journal qui paraît à Eagle Mountain. Tu sais, tu nous as fait une peur bleue quand tu as été blessé l'an dernier.

Eddie avait fait les cinq heures de route depuis Denver pour rendre visite à Tony à l'hôpital après qu'il était sorti des soins intensifs, mais il était venu seul.

— Chris voulait venir te voir à l'hôpital, reprit Eddie, mais j'ai refusé. Je pensais qu'il serait trop bouleversé s'il te voyait. Tu étais salement amoché.

— Tu le couves trop, dit Tony sans réfléchir.

— Je veux seulement qu'il ait une meilleure enfance que nous. Peut-être qu'il m'arrive d'en faire trop, mais jamais je ne m'en excuserai.

— Je n'ai pas dit que tu le devrais, dit Tony. Je vais essayer de m'occuper de lui. Je lui ai déjà dit qu'il devrait trouver un travail, et il m'a promis de le faire.

— C'est un bon début. Et si tu as besoin d'argent...

— Non. Ça ira.

— Eh bien... merci, dit Eddie. C'est un gentil garçon, je t'assure. J'espère qu'il ne t'en fera pas trop voir.

— Est-ce que papa et maman t'ont dit la même chose quand ils m'ont envoyé vivre avec toi ? demanda Tony.

Eddie éclata de rire.

— Non. Ils t'ont juste déposé chez moi ont déclaré : « Maintenant, c'est toi qui t'occupes de lui », et ils sont repartis.

Tony hocha la tête, pris d'une vague nausée. Il se revoyait, debout devant la maison de son frère, une valise et deux cartons aux pieds, suivant des yeux la berline de ses parents jusqu'à ce qu'elle disparaisse. Ce jour-là, il s'était senti bien plus jeune que ses seize ans et avait dû prendre sur lui pour ne pas fondre en larmes. Sans mot dire, Eddie avait ramassé la valise et lui avait fait traverser la maison jusqu'à la chambre de l'un de ses deux fils.

— Les garçons peuvent partager une chambre, avait-il dit.

Il avait posé la valise à côté du lit dans lequel Tony avait dormi, sous la couette *Star Wars*, pendant les deux ans qui avaient suivi. Dans cette maison, jamais il ne s'était senti chez lui. Quant à sa vie... c'était comme si on l'en avait dépouillé.

— Je m'occuperai de Chris de mon mieux, dit-il.

— Appelle-moi en cas de besoin, répondit Eddie. Et merci. À charge de revanche !

Ils raccrochèrent, et Tony reposa son téléphone. Quoi qu'il en pense, Eddie ne lui devait rien, bien au contraire : c'était lui qui avait une dette envers son frère. Même si leurs relations n'avaient pas toujours été faciles, Eddie lui avait tendu une main secourable quand il n'avait eu nulle part où aller. Maintenant, c'était à son tour d'aider Chris.

6

— Liz n'a passé que deux mois avec nous, mais elle était de ces élèves qui marquent leurs professeurs, dit Deborah Raymond.

La professeure de littérature anglaise avait entre quarante et cinquante ans, de longs cheveux blonds et de jolies lunettes. Elle avait accepté de recevoir Kelsey au lycée, le jeudi après-midi.

— Marquer... dans quel sens ?

— Le bon, répondit la femme en souriant. C'était ma première année dans l'enseignement, et j'étais à peine plus âgée que mes élèves. Quant à Liz, elle semblait plus mûre que la plupart de ses camarades de classe. Elle était plus une adulte qu'une adolescente.

— Et vous vous sentiez proche d'elle ?

— Oui et non, répondit Mlle Raymond.

Elle inclina pensivement la tête et poursuivit :

— Liz était très sociable et très populaire auprès de ses camarades. Ils étaient intrigués par cette nouvelle venue. La plupart d'entre eux se connaissaient depuis le jardin d'enfants, et Liz avait tout de l'étrangère exotique. Elle suivait la mode, elle avait un piercing au nombril et elle semblait très indépendante. Elle était tellement charismatique que tout le monde était attiré par elle... moi y compris. Mais elle gardait toujours ses distances. Elle ne se confiait ni sur sa vie privée ni sur ses sentiments. En général, les jeunes de cet âge sont incapables de masquer leurs émotions. Maintenant, quand une élève a des problèmes avec ses parents, a rompu avec son petit copain ou s'est disputée avec sa meilleure amie, je le devine tout de suite. Mais Liz n'était pas comme ça ; je ne savais jamais vraiment ce qu'elle pouvait penser.

— Que vous êtes-vous dit la première fois qu'elle n'est pas venue en cours ? lança Kelsey.

— J'ai pensé qu'elle était malade. C'était une bonne élève, qui semblait aimer l'école, et c'était le premier cours qu'elle manquait. Je ne me suis donc pas inquiétée. Au second jour d'absence, j'ai demandé à ses amis s'ils avaient de ses nouvelles, mais ils ont répondu que non. Je me suis renseignée auprès du secrétariat de l'école et appris qu'elle n'avait fourni aucun justificatif d'absence. On avait appelé le numéro qu'elle avait donné, mais personne n'avait répondu.

Elle noua les mains devant elle avant de poursuivre. Un chagrin sincère assombrissait ses traits.

— C'est le troisième jour que j'ai vraiment commencé à m'inquiéter. Comme je pensais toujours qu'elle était malade, j'ai décidé de me rendre à l'adresse qu'elle avait fournie lors de son inscription pour prendre de ses nouvelles.

— Et qu'y avez-vous trouvé ? s'enquit Kelsey.

— Rien. L'appartement était vide. Il n'y avait pas un meuble, les fenêtres étaient sales, et des matériaux de construction étaient empilés dans la pièce de devant. J'ai compris que personne n'y avait vécu depuis longtemps.

— Qu'avez-vous pensé ?

— Franchement, j'ai d'abord été peinée que Liz nous ait menti. Ensuite, je me suis demandé pourquoi elle l'avait fait. C'est là que j'ai eu peur et que j'ai décidé d'appeler le shérif.

— Liz vous avait-elle jamais parlé d'un petit ami ?

— Les enquêteurs m'ont posé la même question, à l'époque. J'étais assez jeune alors pour que les élèves, surtout les filles, se confient à moi, mais elle n'avait jamais évoqué la présence d'un homme dans sa vie.

— Liz vous a-t-elle jamais confié quelque chose ?

— Non. Elle savait comme personne garder des secrets sans en avoir l'air.

Elle se pencha vers l'avant.

— Je lui ai dit un jour que je voulais rencontrer ses parents. Je connaissais les familles de tous mes élèves, sauf la sienne. Elle a souri et m'a dit qu'elle était certaine que je les rencontrerais bientôt, avant de changer de sujet.

— Est-ce que cela vous a semblé étrange ? demanda Liz.

— Pas vraiment. Les adolescents n'ont pas tous envie de parler de leurs parents, et la vie de famille de certains enfants n'a rien d'idyllique. Mais comme Liz ne semblait ni maltraitée ni livrée à elle-même, je n'ai pas insisté.

— Est-ce que Tony Meisner était l'un de vos élèves ?

Pourquoi posait-elle cette question ? Sans doute parce qu'elle avait beaucoup pensé à Tony depuis leur randonnée. Elle était curieuse de savoir quel genre d'adolescent il avait été.

Mlle Raymond sourit de nouveau.

— Oh ! oui. Lui aussi est l'un de ces élèves que je n'oublierai jamais. Et, bien sûr, je le croise souvent en ville.

— Il était ami avec Liz.

— Il la connaissait, rectifia Mlle Raymond. Comme cette classe de terminale ne comptait que dix-huit élèves, ils se connaissaient tous, forcément. Mais Tony et Liz n'étaient pas proches. Tony aussi était relativement nouveau en ville. Il était arrivé l'année précédente. Il était très discret. Pas antipathique, mais solitaire. Liz, au contraire, était très extravertie.

— C'est lui qui a trouvé le corps de Liz, dit Kelsey.

— Oui.

Mlle Raymond prit un stylo et le fit tourner dans sa main.

— Je pense que cet événement l'a vraiment secoué, comme il aurait secoué n'importe qui. Je me souviens que les autres élèves voulaient en parler, mais qu'il refusait de dire quoi que ce soit.

Je m'inquiétais pour lui. Il semblait tellement seul ! Quand il est revenu s'installer en ville, j'ai été soulagée de voir qu'il allait bien.

— Il m'a dit qu'il avait le béguin pour Liz, dit Kelsey.

Mlle Raymond éclata de rire.

— Je le crois sans peine. Tous les garçons du lycée avaient le béguin pour elle.

— Mais vous n'avez jamais entendu dire que Liz fréquentait un homme étranger au lycée, un homme plus âgé qu'elle ?

Mlle Raymond secoua la tête.

— Jamais. Je suis désolée. J'aimerais pouvoir vous aider, mais je ne sais vraiment rien.

Elle regarda la pendule.

— Et je crains de devoir reprendre mes cours.

Kelsey recula sa chaise et se leva.

— Merci de m'avoir reçue, dit-elle. C'est un grand réconfort pour moi de savoir que Liz avait des amis, ici.

— Elle en avait, oui. Nous ne l'avons pas connue très long-temps, mais sa perte nous a tous bouleversés.

Tandis qu'elle s'éloignait de l'école, Kelsey repensa au langage qu'utilisaient les gens pour évoquer la mort. Ils parlaient de la « perte » de Liz, comme s'ils avaient égaré sa sœur et espéraient la retrouver un jour. Le terme était aussi approprié qu'un autre : même si rien ni personne ne pourrait jamais ramener Liz à la vie, Kelsey avait eu l'impression de retrouver sa sœur en venant à Eagle Moutain.

Après sa journée de travail, Tony avait prévu de passer un moment au quartier général des Secours en Montagne pour vérifier le bon état du matériel. Avec l'aide de Hannah Richards, il déchargea la jeep spécialement équipée dans laquelle étaient transportés les bénévoles et leur matériel, et étala sur le sol tous les objets – cordes, harnais, sacs, brancards, matériel de premiers secours… – qu'avait utilisés l'équipe le mardi. Pour cette mission, visant à secourir quatre randonneurs coincés sur une arête rocheuse, ils avaient déployé la moitié de leur matériel, y compris leur drone flambant neuf, qui leur avait permis de localiser les quatre malheureux avant même d'arriver sur les lieux.

Bien que le matériel ait été rangé aussitôt après cette mission, il voulait inspecter chaque élément. De plus, maintenant qu'elle était sèche, la boue que le matériel avait accumulée pendant ce sauvetage serait plus facile à ôter.

— Comment as-tu rencontré Kelsey Chapman ? demanda Hannah, qui nettoyait un casque.

Tony la regarda.

— Si tu te mêlais de ce qui te regarde ?

Il connaissait Hannah depuis qu'elle était née et ne prenait pas de gants avec elle.

— Je suis étonnée que vous vous entendiez aussi bien, c'est tout. Elle vient juste d'arriver et n'est que de passage en ville.

Il posa le harnais d'escalade qu'il venait d'inspecter et en prit un autre.

— Sa sœur était au cœur d'une mission à laquelle j'ai participé il y a très longtemps, répondit-il. Kelsey m'a demandé de lui raconter l'histoire.

Le visage de Hannah s'assombrit.

— Est-ce que sa sœur est décédée ?

— Oui, dit-il simplement.

Cette histoire n'était pas la sienne ; ce n'était pas à lui de la raconter.

— Je suis désolée, dit-elle. On dirait que j'ai tiré des conclusions hâtives, et complètement fausses.

— Et quelles étaient tes conclusions ?

Hannah rougit.

— Je pensais que vous sortiez ensemble, tous les deux.

Elle éclata de rire et ajouta :

— Mais c'était idiot.

— Idiot ? Pourquoi donc ?

— Elle est beaucoup plus jeune que toi, n'est-ce pas ? répondit-elle en rougissant de plus belle. Certaines femmes sortent avec des hommes plus âgés, bien sûr, mais tu ne...

Elle posa le casque qu'elle était en train de nettoyer.

— Il va me falloir un produit plus efficace. Je crois qu'il y en a dans le placard.

Tony retourna à sa tâche mais compléta mentalement la remarque de Hannah. Il ne sortait jamais avec aucune femme. Leur groupe regorgeait d'hommes et de femmes jeunes et célibataires, qui se mettaient ensemble, se séparaient et se retrouvaient. Certains couples tenaient pendant des années, d'autres se mariaient avant de divorcer, et il pouvait nommer une poignée de bénévoles qui changeaient de conjoint tous les mois. Mais il s'était toujours contenté d'observer cette petite danse de loin, en se gardant bien d'y entrer.

Il avait déjà eu des relations amoureuses, bien sûr, mais aucune n'avait duré plus de quelques semaines. Il s'était toujours interdit de devenir trop proche de qui que ce soit.

Son téléphone sonna. Quand il regarda l'écran et vit un numéro de l'Iowa, son cœur se mit à battre un peu plus vite : il ne connaissait qu'une personne originaire de cet État.

— Allô ?

— Bonjour, Tony. C'est Kelsey. Je ne vous dérange pas ?

— Non, pas du tout. Comment allez-vous ?

Il avait surtout envie de savoir pourquoi elle l'appelait, mais il ne pouvait pas lui poser cette question de but en blanc sans paraître affreusement impoli.

— J'ai passé l'essentiel de la journée d'hier au bureau du shérif, dit-elle. J'ai pu consulter le dossier d'enquête de Liz. C'était plutôt sinistre.

Il grimaça.

— Je suis désolé de l'entendre.

266

— Ça va, assura-t-elle. Je suis heureuse de l'avoir lu. Quant à aujourd'hui, je viens de discuter avec l'un des professeurs de Liz, Deborah Raymond.

Tony se souvenait de la jeune et jolie Mlle Raymond, que tous ses élèves adoraient. Quand elle lui parlait, il avait toujours eu l'impression qu'elle s'intéressait sincèrement à lui.

— J'en sais beaucoup plus sur la vie que Liz menait ici, poursuivit Kelsey, mais ce que j'ai appris soulève de nouvelles questions. Par contre, le shérif m'a appris un détail intéressant : les échantillons d'ADN ont été conservés. Si un suspect est identifié, il pourra être testé. Cela me donne encore plus envie de dépister l'Homme des Montagnes.

— J'ai trouvé une autre personne que vous pourriez interroger, dit Tony. Il était capitaine des Secours en Montagne à l'époque où Liz a été découverte. Il ne pourra sans doute vous fournir aucune information sur l'Homme des Montagnes, mais il sera peut-être en mesure d'apporter quelques détails sur les événements de cette journée.

— Oh ! Tony ! c'est merveilleux. Merci du fond du cœur. Alors, qu'est-ce que vous êtes en train de faire ?

— Je suis au quartier général des Secours en Montagne. Je nettoie et je range du matériel. Et vous ?

— Je me demande ce que je vais manger ce soir.

— Je vais sans doute bientôt me poser la même question.

— Si vous dîniez avec moi ?

Est-ce qu'elle lui proposait un rendez-vous ? Il ouvrit la bouche pour répondre, mais aucun son n'en sortit.

— Vous n'êtes pas obligé d'accepter, reprit-elle. Mais je préférerais ne pas manger seule. Je ne ferais que ressasser tout ce que j'ai appris aujourd'hui.

— J'adorerais dîner avec vous, lâcha-t-il. Où voulez-vous aller ?

Ils décidèrent de se retrouver chez Mo à 18 h 30 pour manger une pizza.

Quand Hannah revint, il remettait son téléphone dans sa poche. Il entreprit aussitôt de rassembler le matériel et de le ranger dans les grands sacs.

— Est-ce que nous avons déjà fini ? demanda Hannah.

— Moi, oui, répondit Tony. Il faut que j'y aille.

— Pourquoi es-tu aussi pressé ?

Il lui décocha un grand sourire.

— J'ai un rendez-vous.

Elle en resta bouche bée, et il s'accorda quelques instants pour savourer sa surprise.

Tony arriva chez Mo le premier et choisit une table tout au fond de la salle afin qu'ils aient plus d'intimité. Même si Kelsey ne voulait parler que de sa sœur, elle apprécierait de le faire loin des oreilles indiscrètes. Elle s'assit face à lui à 18 h 30 précises. Elle exhalait un parfum frais et floral, et ses cheveux brillaient. Quand elle prit le menu, il remarqua la demi-douzaine de bagues en argent qui ornaient ses jolis doigts longs et fins.

Ils échangèrent quelques banalités et passèrent leur commande. Ensuite, elle lui sourit.

— Parlons de tout sauf de meurtre. Racontez-moi votre plus beau sauvetage. Un sauvetage qui s'est bien terminé.

— Il y en a tellement...

Il fouilla sa mémoire pour trouver une histoire qui ne la déprimerait pas.

— Au fil des années, vous prenez conscience que les gens sont parfois extraordinaires, commença-t-il enfin. Tant vos collègues secouristes que les personnes que vous secourez. Vous apprenez à ne jamais perdre espoir, parce que l'être humain peut survivre aux épreuves les plus incroyables.

Elle se pencha vers lui, captivée.

— Par exemple ?

— Nous avions été appelés par une belle matinée d'été pour

secourir un couple de randonneurs et leur fille de dix ans. La petite avait glissé et elle était tombée dans un ravin, au pied d'une cascade. En apprenant où s'était produit l'accident, nous avons tous pensé qu'elle ne pouvait pas avoir survécu à sa chute. Ted Carruthers et moi, Ted est l'homme que je vous conseille de rencontrer, avons donc emporté un sac mortuaire. Nous avons couru pendant trois quarts d'heure pour arriver sur les lieux. Ted a vingt ans de plus que moi, mais ce jour-là j'arrivais à peine à le suivre.

Il s'arrêta le temps de prendre une gorgée de bière.

— Quand les victimes sont des enfants, votre travail doit être encore plus pénible, remarqua Kelsey.

Il acquiesça avant de reprendre.

— En plus, comme il s'agissait d'une famille de la région, nous les connaissions tous, au moins de nom. La mère est venue à notre rencontre pour nous dire que son mari avait rejoint la fillette dans le ravin pour la couvrir de leurs blousons. Nous avons eu le plus grand mal à parvenir jusqu'à elle, mais quand nous sommes arrivés elle était encore en vie. Pourtant, elle avait fait une chute de près de cent mètres.

Il s'interrompit quand le serveur leur apporta leurs pizzas et découpa une part de la sienne, mais n'y toucha pas. Il était revenu au pied de cette cascade.

— La cascade faisait un tel bruit que nous devions crier pour nous faire entendre. En quelques minutes, nous étions trempés, ainsi que tout notre matériel... et l'eau était glaciale. Susie, la fillette, était mal en point. Elle avait une blessure fermée à la tête, une épaule luxée et un bras cassé. Elle avait du mal à respirer. Comme nous voyions que son père faisait des efforts surhumains pour ne pas craquer, nous essayions d'utiliser une sorte de langage codé pour qu'il ne comprenne pas que l'état de sa fille était critique. Toutes les échelles d'évaluation dont nous disposions disaient la même chose : elle était mourante.

Il prit une bouchée de pizza et s'aperçut que son avant-bras était hérissé de chair de poule, comme si son corps se souvenait du froid atroce qu'il avait enduré ce jour-là.

La voix de Kelsey le ramena au présent.

— Que s'est-il passé ensuite ?

— Le capitaine de l'époque, Mike Lawton, a appelé un hélicoptère pour treuiller la fillette. Comme l'hélico était à une heure de vol de là, nous avons décidé de la remonter. Entre-temps, le reste de l'équipe nous avait rejoints avec du matériel supplémentaire et nous avons pu la mettre sous oxygène. Il nous a fallu une heure et demie pour la sortir du ravin et la transporter jusqu'à l'endroit où l'hélicoptère s'était posé, mais quand nous y sommes arrivés elle était toujours en vie.

— Et elle a survécu ? demanda Kelsey.

— Elle a survécu, affirma-t-il. Trois mois plus tard, nous avons organisé un pique-nique. Susie est venue avec ses parents. Elle courait comme n'importe quel enfant.

Elle s'était jetée sur lui, l'avait serré dans ses bras, et il avait bien failli fondre en larmes.

— Ses médecins étaient stupéfaits qu'elle se soit remise aussi vite. D'après eux, elle n'a survécu que parce qu'elle était jeune et parce que l'eau était tellement froide qu'elle est très rapidement tombée en hypothermie.

— Et parce que vous l'avez très vite prise en charge, commenta Kelsey.

— Oui. Il n'y a aucun doute.

Il prit une autre gorgée de bière et attendit que son émotion se soit un peu dissipée avant de poursuivre :

— Quand vous partez pour une mission, c'est en ignorant l'impact qu'aura votre intervention. C'est sans doute pour ça que ce travail n'a jamais rien de routinier ni d'ennuyeux.

— Je pense que c'est vraiment fantastique, dit-elle.

Elle posait sur lui un regard tellement admiratif qu'il commença à se sentir mal à l'aise.

— Assez parlé de moi, déclara-t-il. Dites-m'en plus sur vous. Que faites-vous dans la vie ?

— Rien d'aussi excitant que vous. Je suis comptable.

— Et moi, je suis géomètre, répondit-il. Ce n'est pas spécialement excitant non plus.

— Mais vous passez beaucoup de temps dehors, dans des paysages magnifiques.

— C'est beaucoup moins agréable quand il pleut ou qu'il neige, répliqua-t-il en souriant.

— Mais vous adorez ça, avouez-le, taquina-t-elle.

Ce fut ainsi que, sans qu'il s'en rende compte, leur conversation prit une tout autre tournure. Il riait sans retenue, il flirtait même peut-être un peu. Du haut de ses trente-huit ans, il se sentait un peu dépassé, mais il se laissait volontiers entraîner par elle.

— Désirez-vous autre chose ? demanda soudain une voix.

Chris les regardait, le visage fendu par un large sourire. Ses cheveux blonds étaient attachés, il portait un tablier noir, et une bassine pleine d'assiettes sales était calée sur sa hanche.

— Tu vois ? ajouta-t-il. Je t'avais bien dit que je trouverais un travail.

Devant le regard interrogateur de Kelsey, Tony dit :

— Kelsey, voici mon neveu, Chris. Chris, je te présente Kelsey Chapman.

— Ravi de faire votre connaissance, déclara le jeune homme. Je suis désolé de vous interrompre, mais on m'a envoyé débarrasser votre table. Nous allons bientôt fermer.

Kelsey recula sa chaise.

— Nous ferions mieux de partir.

— Prenez votre temps, répliqua Chris en posant leurs assiettes dans la bassine. Vous avez encore quelques minutes.

Tony fronça les sourcils. Chris s'empressa de finir de débarrasser leur table et s'éloigna.

— Il est mignon, dit Kelsey. Et si j'en juge par les photos que j'ai vues, il ressemble beaucoup au garçon que vous étiez à son âge.

Tony contempla le fond de son verre vide.

— Il vient de s'installer chez moi. Je vis seul depuis tellement longtemps que j'ai du mal à m'y faire, mais c'est un gentil garçon.

— Je parie qu'il a beaucoup d'admiration pour vous.

— Oui, répondit-il. Mais c'est la première fois que quelqu'un me prend pour modèle, et je ne sais pas si ça me plaît ou non.

Il était sérieux, mais elle rit comme s'il s'agissait d'une plaisanterie. Il ne s'en formalisa pas parce qu'il aimait le son de son rire. Il lui donnait l'impression d'être plus léger. Il attrapa son portefeuille et tendit la main vers l'addition, mais elle referma les doigts autour de son poignet.

— Non, dit-elle. C'est moi qui vous ai invité.

Il voulut protester, mais elle lui tapota le dos de la main.

— Vous pourrez payer la prochaine fois.

« La prochaine fois. » Envisageait-elle un second rendez-vous ? Mais il ne devait pas s'emballer. Il ne savait pas ce qu'elle pensait de lui. Peut-être qu'elle avait seulement voulu le remercier de son aide, ou qu'elle avait eu pitié de lui. Il devait lui paraître bien vieux. Elle, au contraire, semblait si jeune, si fraîche...

— Vous m'avez dit que vous aviez dix ans de moins que Liz, dit-il quand ils sortirent du restaurant. Vous avez donc vingt-huit ans ?

— Oui. Et vous ?

— Trente-huit.

Elle hocha la tête sans répondre, et ils prirent, à pied, le chemin de l'Alpiner Inn. Elle rejeta la tête en arrière pour contempler le ciel sans nuages et les étoiles qui brillaient, semblables à autant d'éclats de verre.

— Je n'ai jamais rien vu d'aussi beau, dit-elle.

— C'est vrai.

Mais ce n'était pas le ciel qu'il regardait, mais l'arc gracieux de son cou et la cascade de ses cheveux bruns.

Quand ils furent arrivés à l'hôtel, elle prit ses deux mains dans les siennes.

— Merci de m'avoir évité de passer cette soirée seule dans ma chambre. Je me sens beaucoup mieux, maintenant.

— C'est moi qui vous remercie, répondit-il. Il est rare que je dîne en aussi bonne compagnie.

Il devait lui sembler affreusement guindé, mais il n'avait jamais su manier les mots.

— À bientôt, dit-elle.

Elle l'embrassa sur la joue avant de relâcher ses mains et de s'engouffrer dans l'hôtel. Il resta là, stupéfait, à demi convaincu que cette soirée n'avait été qu'un rêve.

7

Le vendredi matin, Kelsey appela sa mère.

— Bonjour, maman. Comment vas-tu aujourd'hui ?

Elle devait être dans le séjour, parce que Kelsey entendait la télé – les informations, sans doute – à l'arrière-plan.

— Aussi bien qu'on peut s'y attendre, répondit sa mère, comme à son habitude. Merci de m'avoir envoyé cet article. Il n'a pas été agréable à lire, mais j'ai été heureuse de revoir cette photo. C'était l'une de mes préférées.

Kelsey fut gagnée par un regain de colère contre son père qui, dans son acharnement à effacer toute trace de l'existence de Liz, les avait privées toutes deux de tellement de souvenirs précieux.

— Est-ce que le jeune homme de la photo est celui auquel tu as parlé ? demanda sa mère.

— Oui, mais ce n'est plus un jeune homme. Il a trente-huit ans, maintenant.

— Liz aurait trente-huit ans, elle aussi.

Est-ce que tous ceux qui ont perdu un être cher font la même chose ? se demanda Kelsey. *Est-ce qu'ils calculent machinalement l'âge qu'il aurait s'il avait vécu ?*

— Mais il se souvient de Liz, ajouta sa mère.

— Il se souvient d'elle, oui. Il m'a beaucoup aidée.

Grâce à lui, les côtés les plus pénibles de son séjour l'étaient un peu moins. Il était tellement posé, tellement discret qu'on aurait pu le prendre pour un professeur d'université avant de remarquer ses muscles saillants et de sentir la fermeté de ses biceps. Il aurait pu passer pour un homme insignifiant et pourtant il lui arrivait régulièrement de courir sur des sentiers de montagne, de descendre des falaises en rappel ou de plonger dans des eaux glaciales pour sauver la vie d'inconnus. Les accros de sport qui hantaient les salles de musculation auraient beau faire : jamais ils ne seraient aussi sexy que lui.

Cette pensée la fit sursauter, mais son étonnement ne dura pas. Pourquoi n'aurait-elle pas trouvé Tony sexy ? Oui, il était très différent des hommes qu'elle fréquentait d'habitude ; il était plus âgé, moins lisse. Mais ce n'était pas nécessairement une mauvaise chose.

D'ailleurs, elle ne « fréquentait » pas Tony. Il n'était qu'un ami qui lui apportait son soutien dans une période difficile.

Elle se rendit soudain compte que sa mère lui parlait.

— Désolée, maman. Qu'est-ce que tu disais ?

— Est-ce que tu as découvert autre chose sur Liz ?

— J'ai parlé avec la professeure qui a signalé sa disparition. Elle m'a dit que Liz était très populaire.

— Bien sûr qu'elle l'était, répliqua sa mère. Elle était belle et intelligente. Tous ceux qui la connaissaient l'aimaient.

C'était ce que Kelsey avait toujours cru elle aussi, mais... Liz avait-elle vraiment été aussi parfaite ? Sa mort n'avait-elle été qu'un hasard malheureux, ou la conséquence des choix qu'elle avait faits ?

— Elle m'a aussi dit que Liz ne parlait jamais de sa vie, reprit-elle. Tout le monde pensait qu'elle vivait avec ses parents.

— Mais il a fallu qu'elle rencontre cet homme, lança Mary. Est-ce que la professeure t'a dit quelque chose sur lui ?

— Non. Les adjoints du shérif ont interrogé les proches de Liz, et tous ont dit la même chose : ils ignoraient qu'il y avait un homme dans sa vie.

— Et pourtant, il y en avait un. Tu dois le trouver.

Elles prirent un moment pour réfléchir à cette pensée, ainsi qu'à la question qui planait sur toute cette expédition à Eagle Mountain : comment trouver un homme qui était demeuré invisible pendant vingt ans ?

— Que fais-tu aujourd'hui ? demanda sa mère.

— Je vais à la bibliothèque pour consulter l'annuaire des élèves, dit Kelsey. Je veux faire la liste des camarades de classe de Liz et aller interroger tous ceux que je retrouverai.

Sa sœur avait forcément parlé à l'une de ses amies de l'homme avec lequel elle vivait. Avant de quitter l'Iowa, elle leur rebattait sans cesse les oreilles avec l'Homme des Montagnes – sans jamais l'appeler par son nom. D'ailleurs, comment ses parents avaient-ils pu ne pas être alertés par le mystère dont cet homme tenait à s'entourer ? Mais c'était une question qu'elle ne pouvait pas poser à sa mère sans rajouter à sa culpabilité et à son chagrin.

— Je vais te laisser, alors, dit sa mère avant de raccrocher.

Elle était ainsi ; pas plus sentimentale que soucieuse des bonnes manières. Elle avait bien essayé de se rapprocher de Kelsey après la mort de son mari, mais ses efforts avaient été vains, comme si elle ne savait plus comment faire. Leur seul vrai sujet de conversation était Liz. Si Kelsey essayait de parler de son travail, de son appartement ou d'un film qu'elle avait vu, sa mère se désintéressait complètement de la conversation. Kelsey voulait être une vraie fille pour elle, mais comment pouvait-elle l'être alors que sa mère n'avait rien d'une vraie mère ? Contrairement aux mères de ses amies, elle se désintéressait complètement de la vie de sa fille. Quand Kelsey entendait ses amies se plaindre que leurs mères les étouffaient, elle se retenait à grand-peine de leur répliquer qu'elles ne se rendaient pas compte de leur chance. Mieux valait étouffer sous l'amour maternel qu'en être complètement privé.

Le vendredi après-midi, Tony consulta la liste des donateurs des Secours en Montagne jusqu'à trouver le nom qu'il cherchait. Ensuite, il composa le numéro de Jessica Stringfellow, qui s'appelait maintenant Jessica Macintosh.

— Allô, Jessica ? C'est Tony Meisner.

— Tony ! lança-t-elle chaleureusement. Comment vas-tu ?

Cela faisait pourtant quinze ans qu'ils se bornaient à n'échanger qu'un signe de la tête quand ils se croisaient.

— La question va te sembler bizarre, mais je voulais savoir si tu te souvenais de la fille de notre classe qui avait disparu. Liz Chapman.

— Oh mon Dieu. Bien sûr que je me souviens de Liz. Ce qui lui est arrivé était terrible. C'est toi qui avais trouvé le corps, n'est-ce pas ?

— Oui. Sa sœur est en ville, et elle m'a demandé si je connaissais des amis de Liz qui accepteraient de la rencontrer. J'ai tout de suite pensé à toi.

— Elle veut que je lui parle de Liz ? répliqua Jessica. Je ne sais pas ce que je pourrai lui dire.

— Elle essaye seulement d'accepter ce qui s'est passé, je crois. Elle n'était qu'une petite fille quand Liz a quitté la maison, et elle veut savoir comment était sa sœur.

— Eh bien... je peux la rencontrer, oui.

— Est-ce que tu sais qui d'autre je pourrais contacter ? Des personnes qui étaient assez proches de Liz.

— Nous étions beaucoup à la connaître, dit Jessica, mais c'était une drôle de fille, tu sais. Elle était gentille et amusante, mais elle tenait tout le monde à l'écart. Comme si elle avait des secrets qu'elle ne voulait pas dévoiler... et d'ailleurs, c'était sans doute le cas. Est-ce que tu te souviens combien nous avons été choqués d'apprendre qu'elle était venue s'installer ici sans ses parents, et qu'elle semblait fréquenter un homme plus âgé qu'elle ? C'était comme le scénario d'un film.

— Qui pourrait accepter de parler à Kelsey ? demanda de nouveau Tony.

— Je m'en occupe, répondit Jessica. J'ai déjà quelques noms en tête. Je te rappellerai et nous organiserons une rencontre. Tu es vraiment adorable d'aider sa sœur, tu sais.

Il ne se souvenait pas d'avoir jamais été qualifié d'« adorable » auparavant.

— Elle avait besoin d'aide, dit-il simplement. Comment aurais-je pu la repousser ?

— C'est ce que certaines personnes auraient fait.

Quand ils eurent raccroché, il hésita un instant avant d'appeler Kelsey.

— Allô ?

— Est-ce que tout va bien ? demanda-t-il. Vous semblez hors d'haleine.

— Je fais seulement le tour du parc. J'essaye de faire un peu de sport, mais l'altitude me coupe le souffle.

— Si vous restez assez longtemps, vous vous y ferez.

Pourquoi avait-il dit ces mots ? Quand elle aurait toutes les réponses qu'elle pourrait trouver ici, elle rentrerait dans l'Iowa. Elle retournerait à la comptabilité, à sa mère et à l'homme qu'elle devait fréquenter – parce qu'il y avait sans doute un homme, même si elle n'y avait fait aucune allusion.

— J'ai passé la matinée à la bibliothèque pour regarder l'annuaire des élèves, dit-elle. J'ai trouvé quelques photos de Liz. Apparemment, elle se donnait vraiment à fond dans la vie du lycée : elle faisait partie de l'équipe de volley-ball, du comité de l'annuaire, du club d'espagnol...

— C'est toujours comme ça dans une petite école. Il n'y avait que dix-huit élèves dans notre classe de terminale.

— Ce qui devait rendre les relations amoureuses un peu gênantes, sans parler du bal de promo.

Il éclata de rire.

— Les relations amoureuses sont toujours gênantes, surtout à l'adolescence. Mais beaucoup de jeunes sortaient avec des jeunes des villes avoisinantes, et nous organisions un bal de promo commun avec un lycée de Delta.

— Il y avait aussi une photo de vous, dans l'annuaire. En tenue de Secours en Montagne. Miam miam !

Il rit de nouveau.

— Aucune fille ne craquait sur le garçon coincé qui faisait partie des Secours en Montagne.

— Oh ! je pense que vous vous trompez. Certaines femmes trouvent que les hommes timides sont sexy, et si en plus ils risquent leur vie pour les autres... Je parie que les gars des Secours en Montagne ont même des groupies.

Il avait effectivement entendu quelques histoires, mais si une femme lui avait fait du gringue après un sauvetage, il ne s'était rendu compte de rien.

— Si certaines filles du lycée m'admiraient de loin, j'étais trop empoté pour le remarquer, dit-il.

— Ou trop occupé à avoir le béguin pour ma sœur.

— Qui ne savait pas que j'existais.

— Liz trouvait normal que les hommes l'admirent, répondit Kelsey, mais je ne pense pas qu'on aurait pu la taxer d'arrogance. Elle savait seulement qu'elle était belle.

— Vous lui ressemblez beaucoup, vous savez.

— On me l'a déjà dit dit, mais je ne trouve pas. La beauté n'est pas seulement une question de physique, mais aussi d'attitude. Liz l'avait, et je ne l'ai pas.

— Il y a toutes sortes d'attitudes, et toutes sortes de beautés, dit-il.

Il grimaça, certain que la remarque la mettait mal à l'aise. Il était temps de changer de sujet.

— J'ai parlé à l'une des anciennes amies de Liz, reprit-il. Elle va contacter d'autres personnes et organiser une réunion pour que vous puissiez tous les rencontrer.

— Vous m'avez aussi parlé de l'ancien capitaine des Secours en Montagne. Comment est-ce que je peux le joindre ?

— Je le débusquerai et je lui proposerai de venir prendre un verre avec nous dans la journée.

— Ce serait génial. Mais souvenez-vous : cette fois, c'est vous qui payez.

Elle riait encore quand elle raccrocha. Son rire était différent de celui de Liz – plus chaud, plus doux, un peu plus réservé. Comme si elle n'était pas prête à tout donner, pas encore.

Chris entra dans la pièce en traînant les pieds, précédé par le parfum du shampooing. Il était torse nu et se frottait la tête avec une serviette.

— Est-ce que c'était Kelsey ? demanda-t-il.

— Occupe-toi de tes affaires.

— Hé, ne le prends pas mal ! Je l'ai trouvée sympa. Et franchement, tu t'en sors bien. Tu as un bon boulot, une petite amie jeune et super mignonne...

— Kelsey n'est pas ma petite amie, coupa-t-il.

— Mais tu aimerais qu'elle le devienne.

Le jeune homme éclata de rire et ajouta :

— Ne mens pas. Si tu t'étais vu l'autre soir, avec elle...

Tony le regarda de travers, ce qui ne réussit qu'à le faire rire de plus belle.

— Pour ce que ça vaut, j'ai trouvé que tu avais l'air de lui plaire, toi aussi, ajouta Chris.

— Depuis quand es-tu un expert ?

— Cela fait plusieurs années que je travaille dans la restauration. Un bon serveur doit apprendre à lire le langage corporel des clients pour savoir s'ils sont de bonne humeur ou si quelque chose les contrarie. C'est le meilleur moyen d'avoir de bons pourboires.

— Tu n'es pas serveur, remarqua Tony, mais aide-serveur.

— Pour le moment oui, mais je vais avoir une promotion. Ce n'est qu'une question de temps.

— C'est ce que tu veux faire de ta vie ? Servir des clients dans un restaurant ?

Chris haussa les épaules.

— Sans doute pas mais, pour le moment, ça me va.

— Mais l'avenir ? demanda Tony.

— Quoi, l'avenir ?

Il lança la serviette humide derrière lui, vers la salle de bains, mais elle retomba au milieu de l'entrée.

— J'adorerais continuer à discuter avec toi, mais je dois y aller.

Tony le suivit des yeux, gagné par un sentiment qu'il ne put identifier sur le moment. Quand il se rendit compte qu'il s'agissait de jalousie, il fut abasourdi. Qu'enviait-il le plus chez Chris ? Sa jeunesse, ou son assurance ? Un peu des deux, sans doute.

Chris avait-il raison ? Plaisait-il vraiment à Kelsey ? En tout cas, si le désir qu'elle lui inspirait était tellement évident que même son neveu l'avait perçu, il ne devait rien laisser paraître devant personne d'autre. Un adolescent qui craquait sur la fille que tous ses amis convoitaient était touchant, mais un homme de son âge qui s'amourachait d'une femme bien plus jeune que lui était ridicule. Personne ne devait rien deviner – et surtout pas Kelsey.

Ted Carruthers ressemblait à l'image que Kelsey s'était faite de lui quand Tony l'avait décrit comme « un vieux cow-boy, vétéran des Secours en Montagne ». Quand elle entra chez Mo à 19 heures ce soir-là, elle repéra l'homme aux cheveux argent, en chemise et bottes de style western, avant même de voir Tony, assis face à lui. Il avait la peau burinée des personnages de Charlie Russell, une moustache tombante et des lunettes d'aviateur aux verres teintés.

Les deux hommes se levèrent à son approche.

— Kelsey, dit Tony, voici Ted Carruthers. Ted, Kelsey Chapman.

— Ravi de faire votre connaissance, fit Ted en lui serrant la main. Cependant, je doute de pouvoir vous aider. Je ne connaissais pas votre sœur.

Kelsey s'assit face à lui, à côté de Tony.

— Parlez-moi seulement du jour où les Secours en Montagne ont retrouvé son corps, déclara-t-elle.

— C'est Tony qui a donné l'alerte, dit Ted avec un signe de tête vers son ami. Il n'était qu'un gamin, et je ne sais pas s'il avait déjà vu un cadavre.

— Non, jamais, répondit Tony.

Ted grimaça.

— C'est pire quand il s'agit de quelqu'un qu'on connaît. Bien sûr, cela arrive fréquemment quand on travaille pour les Secours en Montagne, dans une petite ville isolée. On connaît beaucoup de ceux que l'on secourt. Et de ceux qui meurent.

— Quel temps faisait-il ce jour-là ? demanda Kelsey.

— Quel temps ? répéta-t-il. Pourquoi voulez-vous savoir le temps qu'il faisait ?

— J'essaye de me représenter cette journée.

— Comme vous voulez, répondit Ted en rejetant la tête en arrière. Voyons... Il y avait du soleil et une petite brise. Les conditions parfaites pour une mission. Le corps se trouvait juste à côté d'une piste de randonnée assez facile. Le plus pénible a été d'attendre que les adjoints du shérif aient fini de rassembler les preuves.

Il ricana.

— Et encore, il ne leur a pas fallu bien longtemps. À l'époque, le shérif n'avait que trois adjoints. Il est arrivé sur les lieux avec l'un d'eux avant d'en appeler un second. Ils ont passé une heure à ramper dans l'herbe et les cailloux, tous les trois, et n'ont trouvé qu'un papier de chewing-gum et quelques détritus qui auraient pu être laissés par n'importe qui. Tu parles de preuves !

— Y avait-il quelqu'un d'autre sur les lieux ? demanda Kelsey. Des randonneurs, des touristes, par exemple ?

Ted prit une grande rasade de bière avant de répondre.

— Non, personne d'autre que les bénévoles. À l'époque, nous n'avions pas autant de touristes que maintenant.

Il se frotta le menton.

— Tony était là, bien sûr. Et Mel Wheeler. Est-ce que tu te souviens de lui, Tony ?

— Oui. Il vit à Phoenix, maintenant.

— C'est vrai. Voyons... il y avait aussi Peggy Pendleton, et ce type de... d'où venait-il, déjà ? Du Mexique ?

— Du Pérou, rectifia Tony. Alejandro Garcia.

— C'est ça. C'était tout.

Il haussa les épaules.

— Nous n'avions pas besoin d'être plus nombreux. Il n'y avait qu'à charger les restes sur la civière et les redescendre en ville.

Kelsey prit soin de garder un visage neutre. Elle ne voulait pas qu'il la voie réagir au terme qu'il avait employé pour désigner Liz : les « restes ».

— Parlez-moi des bénévoles, dit-elle. D'Alejandro, par exemple. C'était un joli prénom. Un prénom sexy.

— Il était alpiniste professionnel, répondit Ted. Il a travaillé comme guide dans la région pendant deux ans. Il pouvait escalader n'importe quelle falaise.

Il gloussa de rire.

— À l'époque, j'avais dans les quarante ans et j'étais au sommet de ma forme. Mais même à cinquante-deux ans, Alejandro nous damait le pion sur n'importe quelle ascension.

Il inclina la tête vers Tony.

— Il était même meilleur que ce gamin.

— Alejandro était marié et avait cinq enfants, dit Tony.

Il semblait donc peu probable qu'il se soit intéressé à Liz. Et comment aurait-il caché son existence à sa famille ?

— Et Mel Wheeler ?

— Il avait la trentaine et venait de Paradise. Il était charpentier.

— Il n'a été des nôtres que pendant un an, compléta Tony.

— Et il vit donc à Phoenix, maintenant ? demanda-t-elle.

— Aux dernières nouvelles, oui, dit Tony.

Kelsey se promit de se renseigner sur ce Mel Wheeler. Peut-être qu'il était l'Homme des Montagnes et qu'il avait quitté la ville pour éviter d'être identifié après la mort de Liz.

Ted finit son verre d'un trait et le posa bruyamment.

— Y a-t-il autre chose que vous voulez savoir ?

Elle avait pensé lui poser les mêmes questions qu'à Tony : comment était Liz quand ils l'avaient retrouvée ? Avait-il remarqué quelque chose d'inhabituel ? Mais il n'avait pas la sensibilité de Tony, ni l'attention aux détails qu'elle avait trouvée dans les rapports du dossier d'enquête. Il était inutile de lui demander de répéter ce qu'elle avait déjà appris ailleurs.

— Est-ce que vous connaissiez Liz ? demanda-t-elle.

Il secoua la tête.

— Je n'avais aucune raison de la connaître. Comme je l'ai dit, j'avais quarante ans et elle n'était qu'une gamine.

Une gamine qui n'a pas eu la chance de grandir, pensa Kelsey.

— Merci d'avoir répondu à mes questions, dit-elle.

— Je ne vois pas en quoi je vous ai aidée, répliqua-t-il en se levant. Merci pour la bière, Tony.

— Ted n'est parfois qu'un vieux ronchon, dit Tony quand l'homme fut parti.

— Peut-être, mais il m'a donné deux noms, répondit-elle. Alejandro et Mel.

— Je ne pense pas que ce soit l'un d'eux qui a tué Liz. Je pourrais me tromper, mais j'étais sur les lieux, ce jour-là. Ils n'ont rien laissé paraître ni l'un ni l'autre.

— Peut-être qu'un sociopathe ne laisse rien paraître.

— Tous les assassins ne sont pas des sociopathes.

— Je ne suis pas une experte, remarqua-t-elle, mais je pense que quand un homme pousse une jeune femme à s'éloigner de sa famille dans le seul but de la tuer quelques semaines plus tard, c'est que quelque chose ne tourne pas rond chez lui.

— Vous avez raison. Et ce genre de perversion n'est pas toujours décelable.

Elle se tourna vers lui. Ils étaient assis si près l'un de l'autre sur l'étroite banquette que leurs cuisses se touchaient presque.

— Merci de m'avoir écoutée et d'essayer de m'aider. Vous avez sans doute beaucoup d'autres choses à faire.

— Pas vraiment, non. Et vous avez piqué ma curiosité. Je veux voir comment se conclut toute cette histoire.

— Avez-vous eu d'autres nouvelles des amis de Liz ?

Il acquiesça.

— Jessica Macintosh – Stringfellow, de son nom de jeune fille – a invité quelques-uns des camarades de classe de Liz chez elle, demain soir. Ils vous diront ce qu'ils savent.

— Qu'attendiez-vous pour me l'annoncer ?

Elle lui décocha une légère tape sur le bras.

— J'ai préféré garder les bonnes nouvelles pour la fin. Je savais que ce ne serait pas facile de faire parler Ted.

— Cela n'a pas été si difficile que ça.

— Non, mais il peut se montrer assez insensible.

— Tout le monde n'est pas aussi attentionné que vous.

Elle le regarda de nouveau, avec une telle intensité qu'il eut l'impression qu'elle essayait de le mettre à nu. Il détourna les yeux.

— Voulez-vous que nous commandions quelque chose ?

— Et vous ? demanda-t-elle.

— Pouvez-vous supporter de manger avec moi deux soirs de suite ?

— Je devrais survivre.

Elle tendit le bras pour attraper un menu, et le sein de la jeune femme lui effleura l'épaule. Un frisson le traversa.

— D'ailleurs, ajouta-t-elle, vous me devez un repas.

— En ce cas, je ferais mieux de m'acquitter de ma dette, dit-il d'un ton léger.

Mais, en son for intérieur, il pensait qu'il était trop vieux pour se comporter d'une façon aussi ridicule. Aucun homme de trente-huit ans n'avait le béguin pour une femme qui ne pourrait jamais être sienne.

8

Jessica et Andrew Macintosh vivaient dans un chalet niché dans un quartier très boisé aux abords de Carolina Gulch, au sud d'Eagle Mountain. Tandis que Tony, au volant de sa Toyota, négociait les lacets de la route qui menait chez eux, Kelsey contemplait les panoramas spectaculaires qui s'offraient à elle. Avec ses falaises abruptes, ses cascades gelées, ses pics coiffés de neige et ses cours d'eau à sec, c'était le genre de paysage qui pouvait effrayer les gens au point de les dissuader de jamais revenir – ou dont ils tombaient amoureux au point de s'y installer définitivement. En tout cas, il ne laissait personne indifférent.

— Quel métier exercent les habitants de cette région ? demanda-t-elle.

— Beaucoup d'entre eux télétravaillent, répondit Tony. Par exemple, Jessica conçoit des sites web, ou quelque chose comme ça. Je n'y connais rien en informatique. Quant à son mari, il est pilote.

Comme l'allée des Macintosh était pleine de voitures, Tony se gara dans la rue et ils marchèrent vers le chalet. Jessica, en pantalon noir ample et tunique multicolore mais pieds nus, les accueillit à la porte. Ses cheveux étaient plus courts que quand elle était lycéenne, elle n'était plus aussi mince, mais son sourire était resté le même.

— Entrez, entrez, lança-t-elle. Je suis tellement heureuse de te revoir, Tony ! Je vois souvent ta photo dans le journal, quand il y a un article sur un sauvetage.

— Jessica, dit-il, je te présente Kelsey Chapman.

— Je suis ravie de faire votre connaissance, Kelsey. Venez. Accrochez vos manteaux dans ce placard et rejoignez-nous dans le séjour. Je ferai les présentations.

Outre Jessica et son mari, six personnes étaient rassemblées dans le vaste séjour des Macintosh : Marcus White qui, comme Tony, avait fait partie de l'équipe de basket-ball ; Madison Gruenwald, dont il se souvenait comme d'une petite rousse ronde et pleine de vie et qui était devenue une femme mince aux cheveux teints en violet... mais toujours aussi vive. Il y avait aussi Veronica Olivares, qui avait côtoyé Liz au sein de l'équipe de volley-ball. Elle avait coupé ses cheveux bruns, mais ressemblait sinon de manière frappante à la jeune fille de terminale qu'il avait côtoyée. Taylor Redmond, Sarah Fish et Darla Cash complétaient le petit groupe. Les deux premières étaient également d'anciennes volleyeuses ; quant à Darla, elle avait côtoyé Liz au sein du comité chargé de l'élaboration de l'annuaire des élèves.

— J'ai préparé des amuse-gueules, dit Jessica. Servez-vous pendant que je m'occupe du vin.

Tandis que Jessica déambulait dans la pièce pour remplir leurs verres, ses invités posaient toutes sortes de questions à Kelsey. Où vivait-elle ? Quel était son métier ? Comment avait-elle connu Tony ?

Tony, qui discutait avec Marcus, tendit l'oreille pour entendre la réponse de Kelsey à cette dernière question.

— Tony faisait partie de l'équipe des Secours en Montagne qui a ramené le corps de Liz, dit-elle. Il m'aide à en apprendre autant que possible sur ce qui s'est passé.

— C'était affreux, dit Veronica. Quand nous avons appris ce qui lui était arrivé, nous avons tous été tellement choqués !

— On n'a jamais retrouvé le coupable, n'est-ce pas ? demanda Andy.

Il avait quelques années de plus qu'eux et venait de Houston, mais Jessica devait lui avoir raconté l'histoire.

— Jamais, répondit Marcus. La police a sans doute fini par conclure qu'il s'agissait d'un tueur itinérant. Un second Ted Bundy.

Ce fut Jessica qui orienta la conversation vers la raison de cette réunion.

— Alors, quelles questions vouliez-vous nous poser ?

— J'aimerais savoir ce que Liz vous avait confié, sur elle et sur son passé.

Les anciens camarades de Liz se regardèrent, comme si aucun d'eux ne voulait prendre la parole le premier.

— Liz ne parlait pas beaucoup d'elle, dit enfin Madison. Je savais seulement qu'elle venait de l'Iowa, ou de l'Ohio ; du Midwest, en tout cas.

Les autres opinèrent du chef.

— Elle était jolie et populaire, ajouta Marcus. L'endroit d'où elle venait ne nous intéressait pas vraiment.

— Que disait-elle sur sa famille ou ses conditions de vie ?

— Elle n'a jamais abordé ce sujet avec moi, répondit Madison.

— Je lui ai demandé un jour pourquoi elle ne parlait jamais de ses parents, intervint Veronica. Elle m'a répondu qu'ils étaient très gentils mais qu'ils ne la comprenaient pas. C'était ce que nous pensions tous, n'est-ce pas ?

Elle leva les yeux au ciel.

— Mes enfants n'ont que sept et neuf ans, mais je redoute déjà leur adolescence. Je sais que quoi que je fasse, cela ne leur conviendra jamais. Les jeunes sont comme ça !

Des murmures d'approbation et des rires étouffés résonnèrent dans la pièce.

— Et les garçons ? demanda Kelsey. Est-ce qu'elle sortait avec quelqu'un ?

— Non, avec personne, répondit Darla. Quand je lui ai demandé pourquoi, elle m'a répondu qu'elle ne voulait pas se prendre la tête, qu'elle voulait juste s'amuser. J'ai trouvé ça dingue. Tous les garçons étaient fous d'elle et moi, j'ai eu le plus grand mal à convaincre Bobby Preston de me proposer d'être sa cavalière au bal de fin d'année.

D'autres rires.

— Et Ben Everett ? lança quelqu'un.

— J'avais complètement oublié Ben ! s'exclama Taylor. Je sais qu'il l'avait invitée au bal de promo, mais je ne sais pas si elle avait accepté ou non.

— Il lui a demandé quatre ou cinq fois de sortir avec lui, précisa Marcus. Elle était si belle et si gentille qu'elle nous faisait tous craquer, mais Ben... il était vraiment fou d'elle.

— Et le soir où nous nous étions retrouvés chez le glacier ? demanda Madison. Vous vous souvenez ? Liz a dit qu'elle avait rendez-vous, mais elle n'a pas dit avec qui.

— Oh mon Dieu, j'avais complètement oublié ! s'exclama Jessica. Mais maintenant que tu en parles, je me souviens. Liz se comportait d'une façon très mystérieuse, ce soir-là. J'ai eu l'impression qu'elle voulait nous faire penser qu'elle avait rendez-vous non avec un lycéen, mais avec un adulte.

— Est-ce qu'elle a dit qu'il était plus âgé qu'elle ? demanda Kelsey.

— Pas vraiment, répondit Taylor. Mais comme nous essayions tous de deviner de qui il s'agissait, elle a dit quelque chose comme : « Oh ! ce n'est pas un *garçon* du lycée. » En insistant sur le mot « garçon ».

— Ce n'était sans doute pas Ben, remarqua Sarah. Je suis sortie avec lui pendant quelque temps, après la mort de Liz. S'il était sorti avec elle, il me l'aurait dit. Avant de le connaître, je ne savais pas qu'un garçon pouvait être aussi bavard.

Les autres femmes éclatèrent de rire, mais les hommes semblèrent mal à l'aise.

— Est-ce que l'un de vous a vu cet homme ? s'enquit Kelsey. Celui avec lequel elle avait rendez-vous ce soir-là ?

Tous secouèrent la tête.

— J'avais l'intention de la suivre pour l'apercevoir, dit Jessica, mais j'ai dû aller aux toilettes et quand j'en suis ressortie, elle était déjà partie. Ensuite, on m'a posé une question sur notre dernier match contre Delta et j'ai tout oublié de l'homme mystère de Liz.

— Avez-vous parlé de lui au shérif ? demanda Kelsey.

Jessica fronça les sourcils.

— Pourquoi ? Il n'y avait pas grand-chose à dire. D'ailleurs, peut-être même qu'elle avait tout inventé. Elle nous cachait tellement de choses ! Elle voulait peut-être que nous pensions qu'elle sortait avec un bel homme, alors qu'en réalité elle rentrait seulement chez elle.

— Personne n'a donc jamais vu Liz avec un homme ?

Veronica sembla pensive.

— Vous savez, je suis arrivée chez le glacier juste après que Liz était partie et j'ai vu Ted Carruthers en train de fumer sur le trottoir, à quelques portes de là. Vous pourriez lui demander s'il a remarqué quelque chose.

Kelsey regarda Tony.

— Je l'ai déjà rencontré hier, mais je lui demanderai s'il se souvient de cette soirée.

Elle posa les yeux sur les notes qu'elle avait prises.

— Savez-vous comment je pourrais joindre Ben ?

Ils se regardèrent une nouvelle fois avant que Jessica prenne la parole.

— Je l'ai complètement perdu de vue après le lycée.

— Il me semble qu'il était parti dans le Tennessee, ou peut-être dans le Michigan, pour ses études, compléta Sarah.

— Je sais que le shérif l'avait interrogé, dit Kelsey.

— Oh ! oui, répondit Madison. Il nous a raconté que deux adjoints l'avaient coincé et accusé d'avoir étranglé Liz parce qu'elle refusait de sortir avec lui. L'incident l'avait tellement terrifié qu'il tremblait encore quand il me l'a raconté.

— Je crois avoir entendu dire qu'ils avaient prélevé un échantillon de son ADN mais qu'il ne correspondait pas avec les preuves qui avaient été retrouvées, ajouta Marcus.

— J'aimerais quand même lui parler, dit Kelsey. S'il s'intéressait autant à Liz, il l'aura peut-être vue en compagnie d'un autre homme.

— La police nous a tous interrogés deux fois : après la disparition de Liz, et quand son corps a été retrouvé, expliqua Madison. Nous pensions qu'elle était notre amie et que nous la connaissions. Mais nous avons découvert que nous ignorions presque tout à son sujet.

— Nous pensions qu'elle était comme nous, renchérit Taylor. Une ado qui vivait avec ses parents. Jamais nous n'aurions imaginé qu'elle menait cette vie secrète.

— La police a-t-elle interrogé quelqu'un d'autre ? demanda Kelsey.

Jessica éclata de rire.

— Eh bien, oui : Tony.

Tous les regards se rivèrent sur lui.

— C'est vrai ! dit Madison. Pendant un moment, Tony a été le suspect numéro un.

Elle se pencha vers lui.

— Sans doute parce que c'était toi qui avais trouvé le corps et que tu te pâmais d'amour pour elle.

Il sentit ses joues s'enflammer.

— Ne rougis pas, dit Jessica. Tous les garçons du lycée avaient le béguin pour Liz et toutes les filles étaient jalouses d'elle. Mais aucun d'entre nous ne l'a assassinée.

La conversation bascula ensuite sur des souvenirs de lycée

plus généraux. Tandis que ses anciens camarades évoquaient des matchs, des bals et des blagues, Tony se sentait de plus en plus à l'écart. Kelsey lui toucha le coude et se pencha vers lui pour chuchoter :

— Je pense que nous pouvons partir, maintenant.

Ils remercièrent Jessica, prirent congé des autres invités et remontèrent en voiture. Tony conduisit en silence jusqu'à ce qu'ils soient à la moitié de la longue route sinueuse. L'air qui le séparait de Kelsey lui semblait aussi fragile qu'une fine couche de glace.

— Je n'ai pas tué votre sœur, dit-il enfin. Je n'ai rien à voir avec sa mort.

Elle se tourna vers lui ; dans l'obscurité, ses traits étaient à peine visibles.

— Le shérif vous a-t-il vraiment soupçonné ?

— Il m'a interrogé, et l'un de ses adjoints m'a accusé de l'avoir tuée et d'avoir fait semblant de retrouver son corps pour passer pour un héros.

Il crispa les doigts sur le volant en se rappelant la salle d'interrogatoire exiguë où on l'avait emmené. Il y faisait si chaud, et il avait si peur, qu'il suait à grosses gouttes. Il pouvait encore sentir l'odeur métallique de sa transpiration.

— Ils ont prélevé un échantillon de mon ADN et m'ont innocenté, acheva-t-il.

Elle hocha la tête.

— Je n'allais pas poser la question.

— Je voulais que vous le sachiez, répondit-il.

— Je n'ai jamais pensé que c'était vous qui l'aviez tuée, dit-elle. Mais parlez-moi de Ben Everett. Est-ce que vous le connaissiez ?

— Pas plus que les autres. Je me souviens qu'il était très bon élève et que son père était médecin urgentiste à l'hôpital de Junction. Il avait trois ou quatre sœurs, toutes plus âgées que lui. Il est le seul d'entre nous qui ait eu le courage d'inviter Liz à sortir avec lui, mais je ne pense pas qu'il l'aurait tuée. Et de toute façon, le test ADN l'a innocenté.

Kelsey poussa un soupir empreint de lassitude.

— J'aimerais quand même lui parler. Et reparler à Ted, aussi. Que pensez-vous qu'il faisait là, ce soir-là ?

Tony repensa à l'emplacement du glacier. Maintenant, la boutique était occupée par un magasin de T-shirts.

— Il y avait un bar à deux portes de là, dit-il. La Taverne de l'Éléphant blanc. C'était un endroit que fréquentaient les cow-boys. Ted devait être sorti pour fumer une cigarette.

Elle hocha la tête.

— Il faut que je lui reparle.

— Il y a une réunion au quartier général des Secours en Montagne demain matin, dit Tony. Si vous y veniez ?

— Je pensais qu'il avait pris sa retraite ?

— Il n'intervient plus sur le terrain, mais il vient encore aux réunions. Et c'est notre historien.

— Que fait un historien des Secours en Montagne ?

— Il écrit un compte rendu de chaque mission : qui était présent, les circonstances dans lesquelles elle s'est déroulée, et son issue. Nos archives comprennent les comptes rendus de toutes les missions qui se sont déroulées par le passé.

— Y en a-t-il un pour la mission qui concernait Liz ?

— Nous lui poserons la question, répondit-il.

— Et peut-être qu'il a vu l'homme que Liz était censée rencontrer ce soir-là devant le glacier.

— S'il y avait réellement un homme, remarqua-t-il.

— Il y avait forcément quelqu'un. Nous ne savons pas grand-chose, mais ce qui est certain, c'est que Liz ne s'est pas tuée elle-même.

9

Cette nuit-là, le sommeil de Kelsey fut troublé par le souvenir de bribes de sa conversation avec les amis de Liz. Tous avaient dépeint une jeune fille qui ressemblait à celle qu'elle avait connue, jolie, populaire et sociable, mais ils avaient aussi évoqué son côté sombre, cette vie parallèle dont aucun d'entre eux n'avait jamais soupçonné l'existence. Dans leurs mots, elle avait senti une sorte de rancœur. Parce qu'ils tenaient tous Liz pour leur amie, ils s'étaient trahis en découvrant l'ampleur de ses mensonges.

Kelsey comprenait et partageait ce sentiment. Pourquoi Liz s'était-elle ainsi entourée de mystère ? Pourquoi avait-elle accumulé les mensonges, allant jusqu'à fournir une fausse adresse à l'école ? D'ailleurs, Kelsey ne comprenait même pas comment elle était parvenue à s'inscrire dans ce lycée. Peut-être que la direction, parce qu'elle avait dix-huit ans, n'avait pas cherché à en savoir plus.

Était-ce l'Homme des Montagnes qui l'avait incitée – ou forcée – à garder le secret sur leur liaison, ou s'était-elle complu dans l'aura de mystère que lui conférait cette aventure secrète, fidèle à son côté « comédienne » ?

Comment était-il possible que personne n'ait rien deviné ? Les habitants d'Eagle Mountain s'étaient forcément intéressés à cette jolie jeune fille qui venait d'arriver en ville. Et pourtant personne ne semblait avoir eu vent d'un détail qui aurait permis d'identifier l'Homme des Montagnes.

Elle se souvint ensuite de l'air choqué de Tony quand Madison avait rappelé qu'il avait été soupçonné du meurtre. Elle était heureuse que le test ADN l'ait innocenté. Elle savait que jamais il n'aurait pu tuer Liz, mais elle préférait que les choses soient claires, qu'il ne puisse pas douter de sa confiance.

Comme c'était étrange : elle l'avait rencontré quelques jours plus tôt à peine et pourtant elle avait l'impression de le connaître. Alors qu'elle s'était attendue à devoir mener seule son enquête, il était là pour lui suggérer des idées et lui permettre de rencontrer des personnes qui pourraient répondre à ses questions. Elle n'aurait jamais pensé avoir autant de chance.

Le lendemain matin, elle s'efforça de masquer ses cernes sous son maquillage et prit sa voiture pour se rendre au quartier général des Secours en Montagne. En voyant que le parking était plein, elle se demanda si les bénévoles avaient répondu à une urgence. Elle marchait vers le bâtiment quand Hannah Richards la héla.

— Bonjour, Kelsey !

Hannah était accompagnée d'un beau jeune homme brun qu'elle présenta comme son fiancé, Jake Gwynn.

— Est-ce que vous envisagez de rejoindre les Secours en Montagne d'Eagle Mountain ? demanda-t-elle.

— Non. Je partirai avant la réunion. Je suis seulement venue voir Ted Carruthers.

— Il doit être quelque part par là, répondit Hannah.

Plus d'une douzaine de personnes déambulaient dans la vaste pièce principale du bâtiment. Kelsey chercha Tony du regard, mais ce fut Ted qu'elle vit en premier. L'homme sembla surpris de la voir.

— Vous ne pouvez plus vous passer de nous ! lança-t-il.

— Je voulais vous poser encore une ou deux questions,

expliqua-t-elle. Pourrions-nous aller parler ailleurs, au calme ? Je ne vous retiendrai qu'une minute.

Il sembla légèrement contrarié, et elle pensa qu'il allait refuser. Mais il inclina la tête vers le fond de la salle et dit :

— Suivez-moi.

Il la conduisit dans une petite cour, derrière le bâtiment. Le vent qui s'y engouffrait soulevait des tourbillons de neige. Ted s'appuya contre la paroi métallique et croisa les bras. Bien que son visage soit creusé de rides, ses biceps étaient aussi impressionnants que ceux de beaucoup d'hommes bien plus jeunes que lui.

— Que voulez-vous savoir ? demanda-t-il.

— J'essaye toujours de découvrir qui était l'homme que Liz disait fréquenter et qu'elle appelait l'Homme des Montagnes. J'ai rencontré quelques-uns de ses amis, hier, mais aucun d'eux n'a jamais entendu parler de lui ni vu Liz en sa compagnie.

— Qu'est-ce qui vous fait penser que je sais quelque chose sur cet homme ? demanda-t-il.

— Ses amis se sont souvenus d'une soirée où ils s'étaient réunis chez un glacier de la ville. Liz leur a dit qu'elle avait rendez-vous avec un homme. Aucun d'eux ne l'a vu quand elle est partie le rejoindre, mais l'une des femmes se souvient de vous avoir aperçu sur le trottoir, à proximité du glacier, en train de fumer. Je me demandais si vous aviez remarqué quelque chose.

Ted la fixait, la bouche tordue par l'agacement.

— Vous vous attendez à ce que je me souvienne de ce qui est arrivé un soir, il y a plus de vingt ans, à une fille que je ne connaissais même pas ?

— Pensez-y, dit-elle. Cela vous reviendra peut-être.

Il secoua la tête.

— Je suis désolé que vous ayez perdu votre sœur, mais c'est ridicule. J'avais quarante ans, à l'époque, et j'avais mieux à faire que m'intéresser à un groupe de jeunes.

Kelsey s'efforça de chasser sa déception.

— Ça vous semble peut-être idiot, mais vous auriez pu vous rappeler quelque chose, dit-elle. Il fallait que je tente le coup et que je vous pose la question. Je suis désolée de vous avoir importuné.

Elle se détourna pour partir, mais Ted posa une main sur son épaule pour la retenir.

— Hé, dit-il.

Elle se retourna, et il laissa retomber sa main.

— Pardonnez-moi de vous avoir rembarrée. Je ne suis qu'un vieux grincheux. J'aimerais pouvoir vous aider mais je ne peux pas, c'est tout.

Elle hocha la tête.

— Merci.

— Écoutez, reprit-il. Vous ne m'avez pas demandé mon avis, mais je vais quand même vous le donner parce que je suis beaucoup plus vieux que vous et qu'on n'atteint pas mon âge sans avoir appris deux ou trois choses sur la vie. Je sais que vous êtes persuadée que vous finirez par découvrir ce qui est réellement arrivé à votre sœur, mais réfléchissez : cela fait plus de vingt ans qu'elle est morte. S'il y avait eu un indice qui permette d'identifier son assassin, quelqu'un l'aurait trouvé. S'il y avait eu un témoin, il se serait manifesté. Comment espérez-vous résoudre une affaire sur laquelle des enquêteurs chevronnés se sont cassé les dents ?

— Je n'ai pas à la résoudre, répondit-elle. Il suffit que je trouve un suspect plausible, et son ADN pourra être comparé aux preuves qui sont archivées au bureau du shérif.

— De quel genre de preuves s'agit-il ?

— Des cellules d'épiderme, prélevées sous les ongles de Liz. Si je trouve un suspect, son ADN pourra être analysé. Et s'il correspond à celui qui a été conservé, l'assassin sera retrouvé.

— Et s'il ne correspond pas ?

— Je continuerai à chercher.

Elle ouvrit la porte et rentra. Prononcer ces mots à voix haute lui avait fait prendre conscience que la tâche à laquelle elle s'était attelée était presque insurmontable. La vérité, c'était que même si elle se sentait plus proche de Liz depuis qu'elle avait lu le dossier d'enquête et parlé à ceux qui l'avaient connue, l'identité de son meurtrier demeurait un mystère.

Bien que les Secours en Montagne soient généralement appelés pour venir en aide à des vacanciers ou à des automobilistes de passage, il arrivait que les bénévoles connaissent les personnes qui avaient besoin d'eux. Ce dimanche après-midi, ils avaient été appelés pour secourir les occupants d'une jeep qui avait quitté la route alors qu'elle descendait de Dixon Pass, à l'endroit que les locaux appelaient le « Virage de l'Homme mort ».

— Le conducteur et le passager sont conscients, mais coincés dans le véhicule, expliqua Sheri aux bénévoles qui s'étaient rassemblés sur le bord de la route. Eldon et Jake, descendez jusqu'au véhicule. Caleb et Danny, suivez-les. Tony, occupe-toi des cordes depuis ici.

Tony acquiesça. Un an plus tôt, c'était lui qui serait descendu en rappel mais, depuis son accident, il devait se contenter de s'occuper du matériel. Il avait beau se dire que ce n'était pas bien grave et qu'il était ici pour apporter sa pierre à l'édifice, une petite part de lui admettait qu'il aurait adoré jouer un rôle plus actif dans le sauvetage.

En vingt minutes, Eldon et ses collègues atteignirent le véhicule, le stabilisèrent et mirent le désincarcérateur en place afin de délivrer les deux occupants. La radio que Tony portait à l'épaule grésilla, et la voix de Danny résonna.

— Hé, Tony ! Le passager dit qu'il est de ta famille. Il s'appelle Chris.

La poitrine de Tony se comprima, et il manqua lâcher le bloqueur de corde qu'il tenait.

— C'est mon neveu, répondit-il. Est-ce qu'il va bien ?

— Il va avoir mal partout pendant un moment, mais il ne

semble rien avoir de grave, dit Danny. Je ne savais pas que tu avais de la famille en ville.

— Il vient juste d'arriver. Tu es sûr qu'il va bien ?

— Il va bien, oui, mais tu pourras l'examiner toi-même. Nous allons le faire monter dans quelques minutes.

Apparemment, Chris avait été considéré assez valide pour sortir du ravin par ses propres moyens, avec l'aide de Caleb. Quand les deux hommes furent remontés sur la route, Tony s'empressa d'aider son neveu à ôter son harnais et son casque.

— Qu'est-ce qui s'est passé ? lui demanda-t-il.

— On discutait, Blake et moi, et tout à coup... on s'est envolés.

Chris se fendit d'un grand sourire, mais son visage était d'une pâleur de linge sous son bronzage.

— Je suppose qu'on a raté le virage, conclut-il.

— Viens ici et assieds-toi.

Tony l'entraîna jusqu'à la jeep des Secours en Montagne, connue sous le nom de la « Bête », et le fit asseoir sur le pare-chocs arrière.

— Qui est Blake ?

— Un gars avec qui je travaille chez Mo.

Tony lui tendit une bouteille d'eau.

— Merci, dit le jeune homme.

Mais sa main tremblait si violemment que Tony dut déboucher la bouteille pour lui.

— C'était dingue, ajouta-t-il.

Pendant que le jeune homme buvait goulûment, Tony se pencha pour examiner ses yeux.

— Tu es sûr que ça va ? Est-ce que tu t'es cogné la tête ? Est-ce que tu as mal au dos ?

— Je ne crois pas m'être cogné la tête, non, répondit Chris. Je n'ai pas de bosse et je ne saigne pas. Par contre, je me suis cogné le genou contre le tableau de bord.

Il frotta sa rotule gauche avant de se masser la nuque.

— Danny pense que je me suis aussi froissé les muscles du cou mais, sincèrement, je vais bien.

Il regarda autour de lui.

— Où est Blake ?

Tony regarda par-dessus son épaule. Ses collègues remontaient déjà la civière sur laquelle était sanglé le conducteur de la jeep. Il aurait dû aller les aider, mais il ne pouvait se résoudre à quitter Chris.

— Je vais aller prendre de ses nouvelles, dit-il. Est-ce qu'il était conscient quand tu l'as quitté ?

Chris rit de nouveau. Cette fois, il semblait plus détendu.

— Et comment ! Il jurait comme un charretier en frappant le volant du poing. Il était furieux d'avoir bousillé sa jeep. Il ne l'avait que depuis quelques mois.

Il reprit son sérieux.

— Je crois avoir entendu Danny dire qu'il s'était cassé quelque chose. Il a aussi quelques coupures à cause des éclats du pare-brise.

Il posa les yeux sur le canyon.

— C'est dingue, non ? Je n'arrive pas à croire que nous sortions tous deux indemnes d'un truc comme ça. Enfin... Blake n'est pas indemne, mais il se remettra vite.

Tony lui donna une tape dans le dos, la gorge nouée.

— Je suis heureux que tu n'aies rien, parvint-il à dire. Je vais prendre des nouvelles de ton ami.

Blake était assis sur la civière. Pendant que l'un des urgentistes l'examinait, Tony attira Danny à l'écart.

— Comment va-t-il ?

— Je soupçonne une fracture du radius distal, mais seule une radio pourra le confirmer, répondit Danny. Et l'une de ses coupures nécessitera peut-être quelques points.

Il posa les yeux sur Chris.

— Ton neveu a eu de la chance de s'en tirer presque sans une égratignure. Alors, depuis combien de temps est-il en ville ?

— Il est arrivé il y a quatre jours.

— Je ne t'ai pas entendu parler de lui, dit Danny.

— Nous n'avons pas abordé le sujet.

Tony ne parlait pas beaucoup de sa vie privée. Avant, quand il vivait seul, il n'avait pas grand-chose à raconter. L'arrivée de Chris n'avait pas vraiment changé les choses.

— Va le rejoindre, dit Danny. Nous nous occuperons de tout ranger.

Tony faillit protester mais se ravisa et retourna vers Chris, qui se leva à son approche. Le jeune homme but le reste de l'eau d'un trait et écrasa la bouteille en plastique.

— C'est donc ça, que tu fais ? Tu voles au secours d'inconnus malchanceux ?

— Certains ne sont pas si malchanceux que ça, et tous ne sont pas des inconnus. Mais oui, c'est ce que je fais.

Chris hocha la tête.

— C'est cool.

Il regarda le ravin avant de détourner les yeux.

— Je crois que je serais incapable de faire ça. Enfin, l'escalade, ça serait génial. Par contre, m'occuper de gens qui saignent...

Il secoua la tête.

— Je dois être trop empathique, tu comprends ?

Et moi, je ne le suis pas assez, pensa Tony. Pourtant, il se souciait sincèrement des gens. Il jugeait seulement plus prudent de garder ses sentiments pour lui.

Kelsey s'aperçut le lundi matin qu'elle n'avait plus aucun document à consulter ni qui que ce soit à interroger. Elle avait créé une base de données sur son ordinateur, où elle avait dressé la liste de toutes les personnes auxquelles elle avait parlé et de ce qu'elles lui avaient dit. Elle avait également créé une chronologie retraçant ce qu'avait fait Liz entre le jour où elle avait quitté l'Iowa et celui où elle avait disparu. Elle n'avait glané qu'une information qui ne figurait pas dans les rapports de police : quelques semaines avant sa disparition, Liz avait dit à ses amis qu'elle avait rendez-vous avec un homme devant le glacier – un homme que personne n'avait vu.

Elle décida donc de retourner aux bureaux du journal. Cette fois, elle allait chercher des articles parus durant l'année qui avait précédé l'arrivée en ville de Liz – des articles sur des femmes jeunes, nouvelles venues en ville, qui avaient été agressées ou s'étaient disputées avec leur petit ami. Ses chances de réussir étaient minces, mais elle ne voulait négliger aucune piste. Si l'assassin de Liz n'en avait pas été à son coup d'essai ? S'il avait déjà convaincu une autre jeune femme de le rejoindre – une femme qui était repartie avant qu'il ait l'occasion de la tuer ?

Elle passa donc plusieurs heures à feuilleter les anciens numéros du journal, mais ne récolta qu'une migraine et des taches d'encre sur les doigts. Elle s'apprêtait à renoncer quand la porte s'ouvrit et que Tammy Patterson entra.

— Comment ça se passe ? demanda-t-elle.

— Pas très bien. Pour tout dire, j'ai lu toutes vos archives et je ne trouve pas ce que je cherche.

Tammy s'assit face à elle.

— Vous cherchez des informations sur le meurtre de votre sœur, c'est ça ? Elizabeth Chapman ?

Kelsey acquiesça.

— Est-ce que vous connaissez l'histoire ?

— Je me suis renseignée, après votre première visite. Quelle tragédie !

— J'en sais tellement peu sur l'affaire, dit Kelsey. J'espérais qu'en venant ici je pourrais combler au moins quelques blancs.

— Et si j'écrivais un article sur vos recherches ?

— Pour le journal, vous voulez dire ?

— C'est mon métier, et je trouve l'histoire passionnante. Je vois déjà le titre : « Une sœur en quête de justice ». Ça sonne bien, vous ne trouvez pas ?

— Je ne sais pas, dit Kelsey.

Elle n'avait pas très envie qu'on parle d'elle dans le journal. Elle craignait de se sentir trop... mise à nu.

— Ce serait le meilleur moyen de rappeler cette affaire aux lecteurs, insista Tammy. L'un d'eux pourrait se souvenir d'un détail qui lui avait semblé insignifiant sur le moment, mais qui pourrait faire progresser l'enquête. Beaucoup des habitants actuels d'Eagle Mountain vivaient déjà ici il y a vingt ans.

L'enthousiasme de Tammy était tellement contagieux qu'il balaya ses dernières hésitations.

— Très bien, dit-elle. Quand voulez-vous m'interviewer ?

— Que diriez-vous de tout de suite ?

Tammy sortit un bloc-notes de sa poche et attrapa le stylo qu'elle avait planté dans son chignon.

— Nous avons de la place dans le prochain numéro.

10

Tony fut étonné que Jessica Macintosh l'appelle le lundi matin, alors qu'il effectuait des relevés topographiques en vue de la construction d'une nouvelle route. Il se mit à l'ombre sous un pin parasol et décrocha.

— Bonjour, Tony, dit Jessica. Est-ce que ton amie est encore en ville… la sœur de Liz ?

— Kelsey est encore ici, oui.

Elle ne serait sans doute pas repartie sans lui dire au revoir.

— J'ai beaucoup repensé à Liz après notre petite réunion.

Tony ôta son chapeau de paille et s'épongea le front. La journée était fraîche, mais le soleil tapait fort.

— Est-ce que tu t'es souvenue de quelque chose ?

— Non, mais j'ai retrouvé la trace de Ben Everett. Il vit à Junction, maintenant. Je l'ai appelé pour lui parler des recherches de Kelsey, et il aimerait la rencontrer.

— C'est génial !

— Je vais te donner son numéro et tu le passeras à Kelsey, tu veux bien ?

— Bien sûr. Laisse-moi prendre de quoi écrire.

Il nota le numéro au dos d'une facture de gaz qu'il avait retrouvée dans sa poche.

— Merci beaucoup, Jessica.

— Je ne sais pas si cela aidera Kelsey, mais c'est déjà quelque chose, n'est-ce pas ?

— C'est déjà quelque chose, répéta-t-il en remettant son téléphone dans sa poche.

Ben n'en savait sans doute pas plus que les autres mais, aussi longtemps qu'il trouverait des personnes qui accepteraient de rencontrer Kelsey, elle resterait en ville. Il savait qu'elle finirait par partir, mais il n'allait pas laisser passer l'occasion de la retenir aussi longtemps que possible. Depuis qu'elle était là, la vie lui semblait beaucoup plus agréable.

Quand Kelsey rentra à pied à l'Alpiner Inn après avoir été interviewée par Tammy Patterson, elle fut étonnée de voir que Tony l'y attendait.

— Tony ! Je suis tellement heureuse de vous voir.

Elle le prit impulsivement dans ses bras et eut tout d'abord l'impression d'enlacer une statue de marbre. Enfin, il se détendit un peu et lui rendit son étreinte.

— Le plaisir est partagé, répondit-il.

— Je viens juste d'être interviewée pour le journal. Tammy Patterson va écrire un article sur mes recherches. Nous espérons qu'un lecteur se souviendra de quelque chose et me contactera. Est-ce que ce n'est pas une bonne idée ?

— Je suppose.

— Vous supposez ? répéta-t-elle, perplexe. Vous pensez que c'est une mauvaise idée ?

— Non, répondit-il. C'est une bonne idée, aussi longtemps que l'assassin ne décide pas de s'en prendre à vous après avoir lu cet article.

Elle le dévisagea, prise d'un léger vertige.

— Pardon, dit-il en la prenant par le coude. Je n'aurais pas dû dire ça. Je suis sûr qu'il n'y a aucune raison de s'alarmer. Seulement... promettez-moi d'être prudente.

Son inquiétude semblait sincère, et elle en fut touchée. Depuis combien de temps ne s'était-on pas autant soucié d'elle ? Sa mère faisait de son mieux, mais de longues années d'indifférence avaient creusé dans leur vie à toutes deux de profonds sillons auxquels il leur était difficile d'échapper.

— Je vous le promets, dit-elle. Alors, qu'est-ce qui vous amène par ici cet après-midi ?

— J'ai les coordonnées de Ben Everett. Il veut vous rencontrer.

Une partie de sa tension la quitta.

— C'est merveilleux ! Où est-il ? Comment l'avez-vous retrouvé ?

— Je n'y suis pour rien. C'est Jessica qu'il faut remercier. Il vit à Junction.

— Est-ce que c'est près d'ici ? demanda-t-elle, incertaine.

— À une heure de route, environ.

— Et il veut me rencontrer ? C'est fantastique ! s'exclama-t-elle en le prenant par le bras. Est-ce que vous m'accompagnerez ? Je sais que vous êtes très occupé, mais j'adorerais que vous veniez avec moi.

— J'irai avec vous, aussi longtemps que je ne suis pas appelé pour un sauvetage.

C'était sans doute la première fois de sa vie qu'il espérait qu'on ne l'appellerait pas.

— Quand pouvez-vous vous libérer ? s'enquit-elle.

— Tous les jours de la semaine après 17 heures, et le week-end. Si vous l'appeliez pour organiser la rencontre ?

Il lui tendit un morceau de papier sur lequel était inscrit le numéro de Ben.

— Je vais le faire tout de suite, déclara-t-elle en prenant son téléphone.

Après avoir écouté un message l'informant que Ben Everett ne pouvait pas répondre au téléphone, elle dit :

— Je suis Kelsey Chapman. Comme Jessica doit vous l'avoir expliqué, je cherche à rassembler autant de renseignements que possible sur ma sœur. Merci de me rappeler pour que nous puissions organiser une rencontre.

Elle laissa son numéro et raccrocha.

— Que comptez-vous faire maintenant ? demanda Tony.

— Est-ce que vous en avez assez de dîner avec moi ?

— Non.

Elle reprit sa main dans la sienne. Elle aimait le contact de cette main puissante, de cette paume rêche et calleuse.

— C'était la réponse que j'espérais, dit-elle.

Kelsey et Tony s'attardèrent au restaurant en évoquant des souvenirs de leurs années d'université – et les amis qu'ils s'y étaient faits, bien qu'ils soient tous deux d'un naturel solitaire.

— À l'université, je me sentais un peu plus normale, dit-elle. Mais j'étais toujours aussi consciente d'être différente des autres. Leurs parents venaient les voir sur le campus, et quand les vacances approchaient ils avaient hâte de rentrer dans leur famille. Pas moi.

— Je n'ai fait que deux ans d'études supérieures, dit Tony. C'était suffisant pour obtenir ma licence de géomètre, et je voulais revenir ici et reprendre mon travail de secouriste.

— Votre frère vit-il toujours ici ?

— Non. Il a déménagé pendant que j'étais à l'université.

Il sourit, mais il semblait nostalgique.

— De toute façon, j'avais déjà décidé que je ne reviendrais pas vivre chez lui.

— Est-ce que vous le voyez encore ?

— De temps en temps. Il habite à Denver, et sa vie est très différente de la mienne.

Elle hocha la tête. Elle avait elle aussi passé une grande partie de son existence à chercher le moyen de surmonter les différences qui la séparaient de ses semblables.

— Mais votre neveu, Chris, est ici, n'est-ce pas ?

— Oui, répondit Tony. Il s'est pointé chez moi il y a quelques jours et m'a demandé s'il pouvait rester.

Il se renfonça dans sa chaise, une jambe tendue vers l'avant, comme s'il cherchait une position confortable.

— Il m'a rappelé que son père m'avait accueilli quand j'étais adolescent et dit que le moins que je pouvais faire était de lui renvoyer l'ascenseur. Je n'ai pas pu le contredire.

— Quel âge a-t-il ?

— Presque vingt-quatre ans.

— Et il a décidé du jour au lendemain de revenir dans sa ville natale ?

Elle sentait que Tony ne lui fournirait aucun détail si elle ne lui posait pas de questions.

Quand il soupira longuement, elle se demanda si elle était allée trop loin. Elle s'apprêtait à ajouter que cela ne la regardait pas quand il dit :

— Il a eu quelques ennuis à Denver. Il avait besoin d'un endroit où prendre un nouveau départ.

— C'était gentil de votre part de l'accueillir. Comment se passe la cohabitation ?

Tony semblait tenir à sa tranquillité. L'arrivée de ce colocataire avait dû le perturber.

— Bien. Il est très différent de celui que j'étais au même âge. Il a tout de suite trouvé un travail, mais il semble n'avoir aucune idée de ce qu'il veut faire de sa vie.

— Vous aviez planifié la vôtre dès votre sortie du lycée, remarqua-t-elle. Quant à moi, il m'a fallu une éternité pour savoir ce que je voulais faire.

— Vous n'avez donc pas toujours rêvé de devenir comptable ?

Il lui décocha un sourire taquin, mais l'étincelle de désir qui traversa ses yeux ne lui échappa pas.

— À l'école, je détestais les maths, répondit-elle dans un éclat de rire. Mais ce travail ne me déplaît pas.

— Et pendant vos loisirs ? Qu'aimez-vous faire ?

Elle réfléchit pendant un moment. Elle n'avait aucun vrai hobby. La peinture ou le tricot ne l'attiraient pas, et elle ne faisait pas de sport.

— J'aime lire, dit-elle enfin. Et j'aime marcher. J'ai beaucoup aimé les balades que j'ai faites ici.

— Si vous aimez la randonnée, c'est l'endroit idéal. Il y a des centaines de kilomètres de pistes, dans les montagnes.

— J'aimerais beaucoup les explorer. Avec le bon guide.

Elle croisa son regard, et le désir qui frémissait entre eux devint presque palpable. Elle sentait que cet homme aspirait depuis des années à nouer un lien profond sans jamais avoir eu la chance d'y parvenir, tout comme elle. Cependant, depuis qu'elle le connaissait, elle pensait que ce genre de lien était peut-être à sa portée.

Il détourna le regard le premier et demanda :

— Pendant combien de temps allez-vous rester en ville ?

— Je ne sais pas.

La chambre était retenue pour une semaine encore, mais pourquoi ne pas rester plus longtemps ? Elle pourrait explorer ces pistes, voir s'épanouir les fleurs sauvages... elle pourrait apprendre à mieux connaître Tony.

Un tintement de verre l'arracha à sa rêverie. Mais oui, bien sûr. Cet homme était un solitaire invétéré. Elle était certaine qu'il s'intéressait à elle mais qu'il n'aurait aucun mal à reprendre le cours de sa vie quand elle partirait.

— Quel est l'endroit où vous préférez vous balader ? lança-t-elle.

Il fallait qu'elle ramène la conversation sur un terrain plus sûr. En partageant avec lui ses pensées et ses émotions les plus profondes, elle se sentait libérée, mais aussi très vulnérable. Elle avait envie de baisser sa garde et de lui faire confiance, mais elle avait eu trop d'expériences désastreuses par le passé pour s'y hasarder.

Cette fois encore, ils bavardèrent jusqu'à l'heure de la ferme-ture ; ensuite, il la raccompagna jusqu'à l'hôtel. Ils marchèrent côte à côte dans les rues désertes, sans se toucher, mais si près l'un de l'autre qu'elle sentait la chaleur de son corps. Elle ouvrait la bouche pour dire combien la nuit était belle quand un crisse-ment de pneus lui arracha un petit cri.

Elle se retourna et fut aveuglée par les phares d'un véhicule qui fonçait droit vers eux. Tony la saisit par le bras, si brusquement que ses pieds quittèrent le sol, et la tira vers lui. Le véhicule monta sur le trottoir avant de redescendre sur la route et de filer dans un rugissement de moteur.

Pendant un moment, ils restèrent blottis contre le mur d'une galerie d'art fermée pour la nuit en s'agrippant l'un à l'autre. La tête nichée au creux du cou de Tony, elle ferma les yeux et se laissa bercer par le rythme régulier de son pouls, qui battait contre son oreille, en se forçant à respirer régulièrement pour apaiser les battements effrénés de son cœur. Quand elle se sentit plus calme, elle demanda :

— Qu'est-ce qui a pris à ce type ? Est-ce qu'il était soûl ?

— Je ne sais pas.

Tony la relâcha et recula, juste assez pour la regarder. Les ombres projetées par le réverbère planté au coin de la rue masquaient ses yeux, mais sa voix vibrait d'inquiétude.

— Vous n'avez rien ?

— Non. Ça va.

Elle se redressa mais laissa ses mains s'attarder sur son torse.

— Comment a-t-il pu ne pas nous voir ? Nous étions presque sous le réverbère.

— Peut-être qu'il nous a vus, justement, répondit Tony.

Quelques secondes s'écoulèrent avant que le sens de ses mots la frappe de plein fouet.

— Vous pensez qu'il nous a délibérément foncé dessus ? souffla-t-elle.

Un regain de panique l'empêchait presque de respirer.

— Je ne sais pas, dit-il en la reprenant dans ses bras.

Elle regarda dans la direction qu'avait prise la voiture.

— Avez-vous vu de quel type de véhicule il s'agissait ? demanda-t-elle. Le moteur était tellement bruyant qu'il devait être gros.

— Je pense que c'était un pick-up. Mais comme il était en pleins phares, je n'ai pas vraiment vu.

Sa voix tremblait d'émotion.

— Je suis seulement heureux que vous n'ayez rien.

— Je vais bien.

Elle glissa une main derrière sa nuque.

— Je vais bien parce que vous êtes là.

Ensuite, elle se mit sur la pointe des pieds et plaqua ses lèvres sur les siennes, l'embrassant comme si elle n'aurait plus jamais l'occasion d'embrasser personne.

Il lui rendit son baiser avec la même ferveur. Ses lèvres étaient chaudes et fermes, sa barbe douce contre sa joue. Elle inspira le mélange d'odeurs qu'il exhalait où se mêlaient les effluves de son parfum, l'odeur piquante du pin et une autre, indéfinissable, qu'elle ne pouvait identifier que comme son odeur. S'il était souvent réservé, il l'embrassait sans la moindre retenue. C'était un baiser à la fois tendre et fougueux, qui était aux antipodes des baisers maladroits de ses petits amis, à l'université. Un baiser totalement dénué de la passion brutale et presque mécanique des hommes qu'elle avait connus ensuite, qui supposaient que, comme eux, elle ne recherchait qu'une satisfaction physique rapide. Sous ce baiser, elle se sentait chérie, désirée, non pour ce qu'elle pouvait donner, mais pour ce qu'elle était. Peut-être qu'il n'avait pas de mots pour exprimer ce qu'il ressentait, mais il le lui montrait maintenant. Quand il glissa les mains sous son manteau pour caresser ses hanches, elle s'arqua contre lui. En sentant la pression de son sexe durci contre son bas-ventre, elle fut traversée par un éclair de désir. Soudain, elle n'eut plus qu'une envie : emprisonner son corps entre ses cuisses, quel que soit l'endroit où ils se trouvaient.

— Tony ! souffla-t-elle quand il libéra enfin sa bouche.

Il recula, comme si elle l'avait fustigé.

— Est-ce que je t'ai fait mal ? demanda-t-il.

— Non !

Elle encadra son visage des deux mains et plongea son regard dans le sien.

— Tu ne pourrais jamais me faire mal, dit-elle.

Elle voulait qu'il l'embrasse de nouveau – qu'il continue à l'embrasser jusqu'au bout de la nuit –, mais il se détourna.

— Il fait froid. Je ferais mieux de te raccompagner.

Mais il garda sa main dans la sienne alors qu'ils marchaient, les doigts entremêlés, et quand elle éleva sa main jusqu'à ses lèvres pour y déposer un baiser, il ne protesta pas. Quand ils arrivèrent à l'hôtel, elle faillit l'inviter à entrer. Il dut lire dans ses pensées, parce qu'il dit :

— Si les Richards me trouvaient ici demain matin, ce serait embarrassant.

Elle acquiesça. Les Richards étaient ses amis, et elle était une étrangère. Une pièce rapportée, une fois encore.

— Bonne nuit, dit-elle.

Elle se mit de nouveau sur la pointe des pieds pour effleurer ses lèvres des siennes. Ce n'était qu'une simple caresse, mais elle frissonnait encore quand elle se détourna et s'éloigna de lui.

11

Quand Kelsey l'eut quitté, Tony remonta dans sa voiture, qu'il avait laissée devant Chez Mo. Mais, au lieu de rentrer chez lui, il prit la même direction que le véhicule qui avait failli les renverser. Il ne savait pas ce qu'il espérait trouver, mais il était trop agité pour dormir. Son cœur palpitait de désir et d'anxiété. Il avait été si près de perdre Kelsey ! Le souvenir de ces phares qui fonçaient sur eux le faisait encore trembler.

Il repéra une voiture garée sur le bas-côté de la route, devant lui : un SUV du bureau du shérif du comté de Rayford. Il fit un appel de phares, se gara devant le véhicule et coupa le moteur. L'adjoint Jake Gwynn descendit et le rejoignit entre les deux véhicules.

— Qu'est-ce que tu fais dehors aussi tard, Tony ?

Sans répondre à sa question, Tony demanda en retour :

— Depuis combien de temps es-tu assis ici ?

— Une demi-heure, répondit Jake. C'est l'endroit idéal pour attraper les chauffards qui quittent la ville.

— Est-ce que tu as arrêté quelqu'un depuis que tu es ici ?

— Non, la soirée a été très calme. Tellement calme que j'en ai profité pour faire un peu de paperasse. Pourquoi cette question ?

— Je viens de raccompagner Kelsey Chapman à l'Alpiner, à pied, et quelqu'un a failli nous écraser. Il roulait à soixante, au moins, et il est monté sur le trottoir. C'est un miracle que nous n'ayons pas été tués.

Son cœur s'emballa de nouveau à ce souvenir.

— De quel genre de véhicule s'agissait-il ? demanda Jake. Est-ce que tu as vu l'immatriculation ? Ou le conducteur ?

Tony secoua la tête.

— Il était en pleins phares et il a filé trop vite pour que nous puissions voir quelque chose.

— Est-ce que tu vas bien ?

— Oui. Un peu secoué, mais ça va.

— J'ai vu passer quelques véhicules, mais tous roulaient normalement, sous la limitation de vitesse, dit Jake. Est-ce que tu veux déposer une plainte ?

Tony fourra les mains dans les poches de son blouson. Le vent s'était levé, et soudain il avait froid – sans doute parce que son sang se vidait des dernières gouttes d'adrénaline.

— À quoi cela servirait-il ? J'espérais seulement que tu aurais vu quelqu'un.

— Désolé, mais je ne peux pas t'aider.

Jake s'appuya contre le pare-chocs avant du SUV et reprit :

— Tu étais donc avec Kelsey Chapman. Elle a l'air très gentille.

— Elle l'est, oui.

Il s'attendait à ce que Jake lui fasse remarquer qu'elle était bien plus jeune que lui, qu'elle était étrangère à la ville – ou qu'en temps normal il ne sortait avec aucune femme –, mais l'adjoint demanda :

— Est-ce que tu penses que cet incident est en lien avec les questions qu'elle pose sur le meurtre de sa sœur ?

— C'est ce que je me demande, répondit Tony. Si l'assassin est toujours dans le coin, il a sans doute entendu parler d'elle. Sa présence doit le contrarier. Après tout, cela fait vingt ans que personne ne l'a inquiété.

— Est-ce qu'il y a eu d'autres incidents de ce type ? Est-ce qu'elle a reçu des menaces, par exemple ?

— Pas que je sache.

Le lui aurait-elle dit ? Il avait découvert qu'elle pouvait se montrer aussi réservée que lui.

— S'il y a un autre incident, préviens-moi, dit Jake.

— Je le ferai.

Il remonta dans sa Toyota et fit demi-tour. Jake avait prononcé à voix haute l'hypothèse qu'il s'était efforcé d'ignorer – quelqu'un avait essayé de tuer Kelsey.

Cette pensée raviva sa panique mais, comme la panique ne résoudrait rien, il choisit de se concentrer sur le souvenir du corps de Kelsey contre le sien. Sa chaleur avait réchauffé des endroits de son être qui étaient froids depuis très longtemps. Il avait dû faire appel à toute sa volonté pour la quitter, tout à l'heure, mais il fallait qu'il s'en aille. Quand il agissait sans réfléchir, il faisait des erreurs. Certaines personnes s'épanouissaient dans la spontanéité, mais c'était cette catégorie de personnes qui se retrouvaient coincées sur des corniches rocheuses ou se perdaient en pleine nature. Si la logique et l'organisation ne résolvaient pas tous les problèmes, elles en prévenaient beaucoup.

Cependant, il n'y avait rien de logique dans ses sentiments pour Kelsey. Elle était jeune et belle et, contrairement à toutes les personnes de son entourage, elle ne semblait pas le voir comme un type bizarre et maladroit. Ce soir, elle avait eu envie de lui, ce qui en soi était un cadeau. Mais que se passerait-il s'il acceptait ce cadeau alors qu'elle n'était que de passage en ville ? Elle ne serait pas la première personne à l'abandonner mais, même en faisant appel à toute sa force de caractère, il ne supporterait jamais de la perdre.

Kelsey se réveilla en sursaut, haletante, le cœur battant la chamade. Elle posa une main sur sa poitrine et regarda le soleil qui entrait à flots par la fenêtre, mais le souvenir du cauchemar qui l'avait réveillée – la lumière aveuglante des phares qui fonçaient vers elle, le bruit assourdissant du moteur – fut lent à s'estomper.

Elle se contraignit à respirer lentement, profondément, en se répétant qu'elle était saine et sauve. En vie.

Elle orienta ensuite ses pensées vers le moment qui avait suivi ces instants terrifiants et le baiser par lequel Tony et elle avaient enfin laissé libre cours au désir qui crépitait entre eux depuis des jours. S'il avait passé la nuit avec elle, elle n'aurait pas fait ce cauchemar.

Elle envisagea de l'appeler mais se retint. Il semblait être de ces hommes qui avaient besoin d'espace. Si elle était trop collante, elle ne réussirait qu'à le faire fuir. Il ne fallait pas qu'elle exige de lui plus qu'il n'était prêt à donner, mais qu'elle soit patiente et laisse leur relation s'épanouir d'elle-même.

Quand les battements de son cœur eurent repris un rythme normal, elle se redressa et regarda le réveil. Il était presque 7 heures. Elle allait se doucher, s'habiller, descendre prendre son petit déjeuner et décider de ce qu'elle allait faire de sa journée. Ben Everett l'appellerait sans doute et, s'il ne le faisait pas, ce serait elle qui le rappellerait.

La matinée s'écoula sans qu'elle puisse complètement se libérer de son cauchemar, qui, après tout, n'avait été qu'une rediffusion de la réalité. Elle essaya de se convaincre que l'homme qui avait failli les écraser n'était qu'un chauffard, quelqu'un qui regardait son téléphone portable, par exemple, au lieu de la route. Cependant, un conducteur distrait aurait relevé les yeux en sentant son pneu heurter le trottoir. Son premier instinct aurait été de freiner. Le conducteur du pick-up n'avait pas freiné, au contraire : il avait accéléré.

Qui aurait pu chercher délibérément à les écraser… sinon l'assassin de Liz ?

Elle frissonna, non de peur, mais d'excitation. Si son hypothèse était juste, l'assassin était toujours à Eagle Mountain et s'inquiétait de voir qu'elle était sur le point de l'identifier.

S'il avait voulu l'effrayer, il n'avait pas atteint son but, loin de là. Elle était encore plus déterminée à poursuivre son enquête. Chaque fragment d'information qu'elle découvrait la rapprochait de son objectif : démasquer l'assassin de Liz pour que justice soit rendue – et que sa famille connaisse enfin la paix.

Quand Tony se réveilla, ses premières pensées furent pour Kelsey. Comment allait-elle ? Il avait envie de l'inciter une nouvelle fois à la prudence, parce qu'il était convaincu que le conducteur de ce véhicule leur avait délibérément foncé dessus. Il comprenait qu'elle veuille identifier l'assassin de Liz ; c'était ce qu'il voulait lui aussi, parce que ce crime ne devait pas rester impuni. Cependant, il ne supportait pas l'idée qu'elle puisse être blessée.

Il tendit la main vers son téléphone, posé sur la table de chevet, mais se ravisa. Il n'avait aucun droit sur Kelsey. S'il l'appelait maintenant, elle pourrait penser qu'il abusait en essayant de lui dicter sa conduite.

Il se leva, passa un pantalon et se dirigea vers la cuisine pour préparer du café. Quand il traversa le séjour, il jeta un œil vers le canapé et fut soulagé de voir un pied qui dépassait des couvertures. Chris était bien rentré.

En pénétrant dans la cuisine, il faillit heurter une jeune femme à l'épaisse chevelure brune et bouclée, qui n'était vêtue que d'un T-shirt. Il recula en bredouillant quelques mots indistincts.

— Bonjour, dit-elle en souriant. Vous devez être oncle Tony. Je suis Amy.

Pour ne pas continuer à la dévisager, il regarda par-dessus son épaule, vers le canapé.

— Vous êtes une, euh... une amie de Chris ?

— Oui, répondit la jeune femme. J'ai préparé le café. J'espère que cela ne vous dérange pas. Il sera bientôt prêt.

— Non. Je veux dire, merci. Je vais, euh... m'habiller.

Il se réfugia dans sa chambre pour passer le reste de ses

vêtements, espérant qu'elle comprendrait l'allusion et ferait la même chose.

Quand il sortit de la salle de bains après une rapide douche, dix minutes plus tard, il trouva Chris et Amy dans la cuisine, en jean et T-shirt. Chris bavardait avec son amie en mettant des gaufres congelées dans le grille-pain.

— Salut, Tony ! lança-t-il. Amy m'a dit que vous vous étiez rencontrés.

— En effet.

Il se servit une tasse de café. Il en restait juste assez dans la carafe.

— Chris m'a dit que vous faisiez partie de l'équipe de Secours en Montagne qui l'a remonté du canyon quand la jeep de Blake Russell a quitté la route dimanche, déclara Amy.

Tony acquiesça.

— Blake dit que la voiture est fichue, intervint Chris. Il espère que l'assurance lui versera assez d'argent pour qu'il en rachète une. Cette fois, il pense prendre un pick-up.

— À sa place, je reprendrais exactement le même modèle, répliqua Amy. Après tout, vous êtes en vie, tous les deux.

— Pourtant, on a fait un sacré vol plané, remarqua Chris. Maintenant, je regrette de ne pas avoir pris le temps d'en profiter.

— Est-ce que toute ta vie a défilé devant tes yeux, comme on dit que cela arrive ? demanda Amy.

— Non. Je me suis seulement dit que c'était la dernière fois que je montais en voiture avec Blake.

Ils riaient encore quand Tony sortit de la maison. Chris s'élança derrière lui et le rejoignit à côté de son pick-up.

— J'espère que tu n'es pas fâché qu'Amy ait passé la nuit ici.

— Je ne suis pas fâché, non.

La présence d'une personne supplémentaire – une étrangère, de surcroît – dans la maison où il avait vécu seul pendant si long-temps était déstabilisante, mais il avait eu l'âge de Chris, lui aussi.

— Je veux que tu te sentes chez toi, reprit-il. Mais si je vous avais surpris cette nuit, la situation aurait été gênante.

Chris fourra les mains dans les poches avant de son jogging.

— Ouais. Mais nous ne pouvons pas aller chez elle, parce qu'elle vit encore chez ses parents.

Il sourit.

— Peut-être que nous devrions convenir d'une espèce de code. Un bout de tissu noué à la poignée de la porte, par exemple. Comme ça, si tu invites une amie, je ne vous dérangerai pas.

Tony faillit dire qu'il ne comptait inviter personne, mais se ravisa. S'il n'avait pas proposé à Kelsey de rentrer avec lui la veille, c'était uniquement parce que Chris était là. Mais apparemment son neveu n'était plus un gamin naïf.

— Nous y réfléchirons, répondit-il. Mais si tu rentres accompagné alors que je suis déjà couché, cela ne servira à rien.

— Ne t'en fais pas pour ça, répliqua Chris. Est-ce que nous t'avons réveillé, cette nuit ? Non. Tu dormais à poings fermés, en ronflant tellement fort qu'on t'entendait depuis le séjour.

Il éclata de rire et retourna vers la maison. Tony sourit et monta dans son pick-up, heureux de constater que malgré ses ennuis son neveu n'avait rien perdu de sa joie de vivre.

Ben Everett rappela Kelsey le mardi vers midi, et ils convinrent de se rencontrer à 18 h 30 chez lui, à Junction. Dès qu'elle eut raccroché, elle appela Tony.

— Salut, dit-il. Je te mets sur haut-parleur. Je suis en route pour un chantier avec Brad, mon assistant.

— Bonjour ! fit une voix d'homme.

Elle ravala la phrase un peu coquine qu'elle s'apprêtait à lancer pour dire :

— Ben peut nous recevoir chez lui ce soir, à 18 h 30. Est-ce que tu seras disponible ?

— Je passerai te chercher à 17 h 30, répondit-il.

— Super. À tout à l'heure.

Elle allait raccrocher quand il demanda :

— Que fais-tu aujourd'hui ?

— Je vais relire toutes mes notes et passer quelques coups de fil professionnels. Il faut aussi que je réfléchisse aux questions que je veux poser à Ben.

— C'est bien, dit-il. Si tu sors, sois prudente.

— Promis, répondit-elle, touchée qu'il s'inquiète ainsi pour elle.

— À tout à l'heure, dit-il avant de raccrocher.

Elle s'allongea sur le lit et contempla le plafond. Le souvenir de leur baiser lui revenait, tellement vivace qu'elle avait presque l'impression qu'il la touchait encore. L'intensité des sentiments qu'il éveillait en elle avait quelque chose d'effrayant. Elle n'était pas comme ça, d'habitude. Quand d'autres paniquaient, elle restait calme – non parce qu'elle était insensible, mais parce qu'elle ne laissait jamais paraître ses émotions, de peur de devenir trop vulnérable.

Mais Tony l'avait dépouillée de tous ses faux-semblants, ce qui était à la fois terrifiant, terriblement excitant, et parfaitement illogique. Si elle était venue ici, c'était pour en apprendre plus sur sa sœur. Pas pour découvrir cette face cachée d'elle-même.

Ben Everett vivait dans une maison moderne, perchée au bord d'un canyon dans un quartier de l'ouest de Junction. Tony gara sa Toyota dans l'allée alors que le soleil couchant teintait les grandes baies vitrées d'orange profond et de rose. Ben – un homme élancé, aux cheveux blonds peignés vers l'arrière, vêtu de chaussures de running, d'un pantalon de ville gris et d'un polo blanc – les attendait sur le seuil.

— Ben Everett, dit-il.

Il échangea une poignée de main ferme avec Kelsey avant de donner une tape dans le dos de Tony.

— Je me souviens de toi, dit-il. C'est bon de te revoir.

— C'est bon de te revoir aussi, répondit Tony.

Ben semblait sincère, ce qui l'étonna. Pendant leur année de terminale, ils n'avaient jamais fréquenté les mêmes cercles. Contrairement à lui, Ben était beau et populaire – et de tous les garçons, c'était le seul qui avait eu assez confiance en lui pour poursuivre Liz Chapman de ses assiduités.

Ben les conduisit dans une pièce immense, où un mur de verre donnait sur le canyon dont le soleil mourant baignait les parois de couleurs pastel. Quel que soit son métier, il était à l'aise, financièrement.

— Est-ce que je peux vous proposer quelque chose à boire ou à manger ? demanda-t-il.

— Non merci, répondit Kelsey.

Elle s'assit sur un grand canapé en daim marron. Tony s'assit à côté d'elle et eut la sensation d'être englouti dans un marsh-mallow. Kelsey passa une main sur sa cuisse et sourit, comme pour le remercier d'être là.

— Ma femme a emmené les enfants au foot. Nous avons la maison pour nous pendant deux heures, dit Ben en s'asseyant dans le fauteuil, face à eux.

Il dévisagea Kelsey pendant un moment avant d'ajouter :

— Vous ressemblez à votre sœur.

Kelsey et Liz avaient effectivement la même couleur de cheveux, le même teint et la même fossette à gauche de la bouche. Cependant, Kelsey n'avait rien de l'audace qui rendait Liz à la fois fascinante et intimidante. Elle était plus calme, plus contemplative. Plus introvertie. Plus comme lui.

— Est-ce que vous connaissiez bien Liz ? demanda-t-elle.

— Si vous m'aviez posé la question avant sa disparition, je vous aurais dit que nous étions amis, répondit-il. J'aurais voulu que nous soyons plus, mais elle m'a fait comprendre que c'était impossible.

Kelsey se pencha vers l'avant ; l'espoir se lisait sur son visage.

— Quand vous dites que vous étiez amis, voulez-vous dire qu'elle se confiait à vous ?

Il inclina pensivement la tête.

— Oui et non. Vous avez sans doute déjà interrogé suffisamment de personnes pour savoir qu'après sa disparition, nous avons découvert qu'elle nous avait caché beaucoup de choses. Par exemple, j'étais persuadé qu'elle vivait avec ses parents. Quand elle nous a dit qu'elle venait de l'Iowa, j'en ai déduit que toute sa famille avait déménagé pour s'installer à Eagle Mountain.

— Vous a-t-elle jamais dit qu'elle avait un petit ami ? demanda Kelsey.

— Oui.

— Vraiment ? Est-ce qu'elle vous a dit son nom ?

— Non.

Il fit craquer ses doigts.

— Si je vous disais tout ce que je sais ? Ensuite, vous pourrez me poser des questions. Mais il y a beaucoup de détails que j'ignore.

Kelsey posa son stylo et se renfonça sur le canapé, mais Tony sentit qu'elle tremblait. Il prit sa main dans la sienne ; elle ne la retira pas.

— Oui, s'il vous plaît, répondit-elle. Dites-moi tout.

Vingt ans plus tôt

— Liz, je sais que tu m'aimes bien. Pourquoi est-ce que tu ne veux pas être ma cavalière au bal de promo ?

Ben regardait Liz fouiller dans son casier, cherchant il ne savait quoi. Elle était intelligente, belle et spirituelle – mais affreusement désordonnée.

— Je ne peux pas, Ben, répondit-elle. Mais merci de me le proposer. Tu es vraiment adorable.

« Adorable » ? Il ne voulait pas que Liz le trouve adorable. C'était un qualificatif qui ne s'appliquait qu'aux chiots et aux petites filles.

— Est-ce que tu as déjà un cavalier ? demanda-t-il. Tu peux me le dire, tu sais. Je ne me mettrai pas en colère.

Il serait seulement horriblement jaloux, ce qui n'aurait rien de nouveau. Il l'était à chaque fois qu'il voyait l'un de ses camarades de classe loucher sur elle.

Elle referma son casier et se tourna vers lui.

— Je n'ai pas de cavalier, non, déclara-t-elle. Je n'irai pas au bal, c'est tout.

— Mais pourquoi ? C'est la dernière grande soirée avant la remise des diplômes. Le comité du bal se met en quatre pour qu'elle soit inoubliable.

Elle secoua la tête et répéta :

— Je n'irai pas.

— Sans toi, ça ne sera pas pareil.

Il se pencha vers elle et, d'une voix plus basse, ajouta :

— Est-ce que c'est une question d'argent ? Parce que je peux t'aider à acheter ta robe.

Ses parents lui donnaient suffisamment d'argent de poche.

Elle posa une main sur son épaule, et il crut que ses genoux allaient se dérober.

— C'est très gentil de ta part mais, non, ce n'est pas une question d'argent.

Elle passa à côté de lui pour se diriger vers la sortie, et il s'empressa de la suivre.

— Je ne te lâcherai pas avant que tu m'aies dit pourquoi tu ne peux pas y aller.

Ils sortirent du bâtiment. Elle regarda autour d'eux, comme pour s'assurer que personne ne les écoutait, avant de l'entraîner dans un renfoncement.

— Tu dois me jurer de ne jamais répéter à personne ce que je vais te dire.

— Je le jure, répondit-il, tout excité qu'elle daigne lui confier un secret.

Elle scruta son regard – ses yeux étaient très bleus, et un peu tristes.

— Je suis sérieuse. Pas un mot, à personne.

— D'accord.

Elle prit une grande inspiration et la relâcha avant de dire :

— Je ne peux pas t'accompagner parce que je vois déjà quelqu'un.

— Tu plaisantes !

L'exclamation n'avait rien de la réponse posée qu'il aurait voulu faire, mais il ne put la retenir.

— Je ne plaisante pas, non. Il est plus âgé que moi, et très jaloux.

— Je ne t'ai jamais vue en ville avec un homme, objecta-t-il.

Inventait-elle l'existence de ce type pour le repousser en douceur ?

— Nous devons garder notre relation secrète.

— Pourquoi ? s'exclama-t-il. C'est complètement tordu.

Elle sourit, mais son regard était toujours aussi triste.

— Qui est ce type ? reprit-il. Comment l'as-tu rencontré ?

— Je l'ai rencontré en ligne, et tu n'as pas besoin de connaître son nom.

Il serra les poings, agacé par l'aura de mystère dans laquelle elle semblait se complaire.

— Pourquoi veux-tu fréquenter un type plus âgé que toi ?

Mais il connaissait la réponse. Toutes les filles voulaient fréquenter des types plus âgés, parce qu'ils avaient de l'argent, une belle voiture, et de l'expérience en matière de sexe. Pour sa part, il roulait en Toyota, n'avait que son argent de poche et avait couché avec une seule fille.

Liz posa de nouveau la main sur son bras. Le geste se voulait gentil, mais si elle avait su combien elle le torturait…

— Si j'allais au bal de promo, ce serait avec toi, reprit-elle. Maintenant, je dois partir. Mais souviens-toi : tu as juré de ne répéter mon secret à personne.

— Je ne dirai rien.

Comme paralysé, il ne put que fixer le sol pendant quelques secondes avant de se retourner pour la suivre des yeux. Ses longs cheveux bruns se balançaient à chacun de ses pas. Elle était tellement gracieuse qu'elle semblait presque irréelle.

— Pourquoi n'avez-vous pas parlé au shérif de cet homme ? demanda Kelsey quand Ben eut fini son histoire.

Il venait de confirmer ce qu'elle pensait déjà – que Liz était venue rejoindre l'Homme des Montagnes à Eagle Mountain. Mais, s'il avait parlé à la police de ce petit ami jaloux, elle l'aurait peut-être recherché plus activement.

— Parce que je lui avais promis de ne rien dire, répondit Ben. Et parce que les flics ne m'ont pas posé la question. S'ils l'avaient fait, j'avais tellement la trouille que je leur aurais sans doute tout dit. Mais ils m'ont seulement accusé de l'avoir tuée parce qu'elle refusait de sortir avec moi.

Il secoua la tête.

— Je n'étais qu'un gamin. Je pensais faire preuve de noblesse en me taisant. Maintenant, je sais que j'avais tort.

— Après cette histoire, tu devais la regarder encore plus qu'avant, dit Tony. Est-ce que tu l'as vue avec un homme ?

Kelsey hocha la tête, heureuse qu'il pense à poser cette question.

— C'est vrai, je la regardais. Comme toi, et comme tous les autres. J'en souffrais terriblement, tu sais. J'étais fou d'elle et pour elle, je n'étais qu'un gentil garçon.

Il cracha le mot « garçon » comme si c'était une insulte.

— Mais je ne l'ai jamais vue avec personne en dehors de ses amies du lycée, reprit-il. Un jour, j'ai voulu la suivre jusque chez elle, mais elle m'a vu et m'a dit de la laisser tranquille. Elle avait l'air tellement blessée que j'ai obéi.

Il reposa les yeux sur Kelsey.

— Est-ce que vous pensez que c'est cet homme qui l'a tuée ?

— Je ne sais pas, dit Kelsey. Mais si je le trouvais, le shérif pourrait comparer son ADN à celui qui a été conservé.

— Ils ont prélevé le mien, dit Ben. J'en ai fait des cauchemars. Si j'avais laissé des traces d'ADN sur ses vêtements en passant à côté d'elle, par exemple ? J'ai été soulagé quand le test m'a innocenté. Mais je ne savais pas qu'il y avait des preuves... qu'ont-ils, exactement ?

— Des cellules d'épiderme, prélevées sous les ongles de Liz. Ils pensent qu'elle a lutté avec son agresseur.

— J'espère qu'il en a gardé des cicatrices qui ne disparaîtront jamais.

Ben se leva et se mit à faire les cent pas.

— La nouvelle de sa mort m'a anéanti, reprit-il. Je me sentais coupable, comme si j'aurais pu la sauver. C'était idiot, bien sûr, mais à cet âge-là, on se prend pour le centre du monde.

Il s'arrêta devant Kelsey.

— Savez-vous quelque chose sur son petit ami ?

— Elle l'avait vraiment rencontré en ligne, comme elle vous l'a dit. J'ai lu dans le dossier d'enquête certains des mails qu'ils ont échangés. Il signait ses messages « l'Homme des Montagnes » et, quand elle parlait de lui, c'était ce pseudonyme qu'elle utilisait. Elle a toujours refusé de nous dire son nom. Et un jour, elle a dit à mes parents qu'elle partait le rejoindre dans le Colorado.

— Ils devaient être malades d'inquiétude, dit Ben.

— Ils l'étaient, convint Kelsey. Mais comme elle avait dix-huit ans, ils ne pouvaient pas l'empêcher de partir. D'ailleurs, mon père était certain qu'elle rentrerait à la maison après quelques semaines.

Ben se rassit et se pencha vers l'avant, les coudes posés sur les genoux, la tête basse. Elle se l'imagina sous les traits d'un jeune homme au physique agréable – un adulte en devenir, qui ne s'était pas encore entièrement libéré de la gaucherie de l'adolescence. Un jeune homme amoureux de sa sœur, que tout le monde semblait adorer.

Tout le monde... sauf son assassin.

— Quand on a retrouvé son corps, quelque chose en moi s'est brisé, reprit Ben. Quelque chose s'est brisé en nous tous. Nous étions trop jeunes pour avoir déjà vécu une telle tragédie. Et alors que nous pensions que Liz était notre amie, nous avons découvert que nous ignorions presque tout d'elle.

— Vous souvenez-vous d'autre chose ? demanda Kelsey. N'importe quel détail qui pourrait avoir une importance ?

— J'ai eu beau réfléchir, je ne vois rien. Quand elle a disparu, j'ai pensé qu'elle avait déménagé sans prévenir personne. Que son père avait été muté, par exemple. Ensuite, l'un de ses professeurs m'a demandé si j'avais de ses nouvelles. C'est là que je me suis vraiment inquiété et que j'ai réalisé, pour la première fois, que j'en savais très peu sur elle. Je ne connaissais pas les noms de ses parents, je ne savais pas où elle habitait, je ne savais rien. Ensuite, quand son corps a été retrouvé...

Il secoua la tête.

— Nous avons tous pensé qu'elle était tombée en se promenant et qu'elle s'était cogné la tête ; qu'il ne s'agissait que d'un horrible accident, comme il s'en produit parfois. Je n'ai su qu'elle avait été assassinée que quand les adjoints au shérif m'ont traîné jusqu'au poste et accusé de l'avoir tuée.

Il regarda Tony.

— Quand tu l'as trouvée, est-ce que tu as compris qu'elle avait été assassinée ?

— Non, répondit Tony. J'ai pensé qu'elle avait eu un accident, comme tout le monde.

Il se racla la gorge.

— Et les adjoints ont essayé de me forcer à avouer que je l'avais tuée, moi aussi.

Ben acquiesça.

— Je pense qu'ils souhaitaient tellement trouver l'assassin qu'ils ont essayé d'extorquer des aveux à tous les garçons de son entourage.

— Qui d'autre ont-ils soupçonné ? demanda Kelsey. Est-ce que vous le savez ?

Ben et Tony échangèrent un regard, et Ben secoua la tête.

— Je ne sais pas, non. Je sais seulement qu'ils n'ont jamais retrouvé la personne qui lui a fait ça.

Ils demeurèrent silencieux pendant un moment, jusqu'à ce que Kelsey prenne son carnet et son sac à main et se lève.

— Merci de m'avoir reçue, dit-elle. Vous êtes la première personne à me confirmer qu'elle avait bien un petit ami.

— J'espère que cela vous aidera, répondit-il en les raccompagnant jusqu'à la porte. Je suppose que ce petit ami est le suspect le plus plausible, mais si ce n'était pas lui ? S'il ne s'agissait que d'un crime opportuniste ?

— Si c'est le cas, nous ne retrouverons sans doute jamais son assassin.

— Me préviendrez-vous si vous découvrez quelque chose ?

— Je le ferai, promit-elle.

Quand ils furent remontés en voiture, Tony démarra avant de dire :

— Eh bien... cette rencontre a été assez intense.

— C'est vrai, répondit-elle. Mais je suis soulagée d'avoir enfin la confirmation que l'Homme des Montagnes existait bel et bien. Puisqu'il existe, nous devrions parvenir à l'identifier.

— Si jamais il m'arrive quelque chose, j'espère avoir quelqu'un comme toi dans mon camp, remarqua-t-il. Tu ne renonces jamais.

— Toi non plus, répliqua-t-elle en se tournant vers lui. Pense à toutes les personnes qui seraient mortes dans ces montagnes si tes collègues et toi aviez renoncé.

— Dans mon cas, remarqua-t-il, c'est une question de vie ou de mort.

— J'ai l'impression que c'en est une dans le mien aussi.

— Tu as sans doute raison.

Il fit glisser ses mains sur le volant.

— Alors, quel est le programme maintenant ?

— Emmène-moi chez toi.

— Tu veux connaître l'endroit où je vis ?

— Je veux finir ce que nous avons commencé hier soir.

Elle crut le voir pâlir légèrement, mais il n'hésita pas.

— Est-ce que tu penses que c'est une bonne idée ? demanda-t-il seulement.

Elle se pencha et posa une main sur sa cuisse.

— Je pense que c'est une excellente idée.

Il se racla la gorge.

— Si tu quittes la ville...

— Chut. Je sais que tu n'as pas peur de prendre des risques. Tu en prends à chaque fois que tu pars en mission. N'aie pas peur de me faire confiance. De nous faire confiance.

13

Tony avait l'habitude de dépasser sa peur pour aller de l'avant. Cela faisait partie de son quotidien. Et même s'il avait peur maintenant – pas de Kelsey, bien sûr, mais de se fourvoyer – il refusait que cette peur l'empêche de savourer le moment. Il se gara devant chez lui et coupa le moteur.

— Est-ce que ton neveu est là ? s'enquit Kelsey.

— Je suis à peu près sûr que non. Sinon, sa moto serait là-bas, devant le garage.

Il descendit de voiture. Le temps qu'il se demande s'il devait aller lui ouvrir la portière, Kelsey l'avait rejoint dans l'allée. Elle regarda longuement la maison avant de dire :

— Ta maison me plaît. Elle te ressemble.

— Je ne te suis pas. Comment une maison peut-elle me ressembler ?

— Elle est comme toi : simple mais belle, forte et sans prétention, et parfaitement à sa place dans ces montagnes.

Il éclata de rire.

— Je ne suis pas beau.

Elle passa un bras autour de sa taille.

— Pour moi, tu l'es.

Essayait-elle de le flatter ? Non ; ce n'était pas son genre. Il déverrouilla la porte et s'effaça pour la laisser entrer. Elle n'était pas la première femme qu'il ramenait chez lui, mais elle était la première qu'il voulait impressionner.

— Bienvenue chez moi, dit-il.

— C'est très joli.

Il savait qu'elle était sincère parce que, contrairement à lui, la maison était belle. Il avait travaillé dur pour qu'elle le soit : il avait remplacé les vieilles fenêtres par de grandes baies vitrées, verni toutes les boiseries, installé un poêle à bois et poncé les parquets de pin jusqu'à ce qu'ils retrouvent leur lustre d'origine. Quant aux meubles, ils étaient en cuir et en bois, simples mais confortables.

Comme il n'était pas impossible que la moto de Chris soit tombée en panne et qu'il se soit fait ramener par un ami, il lança :

— Chris, tu es là ?

Pas de réponse. Parfait. Ils étaient seuls.

Il suivit Kelsey des yeux tandis qu'elle faisait le tour de la pièce. Elle regarda les livres rangés sur les étagères, se pencha vers un dessous-de-verre fait d'une rondelle de bois, admira les gravures accrochées aux murs. Enfin, elle se retourna et vint se blottir contre lui.

— Merci de m'avoir invitée chez toi, dit-elle. De me permettre de troubler ton sanctuaire.

— Je suis heureux que tu sois là.

Il l'embrassa. Pas avec une passion désespérée, comme la veille, mais d'une caresse plus lente, savourant la sensation de ses lèvres aussi douces que du satin. Quand leurs langues s'entremêlèrent, des étincelles de désir crépitèrent en lui.

Elle glissa les mains sous sa chemise et gémit.

— Tu ne peux pas savoir à quel point j'avais envie de ça.

Il posa une main sur les siennes, interrompant la progression terriblement excitante de ses doigts sur sa peau.

— Attends une seconde, tu veux bien ?

Sous son regard amusé, il balaya la pièce des yeux. Enfin, il avisa un torchon à vaisselle, au coin du bar. Il le prit, ouvrit la porte d'entrée et le noua autour de la poignée, bien en vue. Quand il revint vers elle, elle s'efforçait d'étouffer un rire.

— Est-ce que c'est un… un code ? demanda-t-elle.

Elle se plaqua une main sur la bouche, mais un éclat de rire lui échappa.

— Je ne veux pas être interrompu, répondit-il. Et toi ?

Elle secoua la tête. Il ôta son T-shirt et le jeta à l'autre bout de la pièce, vacillant sous la tendresse de son regard. Quand elle tendit le bras pour suivre du bout des doigts le contour des muscles de ses épaules, il dut réprimer un gémissement.

Ses doigts s'immobilisèrent sur l'épaisse arête de tissu cicatriciel qui barrait le haut de son épaule gauche.

— Qu'est-ce que c'est ? demanda-t-elle.

Elle semblait inquiète.

— J'ai eu un accident, l'hiver dernier.

— Que s'est-il passé ?

Il la prit par la main et l'entraîna vers la chambre.

— Viens et je te montrerai.

Mieux valait qu'elle sache dans quoi elle s'engageait avant qu'ils aillent trop loin. Toute une histoire était écrite sur son corps, et elle n'était pas toujours très belle.

La petite chambre était meublée d'un lit ancien, d'une table de chevet et d'une chaise sur laquelle il empilait ses vêtements. Il entreprit de se déshabiller tandis qu'elle le regardait depuis la porte. Il ne ressentait pas la moindre gêne : des mois d'opérations, de séjours à l'hôpital et de séances de rééducation lui avaient ôté toute pudeur déplacée.

Soudain, elle poussa un petit cri étouffé, qui lui arracha une grimace. Il savait que ses cicatrices – profonds sillons blancs ou boursouflures rougeâtres – n'étaient pas belles à voir. Elles s'étaient déjà estompées et continueraient à le faire, mais elles le marqueraient jusqu'à la fin de ses jours, lui rappelant qu'il était passé tout près de la mort.

Elle s'approcha et posa ses doigts, puis ses lèvres, à l'endroit précis de son torse où les chirurgiens avaient inséré un drain pour regonfler son poumon affaissé. Ensuite, elle se pencha jusqu'à sa hanche, qui avait été brisée dans sa chute et réparée avec des vis et des plaques métalliques, puis plus bas encore, pour poser ses lèvres sur les cicatrices qui s'entrecroisaient sur sa cuisse droite, où l'os avait été cassé en trois endroits. La chaleur de son souffle sur sa peau le fit frissonner. Son érection devint tellement intense qu'elle en était presque douloureuse.

— Viens ici, dit-il en lui touchant l'épaule.

Elle se releva et le laissa la déshabiller. Contrairement à lui, elle était parfaite : sa peau était crémeuse et sans défaut, elle avait de jolis petits seins ronds, des hanches à la courbe harmonieuse et des cuisses auxquelles un poète aurait pu écrire une ode. Il laissa ses mains glisser sur elle en maudissant les cals que des années d'alpinisme avaient laissés dans ses paumes.

Elle mit sa main dans la sienne et l'embrassa sur l'épaule.

— Emmène-moi au lit et raconte-moi ton histoire.

Il n'avait pas besoin de lui demander si elle voulait encore de lui, parce qu'il voyait qu'elle le désirait toujours autant. Et, pour sa part, il n'avait jamais rien désiré aussi désespérément qu'il la désirait. Mais il se força à attendre encore un peu, juste le temps de lui raconter son histoire.

— Je descendais en rappel dans un canyon pendant un exercice, dit-il. Mes cordes ont lâché et je suis tombé.

Elle laissa échapper un petit son étouffé et posa une main sur son torse. Il couvrit cette main de la sienne, avant de la porter à ses lèvres et d'embrasser ses doigts.

— L'un des bénévoles avait brûlé les cordes à l'acide. Elles se sont rompues au milieu de la descente.

— Il te haïssait à ce point ? demanda-t-elle.

— Ce n'était pas moi en particulier qu'il haïssait. Sa fiancée était morte dans un accident, deux ans plus tôt, et il nous reprochait de ne pas l'avoir sauvée. À l'époque, j'étais le capitaine de l'unité.

— Tu dois avoir été grièvement blessé, dit-elle.

— Si je suis encore en vie, ce n'est que grâce à mes collègues et au personnel médical. On m'a rafistolé, mais ces cicatrices ne disparaîtront jamais totalement.

— Elles seront toujours là pour te rappeler que tu as été assez fort pour survivre.

Elle s'allongea sur lui, recouvrant toutes ses imperfections de sa perfection. Il ferma les yeux et savoura ses baisers, la caressant des mains et de la bouche avec une excitation croissante.

Il semait un chemin de baisers sur son ventre quand il retrouva soudain ses esprits. Il releva la tête vers elle.

— Qu'est-ce qu'il y a ?

— Je n'ai pas de préservatif, dit-il. Cela fait un moment que je n'ai pas été, euh... actif sexuellement.

— Moi non plus, répondit-elle en souriant. Mais ce n'est pas grave : je prends la pilule, pour d'autres raisons, et il semble évident que nous sommes tous deux en bonne santé.

Il se laissa glisser vers le haut pour l'embrasser de nouveau et la sentit bouger sous lui, s'ouvrir à lui, le pressant de venir en elle. Elle savait lui faire comprendre ce qu'elle voulait, sans la moindre timidité, et il fut heureux de s'exécuter. Quand elle commença à onduler sous lui, il glissa une main sous ses fesses pour la rapprocher de lui tout en la caressant de l'autre. Elle commença bientôt à gémir, et il sut qu'il n'allait pas pouvoir se retenir plus longtemps.

Elle se contracta autour de lui, balayée par un orgasme qui résonna dans tout son corps et déclencha le sien. Il poussa un cri – son nom, peut-être ; il était au-delà de toute pensée consciente. Mû par un instinct primitif, il la serra contre lui et enfouit son visage dans son cou en respirant avec force. Dès qu'il la sentit bouger, il s'allongea à côté d'elle et elle vint se blottir contre son flanc, une cuisse passée sur les siennes.

— Est-ce que le risque en valait la peine ? chuchota-t-elle.

Quand il eut compris à quoi elle faisait allusion, il la serra plus fort contre lui.

— Et comment, répondit-il avant de fermer les yeux.

Ils firent l'amour une seconde fois au petit matin, et Kelsey découvrit le côté joueur de Tony. Elle semait un chemin de baisers le long de la cicatrice laissée par le scalpel du chirurgien qui avait réparé son fémur gauche quand il dit :

— Tu as l'air tellement fascinée par mes cicatrices que je commence à me poser des questions.

— Qu'est-ce qui te dit que je n'ai pas toujours eu comme fantasme de coucher avec un homme bionique ?

— Il y a une partie de mon corps qui n'a jamais été blessée et qui est fonctionnelle à cent pour cent, rétorqua-t-il.

— Est-ce que tu es sûr de pouvoir remettre ça, vieil homme ? lança-t-elle pour le taquiner.

Il poussa un cri de guerre et la fit tomber sur le dos.

— Vieil homme ? répéta-t-il avec un sourire carnassier. Je vais te montrer si je suis un vieil homme.

Et il entreprit de lui apporter la preuve de sa vitalité, à sa plus grande satisfaction.

Quand ils se séparèrent, le soleil était levé. Elle gloussa de rire et demanda :

— Est-ce que tu crois que Chris nous a entendus ?

— D'après ce que j'ai vu, même un tremblement de terre ne le réveillerait pas.

Il lui embrassa l'épaule et ajouta :

— Je vais préparer le café.

Il se leva, lui offrant la vue spectaculaire de ses fesses et de son dos musclés. Il n'avait pas une once de graisse, ce qui était à la fois un peu intimidant et très impressionnant. Comment pouvait-il refuser d'admettre qu'il était beau ?

— Je vais prendre une douche ! lança-t-elle.

Elle espérait qu'il la rejoindrait, mais ce fut seule qu'elle se doucha. Quand elle ressortit de la salle de bains, une dizaine de minutes plus tard, elle se dirigea vers la cuisine où elle trouva Chris, attablé devant un bol de céréales. Il lui décocha un grand sourire et lança, la bouche pleine :

— Bonjour !

Il finit de mâcher et s'essuya la bouche.

— Comme le torchon accroché à la poignée de la porte m'avait fait comprendre que nous avions de la compagnie, j'ai préféré m'habiller avant de m'aventurer dans la cuisine.

Elle éclata de rire malgré sa gêne et se servit un café.

— Où est Tony ?

— Il est sorti pour répondre au téléphone, expliqua Chris avant de retourner à ses céréales.

Elle vint s'asseoir face à lui.

— Est-ce que tu es toujours debout d'aussi bonne heure ?

— Non, répondit-il, mais j'ai des trucs à faire, ce matin. Si tout se goupille bien, fini la vie d'oiseau de nuit !

— Oh ?

Elle haussa un sourcil interrogateur, mais il secoua la tête et déclara :

— Je ne peux rien te dire, pas plus qu'à Tony. Pas encore.

Avant qu'elle ait pu lui poser d'autres questions, il se leva et quitta la pièce en lui faisant au revoir de la main. Quelques instants plus tard, elle entendit rugir sa moto tandis que Tony rentrait par la porte de derrière.

— Où va Chris de si bon matin ? demanda-t-il. Est-ce qu'il te l'a dit ?

Elle secoua la tête. Elle était étonnée de le voir déjà vêtu d'un pantalon tactique noir et d'un T-shirt à manches longues des Secours en Montagne d'Eagle Mountain.

— J'ai reçu un appel des Secours en Montagne, reprit-il. Un randonneur s'est blessé sur Kestrel Trail.

— La piste où tu as trouvé Liz, dit-elle.

« Kestrel Trail ». Ces deux mots suffisaient à faire palpiter son cœur.

— Oui, fit-il. Ça n'a pas l'air grave, mais je dois y aller. Nous sommes en sous-effectif, aujourd'hui. Je vais te déposer à l'hôtel en allant au quartier général.

— Bien sûr.

Elle s'empressa de prendre son sac à main et ses chaussures : une vie dépendait de sa promptitude. Le temps qu'ils arrivent à la voiture, elle était tellement nerveuse qu'elle tremblait.

— Est-ce que tu es aussi calme que tu en as l'air ? demanda-t-elle en bouclant sa ceinture de sécurité.

— Je réfléchis seulement au matériel que nous devons emporter et à la marche à suivre quand nous serons sur place, répondit-il. Comme je ne suis pas encore assez bien remis pour faire de l'escalade, je me contenterai de donner un coup de main là où il le faudra... en posant les cordes, par exemple.

— Est-ce que c'est difficile de voir les autres faire le travail que tu faisais avant ?

— L'ego n'a pas sa place dans ce travail. Une seule chose importe : assurer la sécurité de ses collègues et de la victime.

Quelques minutes plus tard, il s'arrêtait devant l'Alpiner. Elle ouvrit sa portière et dit :

— Appelle-moi quand tu rentreras.

Il se pencha et plaqua ses lèvres sur les siennes.

— Vas-y.

Le temps qu'elle atteigne la porte de l'hôtel, il était déjà reparti. Hannah, qui sortit alors qu'elle s'apprêtait à entrer, demanda :

— Est-ce que c'était Tony ?

Kelsey hocha la tête. Elle ne cherchait pas spécialement à garder le secret sur sa relation avec Tony mais, en la voyant arriver à l'Alpiner avec lui à cette heure de la journée, Hannah devait se douter qu'ils avaient passé la nuit ensemble. Cependant, la jeune femme ne fit aucun commentaire.

— Si j'avais su qu'il venait, je lui aurais demandé de m'emmener, dit-elle seulement.

Kelsey monta dans sa chambre et s'allongea sur le lit, épuisée par le torrent d'émotions qu'elle avait ressenties ces derniers jours et ces dernières heures. Pouvait-elle supporter d'être avec un homme qui était susceptible de partir à tout moment pour mettre sa vie en danger ? Ce travail faisait partie intégrante de Tony, et elle ne pouvait pas lui demander d'arrêter. Mais serait-elle assez forte pour le supporter ?

Les pires sauvetages, ceux qui restaient gravés dans les mémoires, visaient à venir en aide à des personnes qui s'étaient lancées dans une ascension dangereuse, étaient tombées dans un ravin ou avaient voulu traverser à gué un torrent à l'eau glaciale. Lors de ces missions, les bénévoles risquaient leur vie. Ils devaient lutter contre les éléments – et parfois contre les victimes – pour que tout le monde rentre sain et sauf.

Mais la mission pour laquelle les Secours en Montagne d'Eagle Mountain avaient été appelés ce mercredi matin était bien différente : la météo était clémente et la victime, légèrement blessée. Il s'agissait d'une randonneuse qui avait dérapé sur un sentier balisé et s'était blessée à la cheville. L'intervention des secouristes resterait sans doute gravée dans sa mémoire mais, aux yeux de Tony, Danny, Anna et Eldon, ce sauvetage n'était que l'occasion d'être dehors, par une belle journée, et d'aider leur prochain.

Carla Simmons, qui avait cinquante-cinq ans, était originaire de Sacramento. Danny l'examina et annonça :

— Votre cheville est cassée. Vous avez gagné un voyage gratuit jusqu'en ville !

— Merci d'être venue à mon secours, répondit-elle. Je suis désolée de causer tous ces ennuis.

— Pas de problème, dit Tony. C'est une journée parfaite pour une balade en montagne.

— Je pensais la même chose avant de tomber.

Ils lui posèrent une attelle et l'installèrent aussi confortablement que possible sur la civière. Ils étaient en train de la sangler quand quelqu'un les héla. Tony leva les yeux et, à sa grande surprise, vit Ted approcher à grands pas.

— Que fais-tu là-haut, vieil homme ? demanda Danny.

— Je me promenais dans le coin quand j'ai entendu l'appel, expliqua Ted. Est-ce que vous avez besoin d'aide ?

— Non, répondit Tony. Nous avons la situation en main.

Ted hocha la tête et poursuivit sa route.

— Drôle de coïncidence qu'il soit ici ce matin, dit Danny.

Il appartenait lui aussi à l'unité depuis assez longtemps pour bien connaître Ted.

— Il doit s'ennuyer, et je le comprends, déclara Tony. Il a consacré presque toute sa vie aux Secours en Montagne.

Il se demandait parfois comment il réagirait s'il devait quitter le groupe.

Danny se tourna dans la direction que Ted avait prise.

— Va le chercher et demande-lui de nous aider à porter la civière. L'exercice lui fera du bien.

Tony partit donc en petites foulées et vit bientôt Ted, debout sur le plateau rocheux où le corps de Liz avait été retrouvé. En le voyant approcher, le vieil homme dit :

— Je n'ai jamais oublié cette fille.

— Je comprends, répondit Tony en le rejoignant. Parfois, quand j'interviens sur un sauvetage, je me souviens d'une autre mission au même endroit. On pourrait croire que toutes les missions finissent par se confondre mais, pour moi, ce n'est pas le cas.

— Pour moi non plus. Je me demande toujours s'il y avait un indice que les flics n'ont pas trouvé.

Il frappa la roche du pied.

— Ce shérif et ses adjoints n'étaient qu'une bande de crétins incapables de mener une enquête, asséna-t-il. Au fait, cette fille, Kelsey, est venue me voir dimanche matin. Sais-tu qu'elle est convaincue qu'elle va résoudre cette affaire ?

— Je sais, oui.

— Elle m'a dit que le shérif avait l'ADN du meurtrier et qu'il suffisait qu'elle trouve un suspect pour qu'il soit testé. Je lui ai répondu que si c'était aussi simple, ce serait fait depuis longtemps. Mais tu sais comment sont les gamins : ils pensent que rien ne leur est impossible.

— Elle a vingt-huit ans, remarqua Tony. Ce n'est plus vraiment une gamine.

Ted grogna.

— Allez, viens, reprit-il. Il faut que tu nous aides à porter la civière.

Ted se redressa.

— Vous avez vraiment besoin de moi, pas vrai ?

— Sans toi, nous n'y arriverons pas.

Ted hocha la tête.

— En ce cas, au travail.

Il redescendit sur la piste, et Tony lui emboîta le pas. En le voyant marcher, le dos droit, la tête haute, il pensa qu'il semblait bien plus jeune que ses soixante-deux ans.

14

Le jeudi après-midi, Kelsey appela le bureau du shérif. Ce fut Adelaide qui décrocha.

— Il faut que je voie le shérif, dit-elle. Je veux lui faire part de ce que j'ai découvert et lui poser quelques questions.

Elle s'attendait à ce qu'Adelaide lui réponde que le shérif était trop occupé, mais elle dit :

— Il est ici. Si vous veniez tout de suite ?

Quinze minutes plus tard, elle entrait dans le bureau de Travis Walker. Si le shérif était toujours aussi bel homme, il était moins bien mis que lors de leur précédente entrevue. Sa cravate était desserrée, ses cheveux ébouriffés, et il posait un regard soucieux sur la feuille de papier qu'il tenait à la main.

Elle s'assit et attendit. Comme il fixait toujours le papier sans mot dire, elle se racla la gorge.

— Shérif ?

Il leva les yeux, battit des paupières et se redressa.

— Bonjour, mademoiselle Chapman. Pardonnez-moi, je suis un peu distrait. Je viens d'accompagner ma femme à son rendez-vous d'échographie. Vous voyez, nous attendons des jumeaux. Ils devraient naître dans six semaines, et ils commencent à me sembler bien réels.

Son air démuni était tellement adorable qu'elle ne put s'empêcher de sourire.

— Félicitations, dit-elle.

Il lui tendit l'échographie, et elle admira les deux minuscules bébés blottis l'un contre l'autre dans le ventre de leur mère.

— Ça fait beaucoup à encaisser, pas vrai ? demanda-t-elle.

Il acquiesça, rangea la photo dans le tiroir de son bureau, se lissa les cheveux de la main et resserra sa cravate. Quand il s'adressa de nouveau à elle, ce fut d'un ton strictement professionnel.

— Adelaide m'a dit que vous aviez appris du nouveau sur votre sœur ?

— J'ai rencontré l'un de ses camarades de classe, Ben Everett, dit-elle. Il vit à Junction, maintenant. Il m'a dit qu'il avait demandé à Liz d'être sa cavalière au bal de fin d'année, mais qu'elle l'avait éconduit en lui expliquant qu'elle avait un petit ami, plus âgé qu'elle et très jaloux.

— Pourtant, il n'en a rien dit lors de son interrogatoire.

— Uniquement parce qu'il avait promis à Liz de garder le secret. Il pensait faire preuve de noblesse.

— Sait-il qui était ce petit ami ? demanda Travis.

— Non. Pourtant, il a tout fait pour le découvrir. Il a même suivi Liz après l'école, un jour. Mais elle l'a vu et lui a ordonné de la laisser tranquille.

— Est-ce que vous pensez qu'il dit la vérité ?

— Oui. Il m'a dit qu'il avait été terrifié quand les adjoints l'avaient interrogé et accusé du meurtre. S'il avait eu connaissance d'un détail qui incriminait quelqu'un d'autre, je suis certaine qu'il ne l'aurait pas gardé pour lui.

— Je vois. Avez-vous découvert autre chose ?

Elle consulta ses notes.

— Certains camarades de classe de Liz se souviennent d'une soirée chez le glacier. Elle leur a dit qu'elle devait partir parce qu'elle avait rendez-vous avec quelqu'un, mais elle n'a pas précisé avec qui. Personne n'a vu l'homme qu'elle allait rejoindre.

— Personne ? demanda Travis. Ils n'étaient pas curieux de le savoir ?

— Si, mais aucun d'eux n'a vu qui que ce soit. Par contre, Veronica Olivares s'est souvenue d'avoir aperçu Ted Carruthers devant un bar, à quelques portes du glacier. Je lui ai demandé s'il avait remarqué quelque chose, mais il m'a répondu qu'il n'était sans doute sorti que pour fumer une cigarette. Il ne connaissait pas Liz et n'a aucun souvenir de cette soirée.

Travis hocha la tête.

— Autre chose ?

— Rien que vous ne sachiez déjà, répondit-elle. Mais je voulais vous demander si la police avait soupçonné d'autres personnes que Ben et Tony, ou s'il y avait en ville des hommes qui auraient pu être le mystérieux petit ami de ma sœur.

— J'étais au collège, à l'époque. Je me souviens que les gens parlaient beaucoup de la disparition de votre sœur, et que la nouvelle de sa mort a été un choc pour tout le monde. Sinon, je ne sais rien de plus que ce qui figure dans ces dossiers.

— Et Mel Wheeler ? demanda-t-elle.

Travis fronça les sourcils.

— Qui est Mel Wheeler ?

— Un des bénévoles des Secours en Montagne. Il faisait partie de l'équipe qui a ramené le corps de Liz en ville. Il a déménagé à Phoenix l'année suivante.

— Vous pensez qu'il est lié au meurtre de votre sœur ?

Elle rougit.

— Sans doute pas, mais... pourriez-vous vous renseigner à son sujet ?

Travis attrapa un stylo et griffonna quelques mots sur un bloc-notes.

— Je verrai ce que je peux trouver.

Elle inclina la tête avant de demander :

— Le shérif et ses adjoints vivent-ils encore ici ?

— Non. Ceux qui ne sont pas en prison ont quitté la ville. Le bureau est reparti de zéro, sur des bases saines.

— J'ai l'impression d'être à deux doigts d'établir l'identité de l'Homme des Montagnes, reprit-elle. Dans une ville aussi petite que celle-ci, quelqu'un a forcément vu Liz en sa compagnie. Elle ne passait pas inaperçue.

Au lieu de répondre, le shérif dit :

— J'ai entendu dire qu'on avait essayé de vous écraser, lundi soir, Tony Meisner et vous.

— Qui vous l'a dit ? demanda-t-elle, étonnée.

— Tony a rapporté l'incident à Jake Gwynn. Dites-moi ce qui s'est passé.

— Un véhicule est monté sur le trottoir et nous a foncé dessus. Si nous ne nous étions pas écartés, il aurait pu nous renverser tous les deux.

— De quel type de véhicule s'agissait-il ? demanda le shérif. Avez-vous vu le conducteur ?

— Non. Les phares nous aveuglaient. Mais Tony pense qu'il s'agissait d'un pick-up.

— Avez-vous reçu des menaces, ou remarqué une personne au comportement étrange ?

— Non. Si ce chauffard ne cherchait qu'à me dissuader d'enquêter sur la mort de Liz, il ne s'est pas manifesté depuis.

Travis referma le dossier.

— Si jamais vous vous sentez menacée, prévenez-nous. Je ne peux pas vous empêcher d'interroger les gens, mais n'oubliez pas que vous vous mettez peut-être en danger.

— Je serai prudente, dit-elle avant de se lever.

Elle n'avait aucune intention de renoncer à poursuivre son enquête alors qu'elle se sentait si proche d'identifier l'assassin de Liz.

À cause de l'intervention sur Kestrel Trail, Tony arriva au travail en retard et, par conséquent, en partit également plus tard que d'habitude. Quand il rentra enfin chez lui, il fut agréablement surpris de voir la voiture de Kelsey garée dans la rue. En entendant des bruits de voix à l'arrière de la maison, il la traversa pour sortir sur la terrasse. Kelsey était assise sur une chaise de jardin, près du barbecue, et bavardait avec Chris, qui faisait griller des steaks.

— Tu arrives pile à l'heure ! lança son neveu. Prends donc une bière en attendant que le dîner soit prêt.

Tony s'approcha de la glacière posée à côté de Kelsey, mais elle plaqua une main sur le couvercle.

— Tu dois payer le péage, dit-elle.

— Et quel en est le montant ?

— Un baiser.

Il se pencha et l'embrassa – si longuement et passionnément que Chris feignit d'avoir des haut-le-cœur. Ils se séparèrent en riant, et Tony prit une bière et s'assit.

— Avons-nous quelque chose à fêter ? demanda-t-il. Ou est-ce que tu avais seulement envie de faire la cuisine ?

— Tu ne vas pas me demander pourquoi je ne suis pas chez Mo ? riposta Chris.

Tony fronça les sourcils.

— Parce que c'est ta soirée de repos ?

— Non, parce que j'ai démissionné, répondit Chris.

Tony crispa les doigts sur sa bouteille mais s'exhorta au calme.

— Qu'est-ce qu'il s'est passé ? interrogea-t-il.

Chris, qui brandissait la spatule comme il aurait brandi un sceptre, se tourna vers lui en souriant à pleines dents.

— Il s'est passé que j'ai un nouveau travail.

Le visage de Kelsey était aussi réjoui que celui de son neveu. Tony prit une rasade de bière avant de demander :

— Et où vas-tu travailler ?

— Chez Eagle Expertise, répondit Chris. J'avais un entretien d'embauche, ce matin. Je les ai tellement épatés qu'ils m'ont engagé sur-le-champ.

Tony jugea plus prudent de poser sa bière avant de la renverser.

— Eagle Expertise ? Là où je travaille ?

— C'est super, non ? lança Chris en s'asseyant face à eux. Au début, je serai assistant, mais cet automne je suivrai des cours en ligne pour décrocher mon diplôme et obtenir ma licence.

— Qu'est-ce qui t'a fait opter pour le relevé de terrain ?

— Je t'ai vu un jour, en passant sur la nationale. Il faisait beau et tu étais dehors, dans les bois, avec un autre type, sans personne pour regarder par-dessus ton épaule. Je me suis un peu renseigné sur ton métier, et je me suis dit qu'il devrait me plaire.

— Toutes les journées ne sont pas aussi agréables, objecta-t-il. Parfois, tu te retrouves sous une pluie battante ou dans une chaleur torride. Et tu as des patrons et des clients auxquels tu dois rendre des comptes.

— Ouais, ouais, je sais tout ça, dit Chris. Mais je pense quand même que je suis fait pour ce métier. Je commence demain. Un type du nom de Curtis va me former, mais je travaillerai sans doute très bientôt avec toi.

Il se leva.

— Les steaks et les frites sont prêts. Qui a faim ?

Kelsey se pencha vers Tony.

— Il est tellement heureux, dit-elle. Il veut seulement te ressembler.

Tony ricana et ramassa sa bière.

— Je ne vois pas pourquoi.

— Il a énormément d'admiration pour toi.

Elle se rapprocha encore de lui et chuchota :

— Dis-lui que tu es fier de lui.

Comme il ne pipait mot, elle s'écarta et ajouta :

— Pardon. Je me mêle de ce qui ne me regarde pas.

— Non, s'empressa-t-il de dire en lui prenant la main. Je suis heureux que tu t'intéresses autant à Chris, mais c'est le genre de choses que nous ne disons jamais.

Elle lui tapota la main.

— Alors, peut-être que vous devriez le faire.

Chris approcha et posa leurs assiettes devant eux.

— Voilà ! lança-t-il.

— Merci, répondit Tony.

Il leva sa bière et ajouta :

— Au nouveau géomètre de la famille.

— À Chris, dit Kelsey.

Le visage radieux du jeune homme lui évoqua un fragment de souvenir : alors que Chris avait sept ans, il était allé rendre visite à son frère. Le gamin venait de recevoir une bicyclette neuve et faisait des roues arrière devant la maison.

— Regarde, oncle Tony ! avait-il crié.

Tony avait levé le poing.

— Bravo ! avait-il répondu, sur le même ton.

Chris avait levé le poing, tout comme lui, et filé à toute vitesse en hurlant à pleins poumons :

— Bravoooo !

L'eau avait coulé sous les ponts, depuis ce jour-là… mais peut-être que l'oncle et le neveu n'avaient pas tellement changé, tout compte fait.

Le lendemain matin, Tony déposa Kelsey devant l'Alpiner, pour le deuxième jour de suite.

— Bonjour ! lança gaiement Brit. Vous êtes bien matinale.

Kelsey espéra que Brit pensait qu'elle s'était levée de bonne heure pour aller faire une balade, mais comprit qu'elle ne trompait personne quand la femme ajouta :

— La prochaine fois, invitez donc Tony à entrer pour prendre un café. Nous avons toujours plaisir à le voir.

Kelsey hocha la tête sans répondre et alla se réfugier dans sa chambre. La prochaine fois, et même si elle ne quitterait le lit de Tony qu'à contrecœur, elle insisterait pour aller passer la nuit à l'hôtel. Elle échapperait ainsi aux taquineries de Chris et aux regards entendus de Brit.

Elle fit une courte sieste, se doucha et ressortit de l'hôtel pour faire un tour en ville. Si elle essayait de se rendre à l'adresse que Liz avait fournie à l'école ? Même s'il s'agissait d'une fausse adresse, peut-être qu'elle verrait une maison, dans le même quartier, qui lui semblerait être le genre d'endroit où Liz aurait adoré vivre.

Mais elle se berçait d'illusions et elle le savait. Liz n'avait pas vécu seule, mais avec un homme dont elle ignorait tout. Elle se contenta donc de marcher au hasard et essaya d'imaginer Liz, en jean taille basse et crop top, déambulant dans ces mêmes rues, explorant sa nouvelle ville.

Tout à coup, elle eut la sensation qu'on l'observait. Les bras hérissés de chair de poule, elle fit volte-face mais ne vit personne. Elle pressa le pas en tournant la tête de part et d'autre. Est-ce que quelqu'un la regardait vraiment, ou son imagination lui jouait-elle des tours ?

Soudain, Tammy Patterson la héla depuis l'autre côté de la rue et traversa pour la rejoindre.

— Kelsey ! J'allais justement vous appeler, dit-elle. L'article passera dans le prochain numéro, qui sortira mardi.

— Je ne vous remercierai jamais assez de l'avoir écrit.

— J'espère qu'il vous aidera à en apprendre plus sur ce qui est arrivé à votre sœur, déclara-t-elle en lui pressant le bras.

Quand elle se fut éloignée, Kelsey fit demi-tour pour reprendre le chemin de l'Alpiner Inn... et manqua rentrer dans Ted Carruthers.

— Holà ! dit-il en la saisissant par le bras.

Il regarda derrière elle.

— Est-ce que cette journaliste vous ennuie ?

— Non, au contraire, répondit-elle en reculant pour se dégager. Tammy est merveilleuse. Elle a écrit un article sur mes recherches.

Ted fronça les sourcils.

— Est-ce que vous êtes certaine que c'est une bonne idée ?

— Je ne vois pas en quoi elle ne le serait pas.

— Vous pourriez contrarier la mauvaise personne.

— L'homme qui a tué Liz ? rétorqua-t-elle. J'espère bien le contrarier. J'espère qu'il lira cet article et comprendra que son crime ne demeurera pas impuni.

— Ce n'est pas en trouvant l'assassin de votre sœur que vous la ferez revenir.

La remarque la mit hors d'elle.

— Je le sais, lâcha-t-elle sèchement.

De quoi se mêlait-il ? Il ne savait rien de Liz ni du chagrin qui avait accablé sa famille.

— L'assassin de Liz mérite de payer pour ce qu'il a fait, ajouta-t-elle. Je suis presque sûre que c'est l'homme qu'elle était venue rejoindre qui l'a tuée et j'estime qu'il ne mérite pas de continuer à se promener dans les rues, libre comme l'air, alors qu'elle n'aura plus jamais cette chance.

Sa voix se brisa sur ces derniers mots. Elle fit volte-face et s'enfuit. Elle ne voulait plus avoir affaire à cet homme. Elle ne voulait pas qu'il voie combien elle souffrait d'avoir perdu sa sœur. Il disait vrai sur un point : rien de ce qu'elle ferait ne ramènerait Liz. Mais sa sœur ferait toujours partie d'elle, et c'était là un trésor que l'assassin ne pourrait jamais lui arracher.

Cela faisait maintenant presque une semaine que Chris avait été engagé chez Eagle Expertise. Chaque matin, Tony et lui prenaient leur petit déjeuner ensemble avant leur journée de travail. Ensuite, Chris partait en moto rejoindre Curtis Lefsen, son formateur, tandis que Tony, dans son pick-up, se rendait directement sur le terrain. Généralement, quand il rentrait à la maison, Chris était déjà là et avait préparé le dîner. Tout en mangeant, ils discutaient de leur journée et des projets du jeune homme.

— J'ai toujours aimé les maths, lui dit Chris au cours de l'une de ces discussions. Grâce à ce métier, je peux enfin appliquer toutes les notions abstraites que j'ai apprises.

— Je croyais que tu n'aimais pas l'école, remarqua Tony.

Il avait souvent entendu Eddie se plaindre du manque d'assiduité de son petit dernier.

— Je détestais l'école, répondit son neveu. Les profs étaient tellement barbants ! Mais ce travail me plaît vraiment.

— Pour obtenir ton diplôme, tu devras étudier d'autres matières. L'anglais, l'histoire...

Chris haussa les épaules.

— Ça ne me dérange pas. Je n'ai jamais eu de mal à apprendre. Je n'en voyais pas l'utilité, c'est tout. Maintenant, par contre, je la vois.

Ensuite, Tony faisait la vaisselle pendant que Chris discutait par texto avec ses amis ou regardait la télé. Alors qu'il avait pensé que la présence continuelle de son neveu lui pèserait, il se rendait compte que le jeune homme lui manquait quand il s'absentait. Il savait que Chris voyait toujours Amy ; les deux amoureux devaient avoir trouvé un autre endroit pour leurs rendez-vous secrets.

Il était en train de faire la vaisselle, le mercredi soir, quand son téléphone tinta. Sa première pensée fut que Kelsey le prévenait qu'elle venait le rejoindre, comme elle le faisait presque chaque soir. Elle avait prolongé son séjour à l'Alpiner et ne lui avait pas encore dit quand elle comptait quitter la ville. De son côté, il n'avait aucune intention de le lui demander.

Mais le texto émanait de Sheri :

Skieur blessé sur le mont Baker, Raven Couloir. RDV au QG, aussi vite que possible.

Tony laissa tomber son torchon. En traversant le séjour pour aller se changer dans sa chambre, il lança :

— Je dois y aller. On vient de m'appeler.

Chris quitta la télé des yeux pour le regarder.

— Qu'est-ce qu'il se passe ?

Comme il ne répondait pas, Chris le suivit jusque dans sa chambre.

— Il y a des blessés ?

— Un skieur, sur le mont Baker.

— Qu'est-ce qu'il faisait là-haut ? demanda Chris.

Tony troqua son bas de jogging pour un pantalon d'escalade isotherme. Il allait faire froid, là-haut.

— À cette époque de l'année, expliqua-t-il, on peut monter au sommet et redescendre en ski dans la journée.

Il l'avait fait lui-même, quelques années plus tôt, et en avait gardé le souvenir d'une journée particulièrement exaltante. C'était le genre d'expédition dont on revenait avec l'impression d'être plus accompli, plus vivant.

— Est-ce que je peux faire quelque chose ?

— Oui, finir la vaisselle, répondit Tony.

Il passa un épais blouson en polaire.

— À quelle heure vas-tu rentrer ?

— Quand le boulot sera fait.

Il attrapa sa parka, sa radio et ses clés et se dirigea vers la porte. Son sac à dos et son matériel d'escalade étaient déjà dans le pick-up. Comme toujours, l'adrénaline déferlait déjà dans ses veines, lui permettant d'agir plus vite et de réfléchir plus posément. On avait besoin de lui et il était prêt.

Quand Kelsey frappa à la porte de Tony, ce fut Chris qui lui ouvrit. Il la dévisagea pendant un instant, l'air confus.

— Bonsoir, Kelsey, dit-il enfin. Euh... Tony n'est pas là.

Elle se retourna. Effectivement, son pick-up n'était pas dans l'allée.

— Où est-il ?

— Les Secours en Montagne l'ont appelé. Il y a un skieur blessé, sur le mont Baker. Il ne t'a pas prévenue ?

— Non. Je n'ai pas eu de ses nouvelles depuis ce matin.

— Il était sans doute trop préoccupé par ce sauvetage, répondit Chris. Est-ce que tu veux l'attendre avec moi ?

Elle faillit refuser, mais changea d'avis devant son regard implorant.

— Bien sûr, répondit-elle en entrant. Ce sera agréable d'avoir de la compagnie.

— Je ne sais pas pourquoi je flippe, dit Chris. Tony fait ça tout le temps. Et pourtant, c'est la première fois que je me rends vraiment compte des risques qu'il prend. Le savoir en montagne, en pleine nuit...

Kelsey frissonna. Quand elle pensait à son travail, elle ne s'attachait qu'à l'issue des missions qu'il effectuait, en se gardant bien de songer aux risques que ses collègues et lui prenaient. Elle s'assit sur le canapé et dit :

— Tout ira bien. Il a beaucoup d'expérience.

— Tu sais qu'il a été grièvement blessé l'an dernier, n'est-ce pas ? demanda Chris.

— Je le sais, oui. Mais il va mieux, maintenant.

— C'est ce qu'il veut faire croire, mais tu ne l'as pas vu comme je l'ai vu. Parfois, il souffre tellement qu'il ne peut pas dormir. Je l'ai déjà entendu faire les cent pas pendant toute la nuit.

— Pourtant, quand il est avec moi, il va toujours bien, objecta-t-elle.

— Il te cache la vérité, comme il la cache à tout le monde. Mais après tout, il faut sans doute plus d'un an pour se remettre d'un tel accident.

Elle prit un coussin et le serra contre son ventre.

— Je suis sûre qu'il finira par guérir.

Et, quand il rentrerait, elle lui poserait quelques questions et lui ferait comprendre que s'il souffrait il n'avait pas à le lui cacher.

— Et toi ? demanda Chris avec un sourire forcé. Comment vas-tu ? Est-ce que ton enquête progresse ?

— Pas vraiment, avoua-t-elle. Aucune piste ne donne un quelconque résultat. J'avais demandé au shérif de se renseigner sur un homme, mais il m'a appelée tout à l'heure pour me dire qu'il ne pouvait pas être l'assassin.

— Qui était cet homme ? demanda Chris.

— Mel Wheeler, l'un des bénévoles qui ont redescendu le corps de Liz de Kestrel Trail. Il a déménagé à Phoenix un an plus tard, mais le shérif Walker a retrouvé sa trace... ou plutôt celle de sa veuve. Elle a envoyé au shérif quelques photos qui prouvent qu'ils étaient en vacances à Cancún au moment où Liz a été assassinée.

Elle souffla.

— De toute façon, je n'y croyais pas.

— Je suis heureux que ce ne soit pas lui, dit Chris. Je n'aimerais pas savoir qu'un homme qui se met en quatre pour sauver son prochain est également un assassin. Il faudrait qu'il soit complètement tordu.

— Et pourtant, répondit-elle pensivement, tu sais ce que disent toujours les voisins et les amis d'un meurtrier : il était tellement gentil que jamais ils ne l'auraient soupçonné. En plus, Liz n'aurait pas tout quitté pour rejoindre cet homme si elle ne lui avait pas fait confiance. Il avait forcément de bons côtés.

— Mais pour la tuer, il devait avoir une vision sacrément tordue de l'amour, remarqua Chris.

— C'est vrai.

L'amour n'était jamais un long fleuve tranquille, mais la plupart des gens n'avaient pas à craindre d'être tués par la personne qu'ils aimaient.

Une fois encore, elle fut gagnée par le doute. Si l'assassin de sa sœur n'était pas l'Homme des Montagnes, mais un randonneur qu'elle avait croisé par hasard ce jour-là ? Elle avait voulu se convaincre qu'il lui suffirait de travailler dur pour démasquer le coupable, mais elle devait se rendre à l'évidence : elle ne parviendrait peut-être pas à l'identifier. En pensant que l'assassin de Liz ne serait peut-être jamais puni, que sa mère et elle ne sauraient jamais ce qui lui était réellement arrivé, elle sentit un vide se creuser dans sa poitrine. Elle avait toujours souffert de ne pas savoir pourquoi sa sœur était morte, mais la douleur était encore plus vive maintenant qu'elle se trouvait dans la ville où avait vécu Liz et qu'elle parlait à ceux qui l'avaient connue. Elle redoutait de devoir repartir non avec les réponses qu'elle avait espéré trouver, mais avec encore plus de questions.

15

Comme souvent, Tony connaissait les personnes qui avaient besoin de leur aide : Nick Teague et Tyler Hanran. Les deux hommes avaient décidé d'escalader le mont Baker pour le redescendre à ski par le couloir central. Tyler, qui avait donné l'alerte, raconta leur mésaventure aux bénévoles rassemblés au quartier général.

— Au début, tout allait bien, expliqua-t-il. Mais nous n'avions pas compté avec le redoux. Vers le tiers de la descente, la neige avait fondu avant de geler dans la nuit. Nick est parti devant moi pour tester le terrain. Il s'en sortait très bien mais, tout à coup... il a perdu le contrôle.

Tyler écarta les mains dans un geste d'impuissance.

— J'ai pensé qu'il allait corriger sa trajectoire, mais son ski a sans doute buté dans un rocher, parce qu'il est tombé avant de dévaler la pente.

Il se passa une main sur le visage.

— C'était affreux. Quand je l'ai vu par terre, immobile, j'ai cru qu'il était mort. Soudain, je l'ai vu bouger. J'ai crié, et je l'ai entendu gémir. Comme j'avais peur de tomber aussi si j'empruntais le même chemin que lui, je suis descendu en rappel pour le rejoindre.

— Est-ce que tu peux nous dire précisément où il est ? demanda la capitaine Sheri Stevens.

— Sur un éboulis, à peu près au tiers de la montée. J'ai enregistré les coordonnées GPS.

Tony poussa un soupir de soulagement – comme ses collègues, sans doute. Dans le temps, quand il fallait retrouver une personne disparue en montagne, les bénévoles ne pouvaient compter que sur leur instinct, en espérant que la chance ferait le reste. Grâce aux progrès technologiques, ils pouvaient retrouver les victimes beaucoup plus rapidement.

— Quel est son état ? s'enquit Hannah.

Tyler grimaça.

— Il est plutôt amoché. Sa jambe gauche a complètement tourné, il a un doigt cassé et du mal à respirer, comme s'il s'était cassé des côtes. Je n'ai pas pu faire grand-chose, à part le couvrir de tous nos vêtements de rechange et lui laisser toute l'eau que nous avions emportée. J'aurais préféré qu'il ne reste pas seul, mais je devais aller chercher de l'aide.

— Tu as fait ce qu'il fallait, dit Hannah.

— Par où es-tu descendu ? demanda Tony.

Peut-être atteindraient-ils la victime plus rapidement par le même chemin.

— J'ai suivi une corniche jusqu'à la piste de randonnée, répondit Tyler. Elle est gelée et très glissante, mais je m'inquiétais tellement pour Nick que j'ai serré les dents.

— Il y a beaucoup de neige là-haut, remarqua Ryan. Avec le redoux, il y a un risque d'avalanche.

— Jake ? lança Sheri. Appelle le centre de surveillance des avalanches pour avoir leur bulletin. Il me faut aussi les prévisions météo pour demain. Nous ne pouvons pas prendre le risque d'aller là-haut en pleine nuit.

— Avec la pleine lune, nous y verrons presque comme en plein jour, objecta Tony. En plus, maintenant qu'il fait plus froid, la neige sera moins instable. Il y a des risques, mais nous pourrions essayer de partir tout de suite.

— Mieux vaudrait que Nick ne passe pas toute la nuit là-haut, renchérit Carrie.

Sheri réfléchit pendant quelques instants.

— Je n'aime pas trop partir en montagne en pleine nuit, mais ce ne serait pas la première fois, dit-elle enfin. Allons-y.

Elle s'approcha de la carte punaisée au mur.

— Une équipe va se diriger vers le couloir par le nord. Une seconde l'abordera par le sud. Peut-être qu'elle trouvera un moyen de rejoindre Nick sans prendre de risques.

Tony, Sheri, Ryan et Caleb se regroupèrent autour d'une carte du mont Baker pour décider d'une stratégie pendant que les autres rassemblaient le matériel. Le lieutenant Carrie Andrews, pour sa part, essayait de trouver un hélicoptère pour treuiller la victime.

Tony faisait partie de l'équipe sud, avec Jake, Grace et Caleb. Sheri, Ryan, Eldon et Danny, les meilleurs alpinistes de l'unité, formaient l'équipe nord, celle qui avait le plus de chances d'atteindre l'endroit où gisait Nick. Tyler voulait les accompagner, mais il dut se rendre à l'évidence : il était trop fatigué et ne ferait que les ralentir.

— Un hélico décollera de Durango au lever du jour, annonça Carrie. Ils prendront une décision quand ils seront sur les lieux.

L'équipage de l'hélicoptère avait toujours le dernier mot. Si le treuillage était trop risqué, ils refuseraient d'intervenir.

Alors que les bénévoles sortaient du bâtiment, Ted apparut au volant de son pick-up.

— J'ai entendu qu'on avait besoin de tout le monde, dit-il. Qu'est-ce que je peux faire ?

— Viens avec moi, répondit Carrie, qui avait été nommée commandant du lieu de l'incident. Tu pourras assurer le réapprovisionnement des équipes.

Tony se proposa pour porter l'une des bouteilles d'oxygène. Jake l'aida à la sangler à son sac à dos et lança :

— Tu aimes souffrir, pas vrai ?

— Si je fatigue, je te la passerai, répliqua Tony.

Mais ce n'était qu'une boutade : Jake était plus jeune que lui, mais moins affûté, et ils le savaient tous deux.

Ted s'approcha, tendit une thermos de café à Jake et en rangea une autre dans le sac de Tony.

— Tenez, dit-il. Quand vous serez là-haut, vous serez bien contents de les avoir. Dis-moi, Tony, est-ce que tu as eu des nouvelles de Kelsey, ces derniers temps ?

— Oui, répondit-il. Elle va bien.

Pourquoi Ted s'enquerrait-il de Kelsey ?

— Je pensais qu'elle avait déjà quitté la ville, dit Ted.

— Pas encore, non.

Cependant, elle partirait sans doute bientôt. Quand il n'arrivait pas à éviter d'y penser, il s'efforçait de se résoudre à cette idée.

Une vingtaine de minutes plus tard, la petite troupe s'engageait sur le sentier de randonnée. Les deux premiers kilomètres furent presque agréables : la neige avait fondu, le sol était ferme et le clair de lune les dispensait d'allumer leurs lampes frontales. Mais dès qu'ils entrèrent dans la forêt, les conditions se détériorèrent. La boue s'accumulait sous les semelles de leurs bottes, rendant leur progression sur les plaques de glace plus hasardeuse.

Quand ils atteignirent l'endroit où le sentier obliquait vers l'ouest, ils commençaient à faiblir. Les jambes et l'épaule de Tony le faisaient tellement souffrir qu'il faillit confier le soin de porter la bouteille d'oxygène à Jake.

Ils s'arrêtèrent enfin sur un petit plateau rocheux d'où ils distinguaient parfaitement la montagne qui les surplombait. En constatant l'épaisseur du manteau neigeux, Tony contacta Carrie par radio.

— Il pourrait y avoir une avalanche à tout moment, déclara-t-il.

— Avez-vous un moyen d'arriver à la ravine, à l'ouest de votre position ? D'après Caleb, il y a là-bas une corniche qui vous permettrait d'arriver tout près de Nick.

— Bien reçu, dit Tony. Nous nous dirigeons par là-bas.

Ils se remirent en marche, d'un pas lent. Ils venaient tout juste d'atteindre la corniche quand la radio grésilla.

— Repos, dit Carrie. Sheri et son équipe sont auprès de Nick. Redescendez. Nous aurons besoin de vous pour leur apporter tout le matériel nécessaire.

Ils firent donc demi-tour et se hâtèrent de redescendre jusqu'à la Subaru de Grace, qu'elle avait garée au bout de la piste. Ils rangèrent leur matériel dans le coffre, et Grace les conduisit jusqu'au relais qui avait été établi au nord du lieu de l'accident. Là, Carrie les chargea de convoyer jusqu'à l'autre équipe des bouteilles d'oxygène et des radios qui leur permettraient de communiquer avec l'hélicoptère.

Comme les risques d'avalanche étaient trop élevés, ils durent se résoudre à laisser Danny et Ryan seuls avec Nick pour retourner au relais. Au-dessus des montagnes, le ciel se teintait déjà d'or pâle. Bientôt, la palpitation du rotor de l'hélicoptère se fit entendre, sourde et grave, semblable à un battement de cœur.

Carrie et Jake suivirent Tony jusqu'à une corniche qui offrait une vue imprenable sur le couloir où gisait Nick. L'hélicoptère se mit en vol stationnaire, et une longue corde munie d'un crochet à son extrémité en descendit. Quand elle remonta, quelques minutes plus tard, elle hissait un paquet semblable à un burrito. Ils attendirent que l'équipage ait tiré la civière à l'intérieur de l'hélico pour applaudir. Nick Teague était en sécurité.

Le crochet redescendit. Quand il remonta, plus rapidement que la première fois, Tony aperçut les deux silhouettes qui s'y agrippaient. Le crochet n'avait pas encore atteint le ventre de l'hélicoptère quand la plaque de neige ondula avant de céder et de dévaler le couloir dans un nuage de poudre blanche. Les deux silhouettes disparurent dans l'hélico, qui prit de l'altitude et s'éloigna.

La voix de Sheri résonna dans la radio.

— Ryan ? Quelle est ta position ?

— Tout le monde va bien, répondit-il. Nick est stable.

— Nous avons vu l'avalanche, dit Sheri.

— Ouais. Il était grand temps qu'on file.

Kelsey se réveilla sur le canapé, le cou endolori. Chris était affalé dans le fauteuil, face à elle, la tête rejetée en arrière, et ronflait doucement. Tony n'était toujours pas rentré. Elle prit alors son téléphone pour regarder l'heure, mais celui-ci vibra dans sa main. Elle s'empressa de répondre, et la voix enjouée de Brit Richards résonna à son oreille.

— Kelsey ? Nous nous apprêtons à partir pour le quartier général. Nous devons apporter quelque chose à manger aux bénévoles. Est-ce que vous voulez nous accompagner ?

— Ils sont rentrés ? demanda Kelsey. Ils vont bien ?

— Tout le monde est sain et sauf, mais épuisé et affamé.

Kelsey regarda Chris, qui s'était redressé et se frottait le visage des deux mains.

— Je viens vous aider. Chris aussi.

— D'accord. Rejoignez-nous chez Mo.

Kelsey mit son téléphone dans sa poche et se leva.

— Viens, dit-elle à Chris. Il faut que nous portions à manger aux bénévoles.

— Ils sont rentrés ? Quelle heure est-il ?

— Presque 6 heures. Dépêche-toi. Brit et Thad nous attendent chez Mo.

Un moment plus tard, Chris et elle montaient dans la voiture des Richards, où étaient empilées trois douzaines de boîtes de pizza, d'ailes de poulet et de nachos. Quand ils arrivèrent devant le quartier général, le parking était plein.

— On dirait une fête, remarqua-t-elle.

— C'en est une, répondit Brit. Les parents, les amis et les voisins des bénévoles veulent les féliciter et tout savoir sur le sauvetage.

Ils entrèrent dans le bâtiment, chargés de cartons dont on les soulagea aussitôt.

— À table ! hurla quelqu'un.

Aussitôt, une foule d'hommes et de femmes se ruèrent vers l'avant. Kelsey repéra bientôt Tony, une part de pizza dans une main et une aile de poulet dans l'autre, et se fraya un chemin jusqu'à lui.

— Kelsey !

Il se fourra le dernier morceau de sa pizza dans la bouche et l'attira contre lui.

— Je suis désolé que nous n'ayons pas pu nous voir hier soir. Chris t'a dit ce qui se passait ?

— Oui, répondit-elle en lui décochant une petite tape sur le torse. Mais je m'inquiétais un peu pour toi.

— Oh ! je vais bien. Viens. Allons nous asseoir.

Il l'entraîna jusqu'au bout d'une longue table et s'assit avec précaution sur une chaise pliante. Quelqu'un fit glisser un carton de pizza vers lui, et il prit une autre part.

— Tu veux manger quelque chose ? demanda-t-il entre deux bouchées.

— Non, je te remercie. Est-ce que tu vas bien ?

— Je vais bien, affirma-t-il. J'ai mal partout, je suis fatigué et je meurs de faim, mais c'est normal.

Il avait bonne mine, en effet – ébouriffé par le vent, mais euphorique.

— J'en déduis que le sauvetage s'est bien déroulé ?

Il acquiesça.

— Tout le monde a travaillé main dans la main pour qu'il réussisse. Exactement comme il faut le faire.

Chris les rejoignit et posa une boîte d'ailes de poulet sur la table.

— Comment va ? demanda-t-il.

— Bien, répondit Tony en prenant la main de son neveu. Merci d'être venus, tous les deux.

Il releva la tête et lança à la cantonade :

— Est-ce que tout le monde connaît mon neveu, Chris ?

Il présenta le jeune homme aux bénévoles qui les entouraient. Sa voix résonnait de fierté. Quant à Chris, il souriait si largement qu'il devait avoir mal aux joues.

Deux hommes fendirent la foule sous les vivats. Ils s'assirent face à Tony et Kelsey, et on leur tendit aussitôt des assiettes chargées de pizza et de *wings*.

— Voici Ryan et Danny, dit Tony en les désignant tour à tour. Ryan, Danny, je vous présente Kelsey.

Les deux hommes la saluèrent d'un signe de tête sans cesser de manger.

— Comment va Nick ? demanda quelqu'un.

— Sa jambe droite est salement amochée, mais les chirurgiens le remettront sur pied, dit Danny. Il a aussi des côtes et un doigt cassés. Il a eu de la chance que Tyler donne l'alerte aussi rapidement.

— Si cette plaque de neige avait cédé plus tôt, il aurait été emporté, renchérit Ryan.

Une jeune femme blonde aux yeux verts apparut derrière Ryan et le prit dans ses bras. Il leva la tête vers elle et lui sourit.

— Alors, lança-t-elle, il paraît que tu as fait un petit tour en hélicoptère ?

— La remontée à cheval sur ce crochet était assez amusante, répondit-il. Dommage que je n'aie pas vraiment eu le temps d'en profiter.

— Le pilote nous hurlait de faire vite, parce qu'il voyait que la plaque de neige commençait à céder, précisa Danny. J'ai à peine eu le temps de m'agripper au crochet. J'ai eu tellement peur que j'ai failli mouiller mon pantalon.

— Heureusement que j'étais au-dessus de toi, commenta Ryan.

Un éclat de rire général salua sa remarque. Danny prit une autre part de pizza, et Tony passa un bras autour des épaules de Kelsey.

— J'ai été presque aussi heureux de te voir que de voir ces *wings* et ces pizzas, dit-il.

— Presque ?

Il prit une bouchée de pizza avant de répondre.

— Je dois avoir marché plus de quinze kilomètres avec un gros sac sur le dos, cette nuit. J'étais mort de faim.

La jeune femme blonde qui était avec Ryan intervint.

— Vous vous y ferez, déclara-t-elle à Kelsey en lui tendant la main. Je me présente : Deni Traynor.

Tony posa sa part de pizza.

— Deni est la fiancée de Ryan, dit-il. Deni, je te présente Kelsey Chapman.

— Je suis ravie de faire votre connaissance.

Deni ébouriffa les cheveux de Ryan.

— Il va rentrer et dormir pendant vingt heures. Ensuite, quand il se lèvera, il videra la moitié du réfrigérateur, et tout ira bien jusqu'à la prochaine fois.

Elle l'embrassa sur la joue.

— Mon héros !

Ryan grimaça.

— Tu sais que je déteste que tu dises ça. Il n'y a pas de héros parmi nous. Ce travail est un travail d'équipe.

Danny et Tony murmurèrent quelques mots d'approbation, et la petite amie de Ryan jeta un regard entendu à Kelsey.

— Vous êtes vraiment comme une grande famille, remarqua-t-elle en se rapprochant de Tony.

Elle se sentait acceptée par tout le monde, parce qu'elle était avec lui. Elle n'avait jamais rien connu de tel.

Il pressa son genou sous la table.

— Tu dois trouver ça assez déstabilisant.

— Non, au contraire. C'est très agréable.

Ted approcha, une chaise à la main, et poussa légèrement l'épaule de Danny.

— Fais-moi une place, dit-il.

— Prends la mienne, répondit Danny en se levant. Je vais rejoindre Carrie.

Ted posa sa chaise contre le mur et s'assit.

— Bonjour, Kelsey, dit-il. Alors, où en est votre petite enquête ? Avez-vous trouvé votre suspect ?

— Pas encore, non.

— J'ai beaucoup réfléchi depuis notre dernière rencontre, reprit Ted, et je me suis souvenu qu'à l'époque, le concierge du lycée était un type qui avait été accusé de viol à Colorado Springs et acquitté pour vice de procédure. Il devait connaître votre sœur. Est-ce que le shérif s'était intéressé à lui ?

— Vous voulez parler de Ray Jackman, dit Kelsey. Le shérif l'a interrogé, oui, mais il n'était pas en ville au moment où Liz a été tuée. Et son ADN ne correspondait pas.

— En parlant de cet ADN, comment être sûr que c'est celui du tueur ? demanda Ted. Il pourrait appartenir à n'importe qui.

— Je ne vois pas pourquoi Liz se serait battue avec quelqu'un d'autre ce jour-là, intervint Tony.

— En ce cas, pourquoi les flics n'ont-ils pas tout simplement recherché un type au visage égratigné ?

— Je ne sais pas, répondit Kelsey.

Elle sentait tous les regards posés sur elle. Pourquoi avait-il fallu que Ted vienne gâcher sa bonne humeur ?

— Je ne veux pas parler de ça maintenant, ajouta-t-elle, seulement savoir tout ce qui s'est passé cette nuit.

Ils se remirent à parler du sauvetage, et elle se laissa de nouveau aller contre Tony. Il avait arrêté de manger et entremêlé ses doigts aux siens. Elle ne comprenait pas la moitié des termes techniques qu'employaient les bénévoles, mais cela n'avait aucune importance. Elle laissait les mots couler sur elle, balayant l'angoisse de la nuit et la remplaçant par un contentement qu'elle n'avait jamais connu auparavant.

Kelsey rentra à l'Alpiner dans la matinée avec les Richards. Elle aurait préféré rester avec Tony, mais il était épuisé et semblait souffrir le martyre. Quand elle lui avait conseillé de rentrer se reposer, il n'avait pas protesté et l'avait embrassée aussi tendrement que d'habitude.

Une fois à l'hôtel, elle appela sa mère.

— Oh ! bonjour, Kelsey. Est-ce que tu es rentrée ?

— Non, je suis toujours à Eagle Mountain.

— Est-ce que tu as du nouveau ?

— Pas encore, mais je continue à chercher.

Il y eut un bref silence, troublé par les rires enregistrés qui provenaient de la télé.

— Si tu n'as toujours rien découvert, dit enfin sa mère, c'est sans doute peine perdue. Nous ferions mieux d'oublier toute cette histoire, comme le souhaitait ton père. De toute façon, à quoi bon connaître la vérité ? Liz ne nous sera pas rendue pour autant.

— Tu ne tiens pas à savoir ce qui s'est réellement passé ? demanda Kelsey.

— Je ne sais plus ce que je veux. Cela fait si longtemps que nous vivons sans le savoir... J'ai enterré ma fille une fois. Pourquoi irais-je la déterrer ? J'ai vécu plus longtemps sans elle qu'avec elle. Parfois, je me dis que même si elle était restée, même si elle avait vécu, elle aurait quand même fini par me décevoir.

— Et moi, est-ce que je te déçois ?

Elle comprit aussitôt qu'elle n'aurait pas dû poser cette question. Quelle que soit la réponse, elle n'aurait rien d'agréable. Après un long silence, sa mère répondit enfin.

— Non. Tu ne peux pas me décevoir parce que je n'ai jamais rien attendu de toi. Après la disparition de Liz, c'était au-dessus de mes forces.

La vérité, sans fard, aussi rude qu'une planche de bois brut hérissée d'échardes.

— Je pense rester à Eagle Mountain, lança Kelsey.

L'idée ne l'avait même pas effleurée jusqu'ici. Et pourtant, dès qu'elle prononça ces mots, elle sut que c'était ce qu'elle voulait. Ce dont elle avait besoin, peut-être.

Sa mère soupira.

— Donc tu vas m'abandonner, toi aussi.

Cela fait longtemps que tu m'as abandonnée, pensa Kelsey. *Et papa aussi*. Mais elle ne le dit pas.

— Je t'appellerai souvent et je viendrai te voir.

— Fais ce que tu veux, répondit sa mère. Pour moi, ça n'a aucune importance.

Ça devrait en avoir, songea Kelsey après avoir raccroché. Mais l'assassin de Liz aurait dû être arrêté. Plus encore, Liz aurait dû vivre. La vie était ainsi, émaillée d'événements qui ne s'étaient jamais produits alors qu'ils l'auraient dû.

16

Quand Tony se réveilla le lendemain matin, ses jambes le faisaient atrocement souffrir et une douleur sourde palpitait dans ses bras et ses épaules. Pendant un instant, il crut qu'il était toujours à l'hôpital après son accident et que sa guérison n'avait été qu'un rêve. Mais, quand les dernières brumes du sommeil se dissipèrent, les événements de la veille lui revinrent.

Il avait parcouru des kilomètres à pied, un gros sac sur le dos. Il avait eu mal sur le moment, mais l'urgence de sa mission et l'adrénaline qui courait dans ses veines lui avaient permis de faire abstraction de la douleur. Ce matin, par contre, le seul fait de sortir du lit fut une véritable torture. Il gagna péniblement la salle de bains et se regarda dans le miroir. Il avait une mine affreuse.

Il se brossa les dents d'une main tremblante, prit son téléphone et composa le numéro de son médecin.

— Vous vous êtes peut-être blessé une seconde fois, lui dit l'infirmier. Venez au cabinet ce matin pour un examen.

Ensuite, il envoya un texto à son patron pour l'informer qu'il ne viendrait pas travailler. Bruce ne serait pas étonné : après un sauvetage difficile, il arrivait souvent en retard – quand il ne prenait pas un jour de congé.

Maintenant, une autre épreuve l'attendait : s'habiller. Il était assis sur le lit depuis quelques minutes, cherchant à rassembler ses forces, quand Chris toqua à la porte.

— Tout va bien là-dedans ? demanda-t-il.

— Ça va, répondit-il. J'ai déjà prévenu Bruce que je n'irais pas travailler.

La porte s'entrouvrit et la tête de Chris apparut.

— Qu'est-ce que tu as ? Est-ce que tu t'es blessé sans rien dire à personne ?

— Ça va, répéta-t-il. Je suis juste un peu raide. Je vais aller chez le médecin pour être sûr que je n'ai rien de grave.

— Je pourrais prendre ma matinée pour t'y conduire, suggéra son neveu, ou demander à Kelsey de le faire.

— Non !

Il ne voulait pas que Kelsey le voie dans cet état. Il se leva péniblement en réprimant une grimace de douleur et ajouta :

— Va travailler. Je m'en sortirai.

Quand Chris fut parti, il se laissa retomber sur le lit. Qu'avait-il fait ? Pourquoi avait-il réduit à néant tous ces mois de rééducation ? Parce qu'il voulait être un héros ? Parce qu'il avait un besoin désespéré de se savoir indispensable ? Il se savait tellement proche de la vérité qu'il grimaça.

Son téléphone sonna. Quand il vit le nom qui s'affichait sur l'écran, il poussa un petit gémissement. Il ne pouvait pas répondre à Kelsey, pas maintenant. Il ne parviendrait jamais à lui cacher combien il souffrait et il ne voulait pas qu'elle le connaisse ainsi. Elle méritait mieux.

Mais oui, bien sûr... De toute façon, elle n'était que de passage. Leur relation n'était pas faite pour durer, et il devait l'accepter.

En serrant les dents, il parvint à passer un pantalon, un T-shirt et des chaussures. Ensuite, il prit ses clés et boitilla jusqu'à son pick-up. Quand il fut enfin parvenu à se hisser sur le siège, il était en nage et aussi essoufflé que s'il avait eu quatre-vingts ans. Et encore : il connaissait des octogénaires plus alertes qu'il ne l'était en ce moment.

Il mit la clé dans le contact et démarra. Heureusement, il

n'eut pas trop de mal à conduire jusqu'au cabinet d'orthopédie. Il se gara dans le parking, se laissa glisser de son siège et boitilla jusqu'à la porte.

Une heure et demie plus tard, après un examen approfondi et toute une série de radios, son médecin annonça – bien trop jovialement à son goût – qu'il n'avait rien de grave.

— Vous en avez seulement trop fait, ajouta-t-il. Souvenez-vous que vous n'êtes plus dans votre forme d'antan. Vous devez y aller doucement.

Mais comment ? Quoi qu'il fasse, il se donnait toujours à fond.

Il repartit donc avec une ordonnance pour des séances supplémentaires chez le kiné, des anti-inflammatoires puissants et l'ordre d'« y aller doucement ».

Dès qu'il fut rentré, il s'effondra sur le canapé. Les consignes du médecin passaient en boucle dans son esprit. S'il « y allait doucement », ce serait ses collègues qui devraient assumer sa part du travail – ce qui, à ses yeux, était inadmissible. Jusqu'ici, il était toujours parvenu à dépasser la gêne physique ou même la douleur qui accompagnaient la plupart des missions de sauvetage. En général, il se remettait rapidement. Pourquoi avait-il aussi mal aujourd'hui ?

Son téléphone sonna de nouveau – Kelsey le rappelait. Que se passerait-il s'il ne répondait pas ? Continuerait-elle à essayer de le joindre ou se lasserait-elle, blessée de se voir ignorée ?

— Allô ? répondit-il.

— Bonjour, Tony. Je ne te dérange pas, au moins ?

— Pas vraiment.

— Comment te sens-tu ? Tu dois être épuisé.

— Je suis un peu fatigué, oui.

— Est-ce que tu veux que je vienne ce soir ? J'apporterai le dîner. On pourrait se détendre, regarder la télé...

— Non, coupa-t-il. Ne viens pas. Je me coucherai sans doute de bonne heure.

— Oh.

Toute sa déception semblait concentrée dans cette unique syllabe.

— Si tu en es sûr...

— J'en suis sûr. Et je dois y aller, maintenant.

Il raccrocha avant qu'elle ait pu répondre, jeta le téléphone sur la table basse et retomba sur le canapé. Il avait tellement envie d'être avec elle qu'il en avait mal, presque autant qu'il avait mal aux jambes, mais il ne voulait pas qu'elle le voie dans cet état. Quand elle retournerait dans l'Iowa, il ne voulait pas que ce soit cette image de lui qu'elle emporte avec elle – celle d'un homme brisé.

Kelsey s'efforça de ravaler sa déception. Si Tony refusait de la voir, c'était peut-être parce qu'il suivait une routine bien définie après chaque sauvetage difficile et qu'il ne voulait pas qu'elle vienne l'interrompre. Elle devait respecter ses choix, ne pas se sentir rejetée. Cependant, il s'était montré si cassant qu'elle avait du mal à contrôler ses émotions. Quand il avait raccroché, elle avait eu l'impression qu'il lui claquait la porte au nez, rompant net le lien qui s'était établi entre eux.

Elle s'occupa de son mieux pendant le restant de la journée et, malgré son envie de le faire, s'interdit de rappeler Tony. Mais, quand la journée s'acheva sans qu'il eut cherché à la joindre, elle eut bien du mal à trouver le sommeil.

Lorsqu'elle descendit pour prendre son petit déjeuner, le samedi matin, elle se sentait plus ronchonne que d'habitude. Cependant, quand Hannah s'approcha de sa table, elle masqua sa mauvaise humeur de son mieux.

— Bonjour, Kelsey.

— Bonjour, Hannah, répondit-elle en se forçant à sourire. Comment allez-vous ce matin ?

— Bien. Je me demandais si vous aviez des nouvelles de Tony.

— Nous avons un peu discuté, hier après-midi, répondit-elle.

— Est-ce qu'il va bien ?

— Il m'a seulement dit qu'il était fatigué et qu'il comptait aller se coucher de bonne heure.

Hannah fronça les sourcils et commenta :

— Il en a trop fait, mercredi. Je voyais bien qu'il souffrait. Savez-vous s'il a vu son médecin ?

— Il ne m'en a pas parlé.

— Si je m'inquiète, reprit Hannah, c'est parce qu'il n'est pas venu à notre réunion, hier soir. C'est la première fois que cela arrive.

— Je pensais aller le voir ce matin pour lui demander s'il a besoin de quelque chose.

L'idée ne l'avait pas effleurée jusqu'à cet instant, mais maintenant elle pouvait à peine attendre de le rejoindre.

— C'est une excellente idée, dit Hannah. Si je peux être utile, prévenez-moi.

Kelsey finit son café, alla chercher ses clés de voiture dans sa chambre et prit le chemin de la maison de Tony. S'il se mettait en colère parce qu'elle venait sans prévenir, elle lui ferait comprendre que c'était parce qu'elle tenait à lui. S'il souffrait, elle voulait l'aider.

Elle sonna à la porte et attendit, mais personne ne vint lui ouvrir. Pourtant, le pick-up était garé dans l'allée. Elle sonna de nouveau, gagnée par l'inquiétude. Il s'était peut-être évanoui, à moins qu'il soit tombé et se soit blessé. Est-ce qu'elle pouvait s'introduire dans la maison ? Juste au moment où elle tendait la main vers la porte pour voir si elle était fermée à clé, Tony apparut sur le seuil.

— Mon Dieu ! Tu as une mine affreuse ! s'exclama-t-elle.

Elle se plaqua aussitôt une main sur la bouche. Mais c'était vrai : il était très pâle, ses épaules étaient voûtées et il n'avait pris la peine ni de tailler son bouc, ni de se coiffer.

— Tu dois t'en aller, dit-il.

Elle se hâta d'entrer avant qu'il referme la porte et le prit par le bras.

— Hannah s'inquiète pour toi. Elle pense que tu en as trop fait l'autre soir. Et apparemment, elle a raison. Est-ce que tu as vu ton médecin ?

— Je vais bien, rétorqua-t-il en se dégageant. J'ai seulement besoin de repos.

La rudesse de la réponse la blessa. Très bien. Puisqu'il n'aimait pas qu'on le dorlote, elle allait changer d'approche. Se montrer douce, mais ferme.

— Si tu m'envoies promener comme tu l'as fait hier, tu dois t'attendre à ce que je m'inquiète.

— Tu n'as pas à t'inquiéter pour moi.

Il lui tourna le dos et marcha d'un pas chancelant vers le canapé. Elle le suivit en cherchant des yeux une bouteille d'alcool ou une boîte de médicaments, mais ne vit rien sinon une bouteille d'eau et un sandwich entamé sur la table basse.

Il se laissa tomber sur le canapé et elle s'assit sur la table, face à lui.

— Je sais que nous nous connaissons depuis peu, dit-elle, mais je tiens à toi. Je souffre de te voir souffrir.

Il posa sur elle un regard troublé et tourna aussitôt la tête.

— Tu ne peux rien contre la douleur.

— Contre la douleur physique, non, dit-elle. Mais pour me repousser comme tu le fais, tu dois souffrir intérieurement.

Elle grimaça. Elle allait trop loin. Et elle parlait comme une psychologue amateur.

— Ça va aller, grommela-t-il.

Elle quitta la table basse pour s'asseoir sur le canapé, à côté de lui, sa cuisse et sa hanche touchant les siennes.

— Qu'est-ce que tu préfères ? Être malheureux seul, ou l'être un peu moins avec moi ?

Un bruit étouffé monta de sa gorge. Elle crut d'abord qu'il s'agissait d'un sanglot mais, quand elle tourna la tête vers lui, elle s'aperçut qu'il riait. Elle sourit, et il la prit dans ses bras. L'instant d'après, ils échangeaient des baisers tellement fougueux que son cœur se mit à galoper.

Il l'attira sur ses genoux, et ils commencèrent à se déshabiller mutuellement. La douleur qui semblait tenailler les jambes et l'épaule de Tony rendaient leurs gestes un peu gauches, mais cela n'avait aucune importance. Elle aimait être ainsi assise sur lui. Quand ils furent nus tous les deux, elle le pressa de s'allonger et descendit le long de son corps en savourant le regard empreint d'une passion dévorante qu'il posait sur elle. Un moment plus tard, quand ils jouirent ensemble, elle regarda son corps se détendre et les dernières traces de colère s'effacer de ses yeux. Quand il tendit le bras pour caresser sa peau, elle sourit. Tout irait bien. Le lien qui les unissait était trop fort pour être rompu.

Quand Kelsey se réveilla, le lendemain matin, elle était affamée – et seule dans le lit. Elle trouva Tony dans la cuisine : il s'était douché, rasé et habillé, il se tenait plus droit que la veille, et ses traits étaient moins tirés. Elle s'approcha de lui et le prit dans ses bras.

— Tu as meilleure mine ce matin, dit-elle.

— Je suis en pleine forme.

Il remplit deux tasses de café et lui en tendit une.

— Quand rentres-tu dans l'Iowa ? demanda-t-il.

La question était tellement inattendue qu'elle en resta sans voix. Pour se laisser le temps de réfléchir, elle porta sa tasse à ses lèvres et l'observa. Il semblait d'humeur maussade.

— On dirait que tu es pressé de me voir partir, dit-elle.

— Tu n'as rien appris sur ta sœur. Et il va bien falloir que tu retournes chez toi, près de ta famille et de tes amis.

Elle posa sa tasse sur le comptoir.

— Est-ce que tu veux que je m'en aille ?

Il haussa les épaules.

— Puisque c'est ce que tu finiras par faire de toute façon, autant que ce soit tout de suite.

Cette nuit, il la serrait contre lui comme s'il ne voulait plus jamais la relâcher. Maintenant, il la mettait à la porte.

— Je ne te comprends pas, dit-elle. Je croyais que tu m'aimais bien. Je croyais que tout allait bien entre nous.

Elle faillit ajouter qu'elle envisageait de rester à Eagle Mountain, près de lui, mais elle ne voulait pas qu'il sache à quel point il venait de la blesser. Elle était bien trop fière.

— Je ne cherche pas de relation durable.

Il la regarda enfin ; son visage était toujours aussi sombre.

— Je suis comme ça, c'est tout, ajouta-t-il.

Il ne cherchait pas de relation durable – avec elle. Ce fut ce qu'elle entendit. Une pointe de douleur la traversa, aux environs du sternum.

Pourtant, sa douleur se mêlait de fureur. Comment avait-il osé la laisser s'attacher à lui si ce n'était que pour la rejeter ? Elle voulut lui dire, lui hurler, ce que son comportement avait d'odieux, mais seul un cri angoissé monta de sa gorge. Les yeux brûlants de larmes, elle fit volte-face et courut vers la porte.

Tremblant de tout son corps, elle monta en voiture et démarra en trombe. Quand elle atteignit le bout de l'allée, elle s'arrêta avant de s'engager dans la rue. Il fallait qu'elle se ressaisisse. Il n'aurait plus manqué qu'elle ait un accident. À cette pensée, elle rit à travers ses larmes. Si la voiture terminait sa course dans un fossé, on appellerait les Secours en Montagne... et Tony serait obligé de venir la sauver.

Elle reprit le chemin de la ville en se forçant à rouler à une allure raisonnable. En se concentrant sur la conduite, elle parvenait presque à canaliser ses émotions. Cependant, elle sentait au fond de sa gorge comme un amas de larmes, qui attendaient pour jaillir qu'elle soit seule.

Elle commençait à se détendre quand un coup de klaxon la fit sursauter. Elle freina brusquement et tourna la tête, juste à temps pour voir un pick-up arriver derrière elle. Le véhicule la doubla par la droite dans un hurlement de klaxon, tellement près que sa Civic tangua. Elle s'efforça d'apercevoir le conducteur, mais les vitres teintées l'en empêchèrent – et le pick-up disparut avant qu'elle ait eu la présence d'esprit de relever la plaque d'immatriculation.

Elle se gara sur le bas-côté, tremblant comme une feuille, agrippée au volant. Soudain, la possibilité que Tony soit contraint de venir à son secours n'était plus un fantasme extravagant. Mais qui était ce type ? Un simple chauffard, ou quelqu'un qui avait voulu l'effrayer ?

Il lui fallut quelques minutes pour se sentir en mesure de poursuivre sa route. Une fois à l'hôtel, elle monta dans sa chambre sans que personne la voie et s'effondra sur le lit. Mais elle ne pleura pas. Elle pensa à Tony, au chauffard qui lui avait fait peur, à Liz et à son assassin, qu'elle n'avait toujours pas identifié malgré ses efforts.

Il était peut-être temps qu'elle rentre chez elle, comme Tony semblait le penser.

17

Pendant les jours qui suivirent, Tony se jeta à corps perdu dans le travail et la rééducation. Il n'avait qu'un objectif : être tellement fatigué quand il allait se coucher qu'il s'endormirait sans avoir le temps de songer à Kelsey.

Cependant, il ne pouvait pas la chasser entièrement de ses pensées. Trois jours après qu'elle était sortie de chez lui en courant, l'article sur ses recherches faisait la une de l'*Eagle Mountain Examiner*. Il contempla longuement la photo qui l'illustrait. Debout devant l'Alpiner, elle fixait l'objectif d'un regard grave et déterminé. Les lecteurs du journal y devineraient-ils la profondeur de sa tristesse ? Comprendraient-ils qu'en perdant sa sœur elle avait également perdu le reste de sa famille ?

> *Une femme recherche l'assassin de sa sœur.*
>
> *Kelsey Chapman est venue à Eagle Mountain pour des raisons familiales. Pourtant, aucun membre de sa famille ne vit parmi nous. Par contre, sa sœur est morte ici. Elizabeth Chapman a été assassinée dans nos montagnes voilà plus de vingt ans, et le coupable n'a jamais été identifié. Kelsey s'efforce de trouver de nouvelles informations susceptibles de mener la police jusqu'à l'assassin.*

« *Tout ce que je sais, c'est que Liz est venue à Eagle Mountain pour rejoindre un homme qu'elle avait rencontré en ligne, a confié Kelsey, comptable à Mount Vernon, Iowa. Elle avait dix-huit ans. Je n'en avais que huit, mais je me souviens qu'elle parlait souvent de lui. Elle l'appelait toujours l'Homme des Montagnes. Nous n'avons jamais connu son nom.* »

Selon le shérif Travis Walker, l'enquête est toujours en cours, mais la police manque d'indices. « *Mlle Chapman avait fourni une fausse adresse à la direction de l'école et tout le monde ignorait qu'elle ne vivait pas avec ses parents, a-t-il déclaré. Personne n'a été en mesure d'identifier l'homme qu'elle avait dit vouloir rejoindre, et l'ADN prélevé sur la scène de crime ne correspond à aucun profil connu.* »

Le corps d'Elizabeth Chapman a été retrouvé près de Kestrel Trail par Tony Meisner, qui était dans la même classe que Liz.

« *Je crois que Liz a été tuée par une personne qu'elle connaissait, a précisé Kelsey. Elle était peut-être partie en randonnée avec lui, ou allée le retrouver. Si quelqu'un se souvient d'avoir vu Liz avec un homme, que ce soit le jour de sa mort ou à tout autre moment, merci d'entrer en contact avec moi ou avec le shérif. Cet homme n'est pas nécessairement son assassin, mais cela nous fournirait une nouvelle piste.* »

« *Nous enquêterons volontiers sur toute nouvelle information concernant cette affaire* », a affirmé le shérif Walker.

Kelsey devra bientôt rentrer dans l'Iowa, même si elle n'a pas trouvé les réponses qu'elle est venue chercher. « *Cela m'a fait du bien de venir ici, a-t-elle dit. J'ai*

l'impression de comprendre pourquoi Liz aimait telle-
ment cet endroit et j'ai pu rencontrer des personnes qui
l'avaient connue. Je me suis sentie plus proche d'elle,
mais j'aimerais savoir ce qui lui est réellement arrivé
afin de pouvoir enfin faire mon deuil. »

Tony roula le journal en boule et le lança à travers la pièce. Il savait que Kelsey partirait bientôt, bien sûr, mais le voir confirmé noir sur blanc rendait la douleur plus aiguë. Il pressa ses yeux du talon de ses mains avant d'aller ramasser le journal. Il le lissa et le plia de façon que la photo de Kelsey soit visible et la regarda longuement. Encore une chose qu'il voulait et ne pouvait pas avoir.

Le tintement de son téléphone l'arracha à son malheur. Les Secours en Montagne l'informaient qu'un semi-remorque avait quitté la route, sur Dixon Pass. Il fallait secourir le conducteur, qui était en vie et conscient.

Heureux de cette diversion, qui lui permettrait de penser à autre chose qu'à lui-même, il se rendit aussitôt au quartier général, où était rassemblé tout un contingent de bénévoles. Ted aussi était présent.

— L'appel est arrivé alors que je consultais les archives, dit-il. Ce chauffeur est un petit veinard. Il y a eu beaucoup d'accidents mortels, dans ce virage.

C'était un touriste qui avait appelé les secours pour signaler l'accident. Il s'était arrêté en remarquant les traces de dérapage qui allaient droit vers le ravin. En s'approchant, il avait vu le camion et appelé le chauffeur, qui lui avait répondu.

Sheri désigna Ryan et Danny pour descendre en rappel avec elle jusqu'au camion et ordonna :

— Tony, tu dirigeras les opérations depuis la route.

— Avec plaisir, répondit-il.

À une époque, c'était lui qui serait descendu, mais Sheri savait aussi bien que lui qu'aujourd'hui c'était au-dessus de ses forces. De toute façon, il pouvait encore se rendre utile en dirigeant les opérations. Il aidait Ryan et Eldon à rassembler le matériel quand Ted s'approcha.

— J'ai vu l'article sur Kelsey, dit-il.

Tony ne répondit pas. Il ne voulait pas parler de Kelsey.

— On dirait qu'elle va bientôt rentrer chez elle, poursuivit Ted.

— On dirait, oui.

— C'est aussi bien. Elle agaçait tout le monde, avec ses questions. Le type qui a tué cette fille est parti depuis longtemps.

— Qu'est-ce que tu en sais, Ted ? demanda Ryan.

Le cou et les joues de Ted prirent une teinte rouge sombre.

— Je n'en sais rien, aboya-t-il. Je ne connaissais même pas cette fille. Tout ce que je dis, c'est que des trucs comme cet article bouleversent inutilement les gens. Ils commencent à penser que cette ville est dangereuse et à soupçonner tout le monde.

— Sa sœur a été assassinée, rétorqua Tony. Elle a le droit d'essayer d'identifier le coupable.

Il passa le sac à son épaule et se dirigea vers la Bête. S'il ne s'éloignait pas de Ted, il allait lui flanquer son poing dans la figure. Aujourd'hui, il n'était pas assez patient pour écouter sans broncher les sermons du vieil homme.

Les bénévoles montèrent dans leurs véhicules et se dirigèrent vers le lieu de l'accident. Quand ils atteignirent enfin le virage dans lequel le 18-roues avait quitté la route, une ambulance et plusieurs SUV du bureau du shérif étaient déjà sur les lieux.

— Apparemment, il a pris le virage trop vite et la remorque s'est déportée, expliqua l'adjoint Wes Landry. La cargaison doit s'être déplacée et l'avoir entraîné vers le bas.

— Il a fait une sacrée chute, remarqua Tony. Une vingtaine de mètres, au moins.

— Vous êtes certains que le chauffeur est en vie ? demanda Sheri.

— Il a crié qu'il allait bien, mais qu'il était coincé dans la cabine.

Sheri prit un porte-voix et s'approcha du bord du ravin. Ses collègues s'alignèrent le long de la falaise. De là-haut, le camion ressemblait à une boule de papier aluminium. Des débris, provenant sans doute de sa cargaison, jonchaient le sol.

— Ici les Secours en Montagne d'Eagle Mountain, cria Sheri. Nous allons venir vous chercher.

— Super ! répondit une voix, sur le même ton. Faites attention à vous. Moi, je ne bouge pas d'ici.

— Il a l'air d'aller bien, dit Ryan. En tout cas, il n'a pas perdu le sens de l'humour.

Quelques minutes plus tard, l'équipe de Sheri entamait la descente. Tony dirigeait la manœuvre depuis le haut tandis que les urgentistes attendaient, assis sur le pare-chocs de leur ambulance. La journée était fraîche, mais suffisamment ensoleillée pour que Tony ôte bientôt son blouson.

— Comment ça va, Tony ?

Hannah, qui en sa qualité de médecin du SAMU était arrivée dans l'ambulance, vint le rejoindre.

— Ça va, dit-il, sans quitter la cordée des yeux.

— Je me suis un peu inquiétée de ne pas te voir à la réunion de vendredi soir, reprit-elle. Ted m'a dit qu'après le sauvetage sur le mont Baker, tu devais être crevé.

Ted, Ted ! Il avait toujours un avis sur tout, qu'il soit justifié ou non.

— Je vais bien, répéta-t-il, légèrement agacé.

— L'article sur Kelsey est très bien écrit, reprit Hannah. J'espère qu'il fournira de nouvelles pistes.

— Jusqu'ici, elle n'a rien découvert, objecta Tony.

— Mais beaucoup de ceux qui vivaient ici quand Liz a été tuée y sont encore, dit Hannah. Quelqu'un a forcément vu ou entendu quelque chose même si, sur le moment, il n'a pas pensé que c'était important. J'en ai parlé avec Ted, mais il n'avait jamais entendu parler de Liz Chapman avant qu'on envoie les Secours en Montagne récupérer son corps.

— Pourquoi l'aurait-il connue ? demanda-t-il. Il était beaucoup plus vieux qu'elle.

— Tu as raison, mais elle était si jolie que j'ai pensé qu'il pouvait se rappeler d'elle. Ted est un tel dragueur...

Tony la regarda fixement.

— Est-ce que nous parlons bien du même Ted ?

Hannah éclata de rire.

— Je sais ce que tu penses, mais je me souviens de son comportement à l'époque où j'ai rejoint les Secours en Montagne. Il était très prévenant avec moi. Il ne m'a jamais importunée, mais il me draguait, aucun doute.

Elle haussa les épaules.

— Je ne me suis pas formalisée. Certains hommes d'âge mûr pensent qu'aucune femme ne peut leur résister.

La radio de Tony grésilla, et Sheri annonça :

— Nous sommes arrivés. Le camion est bousillé, mais la cabine est à peu près intacte. Nous allons devoir forcer la portière pour sortir le chauffeur. Son épaule lui fait mal, il a une bosse sur la tête, mais il ne saigne pas et semble calme et cohérent.

— Tant mieux, dit Tony. Est-ce que vous avez besoin des Mâchoires ?

Les « Mâchoires de la Vie » étaient le désincarcérateur hydraulique qui leur permettait de forcer la portière d'un véhicule pour accéder aux victimes coincées à l'intérieur.

— Ryan pense qu'un pied-de-biche suffira, répondit Sheri. Si nous avons besoin des Mâchoires, je te préviendrai.

Dix minutes plus tard, le chauffeur avait été extrait de la cabine. Danny l'examina rapidement avant d'essayer de le convaincre de s'allonger sur la civière pour que les Secours en Montagne le remontent jusqu'à la route. Quand le chauffeur regimba, Sheri lui fit remarquer que la seule alternative était de remonter par ses propres moyens. Comme l'homme n'avait aucune expérience en matière d'alpinisme – en plus d'être sujet au vertige –, il accepta finalement d'être sanglé sur la civière pour être hissé jusqu'à la route.

Des cris de joie s'élevèrent quand la civière apparut en haut de la falaise, et les bénévoles s'empressèrent de délivrer son passager. Le chauffeur, qui était indemne mais tremblait de tout son corps, tint à remercier tous ceux qui l'entouraient avant de monter dans l'ambulance qui le conduirait à l'hôpital pour un examen plus poussé.

Ce ne fut que quand les bénévoles descendirent de leurs véhicules, devant le quartier général, que Tony repensa à sa petite discussion avec Hannah.

— Sheri, qu'as-tu pensé de Ted quand tu as rejoint les Secours en Montagne ?

— Tout le monde disait que c'était le plus expérimenté des bénévoles, répondit-elle. Qu'il avait occupé tous les postes et connaissait la région mieux que personne.

— C'est vrai. Mais sur le plan personnel, quel effet t'a-t-il fait ?

Sheri le regarda, perplexe.

— Pourquoi me poses-tu cette question ?

— Hannah m'a dit que Ted l'avait draguée quand elle est arrivée. Je me demandais s'il draguait toutes les femmes.

— Oh ! oui, répondit Sheri. Ted se prend pour le chéri de ces dames. J'ai pensé qu'il était inoffensif. De toute façon, il était bien trop vieux pour moi.

— Ah. Pourtant, je n'ai jamais rien remarqué.

— Et comment l'aurais-tu remarqué ? Il n'allait pas te draguer ! D'ailleurs, ce n'était pas bien méchant. Je lui ai carrément dit que je n'étais pas intéressée, et il n'a pas insisté.

Elle jeta une attelle dans la poubelle avant de se tourner vers lui.

— Est-ce qu'une femme s'est plainte qu'il la harcelait ?

— Non, pas du tout.

— Tant mieux, parce que je ne l'ai jamais vu harceler personne. Il a seulement tendance à flirter avec toutes les femmes, surtout celles qui sont plus jeunes que lui. Pour tout te dire, je pense que c'est parce qu'il se sent seul.

Tony sentit un éclair de sympathie pour Ted. Pour autant qu'il sache, son aîné n'avait jamais eu de relation durable. Parce qu'il était dans le même cas, Tony savait que la solitude pouvait parfois devenir pesante. Il avait toujours admiré cet homme, qui l'avait pris sous son aile et lui avait appris presque tout ce qu'il savait du travail de secouriste en montagne. Il avait été triste de le voir prendre de l'âge et décliner physiquement jusqu'à devoir partir en retraite. Quand son mentor avait trouvé un nouveau rôle au sein de l'organisation en tant qu'historien du groupe, il en avait été sincèrement heureux.

Pourtant, il était troublé par ce qu'il venait d'apprendre. Si Ted s'intéressait à ce point aux jeunes femmes, comment avait-il pu ne pas remarquer Liz Chapman ? Était-il sincère quand il affirmait qu'il ne connaissait pas Liz, ou mentait-il pour ne pas être la cible de regards soupçonneux, comme Tony lui-même l'avait été ?

D'ailleurs, certaines personnes le soupçonnaient toujours de ne pas être étranger à la mort de Liz. Il la connaissait. Ce n'était un secret pour personne qu'il avait le béguin pour elle. Et c'était lui qui avait retrouvé son corps. L'addition de tous ces faits suffisait à faire de lui un suspect plausible.

Pourtant, Kelsey n'avait jamais douté de son innocence... du moins le pensait-il.

Kelsey envisagea d'envoyer l'article de l'*Eagle Mountain Examiner* à sa mère, mais se ravisa. Pourquoi aurait-elle pris cette peine ? Sa mère avait changé d'avis. Elle ne voulait plus savoir ce qui était arrivé à sa fille aînée. Pour reprendre ses termes, elle ne voulait plus que Liz soit « déterrée ». Mais Kelsey n'avait jamais enterré sa sœur. Pour elle, Liz était toujours en vie, elle n'avait jamais cessé d'être la jolie jeune fille qui lui faisait des câlins, riait avec elle – et lui avait promis qu'elles se reverraient bientôt.

Elle avait passé le jeudi plongée dans les archives du journal, espérant y trouver un détail qui lui avait échappé lors de ses premières consultations. Elle rentrait à l'hôtel quand Brit l'interpella.

— Bonjour, Kelsey ! J'ai lu l'article que le journal vous a consacré. Il est très bien. J'espère qu'il apportera de nouveaux éléments à l'enquête.

— C'est ce que j'espère aussi, répondit Kelsey.

Si personne ne l'avait encore contactée, le bureau du shérif avait peut-être du nouveau.

— Je voulais vous demander si vous comptiez prolonger votre séjour au-delà d'après-demain, reprit Brit. Je n'essaye pas de vous mettre à la porte, loin de là. Nous serions ravis de vous voir rester parmi nous. Mais la saison touristique est en passe de débuter et beaucoup de clients nous appellent pour réserver.

La semaine précédente encore, elle était certaine qu'elle prolongerait son séjour à Eagle Mountain. Elle avait même envisagé de s'y installer. Mais en ce temps-là elle pensait qu'un avenir avec Tony était possible.

— J'ai toujours l'intention de partir samedi, répondit-elle. S'il se produit d'ici là un événement quelconque qui m'amène à changer d'avis, je vous préviendrai aussitôt. .

Brit lui tapota le bras.

— Nous serions vraiment ravis que vous restiez. Nous avons eu beaucoup de plaisir à vous rencontrer.

Kelsey déglutit, touchée par la gentillesse et la gaieté de Brit. Sa mère aussi avait été ainsi, avant que Liz les quitte.

— Oh ! s'exclama Brit. J'allais oublier. Quelqu'un a laissé une lettre pour vous. Elle est à la réception.

Le cœur de Kelsey se mit à battre plus vite.

— De qui vient cette lettre ?

Elle espérait qu'il s'agissait de Tony, mais pourquoi aurait-il laissé une lettre à l'hôtel au lieu de lui envoyer un texto ou de passer la voir ?

Brit se dirigea vers la réception, et elle lui emboîta le pas.

— Je ne sais pas. Je l'ai trouvée dans la boîte aux lettres en descendant ce matin.

Elle ouvrit un tiroir et lui tendit une enveloppe, sur laquelle son nom était inscrit. Elle examina l'écriture, mais ne la reconnut pas. En tout cas, il ne s'agissait pas de celle de Tony.

Elle s'empressa de regagner sa chambre pour ouvrir l'enveloppe, où elle trouva une demi-feuille de papier blanc, sur laquelle un message avait été tapé à la machine : « Je sais des choses sur votre sœur. Je ne les ai pas dites aux flics parce que j'avais trop peur. Mais je veux vous les dire, lut-elle. Retrouvez-moi jeudi à 18 heures au début de la piste de Kestrel Trail. J'ai quelque chose à vous montrer. »

Elle relut le message. Son auteur était-il sincère, ou ne s'agissait-il que d'une très mauvaise blague ? Quelques jours plus tôt encore, elle aurait demandé à Tony de l'accompagner. Aujourd'hui, malheureusement, elle ne pouvait plus le faire.

Elle envisagea alors d'appeler le shérif mais craignit de l'entendre dire qu'elle perdait son temps. Elle composa quand même le numéro du bureau, pensant qu'Adelaide Kincaid saurait la conseiller.

Malheureusement, ce ne fut pas Adelaide qui décrocha mais une femme qui lança, d'un ton brusque :

— Bureau du shérif du comté de Rayford.

— Est-ce qu'Adelaide est là ? demanda Kelsey.

— Mme Kincaid n'est pas au bureau aujourd'hui, non. En quoi puis-je vous aider ?

— Est-ce que je peux parler au shérif ?

— Le shérif Walker n'est pas disponible pour le moment. Quel est l'objet de votre appel ?

Comme elle n'avait aucune envie de résumer toute l'histoire à une étrangère, elle raccrocha avant de relire le message. Il était déjà plus de 17 h 30 : elle devait se décider au plus vite. Ses dernières hésitations furent balayées quand elle se rappela que l'entrée de la piste se situait en bordure de route, sur un petit parking. Il y aurait probablement d'autres promeneurs sur les lieux. En plus, il était impératif qu'elle sache qui était l'auteur de ce message et ce qu'il voulait lui dire sur sa sœur.

Elle attrapa ses clés, son sac à dos et redescendit.

— Au revoir ! lança Brit en la voyant.

Kelsey agita la main sans s'arrêter. Il fallait qu'elle se dépêche, sous peine d'être en retard au rendez-vous – et de laisser passer sa chance de connaître enfin la vérité.

18

— Plante le piquet juste ici, Ben.

Pendant que son assistant enfonçait à la masse le piquet numéroté délimitant le tracé de la future route, Tony enregistra ses coordonnées GPS. Ensuite, il entreprit de ranger son matériel.

— J'ai entendu dire que ton neveu faisait du bon travail, remarqua Ben. D'après Curtis, il aura fini sa formation la semaine prochaine. Tu auras peut-être un nouvel assistant.

— Je vis déjà avec lui, répondit-il. Je ne sais pas si j'ai aussi envie de travailler avec lui.

— Tu pourrais le mener à la baguette, plaisanta Ben. Et c'est vraiment un chouette garçon. On a pris une bière ensemble après le travail, l'autre jour, et on a un peu parlé de toi. Il t'admire énormément, tu sais ?

— Ouais... Moi aussi, je l'admire.

Chris le savait forcément, du moins l'espérait-il.

Soudain, un rugissement de moteur se fit entendre. Il releva la tête juste à temps pour voir Ted passer à toute vitesse dans son vieux pick-up cabossé. Tony leva une main pour le saluer, mais Ted ne sembla pas le voir.

— On dirait que le pot d'échappement de Ted est percé, commenta Ben. Il faudrait qu'il le fasse réparer.

Tony acquiesça. Le bruit que faisait le pick-up semblait soulever un écho dans son esprit, mais il ne pouvait pas tout à fait en saisir la nature. Il finit donc de ranger son matériel, avec l'aide de Ben. Ils s'apprêtaient à partir quand le téléphone de Tony tinta.

— C'est les Secours en Montagne ? demanda Ben.

— Oui. Un pêcheur est porté disparu, vers Crystal Lake.

Ben fit un petit bruit de bouche.

— Je parie qu'il est passé à travers la glace. À cette époque de l'année, il y en a toujours pour penser qu'elle tiendra. Le comté devrait poser des panneaux pour déconseiller aux gens de s'aventurer sur la glace après le 1er avril.

Tony acquiesça machinalement. Ben lui raconta ensuite comment l'un de ses amis était passé à travers la glace en traversant un étang au sud de la ville, mais il ne l'écoutait que d'une oreille. Son esprit était tout entier occupé par deux questions : quel matériel devaient-ils emporter pour cette mission ? Et pourquoi Ted était-il aussi pressé ?

Il déposa Ben devant les bureaux de l'entreprise de géomètres et prit la route du quartier général des Secours en Montagne. La plupart des autres bénévoles étaient déjà en train de charger dans la Bête tout le matériel dont ils pourraient avoir besoin – des bouteilles d'oxygène, des cuissardes et un canot pneumatique gonflable, entre autres.

— Nous attendons Anna et Jacquie, lui dit Sheri. Jacquie n'est pas encore homologuée pour des recherches en milieu aquatique, mais Anna l'a entraînée. Si cet homme est tombé dans le lac, elle le retrouvera plus rapidement que nous.

— Est-ce qu'il est mort, d'après toi ? demanda Tony.

Sheri hocha la tête.

— Son frère et son fils étaient avec lui, précisa-t-elle. Ils l'ont cherché pendant une heure avant de nous appeler.

Elle balaya le groupe de bénévoles des yeux.

— Est-ce que quelqu'un a vu Ted ? demanda-t-elle.

— Oui, moi, juste avant de venir, répondit Tony. Il était au volant de son pick-up et fonçait je ne sais où. Après avoir reçu l'alerte, j'ai pensé qu'il venait peut-être ici.

Sheri secoua la tête.

— Je ne l'ai pas vu. D'ailleurs, j'aurai deux mots à lui dire. Il devait me retrouver ici il y a une heure pour m'aider à remplir une demande de subvention. C'est lui qui connaît toutes les statistiques dont j'ai besoin – le nombre de sauvetages effectués ces deux dernières années, le nombre de kilomètres parcourus... Vers où allait-il ?

— Vers le sud, dit Tony.

Maintenant qu'il y repensait, ce n'était pas la direction du quartier général.

— Et Crystal Lake est à l'est, dit Sheri. Il n'allait pas là-bas non plus. Peut-être qu'il a oublié, tout simplement.

Danny les rejoignit juste à temps pour entendre cette dernière phrase.

— Est-ce que vous parlez de Ted ? demanda-t-il.

— Oui, répondit Sheri. Il devait m'aider à remplir la demande de subvention cet après-midi, et il s'est débiné.

— Je le trouve bizarre, ces derniers temps.

— Plus que d'habitude ? lança Sheri.

— Il a toujours eu mauvais caractère, répondit Danny, mais hier, il a carrément pété un plomb quand je lui ai demandé s'il avait vu le dernier numéro de l'*Examiner*. Il y avait une publicité pour des skis Rossignol spécial poudreuse. Comme je savais qu'il avait eu le même modèle, je voulais savoir ce qu'il en pensait. Mais je n'ai jamais pu le lui demander : il s'est lancé dans une longue tirade pour me dire qu'il avait autre chose à faire que lire le journal et que de toute façon, ils n'imprimaient que des conneries.

— Certains changements de comportement sont liés à un problème physique, dit Sheri. Il faudrait lui suggérer d'aller voir un médecin. Tu pourrais t'en charger, Tony. De nous tous, c'est toi que le connais depuis le plus longtemps.

— Je peux essayer, mais je doute qu'il le prenne bien.

Oui, quelque chose clochait chez Ted, depuis quelque temps. Il semblait préoccupé. Qu'est-ce qui pouvait le perturber à ce point ?

Kelsey ralentit pour s'engager dans le parking aménagé au début de la piste de Kestrel Trail, mais hésita. Le seul autre véhicule présent était un pick-up, d'un modèle ancien. Elle repensa au véhicule qui avait failli les écraser et qui, d'après Tony, pouvait être un pick-up. C'était également un pick-up qui l'avait dépassée à toute vitesse quelques jours plus tôt. Elle envisageait de faire demi-tour quand quelqu'un descendit du pick-up et agita la main.

Ce fut alors qu'elle reconnut Ted et, si son cœur s'emballa, ce ne fut pas de peur mais d'excitation. Ted vivait ici quand Liz avait été tuée. Il était dehors, à quelques portes du glacier, le soir où Liz avait quitté ses amis en prétextant un rendez-vous. S'était-il rappelé un détail qui lui permettrait d'identifier l'assassin ?

Elle se gara à côté du pick-up et descendit de sa voiture.

— Merci d'être venue, lui dit-il. Je voulais que nous puissions parler tranquillement, loin des oreilles indiscrètes.

— Dans votre message, vous dites que vous savez quelque chose sur Liz. De quoi s'agit-il ?

— Je l'ai effectivement vue en compagnie de quelqu'un devant chez le glacier, ce soir-là.

Il fourra les deux mains dans les poches de son jean.

— Je n'ai rien dit parce que l'homme que j'ai vu était l'un de mes amis les plus proches. Sur le moment, j'ai refusé de croire que c'était lui qui avait tué votre sœur. Maintenant, je me demande si j'avais raison.

Kelsey serra les poings pour réprimer le tremblement qui agitait ses mains. Elle allait enfin connaître la vérité qu'elle recherchait depuis si longtemps !

Elle dut prendre sur elle pour s'enquérir, d'une voix égale :

— Avec qui avez-vous vu Liz, ce soir-là ?

Ted contempla le sol sans mot dire pendant si longtemps qu'elle dut se retenir pour ne pas le presser de poursuivre, de lui révéler le nom qu'il taisait depuis vingt ans. Quand il releva enfin les yeux vers elle, son visage était sinistre.

— Avec Tony, dit-il. Je sais que c'est difficile à entendre, mais je pense que c'est lui qui a tué votre sœur.

Debout sur les berges de Crystal Lake, les bénévoles regardaient Anna Trent et sa chienne de sauvetage, un grand caniche noir nommé Jacquie, suivre la piste du pêcheur. Le frère et le fils du disparu, Mike Monroe, attendaient avec eux, ainsi que plusieurs de leurs amis et membres de leur famille qui étaient venus apporter leur soutien. Les recherches avaient débuté depuis près d'une heure quand Anna leva la main et cria :

— Je vois quelque chose, sous la glace !

Eldon, Tony et Danny accoururent aussitôt et se relayèrent pour briser la glace à coups de hache. Dès qu'ils eurent percé un trou assez grand, ils y introduisirent un grappin et accrochèrent le blouson en polaire rouge du noyé. Quand son frère l'eut formellement identifié, les bénévoles mirent le corps de Mike Monroe dans un grand sac noir et le chargèrent dans l'ambulance qui le convoierait jusqu'à la morgue.

Ce fut dans le silence que le groupe regagna le quartier général. La mission s'était parfaitement déroulée. Ils n'auraient rien pu faire de plus pour sauver le pêcheur, qui était probablement mort en quelques minutes. Cependant, ne ramener qu'un corps sans vie les touchait toujours durement.

Les pensées de Tony ne tardèrent pas à retourner à Ted. Maintenant qu'il y réfléchissait, son comportement de ces derniers jours était troublant. Pourquoi s'intéressait-il autant à Kelsey, par exemple ? Pourquoi demandait-il de ses nouvelles, avant d'évoquer sa « petite enquête » d'un ton méprisant ?

Il fut soudain balayé par le besoin de parler à Kelsey. Pourquoi avait-il été aussi froid avec elle, pourquoi l'avait-il repoussée ? Il s'était conduit comme le dernier des idiots. Il lui devait des excuses et, surtout, il devait s'assurer qu'elle allait bien.

Il quitta le quartier général et se rendit à l'Alpiner. Brit, qui était à la réception, leva la tête quand il entra. Il ne lui laissa même pas le temps de le saluer.

— Est-ce que Kelsey est là ? demanda-t-il.

— Je suis désolée, Tony, mais elle n'est pas là, non. Elle est partie il y a presque une heure.

Il jura en silence. Il arrivait trop tard. Elle était repartie pour l'Iowa, sans même lui dire au revoir. Mais pourquoi l'aurait-elle fait ? Il ne lui avait donné aucune raison de croire qu'il était toujours l'ami, l'amant qu'il voulait être pour elle. Mais peut-être qu'il n'était pas trop tard pour le lui dire.

— Est-ce que tu as son adresse, dans l'Iowa ?

— Peut-être, répondit Brit. Pourquoi en as-tu besoin ?

— Si elle est partie, je pourrais lui écrire.

Écrire ? Qui écrivait encore des lettres ? Il devait avoir l'air pathétique.

Comme Brit le dévisageait sans mot dire, l'air complètement déboussolée, il ajouta :

— Pas grave. Je l'appellerai.

Oui. C'était ce qu'il devait faire.

— Oh mon Dieu ! s'exclama soudain Brit. Nous nous sommes mal compris. Kelsey n'est pas repartie pour l'Iowa. Elle est seulement sortie.

— Où est-elle allée ?

Il pouvait essayer de la retrouver et de s'expliquer.

— Se promener, sans doute. Elle avait son sac à dos. Mais elle ne m'a pas dit où elle allait.

Il repensa à Ted, qui fonçait dans une direction qui n'était ni celle du quartier général, ni celle de Crystal Lake.

Non : c'était celle de Kestrel Trail. Soudain, il n'eut plus aucun doute. Ted allait à Kestrel Trail, et c'était là-bas qu'était partie Kelsey. Il se trompait peut-être, mais son instinct lui hurlait le contraire.

Il attrapa son téléphone d'une main tremblante et composa le numéro de Kelsey. La sonnerie retentit plusieurs fois avant que l'appel bascule sur la messagerie.

— C'est Tony, dit-il. Je veux m'excuser d'avoir été aussi idiot. Appelle-moi, s'il te plaît. Dis-moi que tu vas bien.

Maintenant, la peur lui comprimait la poitrine tel un étau. Il appela Ted, qui ne répondit pas non plus, et raccrocha sans laisser de message. Il repensa au bruit assourdissant que faisait son pick-up, comme si son pot d'échappement était percé, avait remarqué Ben. Le véhicule qui avait essayé de les écraser deux semaines plus tôt faisait exactement le même bruit.

Ted soutenait qu'il ne connaissait pas Liz, mais elle était tellement belle qu'il l'avait forcément remarquée. Il était debout sur le trottoir, à quelques portes du glacier, le soir où Liz était partie en expliquant à ses amis qu'elle avait rendez-vous avec un homme. Il disait qu'il était sorti fumer une cigarette, mais en ce temps-là il n'était pas interdit de fumer dans les bars. Il n'y avait qu'une explication à sa présence à cet endroit précis, ce soir-là : il attendait quelqu'un.

Il attendait Liz.

Il fallait qu'il prévienne le shérif. Plutôt que de composer le numéro d'urgence, il composa celui du portable personnel de Travis.

— Qu'est-ce qui se passe, Tony ? lança Travis en guise de salut.

— Je n'en suis pas certain, mais je pense que Kelsey Chapman est en danger. Je crois qu'elle est avec Ted Carruthers, et je le soupçonne de vouloir lui faire du mal.

Il attendit que Travis s'enquière des preuves sur lesquelles se basaient ses soupçons, mais le shérif demanda seulement :

— Où sont-ils en ce moment ?

— Sur Kestrel Trail, je dirais.

C'était là-bas que Liz était morte. Ted comptait-il en finir avec Kelsey au même endroit, comme pour boucler la boucle après toutes ces années ?

— J'envoie quelqu'un sur les lieux, dit Travis.

Tony raccrocha. Il était un peu soulagé, mais il n'allait pas attendre l'arrivée d'un adjoint. Kelsey était partie de l'hôtel depuis presque une heure. Ted avait eu tout le temps de lui faire du mal, si telle était son intention. Tony avait suffisamment d'expérience en matière de sauvetage pour savoir que, dans une situation où une vie était en jeu, chaque minute pouvait revêtir une importance cruciale. Il devait faire vite. Sinon, il arriverait trop tard.

Kelsey dévisagea Ted. Elle devait avoir mal compris.

— Tony ? répéta-t-elle enfin, d'une voix étranglée.

Ted hocha la tête sans se départir de son air sinistre.

— Je suis désolé, dit-il. Cela fait des années que j'essaye de me convaincre du contraire, de me dire que ce que j'ai vu était innocent. Mais j'étais sur cette même piste l'autre jour, tout près de l'endroit où votre sœur est morte, et j'ai remarqué un détail qui prouve, de façon irréfutable, que personne d'autre que Tony n'a pu la tuer.

— C'est impossible, dit-elle en secouant la tête.

Non. Pas Tony ! Pas l'homme qui avait été pour elle un ami aussi loyal, un amant aussi tendre...

— Pourquoi aurait-il tué Liz ?

— Il avait le béguin pour elle, mais ce n'était pas réciproque. À mon avis, il lui aura proposé d'aller se promener avec lui et l'aura amenée sur ce plateau rocheux, devant un panorama splendide, pour lui déclarer sa flamme. Elle l'aura éconduit sans douceur ou lui aura ri au nez. Vous, les femmes, vous ne comprenez pas ce qu'un homme peut ressentir quand il ouvre son cœur à une femme et qu'elle ne le prend pas au sérieux. Il peut perdre la tête et faire des choses qu'il ne ferait jamais en temps normal.

Était-ce toujours de Tony qu'il parlait ?

— Tony n'est pas comme ça, dit-elle.

— Dans cette situation, n'importe quel homme aurait pu réagir de la même façon, répondit Ted. Il a pété les plombs, l'a tuée et s'est enfui. Mais sa conscience le taraudait. Comme deux semaines avaient passé sans que personne retrouve le corps, il l'a « découvert » lui-même et tout le monde l'a traité en héros.

— Je ne peux pas y croire.

Elle avait chuchoté, mais tout son être hurlait : « Non ! Pas Tony ! »

— Quand on y réfléchit, ça n'a rien d'étonnant, reprit Ted. Tony a toujours été un peu bizarre. C'est quelqu'un de froid, qui a du mal à se faire des amis. Je suis sûr qu'il a beaucoup de secrets.

Elle voulut répondre que cela ne faisait pas de lui un assassin pour autant, mais la peur qui lui nouait la gorge l'en empêcha. Tony avait reconnu qu'il était amoureux de Liz. C'était lui qui avait découvert son corps. Le shérif l'avait même soupçonné de l'avoir tuée.

— Son ADN a été prélevé, à l'époque, objecta-t-elle. Il ne correspondait pas à celui que le légiste avait trouvé sous les ongles de Liz.

— Peut-être que le test a été mal fait, dit Ted, à moins que l'ADN qui a été retrouvé soit celui d'une personne qui avait serré la main de votre sœur plus tôt dans la journée. Comme nous le savons tous, il arrive que les preuves mentent.

Même des preuves ADN ? Incapable de détacher son regard du visage de Ted, elle déclara :

— J'ai beaucoup de mal à assimiler tout ce que vous venez de me dire.

Il acquiesça.

— C'est difficile, je sais. D'ailleurs, j'aurais pu continuer à me taire. Par certains côtés, Tony est comme un fils pour moi. J'ai toujours gardé un œil sur lui depuis cette tragédie, et je ne pense pas qu'il ait fait d'autre victime. À votre place, je garderais tout ça pour moi. Le dénoncer ne ramènera pas votre sœur, vous savez.

— Mais on ne peut pas laisser un assassin en liberté !

— C'est sans doute vrai.

Il détourna les yeux, comme pour regarder quelque chose qu'il était seul à voir.

— Mais si j'ai tenu à tout vous dire, c'est pour une autre raison.

Il reposa les yeux sur elle.

— J'ai vu que vous deveniez très proche de lui. Je sais que vous devrez bientôt repartir pour l'Iowa et j'ai eu peur qu'il le prenne mal, qu'il vous fasse ce qu'il a fait à votre sœur. Vous ressemblez beaucoup à Liz, vous savez... du moins si j'en juge d'après les photos que j'ai vues.

Kelsey porta une main à sa tête, comme pour apaiser le vertige qui l'avait gagnée. Non. Jamais Tony ne pourrait lui faire de mal. Elle le savait... ou elle pensait le savoir.

— Venez, reprit Ted. Je vais vous montrer ce que j'ai découvert. Ensuite, vous pourrez fournir au shérif la preuve irréfutable que c'est bien Tony qui a assassiné Liz.

D'un geste, il l'invita à passer devant lui. Elle obéit et se mit à marcher, avec l'impression que tout son corps était engourdi. Ted lui emboîta le pas, et elle fut soulagée qu'il ne cherche pas à entretenir la conversation. Tandis qu'ils marchaient en silence, les pensées s'entrechoquaient dans son esprit, tels des petits galets dans les eaux tumultueuses d'un torrent. Lisait-elle si mal les gens pour être tombée amoureuse de l'homme qui avait assassiné sa sœur ? Soudain, elle se sentit glacée.

Elle continua à marcher d'un pas lourd. On eut dit que ses pieds rechignaient à la porter jusqu'au lieu où, selon Ted, elle aurait la preuve que l'homme en qui elle avait une confiance aveugle, l'homme dont elle était tombée amoureuse, était un assassin. Cependant, et bien que chaque pas soit un supplice, elle se força à continuer.

Une heure plus tard environ, ils atteignirent l'endroit où Tony l'avait emmenée au début de son séjour – l'endroit où il avait découvert le corps de Liz. Elle s'arrêta et contempla l'affleurement de roche grise entouré de touffes d'herbe parsemées de petites fleurs jaunes.

— Si Tony a tué Liz parce qu'elle l'avait éconduit, qui était l'Homme des Montagnes ? demanda-t-elle. Qui était cet homme, plus âgé qu'elle, qui l'avait convaincue de venir le rejoindre ici ?

Ted fronça les sourcils.

— Elle avait sans doute tout inventé.

— Non, répondit Kelsey. J'ai vu dans le dossier d'enquête les mails qu'elle avait échangés avec l'Homme des Montagnes. Ceux de cet homme avaient bien été envoyés depuis Eagle Mountain. Il lui avait aussi envoyé un billet de bus pour qu'elle vienne le rejoindre. Jamais Liz n'aurait pu échafauder un tel mensonge. Cet homme existait bel et bien.

— Pour ma part, je n'en suis pas aussi sûr, répliqua-t-il. J'ai l'impression que c'était le genre de fille qui arrive toujours à ses fins.

Liz était têtue, impulsive et volontaire, en effet, mais ce n'était pas une menteuse.

Soudain, elle n'eut plus qu'une envie : être loin d'ici, être seule, pour réfléchir.

— Alors ? demanda-t-elle. Que voulez-vous me montrer ?

Il grimpa sur un rocher.

— C'est ici. Venez.

Elle le rejoignit, dédaignant la main qu'il lui tendait.

— Où ça ?

— Juste là, derrière ce rocher, répondit-il en pointant un doigt vers le bas. Vous voyez ?

Elle se pencha et scruta le sol.

— Non, je ne vois rien. Que...

Mais elle ne finit jamais sa phrase. Une douleur atroce explosa dans l'arrière de sa tête, et le monde vira au noir.

Les doigts crispés sur le volant, le pied au plancher, Tony fonçait vers l'orée de la piste en priant pour que son intuition se révèle fausse. Malheureusement, le pick-up de Ted et la voiture de Kelsey étaient bien garés côte à côte dans le petit parking. Il freina sèchement, coupa le moteur et bondit hors de son véhicule pour s'élancer sur la piste. Il ne courait pas comme si sa vie était en jeu, non. Il courait comme si la survie de la personne qui était la plus importante à ses yeux dépendait de sa rapidité.

D'habitude, il ne pouvait pas courir sans que ses jambes lui fassent souffrir le martyre, mais aujourd'hui il ne sentait pas la douleur. Il ne sentait rien, sinon la boule de peur glaciale qui s'était logée au creux de son ventre. Quand il arrivait au sommet de chaque butte, il scrutait le sentier, s'attendant à voir Ted, Kelsey, ou – pire encore – les deux ensemble. Mais il ne voyait que des rochers et des fleurs sauvages.

Enfin, il distingua un mouvement, au loin. Il plissa les yeux et repéra deux silhouettes, debout sur un plateau rocheux. Il pressa l'allure, bien que tout son corps lui fasse mal, maintenant. Une douleur lancinante lui vrillait le torse, et il avait l'impression qu'on lui enfonçait des aiguilles dans les jambes à chaque pas. Même ses paumes lui faisaient mal. Il serra et desserra les poings. Si seulement il avait pensé à emporter une arme ! Mais quelle arme ? Un couteau de cuisine ? Un bistouri ?

Soudain, la voix de Ted résonna dans le silence.

— Ne va pas plus loin, Tony !

Il s'arrêta net, trébucha et fit un pas en arrière pour retrouver son équilibre. Il releva la tête et vit Ted debout sur le plateau rocheux, Kelsey dans les bras. Elle était inerte.

— Qu'est-ce que tu lui as fait ? cria-t-il d'une voix brisée par la rage.

— Je lui ai dit la vérité, répondit Ted. Une vérité plausible, du moins. Je lui ai expliqué que tu avais assassiné sa sœur parce qu'elle ne t'aimait pas comme tu l'aimais.

— Mais en réalité, c'est toi qui l'as tuée.

— Elle avait promis de toujours rester à mes côtés, dit Ted. Je lui avais envoyé un billet de bus pour qu'elle me rejoigne, et je l'avais aidée à s'inscrire au lycée sans que personne ne pose de question. Mais elle a changé d'avis. Elle m'a dit qu'elle voulait rentrer chez elle. Je l'aimais tant et elle, elle voulait me quitter. Est-ce que tu sais ce qu'on ressent quand on est abandonné par la personne qu'on aime ?

Ce n'était pas lui que regardait Tony, mais Kelsey. Son cou était flasque, ses yeux mi-clos, sa bouche entrouverte.

— Je ne pouvais pas la laisser partir, poursuivit Ted. Elle était la femme que j'avais toujours voulue. Pourtant, j'étais gentil avec elle. Pourquoi est-ce que cela ne lui a pas suffi ?

Tony reposa les yeux sur son vieil ami. Ted n'avait pas bonne mine. Sa peau était grisâtre, son visage creusé de profondes rides.

— Et c'est pour ça que tu l'as tuée ? lança-t-il.

Ted posa les yeux sur Kelsey, et Tony se demanda si c'était elle qu'il voyait, ou Liz.

— C'était un accident, dit-il d'une voix douce. J'ai voulu m'approcher d'elle, l'embrasser et lui promettre que nous trouverions une solution à tous nos problèmes. Elle m'a repoussé et a voulu s'enfuir.

Il secoua la tête.

— Je voulais seulement la retenir pour qu'elle m'écoute. Je voulais lui faire entendre raison. Mais elle s'est débattue, et plus elle se débattait, plus je serrais fort. Au bout d'un moment, elle est... elle est morte, tout simplement. Au final, elle m'a quitté quand même, comme elle le voulait.

— Pourquoi n'as-tu pas appelé les secours ?

— C'était trop tard, répondit Ted. Personne n'aurait pu la sauver.

— Le médecin légiste a dit qu'elle avait été étranglée.

Ted releva brusquement la tête.

— C'est un menteur, gronda-t-il. Ce sont tous des menteurs.

Il moula sa grande main autour de la gorge de Kelsey. Pris de vertige, Tony chancela avant de faire trois pas en avant, profitant de ce que le regard de Ted était posé sur Kelsey.

— Il faut être très prudent quand on manipule le cou de quelqu'un, dit Ted, sur un ton presque rêveur. Cette partie du corps est extrêmement fragile.

Tony sentit un frisson le traverser. Il avait souvent entendu Ted prononcer exactement les mêmes mots pendant les cours de réanimation cardio-pulmonaire qu'il donnait au printemps et à l'automne à la caserne de pompiers, et jamais ils ne lui avaient paru aussi sinistres. Il déglutit et prit sur lui pour répondre d'une voix calme :

— Un cou est très fragile, oui. Si tu posais Kelsey par terre ? J'examinerai son cou pour toi.

Ted releva les yeux vers lui.

— Reste là où tu es, ordonna-t-il.

Kelsey gémit soudain et fit rouler sa tête de droite à gauche, les traits déformés par une grimace de douleur.

— Regarde ce que tu as fait, dit Ted. Tu l'as réveillée.

Il la souleva, ce qui le contraignit à ôter la main qu'il avait posée sur sa gorge. Tony en profita pour fouiller le sol du regard. Il lui fallait une arme. Une pierre ferait l'affaire, mais celles qui semblaient être assez grosses et lourdes pour lui être d'une quelconque utilité étaient toutes hors de sa portée. Il allait devoir se contenter de mots. Il n'avait jamais très bien su les manier, mais il devait tenter sa chance.

— Le shérif est en chemin. Je lui ai dit que je te soupçonnais d'avoir tué Liz et de t'apprêter à tuer Kelsey.

Les rides qui creusaient le front de Ted et le contour de ses yeux s'accentuèrent.

— Tu n'aurais pas dû faire ça, dit-il.

Son regard se perdit au loin, derrière Tony.

— Mais ce n'est pas grave. Ils n'arriveront pas à temps.

« À temps pour quoi ? » voulut-il répliquer. Mais il s'abstint et demanda :

— Que vas-tu faire ?

— Je vais tuer Kelsey avant de te tuer, expliqua Ted avec autant de naturel que s'il décrivait sa séance de sport du matin. Quand le shérif arrivera, je lui dirai que je t'ai vu la tuer avant de te suicider, mais que je suis arrivé trop tard pour empêcher ce drame.

— Travis n'est pas un imbécile. Il ne te croira pas sur parole. Il voudra des preuves.

Ted haussa les épaules.

— Je pourrais griffer ton visage avec la main de Liz, répondit-il. Ils seront sans doute ravis de trouver ton ADN sous ses ongles.

Liz. Il n'avait pas dit « Kelsey », mais « Liz ». Ted savait-il seulement où il était en ce moment, et avec qui ? Ou était-il retourné vingt ans en arrière, jusqu'au jour où une autre jeune femme l'avait repoussé ? Mais Tony n'avait plus le temps de se poser ce genre de question. La main de Ted enserrait de nouveau la gorge de Kelsey. Il devait agir.

Il s'élança, droit vers Ted et Kelsey, et les heurta aussi violemment que possible. Il s'était efforcé de diriger le plus gros de l'impact vers Ted mais ne put éviter que Kelsey se retrouve écrasée entre eux. Les deux hommes s'engagèrent aussitôt dans une lutte farouche. Malgré son âge, Ted était encore robuste et Tony ne parvint pas à lui arracher Kelsey. Alors, poussé par la fureur et la frustration, il se pencha et le mordit violemment au poignet.

Ted glapit de douleur et lâcha Kelsey, qui s'effondra sur le sol. Tony décocha aussitôt un violent coup de poing à la mâchoire de Ted. Le vieil homme tomba à la renverse mais parvint à saisir la cheville de Tony, qui tomba lui aussi. Les deux hommes continuèrent à lutter en roulant sur le sol parsemé de cailloux acérés. S'ils roulaient ainsi jusqu'au bord du plateau rocheux, ils dévaleraient la pente pendant un bon moment.

Soudain, Ted parvint à le plaquer au sol et chercha aussitôt à nouer ses mains autour de sa gorge. Tony agrippa les poignets du vieil homme et s'efforça de le repousser. Un caillou à l'arête particulièrement tranchante s'enfonçait dans son dos ; ses muscles et ses os, qui étaient encore en voie de guérison, protestaient sous l'effort. Il essaya de se dégager, mais Ted le maintenait trop fermement. Où diable était l'adjoint que le shérif avait promis d'envoyer ?

Peut-être qu'il ne viendrait jamais – et il ne devait pas non plus s'attendre à ce que Kelsey reprenne soudain connaissance, ramasse une pierre et assomme Ted. Il devait se débrouiller seul, comme il l'avait toujours fait.

Il rassembla toutes ses forces et, avec un hurlement de rage, roula sur sa gauche en entraînant Ted avec lui. Une fois leurs positions inversées, il remonta un genou et le planta dans le ventre du vieil homme. Ensuite, il chercha à tâtons le caillou qui s'enfonçait dans son dos quelques instants plus tôt et l'abattit sur le front de son adversaire. Ted poussa un gémissement avant de perdre connaissance, et Tony se releva péniblement, les joues humides de larmes mêlées de sang.

Il s'épongea les yeux, tituba jusqu'à Kelsey et s'agenouilla auprès d'elle. Il aurait dû l'examiner, mais il en était incapable. Il ne pouvait que la regarder.

— Réveille-toi, je t'en supplie, dit-il d'une voix étranglée par les larmes. Je t'en prie, je t'en prie ! réveille-toi.

Elle ouvrit les yeux et le regarda.

— Tony, chuchota-t-elle avant de refermer les yeux.

Il voulut se relever, mais bascula sur le côté. Il essayait une nouvelle fois de se remettre debout quand l'adjoint Jake Gwynn et le shérif Travis Walker apparurent sur le sentier.

— Qu'est-ce qu'il s'est passé ici ? demanda Travis.

— C'est Ted qui a tué Liz Chapman, répondit Tony. Il vient d'essayer de tuer Kelsey. Il comptait me tuer aussi et vous dire que je les avais assassinées toutes les deux.

— En voyant son pick-up, j'ai appelé une ambulance, dit Travis. Juste au cas où.

Tony s'assit par terre, les genoux relevés, et y posa le front. Il était trop épuisé pour parler. Sous la main qu'il avait posée sur la poitrine de Kelsey, il sentait son pouls, lent et régulier. Elle était en vie. Pour le moment, rien d'autre n'avait d'importance.

Kelsey ouvrit les yeux et les referma aussitôt. Elle avait horriblement mal à la tête, et la lumière était tellement vive qu'elle en était insupportable. Quelqu'un la secoua et dit :

— Kelsey, Kelsey ! Vous devez vous réveiller.

Elle secoua la tête mais la voix insista, lui répéta qu'elle devait se réveiller. Elle se força donc à rouvrir les yeux et vit un homme, penché sur elle.

— Qui êtes-vous ? demanda-t-elle.

Sa gorge était tellement sèche que sa voix était presque inaudible.

— Je suis le Dr Harrison, répondit l'homme. Vous souvenez-vous de ce qui s'est passé ?

Elle referma les yeux. Le brouillard qui semblait l'entourer commençait à se dissiper. Elle se rappelait sa rencontre avec Ted et les horreurs qu'il avait dites sur Tony.

— Kelsey, restez avec moi, ordonna le médecin. Ouvrez les yeux ! Elle obéit.

— Je crois que Ted m'a assommée, dit-elle, d'une voix plus claire. Est-ce que je peux avoir de l'eau ?

Le Dr Harrison s'éclipsa quelques instants. Quand il revint, il glissa une paille entre ses lèvres. Elle ne put prendre que deux petites gorgées avant qu'il la retire.

— C'est assez pour le moment, dit-il. Vous souffrez d'une

commotion cérébrale. Vous êtes à l'hôpital St. Joseph, à Junction. Il y a quelqu'un ici qui insiste pour vous voir.

Le visage du médecin disparut et fut remplacé par un autre, plus bienvenu celui-ci.

— Tony !

Elle voulut sourire, mais cela lui faisait trop mal.

— Comment te sens-tu ? demanda-t-il.

— J'ai connu mieux.

Elle le regarda. Son visage était couvert d'ecchymoses.

— Qu'est-ce qui t'est arrivé ?

Il toucha sa joue endolorie et grimaça.

— Oh ! ça ? Je me suis un peu battu.

— Où est Ted ? lança-t-elle. Il m'a dit des choses horribles. Il a essayé de me convaincre que tu… tu…

Elle fut incapable de poursuivre. C'était trop atroce.

— Il t'a menti, comme il a menti à tout le monde, répondit Tony. C'est lui qui a tué Liz. C'était lui, l'Homme des Montagnes. Je suis désolé, vraiment désolé pour tout. J'aurais dû être plus perspicace. Mais je suis surtout désolé d'avoir été aussi odieux avec toi.

Le médecin réapparut pour leur annoncer que le shérif était arrivé.

— Je lui accorde deux minutes, ajouta-t-il. Ensuite, vous devrez tous laisser cette jeune femme se reposer.

Le shérif Walker s'approcha.

— Vous rappelez-vous ce qui s'est passé ? s'enquit-il.

Elle acquiesça.

— Ted m'a demandé de le rejoindre en prétextant avoir des révélations à me faire au sujet de l'assassin de Liz. Ensuite, il m'a frappée à la tête.

Elle grimaça.

— Je suppose qu'il comptait me tuer, moi aussi.

Elle ne prit pas la peine de répéter tout ce que Ted avait dit sur Tony. Ce n'était forcément qu'un tissu de mensonges.

— Nous l'avons mis en garde à vue, dit Travis. Nous n'avons pas encore prélevé son ADN pour le comparer à celui qui a été retrouvé sous les ongles de votre sœur, mais nous avons fouillé son domicile et trouvé ceci.

Il lui montra un petit sachet en plastique transparent, qui contenait un pendentif en forme de cœur. Elle porta aussitôt une main à sa gorge pour toucher le sien.

— C'est bien celui de Liz, affirma-t-elle.

— Nous avons également trouvé une photo de Liz et des objets qui confirment que Ted entretenait une relation avec elle, reprit le shérif. Dès que j'aurai l'aval du médecin, je vous demanderai de venir faire une déposition complète.

Il rangea le sachet qui contenait le pendentif dans sa poche et le Dr Harrison lança :

— Fini !

Quand Kelsey fut seule avec le médecin, elle demanda :

— Est-ce que Tony peut revenir, s'il vous plaît ?

Le Dr Harrison secoua la tête en fronçant les sourcils mais, quelques instants plus tard, Tony était de retour.

— Je ne l'ai pas cru, dit-elle avant qu'il ait pu dire un mot. Je n'ai pas cru Ted quand il m'a dit que tu avais tué Liz. Je savais que tu étais incapable d'une telle chose.

Il prit sa main dans la sienne, la porta à ses lèvres et y déposa un baiser.

— La plupart des gens l'auraient cru, remarqua-t-il.

— Mais je ne suis pas « la plupart des gens ».

Elle inspira profondément.

— Et je suis amoureuse de toi. J'ai suffisamment foi en moi pour penser que jamais je ne tomberais amoureuse d'un assassin.

Elle sentit ses doigts se crisper légèrement sur sa main.

— Je t'aime aussi, dit-il. Je t'aime tellement que ça m'a fait peur et que je t'ai repoussée. Est-ce que tu peux me pardonner ?

— Oui. Mais que cela ne se reproduise pas.

Un sourire s'épanouit sur ses lèvres, ce sourire à la fois timide et chaleureux qui lui avait coupé le souffle dès leur première rencontre comme si, avant même qu'elle le connaisse, son cœur savait déjà ce que son cerveau n'était pas encore prêt à accepter. Malgré l'échec de toutes ses relations passées, malgré les difficultés qu'elle éprouvait à se rapprocher des gens, la vie ne l'avait pas trop abîmée pour qu'elle soit capable d'établir un vrai lien. Il avait seulement fallu qu'elle attende de rencontrer la bonne personne – un homme qui avait lui aussi connu la solitude dès son plus jeune âge, un homme qui redoutait autant qu'elle de souffrir, mais qui était prêt à tenter sa chance.

— Ne repars pas, dit-il. Reste ici et donne-moi une chance. Donne-nous une chance.

Elle hocha la tête.

— Il faudra que je rentre chez moi pour tout régler, mais je te promets que je reviendrai.

Il lui tapota la main.

— Nous y arriverons. Nous trouverons un moyen, dit-il.

Quand il fut parti, elle ferma les yeux. Avant de s'assoupir, elle se dit qu'il avait raison : ils trouveraient un moyen. Lui comme elle avaient maintenant l'habitude d'accomplir l'impossible.

Épilogue

Kelsey Chapman – qui n'avait jamais vécu à l'ouest de Mount Vernon, Iowa – descendait l'artère principale d'Eagle Mountain, Colorado, au volant de sa Honda Civic. Elle ralentit pour contempler les sommets enneigés qui entouraient la ville. Pour elle, cet endroit serait toujours le plus beau du monde. Grâce à ces montagnes et ce ciel impossiblement bleu, aux amitiés qu'elle y avait nouées... et à l'amour qu'elle y avait trouvé.

Poursuivant sa route, elle traversa la ville jusqu'au chalet de style suisse niché dans la forêt. À peine s'était-elle engagée dans l'allée que Tony sortit de la maison pour venir à sa rencontre. Elle coupa le moteur, descendit de voiture et courut se blottir dans ses bras accueillants.

— Comment s'est passé ton voyage ? demanda-t-il.

— Bien.

Ils s'étaient téléphoné chaque soir, pendant son absence. Il savait donc déjà qu'elle avait quitté son travail et résilié le bail de son appartement.

Chris apparut sur le seuil – aussi grand et efflanqué que son oncle, ses cheveux d'un blond légèrement plus foncé, le visage rasé de frais.

— Ne t'en fais pas, dit-il en lui souriant. Je ne suis ici que pour aider à décharger cette remorque. J'ai mon endroit à moi, maintenant. Je ne squatte plus le canapé.

Tony recula d'un pas pour la dévisager. Il semblait soucieux.

— Pour toi, c'est un changement de vie radical, dit-il.

— Oui, mais c'est un bon changement. L'Alpiner Inn m'a déjà engagée pour tenir les comptes, et je devrais rapidement trouver d'autres clients. Apparemment, cette ville a besoin de comptables.

L'inquiétude quitta ses yeux, laissant place à la tendresse.

— Et moi, j'ai besoin de toi, dit-il.

— Gardez ça pour plus tard, lança Chris. Nous avons du travail.

La remorque était presque vide quand un SUV du bureau du shérif du comté de Rayford s'arrêta dans l'allée. Le shérif Travis Walker descendit, regarda la remorque, puis le trio qui se tenait devant la maison.

— Bonjour, Kelsey, dit-il. J'ai entendu dire que vous arriviez aujourd'hui.

— Bonjour, shérif.

Que voulait-il leur dire ? Heureusement, il ne les fit pas attendre plus longtemps.

— Nous avons reçu les résultats du test ADN aujourd'hui, dit-il. Celui de Ted correspond aux prélèvements qui avaient été effectués sous les ongles de votre sœur.

Ses épaules s'affaissèrent – de soulagement, de tristesse et de tellement d'émotions diverses qu'elle était incapable de les démêler. Tony passa un bras autour de ses épaules.

— Avez-vous trouvé d'autres objets ayant appartenu à Liz ? demanda-t-elle.

— Ted a avoué qu'il avait tout brûlé, sauf le collier.

— A-t-il dit pourquoi il tenait autant à ce que leur relation demeure secrète ?

— Il lui avait menti sur son âge parce qu'il craignait qu'elle le trouve trop vieux pour elle. Ensuite, quand elle est enfin arrivée ici, il s'est rendu compte qu'il y avait en ville beaucoup plus d'hommes jeunes et célibataires que de femmes. Il a compris qu'il risquait de la perdre, et il était prêt à tout pour que cela n'arrive pas.

— C'était devenu une obsession, dit-elle.

Travis acquiesça.

— Pour ce que ça vaut, nous pensons que Liz a été sa seule victime. Toute cette histoire l'avait trop secoué pour qu'il récidive... jusqu'à votre arrivée.

Le souvenir des instants atroces qu'elle avait vécus sur Kestrel Trail la fit frissonner. Suite à sa commotion cérébrale, elle souffrait encore parfois de vertiges et de migraines, mais les médecins l'avaient assurée qu'ils disparaîtraient avec le temps.

— Le procureur vous contactera en vue du procès, reprit Travis. Mais pour le moment, je vous souhaite la bienvenue parmi nous.

Quand il fut reparti, Chris avait fini de porter les cartons dans la maison. Il les rejoignit, ses clés à la main.

— Je dois filer, dit-il. Ça fait plaisir de te revoir, Kelsey.

Il mit son casque et se dirigea vers sa moto. Aussitôt, Tony reprit Kelsey dans ses bras.

— Comment ta mère a-t-elle pris ton départ ?

Kelsey soupira.

— Elle n'a pas vraiment eu de réaction. Elle m'a seulement dit : « Si c'est ce que tu veux vraiment faire... » avant de m'annoncer qu'elle devait partir pour assister à la réunion d'un club quelconque. Je crois qu'elle a essayé de ne rien ressentir pendant si longtemps qu'elle est devenue incapable d'éprouver des émotions.

— J'ai failli faire la même erreur, mais tu es arrivée, dit-il.

Elle le regarda dans les yeux et y lut tout son amour, mais aussi son inquiétude et ses doutes – des doutes qu'elle partageait.

— Nos passés étant ce qu'ils sont, est-ce que tu crois que ça va marcher entre nous ? demanda-t-elle.

Il acquiesça.

— Nous y arriverons. Nous savons l'un comme l'autre surmonter toutes les difficultés. Et nous savons aussi profiter des bons côtés de la vie.

Il l'embrassa si tendrement que ses doutes s'envolèrent. Elle leva la main à sa gorge pour effleurer son petit pendentif en forme de cœur du bout des doigts. Elle savait qu'ici elle connaîtrait le genre de bonheur que Liz aurait voulu pour elle. Le genre de bonheur qu'elle méritait.

Vous avez aimé ce roman ?
Retrouvez en numérique les secrets d'Eagle Mountain :

VOTRE COLLECTION PRÉFÉRÉE DIRECTEMENT CHEZ VOUS

0€*

Vos **2** premiers **livres** découverte

+ 1 cadeau surprise

L'amour vous transporte, on vous l'apporte !

*+4,95 € de frais de traitement.

Collections au choix	1ers Envois	Envois suivants
AZUR	2 livres 0€* + 1 cadeau	6 livres par mois **32,70 €**
BLACK ROSE	2 livres 0€* + 1 cadeau	2 livres par mois **20,80 €**
BLANCHE	2 livres 0€* + 1 cadeau	2 livres par mois **18,80 €**
VICTORIA	2 livres 0€* + 1 cadeau	3 livres tous les 2 mois **29,75 €**

REDER SAS au capital de 1500 000 € - RCS Paris B 410 714 885. Renseignements au 0 892 680 181 (0,40 €/min + prix appel)

OFFRE DÉCOUVERTE

À compléter et à retourner sans affranchir :

LIRIADE-HARLEQUIN - Libre-réponse 40181 - 27039 ÉVREUX CEDEX

☐ **OUI**, je profite de votre Offre Découverte Harlequin gratuitement (+ 4,95 € de frais de traitement).

Je choisis de recevoir la collection :

☐ **AZUR**
Club 3A02E /Clé E3788

☐ **BLACK ROSE**
Club 3R01J /Clé E3789

☐ **BLANCHE**
Club 3B01E /Clé E3790

☐ **VICTORIA**
Club 3V01G /Clé E3791

Ci-joint mon règlement pour les frais de traitement de 4,95 € par :

☐ **Chèque** à l'ordre de **HARLEQUIN**

☐ **Carte bancaire** (Carte Bleue, Visa, Eurocard Mastercard)

N° : └─┴─┴─┴─┘ └─┴─┴─┴─┘ └─┴─┴─┴─┘ └─┴─┴─┴─┘

Date de validité : └─┴─┘ └─┴─┘

Cryptogramme au dos de ma carte : └─┴─┴─┘
(indispensable)

Date limite : 31 décembre 2025. Envoyez-moi sans obligation selon la lettre jointe à mon envoi les colis suivants de la collection que j'ai choisie. Mon premier colis de 4,95 € me sera livré sous 6 jours environ selon les délais postaux. Si je ne suis pas satisfaite, il me suffira de le retourner sous 30 jours dans son emballage d'origine. Je serai alors remboursée.

Mme/M. : └─┴─┴─┴─┴─┴─┴─┴─┴─┴─┴─┴─┴─┘
Prénom : └─┴─┴─┴─┴─┴─┴─┴─┴─┴─┴─┴─┴─┘
Adresse : └─┴─┴─┴─┴─┴─┴─┴─┴─┴─┴─┴─┴─┘
└─┴─┴─┴─┴─┴─┴─┴─┴─┴─┴─┴─┴─┘
└─┴─┴─┴─┘ Code postal : └─┴─┴─┴─┴─┘
Ville : └─┴─┴─┴─┴─┴─┴─┴─┴─┴─┴─┴─┴─┘

Indispensable pour le suivi de votre commande :
Téléphone : └─┴─┴─┴─┴─┴─┴─┴─┴─┴─┘
E-mail : └────────────────────┘

Signature obligatoire ▼   Date : └J┴J┴M┴M┴A┴A┘

REDER SAS au capital de 1500 000 € - RCS Paris B 410 714 885.

PAPIER   BAC DE TRI